대하

오늘의 한국문학 8

대하

인쇄 2013년 7월 25일
발행 2013년 7월 30일

지 은 이_김남천
펴 낸 이_한봉숙
펴 낸 곳_푸른사상

등록 제2-2876호
주소   서울시 중구 충무로 29(초동) 아시아미디어타워 502호
대표전화   02) 2268-8706-7 / 팩시밀리   02) 2268-8708
메일   prun21c@hanmail.net
홈페이지   www.prun21c.com
ISBN 978-89-5640-236-9
ISBN 978-89-5640-834-7 (세트)

ⓒ 2013, 푸른사상

정가 14,000원

오늘의 한국문학 8

대하

김남천 장편소설

〈오늘의 한국문학〉을 펴내며

한국의 근대문학이 한 세기를 넘어섰다. 개화의 이상과 환상, 식민 지배하의 삶의 질곡, 전쟁과 분단, 민주화의 출범과 군부독재의 출현, 그리고 산업화와 세계화를 지향하는 오늘에 이르기까지의 한국의 근현대사는 인류의 한 세기가 감당할 수 있는 역사적 사건의 많은 유형들을 그대로 담고 있다.

지난 한 세기 동안의 우리의 문학은 이러한 격변의 세월들과 밀접한 관련을 맺고 있다. 문학은 한 개인의 삶의 실존의 기록이면서 동시에 그 사회의 모습을 여러 형태로 반영하고 있으며, 우리는 따라서 한국 근현대사의 좌절과 희망을 정면으로 끌어안은 이들 작품들에게서 개인의 삶과 사회의 관계에 대한 새로운 인식, 문학과 사회의 독자성과 상호성에 대한 의미 있는 현상들과 만나게 된다. 그리하여 이제는 근대문학 한 세기의 축적 앞에서 그동안의 문학적 유산을 다시 검토하고 앞으로 우리가 참여하지 않으면 안 될 문학적 전통을 창조적으로 계승하기 위한 독서와 비평의 담론들을 마련해야 할 때이다.

모든 역사가 새롭게 해석되는 현재의 관점이듯 문학 텍스트 역시 새롭게 해석되는 오늘의 의미이다. 따라서 〈오늘의 한국문학〉은 과거에 무수히 간행되었던 한국문학에 대한 정리와 평가의 방식을 새롭게, 그리고 비판적으로 받아들여야 할 것이다.

따라서 우리는 이 전집에서 무엇보다도 새로운 작가와 텍스트들의 발

굴에 주력하였다. 아울러 본 전집이 채택한 작가 작품들의 선정과 배열
방식은 과거의 우리문학에 대한 관습적 이해와 독서방식에 대한 반성과
함께 신선한 해석적 관점들을 제공해 줄 것이다. 특히 서사문학의 본령
인 중장편소설들에 주목하여 이 작품들에 대한 오늘의 의미와 당대적 가
치를 되묻고자 하였다. 따라서 이 전집은 교양으로서의 한국문학, 혹은
연구대상으로서의 한국문학 모두에게 유용하게 활용될 수 있을 것이다.
총 50~60권의 분량으로 1차(1906~1930년대)와 2차(1930~1970년대), 3
차(1970~2000년대)로 나누어 출간할 예정이다.

〈오늘의 한국문학〉 편집위원 서종택 안남일 윤애경 박형서

차례

일러두기

1. 1939년 인문사에서 발행된 단행본 『대하』를 원텍스트로 삼았다.
2. 원문을 기본으로 하되 띄어쓰기는 현대 맞춤법을 기준으로 하였다.
3. 더 이상 사용하지 않는 옛글이나 외래어 등의 경우 현대어로 바꾸었다.
4. 원문에 사용된 문장부호를 그대로 사용하되, 생각 등을 의미하는 ( )는 ' '로, 대화문 등을 의미하는 「 」는 " "로, 편지글이나 노래 등은 인용문으로 처리하였다.

대하(大河)

1

이 고을엔 밀양 박씨(密陽 朴氏)가 두 집이 있었다. 방선문(訪仙門) 안 향약전[1] 옆, 바로 길서방네 대장간 웃집에서 국수장수를 해서 그날 그날을 살아가는 집이, 이 고을서 벌써 오 대째나 산다는 박리균(朴利均)네 집이다. 그의 동생 성균(成均)이네는 그곳서 다섯 집 위로 올라와서 마방[2]을 한다. 아이들은 올숭졸숭 도야지 무리처럼 많으나, 지금 쓰고 있는 초가집 나부랭이밖에 재산이라고는 아무것도 없다. 비록 마방이나 국숫집으로 살아가고 땅조각 손뼉만 한 거 하나 없다고 하여도, 저는 양반이노라 제겼다[3]. 조상에 정승을 지낸 이가 있다던가, 대신이나 명신이나 명장이 난 것이 아니다. 이 고을 와서 두 대째 되는 이가 아전을 다니다 청년의 몸으로 죽었는데, 그의 처 성씨(成氏)가 어린 아들은 남겨두고, 남편을 따라 목을 매어 죽어 열녀가 되었다는 것이다. 이 고을 읍지(邑誌)에도 기록되었다고, 박리균네 형제는 술에 얼근하면 그것을 한문으로도 외이고, 또 풀어서 염불처럼 흥얼거리기도 한다.

성씨는 박귀성의 처니 성논산의 장녀라. 부 박귀성이 사하매, 애호하며 자액[4]하야 사하니, 향인이 성씨의 시체를 그 부와 일분에 장하였도다. 성씨의 시년[5]이 이십삼이러라

방선문을 척 나서면 왼편에 쭈르룽게 나란히 한 많은 비각[6] 중의 제일 초라한 것이, 성씨의 열녀비가 들어 있는 집이다. 지붕 기왓골[7]에서 잡초가 나오고, 추녀 끝에 참새가 둥지를 틀면 박리균네 형제는 손수 풀을 뽑고 새둥지를 집어 치웠다. 그러나 비각은 바른쪽으로 찌그둥하니 넘어져 갔다. 수선을 하든가 다시 집을 고쳐지려면 적잖은 돈이 들게다. 기둥을 하나 모양은 숭하나[8] 넘어지려는 쪽에다 버텨서 겨우 그것을 의지해나 갔다. 그것은 마치 양반이라고 으스대는 그의 환상이, 마지막으로 운명(殞命)[9]을 기다리고 있는 거나 같이 적막하게 보이었다.

"박성권이 같은 놈이 합체 뭔가. 밀양 박가노라 해서 남의 체면만 망쳐 놓지만, 그놈이 어데메 돌박간지 누구 알 놈이 있단 말야. 어데서 도라먹든 놈이 도둑질이나 해서 돈푼이나 잡아가지굴랑, 내가 밀양 박감네 하지만……."

박리균은 국수 먹으러 온 사람을 붙잡고 곧잘 이런 푸념을 하였다.

그의 말처럼 아닌 게 아니라, 밀양 박가노라고 하는 또 한 집안이 이 고을에 살고 있다. 강선루(降仙樓)에서 방선문까지 가는 중턱, 바로 구룡교(九龍橋)가 있는 데서 여남은 집 아래로 내려온, 제일 지대가 높은 곳에 큰 집을 잡고 살았다. 그 집 주인이 금년에 갓 마흔인데 이름이 박성권(朴性權)이다.

박리균이가 박성권을 가리켜 돌박가니 뭐니 하지만 물론 그도 밀양 박씨다. 그의 조상에 아전 이상을 다닌 이가 있는지 없는지 모를 따름이다. 효자문이나 열녀문 선 게 없는 걸 보면 확실히 박리균네처럼 으스대고 내벌일 건덕지[10]는 없는지 모른다.

그는 본시 이 고을 사람이 아니다. 은산(殷山) 고을서 근 이십 년 전에 이 고장에 왔다. 그의 조부는 아전을 다니며 창미(倉米)[11]를 농간해서 적잖게 돈을 모았다고 한다. 녹미[12]를 저당 잡고 돈을 꾸어주던가, 녹미를 싸게 샀다가 봄이나 여름에 쌀값이 오를 때 팔아서 돈을 잡았다는 게다. 물론 제 앞으로 있는 쌀이나 저당 잡은 쌀을 백성에게 쌀 떨어졌을 때 주었다가, 추수 때에 엄청난 이(利)를 붙여 도로 받아서 그것으로 땅을 샀을 게다. 어쨌건 그는 적잖게 돈을 모았는데, 성권의 아버지가 도박과 말년엔 평양 출입을 하여 이 땅에 갓 들어온 아편까지를 빨며, 주색을 겸해서 홀딱 올려버렸다. 그가 명껏 살지도 못하고 죽었을 때 재산은 얼마 남지 아니하였다.

아버지의 삼년상을 치르고 나서 얼마 안 지나 곧 갑오년 난[13]을 맞았다. 그때에 박성권은 스물을 넘어서 서너 살, 혈기가 넘쳐흐르는 한포락이었다. 모두가 산골로 강원도로 피란들을 갈 때에, 이때야말로 대장부가 한 번 활약할 시기라고, 박성권은 처자를 피란 가는 친척에게 부탁하고 자기 혼자 집에 남았다. 자산, 순천, 평양, 중화, 황해도에까지 내왕하며 병대를 상대로 장사를 하였다. 농토에서 떠난 대담한 많은 농군들이 이때에 군수품 운반에 종사하였는데, 대부분 그 보수를 은전으로 받았다. 이 은전을 성권은 살 수 있는 턱까지 엽전으로 사서는 남몰래 땅속에 묻어두었다.

전쟁이 끝나서 피란에서 돌아와 보니, 박성권은 아내와 첩과 자식을 데리고 은산서 들어와 이 고장에 자리를 잡으려 들었다. 그가 어째서 은산서 살지 않고 이 고을로 이사를 하였을까. 뒷날 돌아가는 말엔 그곳에는 가난한 친척이나 푸네기[14]들이 있어서, 돈 잡은 줄 안다면 그 치다꺼리를 일일이 섬겨나가기가 바쁠 것이매, 전과 같이 붉은 주먹 두 개밖에 아무것도 없노라고 헛통을 뽑고, 슬쩍 밥벌이 떠난다고서 이리로 이사해버린 것이라 한다.

처음 오자마자는 두뭇골에다 자그마하게 집을 세운 걸 보면, 그 말도 딴은 그럴듯한 소리다. 몇 방 안 되는 작은 집에다 첩 큰댁을 함께 몰아넣고, 아이들 셋을 각각 제 어미를 붙여 갈라넣어 버린 것이다. 그러나 일 년이 지나서 피란 갔던 읍사람들이 모다[15] 돌아와서 돈에 궁한 이가 집을 팔 때, 그는 헐값으로다 지금 쓰고 있는 커다란 거릿집을 사고 장터로 나서면서, 예전 살던 집은 새로 꾸리고 늘려서, 첩과 첩의 몸에 생긴 아들을 살도록 맡겼다.

박성권이가 행길 장터로 나서기까지는 그의 아내와 첩을 본 사람이 적었다. 그러므로 밀양 박가라는 낯모를 녀석이 두뭇골에 와서 사는데 대담하기 짝이 없는 젊은 놈이라느니, 그에게는 아들 삼형제가 있는데 건방지게 색시를 둘이나 갖고 산다느니, 그가 소문에 돈이 있다느니 없다느니 하는데, 그게 사실일까 하는 등류[16]의 소문이 고을사람의 입에 오락가락하였을 뿐이다.

제일 먼저 궁금하게 생각해한 건 물론 박리균네 형제였다. 저놈이 밀양 박가라고 하면서 행세를 해보려드니 과연 사실일런가. 일변, 여편네들은 그의 아내와 첩의 얼굴을 보고 싶어 애썼다. 그러나 명절 때 소재에도 안 오르고, 그넷줄 밑에도 안 나서고, 널뛰러도 나오지 않는다.

그러던 박성권이가 이 고을서 제일 간다는 집을 냉큼 사버리고 첩 큰댁을 갈라서 두 살림을 벌여놓았다. ─시시부시한 풍설이 휙 날아가 버리고, 새 소문이 이어서 홍역처럼 고을 안에 퍼져 나갔다. ─은산서 온 것만은 확실하다, 그의 사촌이나 육촌이 은산서 더러 산다, 그런데 피란도 안 가고 돈을 잡으려다 고생만 죽게 했지 전과 한 모양으로 백수건달, 하는 수 없어 남부여대하고 고향을 떠났다는 녀석이 갑자기 어인 돈이 솟아났어, 집이니 뭐니 하고 저런 치다꺼리 하는 것일까─이게 한 가지의문이었다.

그래서 박리균네 형제가 자기네 영업을 이용하여, 국수 먹으러 오는 사람, 마방에 들어서 자고 가는 사람, 또는 장돌림[17]으로 평안도 일대를 연자매[18] 돌 듯 하는 도붓장수[19]나 돌림장수들에게 널리 수소문해본 결과, 그가 피란 가서 아무도 없는 동안 큰돈을 벌었다는 사실을 탐지해내었다.

그를 깔보려 차비를 차리던 박리균네 형제는 감칠맛이 덜해서 일이 좀 밍밍했다 뿐 아니라 은근히 그를 그렇게 볼 놈이 아니라고 두려워도 하였다. 그러나 그들은 자기네와는 파가 다른 밀양 박가로써 양반이 못된다고 술만 마시면 여전히 "성씨는 박귀성의 처니 성논산의 장녀라"만 되풀이하고 세월을 보냈다.

그러나 부인네들은 부인네들끼리의 호기심이 따로 있다. 부엌문 틈으로나 바자[20] 틈으로, 의관을 갖추고 오르내리는, 기골이 장대하고 얼굴 생김새가 비범한 박성권은 본 적이 있고, 또 그의 아들도 금년에 대여섯 날지 말지 한 녀석이, 자완두 두루마기에 전반 같은 영초[21] 댕기를 드리고, 절게[22]나 막서리[23]를 따라서 다니는 것을 본 적이 있으나, 아낙 두 사람의 얼굴을 영 볼 수가 없었다. 본댁은 어떻게나 생겼는가, 작은댁은 예쁘게 생겼는가, 본댁은 이 고을서 한 십리 나가 있는 갱고지 전주 최씨의 딸이라는데, 작은댁은 어디서 얻어왔을까, 새파랗게 젊은 아이 적에 대구리[24]에 피도 채 안 마른 녀석이 어디서 첩을 맞아왔는가, 그때는 돈도 없고 가난한 때일 텐데-생각하면 할수록 꼭 고 첩년의 상판대기를 보고 싶어 죽을 지경이다.

하두는 동시끼리 찌고, 그 옆집 은해 잘하기로 유명한 늙은 노파를 꼬여 가지굴랑, 두뭇골 위턱에 있는 선앙제터에 가노라고 길을 떠났다. 노파와 리균의 마누라는 삭가지[25]를 쓰고, 성균이 처는 아직 삼십이 안 된 젊은 축이라고 시양목 장옷을 둘러쓰고서 뒷고샅[26]으로 빠져서 두뭇골로 갔다. 선앙제터 부근에서 어물어물하다가, 처음 의논한 대로 그들은 쏜살로 박성권네 첩의 집으로 들어갔다. 밤에는 이곳 와서 자는 일이 많지만, 박성권은 조반만 먹으면 큰집으로 가는 것을 그들은 이야기를 들어 미리부터 잘 알고 있다. 노파가 앞서서 들어가며,

"주인 아주머니, 물 좀 얻어먹으레 들렛소다. 선앙지터에 갔다가 목이 말라서……."

하였다. 셋이서 한참 앉아 집안의 가도와, 작은댁의 생김새를 눈이 뚫어지게 보고 난 뒤 만족하여 돌아왔다.

그런데 집 차림이나 가도범절(家道凡節)에 대한 평판은, 거의 셋이 보는 바가 일치했으나, 얼굴에 대한 비평은 두 패로 갈라졌다. 음해 잘하는 노파와 작은동서가 일치하여, 얼굴 바로 된 데 없다는 주장을 펼쳐놓고, 맏동서 다시 말하면 리균의 아내는, 여자의 생김새가 아주 놀라운 미인이라 선전했다. 그리고 노파가 저러는 건 원체 음해로 사는 이니까 다시 말할 게 없는 일이고, 작은동서가 그 여편네 얼굴 바로 된 데 없다는 건, 제가 아직 젊으니 만큼 샘하는 마음에서 나온 게라 설명하고, 제가 보는 배가 가락꼬치[27] 아니면 과녁이라 쟀다.

노파는 노파대로, 또 다른 소문을 퍼쳐[28] 놓았다. 그가 알아낸 거는, 열일곱에 시집와서 열여덟에 첫아들을 낳았다는 것뿐인데, 그는 활짝 늘리고 부연해서, 박성권이가 한포락 적에 투전판에서, 남의 갓 시집온 색시를 도적질해 업어왔다고 훼방을 놓았다. 이 이야기는 사실과는 엄청나게 동떨어진 소리지만, 원체 조작된 말이 재미나서 마치 사실인 거나처럼 퍼져 나갔다. 다른 두 동서도 당자의 입에서 그렇게 들었노라고 허설[29]대었다. 이 소문은 오랫동안 이 고을에 잦아져 있었다.

그러나 박성권네 후간[30], 토굴처럼 으슥하고, 바윗돌처럼 굳은 담벽으

로 둘러지은, 그닥 크지 않은 두 칸에, 한 절반씩 땅을 파고 들여놓은 커다란 독이, 세 개가 있는 것을 아는 이는 하나도 없었다. 이것을 손수 데려다 파묻은 절게가 두 사람 있기는 있으나 무엇하려고 그런 것인지는 아무도 모른다. 그러므로 그 독 속에 대원 일화[31] 은전이 그득그득[32] 들어가 있는 것을 아는 이는 더욱 없었다. 갑오란에 엽전 몇 냥씩과 바꾸어서 모은 그 은전을, 그는 이렇게 깊게 간직해두었던 것이다. 집안에서나 혹은 절게나 막서리들이 하는 말엔, 그 후간 토굴에는 특별한 대감님을 모셔두었다고 한다. 물론 한편 구석에 선반을 매고 백지 조박[33]을 늘인 당지기[34]가 몇 개 올라가 있는 것은 사실이다. 이러한 소문을 퍼쳐 놓은 것은 도적을 방지하기 위한 박성권 자신의 계책이었던 것이다.

좋은 밭이나 논이 날 때마다, 은값이 센 것을 보면 조금조금 은전을 팔아서, 남의 눈에 들지 않게 토지를 샀다.

한편 돈놀이를 무섭게 하였다. 기일에 들여놓지 못하면 집이고 토지고 사정없이, 다 꿰어 들였다. 집 시세는 얼마 보잘 게 없으므로 대개 토지를 잡았다. 세간이 아직 넉넉하고 땅덩어리나 가지고 있는 집이라면, 일 년 만에 이자를 꼬아 매고 꼬아 매고 하여, 이삼 년 안팎에 원금보다 이자가 몇 곱이 되게 만들었다. 그의 재산은 눈 위에 굴리는 눈덩어리처럼 불어나갔다. 그러나 그가, 이 바닥에서 갑부라는 것을 아는 이는 적었다.

얼마 지나지 아니하여 그를 박성권이라고 부르는 이는 없어졌다. 언제 누가 부르기 시작했는지, 세상 사람은 그를 박참봉이라 존대해서 불렀다. 그의 집에 드나드는 앞에 나선 녀석들이 아첨하노라고 지어 바친 존칭인지 모르나, 박리균이더러 물어볼라치면 그는,

"아니 여보게, 참봉 참봉 하니 그게, 머, 제법 배슬이나 같애뵈나, 돈으루 산 차함(借銜)[35] 참봉이라네, 돈으루다 산 거."

하고 등곬에 꽂았던 담뱃대를 쪽 뽑아선, 천둥 같은 화풀이를 하노라고

인지 애꿎은 담배만 푹푹 피웠다.

그러나저러나 그는 박참봉이다. 앞으로 사십을 잔뜩 쳐다보는 서른일곱 살 될 때 그는 벌써 다섯 남매의 아버지가 되었다. 그때까지 아들을 부르기를 큰놈이니, 또 은산서 난 놈을 은산놈이니, 셋째니 뭐니 하고 불러왔는데, 집의 격식을 갖추기 위하여 당당한 항렬을 지어 붙일 생각을 했다. 물론, 그의 부친은 박순일(朴淳逸)이오, 그의 이름은 박성권이니, 금수목화토(金水木火土)로 제법 항렬이 섰던 것이 분명한데, 맏아들을 낳았을 때, 박순일은 주색과 아편에 취해서 바른 이름을 지어주지 않고 큰놈이니 장손이니 하다가 죽고 말았다. 스물 전후의 박성권—아니 우리도 세상 사람들의 호칭을 따라, 이제부터 가끔 그를 박참봉이라 불러주자— 그 박참봉이 삼십을 넘기까지는 아이들에게 특별한 관심을 갖지 아니하였다. 원체 어려서 소싯적부터 아들이 흔했으니까, 대를 못 이을 염려도 없고, 또 쇠운에 처하여 돈을 잡노라 갖은 모험을 다 치러나는 통에, 통히 처자에 대한 애착을 붙여볼 날이 없었다. 그래서 그는 겨우 서른일곱 살 될 때에, 아들의 이름들을 지어주게 된 것이다. 죽은 아버지가 '순(淳)'자로 삼수변이고, 자기가 '권(權)'자로 나무목변이니, 이제는 불화자 드는 자를 생각해내야 한다. 수생목(水生木)이요, 목생화(木生火)이기 때문이다. 하루 종일 해를 보내며 이 책 저 책 뒤적거리다가, 빛날 형(炯)자를 생각해내었다. 자기 이름이 마지막 자에 항렬이 들었으니, 이번에는 형 자를 가운데 넣어서 지어야 한다. 그래 지어낸 이름이 이러하다.

형준(炯俊)이, 형선(炯善)이, 형걸(炯杰)이, 형식(炯植)이, 딸이 하나 있으나 제석에 팔았다고 제석네라 부르던 걸 고쳐서 보패(寶貝)라 하고, 그대로 항렬에 넣지는 않았다. 형선이와 형걸이는 동갑인데, 형선이가 한 달 먼저 났다. 형걸이가 첩의 소생, 그러므로 서얼(庶孽)에 드는 때문에 그를 셋째라고 부르지 않고, 금년에 두 살 난 형식이를 셋째라고 불러왔다.

여태껏 형걸이는, 자산서 저 어미가 낳아갖고 은산으로 왔다고 자산놈이라 부르고, 이와 구별하여 형선이를 은산놈이라 했다. 큰놈 혹은 장손이가 형준이로 되고, 은산놈이 형선, 자산놈이 형걸, 셋째가 형식으로 되고, 제석네가 보패로 된 셈이다.

이름을 다 지어놓고, 그는 아들 셋을 죽 불러 앉히고 이것을 발표하였다. 표면에 나타내지는 않았으나, 속으로 제일 반가워한 것은, 셋째는 자기인데도 불구하고 어린 형식이를 셋째라고 부르는 데 반감을 가지고 있던 자산놈, 다시 말하면 형걸이었다. 그는 첩 소생이라서 받는 갖은 차별 중에서, 남에게까지 그대로 내밝히는 이름 위에 있는 모욕을 가장 꺼려왔다. 그 밖에 다른 아들도 무슨 놈, 무슨 놈 하고 그 '놈' 자가 귀에 거슬리던 차이라, 대개들 기뻐하는 모양이었다.

"그라구서 제석네의 이름은 보패라고 고쳤다. 보배 보 자 조개 패 자, 그러니 보패라구들 불러라. 식구에게나, 절개에게나, 막서리에게나, 또 작인이나, 종들에게 전부 일러둘 게니 너이덜두 서루 새 이름으루 불러라."

아들 셋을 내보낸 뒤에 마누라를 불러서 가르치고, 종들에게 이것을 말해두라고 명령하였다.

맏아들 형준이는 그때 열아홉 살이어서, 제 방이 따로 있고 또 아내를 갖고 있었다. 밤에 일찌감치 자리에 누워서, 젊은 아내가 등잔불 밑에서 물레질을 하는 것을, 멍하니 바라보고 있었다. 붕 붕, 붕 붕 짜끄덕, 붕 붕, 붕 붕 찌끄덕, 하는 단조로운 물레질 소리가 기름 조는 소리와 어울려서 그의 귀에 자장가처럼 스며들었다. 그는 졸음이 오는 것 같아서, 끙 하고 돌아 엎드려 담배를 한 대 피어 물었다. 아내는 실토리[36]가 불룩하니 배가 불러지면, 가락꼬지에서 뽑아내고 새것을 꽂았다 물렛줄이 닿는 가락꼬치에, 나무꼬챙이로 기름을 묻혀서 바르고 흘낏 남편 있는 쪽을 바라본다. 남편은 담배를 다 빨고, 그의 옆구리 있는 쪽을 뚫어지게 바라보다가, 아내의 힐끗 보는 눈초리를 받아 씽끗하니 웃는다. 아내는 부끄러워 물레를 아까보다 더 **빠르게** 둘러대었다. 남편은 줄을 올리노라고 벙끗 왼손을 들 때마다, 높이 졸라맨 띠가 끌러져서 흰 살이 젖통 있는 옆으로 희게 번뜩번뜩 보이는 것을 그대로 바라보고 있다가,

"귀드끄런데 고만두구 이전 자."

하고, 털썩 베개 위에 머리를 눕히었다. 밝은 데서 말을 주고받기는 아직 서로 부끄러운 시절이다. 젊은 아내도 남편의 마음을 알아차리고, 곧 일어나서 불을 끄고 옷을 끄르기가 부끄러웠으나, 남편의 명령이니 감히 뉘 말이라고 거역할 게냐고 제 자신에게 타이르면서, 인차[37] 물레질을 그만 두었다. 물렛줄을 벗겨놓고, 입을 모두어 동그랗게 구멍을 만든 뒤에, 고 구멍으로 숨을 혹 내뿜어서 그는 등잔불을 껐다. 캄캄한 밤이다. 옷 벗는 소리가 살랑살랑 들려온다. 저고리를 벗고, 치마를 벗어서 윗목으로 둘러친 병풍에, 남편의 옷이 걸린 옆을 손으로 더듬어서 걸어놓는다. 다시 앉아서, 손으로 곰곰이 누벼놓은 누비허리띠를, 젖가슴과 허리로 부터 끌러놓고 삼성바지를 벗는다.

  남편은 한 가지 한 가지 아내의 몸에서 벗어지는 것을 안타까이 기다리다가, 여기까지 와서는 나직이 참았던 한숨을 내쉬었다. 아내는 마지막으로 버선을 뽑고, 무명 속옷 하나만 입은 채 가만히 이불을 들친다. 아내는 긴 원앙침─시집올 때 해가지고 온 베개 한 옆에 머리를 눕히고, 곱게 빗어서 땋아 얹었던 머리코를 가만히 끌러서 머리맡에 풀어놓고, 남편 있는 쪽에 등을 돌리고 모로 누었다.

  "오늘부터 이름이 달라졌다."

  느닷없이 하는 남편의 말에 자칫하면 웃을 뻔 했다. 낮에 시어머니한테 들은 말이다. 그는 아무 말도 안하고 캄캄한 속에서 처음 입을 생긋이 열고 마음 놓고 웃어보았다.

한참 있더니 남편은 아내 있는 쪽으로 몸을 돌이키고, 다리로 약간 아내의 무종아리[38]를 새려 감듯 하면서,

　"내 이름이 형준이다. 빛날 형 자 준걸 준 자. 형준이. 이댐부턴 그렇게 불러라."

하고 얼굴로 그의 등골을 부빈다. 이번에는 남편의 하는 말이 진정 우스웠다. 대체 자기가 어대다 대고 남편의 이름을 부른단 말인가. 시집온 지 이 년이 되건만, 여보 하고, 남편을 불러본 적도 한두 번이 되나마나 하다. 그런 자기를 보고 이다음부턴 형준이라고 부르라는 건, 과시[39] 어처구니없는 장난의 말이 분명하다. 장손이든가 큰놈이든가 남이 부르니, 그것은 남들이 부르는 이름인 줄만 알았지, 여편네가 입 밖에 내일 이름이 아닌 것을 그는 잘 알고 있다. 남편이 등골에 얼굴을 부비는 것이 간지러워, 온몸에 오싹하니 소름을 돋히면서 아내는 홱 돌아 누웠다.

　"둘째 이름은 형선이, 두뭇골 자산놈 이름이 형걸이, 애기 이름이 형식이, 그러구 재석네는 보패라구 했다."

　다시 한 번 '내 이름은 박형준이' 하더니, 한 팔을 북 아내의 목 밑으로 넣어 그의 머리를 끌어안는다. 아내는 가슴이 벅차서 한참 막혔던 숨을 푸— 쉬면서,

　"이제 여름부텀 애기아바지라구 그럴테에요."

하고 간신이 말하고는, 엉겁결에 왼손으로 남편의 등을 안았다. 형준은 비로소 다섯 달 뒤에는 그가 아버지가 될 것을 생각하고, 아내의 약간 두둑한 배를 속옷 위로 가만히 만져보았다.

　그럭하고 삼 년이 지났다. 박참봉 성권이가 갓 마흔에 난다. 아들의 이름을 애명 이름으로 부르는 이는 하나도 없어졌다. 오직 보패만은 금년에 열두 살에 나건만, 모두 재석네라고 부르지, 좀처럼 보패라고 부르는 이는 적었다. 그러나 그까짓 계집애 이름 같은 건 아무렇게 부르거나 계

관[40]할 게 없다. 이밖에 맏아들 박형준이가 벌써 일남일녀를 갖고 있다. 손자놈이 네 살에 난다. 그리고 금년에 갓 낳은 딸년이 있다. 손자 이름을 성기(成基)라고 지었다.

마흔이 되어도 박참봉의 포학하고 아구통 센 성격은 수그러지지 않았다. 원체 사십이 인생의 한창이니 정력은 더욱 왕성하여 갔다. 큰댁 최씨(崔氏)는 마흔두 살인데 가끔 영감이 한방에 들건만 금년 다섯 살 나는 형식이를 막내둥이로 하고, 단산이 된가 보다. 형걸이 어머니, 다시 말하면 박참봉의 작은댁 윤씨(尹氏)는 서른일곱이니 아직도 한창인데, 어찌된 셈인지 열여덟에 날 때 자산서 형걸이를 낳은 뒤, 그 아이가 금년에 열아홉이 되도록 아무 소식이 없으니, 그도 또한 단산이 된지 오랜가 보다. 서른일곱이래도, 생산이 적고 바탕이 이쁘던 윤씨는, 얼굴에 주름 하나 없이 젊은이 같았다. 두뭇골집 뒤뜰 안에다 돌로 칠성탑을 모아놓고, 생산이 있게 해달라고 치성을 드리고, 영감이 젊은 작첩[41]을 않게 해달라고, 후간에 대감을 모셔놓고 날마다 손이 발이 되도록 빌었다.

이렇게 마음을 쓰는 탓인지, 아직 눈에 뜨이게 박참봉은 몸을 달리 가지지는 않았다. 염려될 것까지는 없어도 그 대신 그는 술을 몹시 좋아하였다. 큰집에 있을 때나, 작은집에 있을 때나, 무시로 술상을 청하므로, 안사람들은 항상 술안주를 준비해두었다. 포육[42]이니, 명태니, 과일이니, 건조[43]구니, ─이런 것은 언제나 벽장에서 떠나지 않았고, 육질도 어교 같은 걸 끊지 않았다. 고기 사냥 잘하는 영감을, 평양서 하나 데려다가 큰집 사랑 뒷방에 두어 전념하여 물고기를 낚게 하고, 겨울에는 젊은 축들을 시켜서 매(鷹)를 가지고 꿩사냥을 시켰다. 소싯적부터 잘하는 술인지라, 이즈음은 한포락 때처럼 폭음은 하지 않으나, 술을 몸에서 떼는 날이 적었다. 손수 술은 양조해 쓰고, 가끔 배와 새앙[44]을 담가서 이강주를 만들고, 살구를 넣어서 술맛을 돋우어도 보고, 때로는 살모사나 구렁이를 독한 술에 녹여서 보약으로 마시기도 하였다. 술 탓에 다소 위장이 상한 것도 사실이겠으나, 원체 기운으로는 무엇에게나 져본 적이 없는 강잉한 분인지라, 그런 건 조금치도 괘념치 않았다.

술은 취하여서도 돈과 밭과 집안 가도와 자식들은 잊지 않았다. 누구에게나 상의하는 적이 없는 그는, 술이 얼근해서 혼자 사랑에 누운 채, 노 이것저것을 궁리하고 있었다. 무엇을 한 번 결정하면 무엇이든지 해놓고야 마는 괴팍한 성질이 있다. 자신만만하여 묵묵히 실행하는 그의 꿋꿋하고 휠 수 없는 성격은, 그의 생각한 바가 한 번도 그릇된 적이 없는 데서 오는 자신에 의하여 배가 되었다. 그리고 그는 돈의 위력을 누구보다도 확신하는 날카로운 선견의 명을 갖고 있다. 그는 아직 문벌이나 가문이 행세를 하는 세상인 줄 알건만, 이런 것이 자기의 돈 앞에 궤배(跪拜)[45]할 날이 머지않아 올 것을 확신한다. 무엇보다도 이십 년 전에 사두었던 은전이 이즈음 행세하게 되는 것을 은근히 믿는 때부터 그의 자신은 더욱 든든해졌다.

맏아들은 서당에서 한문공부를 시킨 후엔 별반 신식공부를 시키지 않는다. 그는 집을 물려 지킬 장남이니, 그만 공부면 충분하다 하였다. 돈놀이 하는 것과, 추수하는 것과, 집안일 전체를 감독하고, 사람을 부리는 재주만 배워두면 그만이라 하였다. 또 아들 자신도 제 동생놈들이 기독학교(基督學校)가 생겼다고, 서당을 집어치고 그리로 들어갈 때에, 함께 몰려갈 염을 내지 않았고, 삼 년 만에 이것이 없어지고, 군수가 주(主)해서 동명학교(東明學校)가 설립될 때에도 새 학문을 배우려 하지 않았다. 하기는 동생들이 대번에 심상과 삼년생이 되고, 이듬해에는 고등과 일년이 될 판인데, 지금 겨우 일학년 학생이 되는 것이 부끄러워서 안 가겠다고 했다는 말도 지어낸 말만은 아닐 것이다.

아들의 혼인에도 박참봉은 머리를 썼다. 맏아들 형준은 이미 삭명(朔

明) 경주 김씨(慶州金氏)와 혼사를 지내, 벌써 장손과 손녀를 보았고, 또 보아하니 가도범절이 옳아서, 며늘아이의 하는 품이 상냥하고 손쓰는 법도, 맏며느리 되기에 흠잡을 곳이 없다.

둘째아들 형선이는 한 고을 안 상부(上部), 강선루 뒤에 있는 연일 정씨(延日鄭氏)와 혼사를 작정하여, 편지도 부쳤고 선채[46]도 보냈다. 오래지 않아 장갓날이 올 것이다. 정씨 집안일은 한 고을 안이니 손에 끼어들게 잘 안다. 지금은 그만두었으나 벼슬도 높았고, 또 재산도 상당하다.

염려가 된다면 형선이와 동갑 되는 형걸이가 다소 문젯거리가 된다 하겠다. 서자인 때문에 좀처럼 좋은 혼처가 생길 성싶지 않은 것이다. 그러나 어디 상당한 집안에 규수가 있는 줄만 알면야, 못될 일이 세상에 있으랴 하고, 그것도 별반 마음에 언짢게 새겨두지는 않는다. 형걸이 놈이 성질이 왈패스럽고, 키도 한 달 먼저 낳은 형선이보다 훨씬 큰 것은 그렇다 쳐놓고, 제 맏형놈보다도 닷분가량이나 커 보이는 것이 좀 못마땅하였다. 크는 키는, 안 자라는 키와 함께 인력으로는 어찌 할 수 없는 일이라 쳐놓아도, 심술이 짓궂은 것만은 딱 질색이었다. 어렸을 때부터 서당에서나 학교에서 남의 아이를 상처가 나도록 때려서 말썽을 일으킨 적이 한두 번이 아니다.

작은댁이 귀하다고 밸을 길러 그런가 하면 또 그런 것만도 아닌 것 같다. 박참봉 자기가 어렸을 때 그렇게 포악스런 말썽꾼이던 것을 그는 형걸이놈이 일을 저지를 때마다 가끔 생각해보고, 혼자 속으로 빙그레 웃어도 보는 것이다.

그건 어쨌건 박참봉 성권네 가운은 활짝 뻗힐 대로 올라 뻗힌 셈이다. 그가 만족할 뿐 아니라 온 가족이, 그리고 표면으로 보기는 종이나, 절게나, 막서리나, 작인이나, 모두 만족해하는 것 같았다. 그는 때때로 뒤꼍에 나가 십이봉(十二峰) 밑으로 유유히 흘러 대동강을 이루는 비류강(沸流

江)의 강물을 만족하니 바라보았다. ─이십 년 가까운 동안 저 강물은 나와 함께 노력과 공포와 기쁨을 일시에 휩쓸어 삼키면서, 몇천 년을 한날처럼 대동강으로, 황해 바다로 흘러가는, 그의 걸음을 멈춘 적이 없었다.

2

복수(福手)[47]나 복인(福人)을 가지고 말하자면, 박참봉 이상갈 사람이 이 고을 안에 있을 성부르지 않다. 재산을 두고 보아 그러하고, 자식이 사남일녀요, 손자 손녀가 모두 건강할 뿐 아니라, 생산된 자식 중에 역참[48]을 당한 것이 하나도 없으니, 이것을 두고 일러도 또한 그러하다. 가족이 모두 산해진미에 짓물리고, 사라능단(紗羅綾緞)[49]에 휘감기어 있고, 비복[50]이 방 안에 찼고, 막서리와 절게가 앞뒷방에 그득하고, 소와 말이 또한 한두 필이 아니니, 어느 모로 따져도 복에 떠 있는 사람을 부르자면 그 이상 가는 이가 없을게다. 그러나 자기 일에, 자기가 나설 수는 없다. 그래서 자식 잘 기르는 구훈장(具訓長)을 데려다, 형선이의 머리를 올리고 성복을 시키기로 했다.

오늘은 박참봉의 둘째아들 형선이가, 강선루 뒤 정씨 집으로 장가를 드는 날이다. 박참봉은 지난밤은 큰집 사랑에서, 처남 되는 최관술(崔寬述)이와 같이 잤다. 그는 형선이가 장가가는 데 후행을 가기 위하여, 어제저녁 이 고을서는 한 십리 폭이나 되는 갱고지서 일부러 들어온 것이다. 최관술이는 삼십 고개나 겨우 넘었겠는데, 주둥이 위에 자개수염[51]을 뻐드럭하니 기르고, 또 머리를 반반히 깎았던 것이 적지 아니 도왔다. 낡은 습관을 엄숙하게 지키는 집안이리면 동학(東學)에 취한 최관술이를 보내서 안 될 일이 많겠으나, 마침 사돈되는 정봉석(鄭鳳錫)이가, 이즈음 예수를 믿기 시작했다는 말이 돌아다닐 만큼 개화사상에 흥미를 갖는 이므로, 이 고장서는 하나밖에 없는, 서울 출입 자주하는 처남으로 손우수를 작정한 것이다. 신식으로다 내뻗치자면, 최관술이 당할 놈이 없으리라고 생각했던 것이다.

둘이 다 한시에 자리에서 일어났다. 박참봉은 머리맡에서 살쩍[52]을 내어, 머리카락을 몇 번 상투 있는 쪽으로 치쓸어 올리고, 안방에서도 들릴 만큼 한번 목을 돋우어 침을 뱉었다. 하기는 이 기침소리는 자고 깨나면 이즈음 유난히 목이 걸걸해지는, 가래를 돋우노라고 하는 것만이 아니라, 비복이나 마누라에게 자기가 기침(起寢)을 하였노라고 알리는 신호로도 되었다. 자리끼[53] 물을 북 끌어다가 양치를 울걱울걱 하고, 옷 괴춤을 허리띠로 가눈 뒤에 담뱃대를 끌어 나무재떨이에 떵떵 울렸다.

관술이는 윗목에 깔았던 요 속에서 냉큼 일어나서, 조끼주머니를 만지더니 담뱃갑을 꺼낸다.

"히로[54]가 마츰 두 대 남었으니, 형님 이거 한 가치 피어보소."

하고, 한 가치는 제가 물고 또 한 가치를 내 대이면서, 이편 한손으론 담뱃갑을 비비어 내버린다.

"응, 히로."

하고 입속으로 중얼거리더니, 담뱃대에 담으려는 잎담배를 놓고, 관술이가 주는 권연을 받아든다. 입술 가운데에 오무라뜨려 물고 주머니에서 부싯돌을 꺼내서 불티가 튀게 마주 치고 있는데,

"아니 이 잎성내를 쓰지, 거, 머 시끄럽게."

하면서 선반 위에 올려놓은 긴 대팻밥을 하나 꺼낸다. 대팻밥 끝에는 노란 인(燐)이 유황색으로 반짝반짝 한다.

"다 됐쉐. 괜한 돈을 색여, 이게믄 심심치두 않구 좋은걸."

손끝으로, 불 붙어 오르는 불깃을 꼬집어 들고 권연 끝에 갖다 대인다. 서너 모금 뻐금뻐금 빠니 불은 담배에 옮아붙는다. 관술이는 슬며시 성

냥을 다시 바나나 뭉치처럼 묶어놓은 속에 꽂고, 박참봉에게서 담뱃불을 빌려온다.

"이놈 좀 독했으믄 좋겠네, 원 김빠진 술맛 같아서."

"깡초만 잡숫던 이야 뽕잎 말리어 피우는 맛일걸요."

안방에서 마누라가 나오더니,

"구훈장 아직 안 왔지요."

하고 물으며 자리를 가만가만히 개어놓는다.

"내 자리는 내 개리다. 두어두소 뉘님."

하는 것을,

"두어두게. 내 개게."

하면서

"누구 사람 보낼까요?"

하고 재처 묻는다.

"두어두소. 어젯밤 사람 보냈으니, 안 오리. 머, 그리 바쁘게 하구 어데 한 백리길을 갈랴우. 한 고을 안인걸. 어서 최주사 세숫물이나 떠다 올리우다."

안으로 난 외짝문을 열고 마누라는

"세숫물 사랑에 떠라."

하고 소리를 지른다. 문을 열어 잡은 채,

"어떻게, 조반 전에 해장들 하실라우."

하면서 영감과 제 오라비를 번갈아본다.

"누님 고만 두슈, 오눌 남의 집이 가면서 새벽부터 취하겠소."

히고 관슬이가 말하는데, 참봉우 못 들은 척하고 나직이,

"구훈장이나 오거든."

할 뿐이다. 마침 구훈장이 마루 위에서 기침을 두어 번 한다.

"들어오우. 지금 안 온다구 사람 보내려던 참이요."

흰 두루마기에 갓을 단정히 쓰고 두 손을 맞부비면서, 오십 줄에나 들은 구훈장이 들어서니, 최관술이는 약간 궁둥이를 들었다 놓고, 주인마누라는 살며시 뒷문으로 나간다.

"아직 새벽엔 춥습니다."

바른손으로 수염을 한 번 싹 내려 쓸더니,

"얼음 풀린 데가 얼마 됐다구 춥지 않겠수."

하는 주인의 말에 또 한 번 손을 마주 부비며, 세웠던 다리를 주저앉힌다.

세숫물이 나오고 이어서 술상이 들어왔다. 그러나 모두들 가볍지 않은 책임을 앞에 둔 만큼 석 잔 이상은 하지 않았다. 곧 술상을 물리고 조반상을 받았다.

아침을 먹고 나선 구훈장을 데리고 안방 윗간으로 들어갔다. 이 방에서 형선이가 땋아 늘였던 머리를 올려 틀고, 옷을 바꾸어 입고 사모각대[55]를 하게 마련이다.

문을 열어보니 방 안이 텅 비였다.

"형선이 건너오구, 또 대야에 물이랑, 얼깃[56]이랑, 모두 준비해오너라."

이렇게 부엌과 맞은 방 쪽을 향하여 분부를 내리고,

"자, 구훈장 들어앉으소. 최주사두. 난 밖에 나가 마바리꾼[57]이랑, 권매상꾼이랑, 모두 조반들 먹었나, 좀 돌아보구 올게니."

참봉은 담뱃대 쥔 손으로 뒷짐을 지고 중대문을 지나 마당으로 횡 하니 나간다. 허리끈에 찬 주머니와 담배쌈지와 돋보기가, 움직일 때마다 일시에 출렁출렁 그네를 뛴다.

산산이 풀어 헤친 머리를 한편 목에 늘어트리고, 형준이와 함께 형선이가 토방으로 나서서 이편 마루로 옮아 선다. 형준이는 벙글벙글 웃는데, 형선이는 위 눈시울을 내리깔고 얼굴이 불그레해서 부끄러워한다.

"어째 머릴 안 깎구 그러는가 했더니, 장가갈 때 상투 한번 틀어서 색시한테 뵐려구 그랬구나."

하면서, 저이 외삼촌인 최관술이가 바라보며 웃으니, 신랑 될 사람은 아무 말도 안 하고 씽긋이 웃기만 한다.

"왜, 좋으냐."

하고 껄껄 웃다가, 문지방으로 들어갈 때 펑퍼짐한 옷지개를 보고는,

"아 저 녀석, 저 어깨통 보게. 옛적으로 치자면 아들 삼형제는 밑졌다."

사실 열아홉 살이라면 대단히 늦은 장가다. 지금 머리를 변변히 깎고, 히로를 붙여 물고, 서울 출입만 하는 최관술이 자신이, 열네 살에 장가를 들었는데, 그때에는 이것도 늦은 장가라고 아들 둘은 밑졌다고들 야단이었다.

"너이 색시가, 열아홉되두룩 장가두 못 간 게 대체 어찌된 병신인가 하구, 지금쯤은 조마조마해서 아침두 못 먹었을라."

하고 또 한 번 제쳐서 놀려대니, 건넌방에서 주인마누라가 신부댁에서 어저께 살쌍과 함께 가져온 신대의 옷을 들고 건너오면서,

"색시두 열아홉인걸. 이즈음 개화한 사람들이라 그래야 된답데."

하며 말참견을 한다. 문밖까지 와서 마루에 아직도 그대로 서 있는 저의 오라비에게 옷보를 주며,

"아니 들어가지 왜 이러구 섯누."

한다. 관술이는 그제서야 옷보퉁이를 받아들고 방 안으로 들어가서 문을 굳이 닫았다.

밑으로 땋아 내렸던 머리카락을 잡아올려다 바짝 조여서 상투를 틀고, 농이[58]로 바드득 바드득 죄이니 미리 밑이 아픈지, 형선이는 눈살을 잔뜩 찌푸리고 꿇어앉아 있다.

"아프냐? 고것쯤이야 뭘, 남의 체니[59]를 잡앗또리 할래문, 그만 아픔

대
하

27

은 참아야지. 고, 좀, 바싹 더 잡아당겨 주우."

"외삼촌은 꽤니 그럽네다레."

하고 형선이는 처음으로 입을 연다.

"어째서 언짢으냐. 네 형보구 물어보렴. 내 말이 괜한 말인가. 그런데 너 참 색시를 한번 본 적이나 있니?"

이 말에는 형준이가 웃으면서,

"아마 본 적이 있게 혼잣말이 난다니 좋아서 하루 종일 밥두 안 먹었지."

하니, 형선이는,

"내가 왜 밥을 안 먹어, 여느 때보다 한 그릇이나 더 먹은걸. 뭐이 슬퍼서 밥을 안 먹어."

하고 흥 하니 코웃음을 친다.

"옳다. 그 말이 잘한 말이다. 늦장가 들면서 기쁘믄 기뻤지, 슬퍼서 밥 안 먹을 일이야 없을 거라."

이러는 새에 상투는 다 틀어 올렸다. 상투 끝에 새빨간 산호를 꽂고 나서는,

"인젠 세수를 하시게."

하고 구훈장이 다시 한 번 낯을 숙여 형선이의 새로 단장한 얼굴을 엿본다.

머리채가 들리어서, 해에 끄실리지[60] 않은 곳이 유난히 희었다. 뒷데 석이가 허청하여 솜털만이 보르르하고, 덜미가 형선이 자신에게도 한결 거뿐하다. 온순한 얼굴이, 더부룩하던 머리카락을 다듬어 올리니, 개름하여[61] 더욱 이쁘장스럽다. 코밑에 수염으로 될락말락한 솜털이, 아직 애송이답게 보스스하다. 그러나 웃통을 벗어 붙이고 꺼끔 서서 세수를 하는 걸 보니, 팔과 어깨와 가슴이 어른 부럽지 않게 두드럭두드럭 하다.

"저 팔과, 저 가슴과, 저 어깨로……."

이렇게 등 뒤에서 멍하니 아우의 모양을 내려다보던 형준이는, 제가

장가들던 날을 생각하면서 속으로 빙그레 웃었다. 이무[62] 다시 올 수 없는 시절이나, 지금 생각하여도 가슴이 울렁거리는 감격의 날이었다. 형선이 혼사가 대략 작정 되었을 때, 색시 선을 본다고, 어머니와 두뭇골 서모와, 그리고 형준이의 처가 셋이서, 정봉석이네 집을 찾아갔던 일이 있다. 이무 혼사는 절반 이상 된 혼사요, 이것은 일종의 형식에 지내지 않지만 다녀온 뒤엔 모두 색시 인물이 깨끗한 것을 칭찬하였다. 밤에 형준이가 아내 더러 물으니, 얼굴은 반달처럼 실한데, 눈이 개름하고, 콧날이 오뚝하고도 끝이 뾰족하지 않으며, 무엇보다 자그마한 입술이 귀엽더라고 한다. 뒷자대[63]가 바르고, 땋아 늘어트린 머리채가 궁둥이 밑에까지 치렁치렁 하더라고. 그래 은근히,

"자네 체니 적 보담두 곱던가."

하고 물었드니,

"별 말심을 다."

하면서 옆구리를 약간 찌르는 듯하고,

"나 같은 촌체니가 머."

하면서 씩 웃는다.

"난 그래두 자네가 제일 고운데."

하고 또 한 번 빈정대었더니, 진정 노하기나 한 듯이,

"아이가 둘씩 되는 늙은 할밀 두구……."

하면서 나직이 한숨까지를 짚는다. 지금 겨우 스물 셋에 이렇게 낙심을 하는가 ―그래서 두득두득 잔등을 두들겨주었다. 그러나 그의 육체에서 전날과 같은 딴딴한 굳은 탄력이 없어진 것만은, 형준이 자신도 어찌할 수 없는 사실이있다.

이튿날 형선이놈이 학교에 갔다가 오는 걸 붙들고서, 연자간 뒤로 갖다 세우고,

"너 형선이, 호박이 덩굴째 떨어졌다."

하니, 무슨 영문인 줄을 모르고,

"왜, 내가 무슨 삼십육계[64]를 했소."

한다.

"엑키, 삼십육계에만 호박이 떨어지냐. 그보담두, 이건 참, 진짜루다 횡재한 셈이다. 아니, 네 혼삿말난 정좌수 딸이 양구비 쩜쩌먹게 곱드라는구나."

하고 어깨를 툭 내려쳤다. 아우는 와락 형의 팔을 자기 어깨로부터 뿌리치고, 휑하니 달아나며,

"괜한 소리."

하였지만, 그의 입은 터진 팥 자루처럼 벌어져 있었다.

이렇게 한갓되지 않은 생각을, 형준이가 두루두루 하고 있는 동안, 형선이는 소금으로 양치질을 하고, 더운 물에다 낯을 씻었다. 그러고는 옷보퉁이를 끌러서 흰 명주 바지에 옥색 저고리를 입고, 그 위에 도리[65]불수[66] 조끼를 입은 뒤에, 삼성 버선을 한편으로 몰아쳐 신고 나서 옥색 대님을 질끈 졸라 매었다. 홀쩍 일어나서, 장날 화장수한테 갓 사다 매었던 실로 땋은 허리끈을 뱀 사리듯 내동댕이치고, 전반처럼 넓게 접어온 새 끈으로 바지 괴춤을 느즉하니[67] 잡아맨다. 새총 바지가 된 무종아리를, 잡아 내려서 옹구뿔 바지통을 만들고, 덤덤히 자기 옷 입는 품을 바라보고 섰는 세 사람의 눈이 부끄러워, 슬그머니 돌아서서 두루마기를 쳐들어 올렸다. 그래도 웃음이 자꾸 나와서 참기가 거북하다. 웬한 실없는 웃음이 이렇게 설뚱한[68] 가슴속에서 우러나오는지, 자기로서도 제 마음을 알 길이 없다.

두루마기를 입고 난 뒤에, 다시 단령을 입고 사모를 쓰고 각대를 띠었다. 이제는 사선[69]을 들고 말안장 위에 올라앉기만 하면 그만이다.

그러나 곧 출발을 하지는 않았다. 이렇게 성복을 하고 아버지와 어머니를 뵈인 뒤에, 다시 두루마기까지를 벗고 나서 그는 비로소 여태껏 굶었던 빈 뱃속에 아침밥을 넣었다. 그러나 밥도 잘 안 먹혔다.

십이봉 밑을 꽉 얼어붙였던 두터운 땅덩지 같은 얼음이, 시루떡처럼 구멍이 숭숭 뚫어져서 그것이 노전떼만큼씩이나 크게 틈이 갈라지더니, 연사흘을 두고 쉴 새 없이 너부주룩하니 흘러내렸다. 이것이 맑히 흘러내린 뒤엔, 물이 유난히 탁해지고, 수위가 눈에 띠이게 부풀어 오른다. 다시 물이 맑아지고 수위도 제대로 가라앉을 무렵이면, 십이봉 양지바른 곳엔 산들산들 바람이 불고, 나뭇가지마다 물이 올라서 목화씨같이 엄눈에 살이 오른다. 아침저녁은 추우나, 대낮에 해가 쨍쨍 내려쬐일 때엔 포근하게 따스하다. 긴 하루해가 지리하게 졸림을 부르는 시절이다. 바로 오늘이 그런 날씨다.

얼마 아니해서 오정이 되리라는 때에, 형선이는 많은 사람이 둘러선 가운데서 받들어주는 사람도 없이 말안장 위에 냉큼 올라앉았다.

박참봉네 행길 건넛집은 이칠성(李七星)이네 집이고, 윗집은 나카니시(中西) 상점이고, 아랫집은 조그만 사탕장수라고, 깨엿도 놓고 호두엿도 놓았는데 진소위 사탕이라 명칭이 붙는 것으론 채다리과자와 얼음과자가 적은 나무통에 들어 있는, 김용구(金容九)네집이다. 사나이라고 생긴 건 아이까지 나서고, 늙은 여편네들도 부엌 챙 바자 앞에 나섰다. 바자 틈으로 힐끗힐끗 흰 그림자가 보이는 것은, 행길가에 나설 수 없는 젊은 아낙네와 나차른 처녀들이 숨어서 행길 쪽을 엿보는 탓이다. 나카니시네 집에서는 본시 나카니시가 혼자 홀아비생활을 하고 있으니, 다른 누구가 나설 이도 없다. 처음에 제부(遞夫)를 다니면서 처음 이곳에 온, 이 나카니시는, 그 뒤에 진위대(鎭衛隊)[70]가 없어지면서 수비대가 얼마간 주둔해 있을 때에, 용달을 맡아서 일년 안짝에 적잖은 이(利)를 보아 지금은 제법 큼직한 잡화상이 되었다.

아래 윗거리에서도, 부잣집이고 행세하는 집들 간의 혼삿날이니 만큼, 많은 사람들이 쓸어 모이었다. 이 집과 친히 내왕하는 사람은 박참봉 옆에 서 있고, 거래가 그리 많지 않은 사람은 저이끼리 두세 사람씩 패를 지어 수군거리며 말 있는 행길 가운데를 구경하고 있다.

신랑이 타고 있는 둘째 번 흰말이나, 후행이 탈 갈색으로 팡파짐하니 다부지게 생긴 노새나, 안부(雁夫)[71]가 탄 맨 앞에 자그마한 당나귀나, 모두 박참봉 제 집에서 친히 기르는 짐승들이다. 흰말과 당나귀는 먼 길을 갈 때나, 추수할 때 타작하려 가노라고 가끔 타고, 노새는 연자질을 시키노라고 손수 먹여 기른다. 길 가운데 서서 수많은 눈이 저이들을 보고 있는 걸 아는지 모르는지, 발굽을 울리며 커다란 눈을 꺼벅거리고 탈 사람들을 기다리고 있다.

마바리꾼에게 줄 것으로 흰 무명 세 필을 한끝씩 풀어서, 안장과 짐승의 코숭이와 꼬리 있는 데까지 희게 줄을 늘인 것이, 풍족해보여 볼품이 좋았다. 말꾼들은 말초리가 끝에 붙은 채찍을 등골에 꽂고, 말꼽지를 단단히 받게 붙들고서, 그중의 한 사람은 말의 머리를 가만가만히 쓸어주고 서 있다. 기러기를 안은 구훈장이 탄 당나귀 앞에 저만치 앞서, 권마성꾼 둘이 서서 박참봉 쪽을 눈이 찌그풍해서 바라보고 있다. 이들의 고함소리가 청 높은 염불처럼 거리를 뒤흔들 때엔, 말방울이 울고, 말꾼의 채찍이 보기 좋게 말 궁둥이를 후려갈기는 때이다.

모든 준비가 되었는데 박참봉과 후행 갈 최관술이가 대문 안에서 무슨 일인가 수군거리고 있다. 사람들의 시선은 모다 그쪽으로 쏠려 있다. 말 탄 채 벌써 적잖은 동안을 기다리고 서 있는 구훈장과 신랑도, 궁금해선지, 하나는 기러기를 안고, 또 하나는 뻔히 사선을 든 채 그쪽을 바라보고 있다.

이야기는 최관술이가 쓰고 있는 국자보시를 벗고, 갓을 대신으로 쓰라는 교섭이다. 그러나 최관술이는 좀처럼 박참봉의 말을 듣지 않는다.

지금까지 이 고을서 쓰는 개화된 신식모자는 두 가지 밖에 없었다. 학도들이 쓰는 삽포−다시 말하면 학생 모자가 그의 하나요, 학도 아닌 사람이 쓰는 국자보시가 다른 또 하나다. 국자보시라는 건 헌팅 비슷한 건데, 이곳서는 그것을 도리우찌라고도 안 하고 국자보시라 한다. 물론, 그것을 쓰는 사람도 별로 없다. 최관술이가 금테로 만든 개화경을 코허리에 걸고 검정 명주 두루마기에 발목덜미까지 높이 엮어 올린 구두를 신고, 반반히 깎은 머리 위에 뎅그렁하니 올려놓은 것이, 이 국자보시란 게다. 그는 다시 울퉁불퉁한 황양목을 껍질을 벗겨서, 옹지 있는 곳을 약간 불로 태워 그것을 개화장이라 집고 다닌다.

다른 것 다 말고, 저 더부룩하니 깎은 머리 위에 홀랑하니 방정맞게 올라앉은 꼭지 있는 바리깨 같은, 국자보신가 젓가락보신가 한 것만 벗어버리고, 그 대신 구훈장처럼 점잖은 감투와 갓만 써준다면, 그까짓 코허리가 시근시근한 개화경이니, 개백정들이나 들고 다닐 개화장[72]이니 한 것 같은 건, 그런대로 모른 척도 할 수 있을 것 같다.

처음 박참봉은 이왕 신식사람을 보내는 바엔, 그가 어떠한 모양을 하건 눈 감아두려 했었는데, 정작 말이 나서고 사람들이 모인 가운데서 처남이 하고 있는 품을 바라보니, 아무래도 마음 한 모퉁이가 께름하고 믿음성이 가지 않아 참을 수가 없는 것이다.

그러나 당자가 우겨대는 판국이니, 지금 이 자리에서 아웅다웅 다투고 있을 수도 없는 형편이다. 소견대로 하라고 내맡기니, 최관술이는 자개수염을 흰번 부비고, 성큼성큼 개화장을 둘러가며 노새 있는 쪽으로 걸어간다. 말을 타고 개화장을 두를 수도 없는 터이라, 말 옆에 우뚝 서서 몽둥이를 횡횡 객쩍게 둘러본 뒤에, 그놈을 난뜨럭 말안장 옆에다 가로

질러 끼운다. 휙 하니 말 위에 올라타더니 한 번 개화경을 햇빛에 번적하니 빛내이고,

"자, 가자구."

하면서 발뒤꿈치로 노새 배통머리를 가만히 두어 번 찌른다. 이 말이 떨어지기가 무섭게 잔뜩 대기하고 있던 권마성꾼이,

"아— 아으아—."

하고 앞에서 목청을 도두 세워서 소래기[73]를 지른다. 당나귀가 아장거리고, 신랑 탄 흰말이 꼬리를 두어 번 치다가 떼꿈떼꿈 걸어간다. 새서방은 사선으로 얼굴을 가리고 눈앞에 우쭐거리는 먼 앞길을 황홀하게 비치어 본다. 손우수가 탄 노새도 냉큼냉큼 발굽을 두어 번 구르듯 하더니, 방정맞게 외해행 소리를 치며 앞말을 따라간다. 말이 강선루를 바라보며 앞으로 움직이는 대로, 권마성과 말방울 소리에 맞추어 구훈장의 갓과 신랑의 사모와 손우수의 국자보시가 후물후물 춤추듯 한다.

강선루 앞에서 망을 보던 아이놈이, 먼 데서 권마성 소리가 나고, 말과 사람이 움직이는 것을 보더니, 풀맷돌처럼 날쌔게 달음질을 쳐서 정좌수네 집을 향하여 뛰어간다. 눈앞에 정좌수네 집 대문이 보이고 그 앞에 많은 사람이 아물거리는걸 보고는 바른팔을 내두르며,

"샛시방 온다. 구릉다리께 지냈다."

하고, 아직 구룡교에 다다를 겨를도 못된 것을 보탬을 해서 지저귀어댄다. 이 아이놈의 소리를 받아가지고, 대문 밖에서 어정대며 잔심부름을 하던 축들이, 두서넛 안마당으로 뛰어 들어가며,

"샛시방 구릉다리께 지낸 지 오래다니, 어서 상 준비하우."

하고 소래기를 지른다. 이 말은 순식간에 마당과, 후간과, 청간[74]과, 부엌과, 움 안에까지 퍼져나갔다.

과방간[75]에서 큰상을 고이 든 과방꾼들이 약과 과줄[76]을 산같이 고여

놓은 목구를 옮겨주고 옮겨 받으며,

"빨리 빨리 합세다. 샛시방 문밖에 왔답네다."

하고 수선을 피운다. 신랑이 들어 앉아 큰상을 받을 안방 윗간에 돗자리를 깔고, 그 위에 호랑요를 깔던 이집 막서린가 누군가는 뒤꼍에 펼쳐놓은 산수평풍을 바라보면서 툇마루로 뒷걸음을 치다가, 엉겁결에 실족[77]을 하여 뜰 가운데 비스듬하니 나가 떨어져 뒹굴었다. 남이 아프거나 말거나, 모두 와— 하고 웃는 가운데서, 넘어졌던 자는 궁둥이를 턱턱 털며, 소리 난 것 봐선 별로 다친 곳도 없는지 제풀에 벌씬 웃고 돌아서는데, 사랑 뒷문을 열고, 떠들어대는 안마당에 눈을 돌렸던 정좌수가 일의 사연을 알고, 별반 상처 난 것도 없는 것을 안즉,

"덤베지들 말구 조심조심히 해라."

하고 나직이 기갈을 하고는 문을 도로 닫는다. 부엌에서도 이것을 내다보고, 국수물을 끓이던 용네어미가, 뒤뜰 안 움 잔등에서 떡에 참기름을 바르고 있던 주인마누라에게 달려가서,

"마루에서 떨어져서 누가 다리를 상한가 봐요. 지금 막 밖에까지 샛시방이 왔다는데. 다리를 삐었는지 부러트렸는지 일어나질 못하고 쩔름거림네다."

누가 상하였다는 바람에 주인마누라가 떡함지를 놓고 부엌으로 뛰어나와 안뜰을 내어다보니, 별로 그런 일이 일어난 것 같지도 않다. 모두 음식을 들고, 과방간으로 왔다 갔다 하는데, 어디 한 사람치고 몸에 상처를 입은 이가 있는 성싶지 않다.

"누가 업구 사랑엘 갔나."

하고 용네어미가 그 뒤의 일을 조사하려 뜰 안으로 나가려는 것을 원반[78] 할 만두를 빚고 있던 부인네 하나가,

"상하긴 뭐이 상했다구 용네엄매는 저러구 댕기나."

하는 바람에, 두룩두룩 여러 사람의 얼굴을 번갈아 쳐다보는데 벌써 주인마누라는 용네어미의 허풍선인 것을 알아차리고 그대로 떡함지 있는 움 잔등으로 간다.

사랑에서는 신랑 일행이 오기를 대기하고 있는, 인접과 손대들이 모두 의관을 갖추고 부슬부슬 일어나 밖으로 나간다.

"권마성 소리가 안 들리니 아직 강선루 앞에두 안 온가 부다. 너머 일즉 나가 뭘 하간."

하고 정좌수는 여러 젊은이들에게 말하였으나, 자기 자신도 일어나서 갓을 쓰고 흰 두루마기를 입었다.

강선루의 옆 담장을 휙 돌아서니

"아– 아으아–."

하는 권마성 소리가 유난히 높이 들려오고 이어서 구훈장 탄 당나귀가 빼뚝빼뚝 나타난다. 신랑 탄 흰말과 그 뒤로 최관술이의 국자보시가 보이면서, 올숭졸숭한 많은 아이들이 옆으로 뒤로 따라 선 것이 보인다.

"기러기 안은 건 구훈장이구, 손우수는 갱고지 최주사로구만."

하고 눈 밝은 젊은이들이 떠들어대는 것을, 정좌수는 대문 아래 서서 먼발로 일행이 올라오는 쪽을 바라보고 있다.

새서방이 왔다는 바람에, 일하던 사람들까지 일손을 놓고 모두 대문 밖으로 몰려나왔다. 부인네들만이 안타가운 생각을 누르고서 부엌 안에서 허성대었다. 본시 바탕이 없는 여편네들만은 사나이 장정들 틈에 끼어, 시시덕거리며 말 위에 탄 신랑을 보고, 다시 노새를 탄 최주사의 모양을 웃었다. 이 고장서는 볼 수 없는 가죽구두를 신고 머리 위에도 뭔가 별스러운 걸 썼다. 미상불 이들에게는 생각도 못했던 일이므로, 놀랍고도 우습지 않을 수 없었다.

여럿이 부축해서 신랑을 말에서 내려 세우니, 파란 명주 두루마기를 입은 젊은 인접이 두 사람, 그를 안내해 대문 안으로 데리고 가고, 안부와 후행은 손대가 나서서 사랑으로 인도한다.

"최주사, 수구러히 오셨읍네다."

하고 인사를 하니, 어느 새에 빼어 들었는지, 개화장을 두르며 걸어오던 최관술이는, 바른손으로 국자보시를 벗어들고,

"천만에 말씀이올세다. 퍽이나 바쁘시겠읍네다."

하고 전부터 안면이 있는 정좌수에게 마주 인사를 한다.

"춘부장께서도 안녕하시겠읍지오."

하고 다시 한 번 정좌수가 인사말을 하니,

"덕분에 건강하올세다"

하고 대답한다. 그들은 사랑으로 들어갔다. 엮어 올린 구두끈을 끄르노라고, 한참이나 마루에 꺼꿉 서서 어물거리는 최관술이를, 행길에 서서 바라보고 있던 어린아이놈들은 구두 속에서 나오는 것이 흰 버선이 아니고 까마툭툭한 양말인 데 또 한 번 놀라

"야 저게 구두버선이다. 가죽으루다 맹그른겐데, 아마 백 냥 남아 한 대."

하고 한 아이가 아는 듯이 설명을 한다. 나카니시 상점에서도 구두버선은 파는 것이 없었다. 한 켤레밖에 없는 구두버선은, 가죽으로 만들기는 샘스러, 발뒤꿈치가 나간 것을 삼성 조박지로다 잡아 옭아매었다. 그러나 최관술이는 의기양양해서 개화장을 마루에 세워놓고, 개화경을 번쩍이면서 방 안으로 들어간다.

안방 윗간에서는 지금 막 큰상을 들인다. 가운데 앉은 신랑의 상이 들어가고 앙쪽에 앉은 두 사람 인접의 상이 들어간다. 절편, 증편79, 이차떡80, 조차떡, 설기떡으로 높직하니 다섯 목구가 높은 축대처럼 올라앉았는데 흰 과즐, 붉은 과즐이 한 목구씩, 약과가 첨성대처럼 한 목구, 이

밖에 깨대식, 콩대식, 지짐, 산적, 행적, 파적, 사과, 배, 날밤, 대추 빠진 거 없이 듬뿍이 쌓아올렸다. 그위에는 오색이 영롱한 갈꽃이 한 떨기씩 꽂혀 있다. 세 개의 상이 가지런히 놓인 앞으로, 국수그릇과 술잔과 은수저가 놓인 적은 상이 곁따라 놓였다.

구훈장네 서당에서 지난 밤새도록 구훈장더러 단자[81]를 베껴가지고 온 어린 총각 아이들이, 마루에 한 뭉치 모여앉아서 단자 들일 준비를 하고 있다. '立月卜己三'이니 '左七右七橫山倒出'이니 뭐니 하고 여남은 장 써가지고 그중의 한 장을 인접을 통해서 들이니, 신랑의 학식을 시험하노라 사람은 백차일[82]치듯 마루와 뜰 안에 둘러섰다.

부엌 안에서 작은사위의 얼굴을 엿보지도 못하고 서 있는데, 큰딸이 쪼루루 사람들 등 뒤에서 신랑의 얼굴을 보고 와서,

"얌전한 게 샛서방이 곱게 생겼소다."

하는 바람에 주인마누라는 벌서 오므라지기 시작한 볼편과 입가 상으로 해족[83]하니 웃음을 짓는다. 용네어미가 또 손을 내두르면서 뛰어들어오며, 큰딸이 있는 것도 모르곤지,

"큰사위 둘 가지구두 못 당하겠쇠다. 아니 이게 남중절색이 아니외까. 오마니두 참 잘 맞었단말요. 앵이 난두 고런 샛서방이나 한번 얻어봤으믄."

하고 객적게 웃어보다가, 옆에 입을 딱 감물고[84] 서 있는 이집 큰 딸을 발견한즉,

"어머니는 딸두 잘나셨거니와 사위두 잘 맞으신단 말이애요. 아니 어쩌면 큰사위가 그렇게 인물이 절색인데, 또 작은사위마저 저렇게 곱답네까."

하고 다시 마당으로 뛰어나간다.

인접에게서 단자가 온 것을 힐끗 보더니 들려주는 붓은 받지도 않고, 형선이는, 옆에 있는 인접에게,

"그대루 물레주우."

하고 나직이 말한다. 모든 사람은 적잖게 실망하였다. 서당 공부도 상당히 했고, 벌서 몇 년째 기독학교니 동명학교니를 다니는 학도니만큼, 십여 장의 단자 같은 건 훌훌 써 내갈길 줄 알았던 그들은, 아예 들이댈 척도 안 하는 신랑의 태도에 실망을 느낀 것이다. 그러나 어쩔 수 없는 일이다. 상을 안 주겠다면 커니와, 딴 말 없이 물리라는 데는 다시 두 말이 있을 수 없다. 인접이 대신하여 커다랗게 '退' 자를 써서 내갈기니, 이 소리를 부엌에서 들은 신랑의 장모는,

"단자상은 따루 채려 올릴게니, 큰상은 그대루 둬두소."

하고 밖을 향하여 소리를 질렀다.

"큰상은 웃어룬들이 게시다니 보내올리야 하겠소다."

하고 다시 뇌우친다.

큰상을 놓아둔 채 원반상이 들어왔다. 만둣국에 흰밥을 말은 것이다. 인접이 권하는 대로 신랑은 술을 들어 원반을 몇 술 떠먹었다.

"만두 세 개는 먹어야 첫 아들을 본다네."

하고 어느 늙은 노파가 놀려대니 모두들 와 하고 웃어댄다. 그러나 형선이는 만두 한 개를 먹었을 따름이었다. 사랑에서는 주안[85]이 한창 벌어져 있었다.

3

보부(寶富)는 사촌오라비 되는 강선루 앞, 정영근(鄭永根)네 집에서 하룻밤을 갔다. 윗방에는 오라비 되는 정영근이 큰아들을 데리고 자고, 아랫방에는 솔게기 작은아들과 젖붙이 아이를 끼고 아랫목에서 잤다. 비록 사촌오빠네 집이라도 이렇게 제 집을 나와서 딴 곳에서 자보기는 이번이 처음이었다. 정영근은 진위대에 장교로 다니다가, 그것이 없어진

뒤엔 학교에 체육교사로 있다. 새벽에 일어나면 일곱에 난 아들을 깨워가지고, 비류강에 가서 낯을 닦고 강변으로 다니면서 나팔을 불었다. 그는 학도들에게 나팔도 배워주었다.

　이불속에서 오므라치고 자던 잠이 헌뜻 깨이니, 아랫방에서는 아직 모두 새벽잠에 취하여 있다. 먼저 천장을 보고, 바람벽에 걸린 것을 휘 둘러보고, 이것이 내 집이 아니라, 사촌오라비네 집 아랫방이라는 것을 생각하고, 동시에 제가 어젯밤 올케와 함께 강선루 뒤, 자복사(慈福寺) 골목을 지나서 물 옆길로 이곳까지 온 것을 연상한다. 처음 한 뜻은 그가 어째서 이리로 와서 난생 처음 딴 집에서 밤을 새지 아니하면 안 되었는가를 생각지 못한다. 그러나 어젯밤 이곳까지 와서 아랫목에서 자라고 권하는 것을 기어코 윗목에다 자리를 잡던 것과, 불을 끄고 자리 속에 들어서 모두 숨소리를 높이고, 또는 코를 골면서 잠에 깊이 취하도록, 자기는 두 눈이 새록새록한 채 잠이 오지 않던 것과 구름 같은 생각과, 또 생각에 따르는 까닭모를 가슴의 심한 동기와, 약간 잠이 들면 꿈이나 가위에 눌리어 이불만 뒤채던 모든 것을 두루두루 생각하고는, 비로소, 훤하게 밝아오는 오늘이 자기에게 있어 일생에 가장 큰 날이라는 것을 의식하는 것이었다. 오늘, 열아홉 살 맞는 처녀 정보부는, 여태껏 자랑으로 삼아왔던 삼단 같은 긴 머리를 끌러서 틀어 올리고 연두회장 저고리에 붉은 치마를 입고, 생전 처음 보지도 못한 남의 집 총각과 더불어, 앞으로 아득하게 벌어질 생활의 광야를 향하여 처음 그의 열쇠를 열어젖히려는 것이다. 오늘 하룻밤 동안에 운명의 신이 가져다주는 열쇠를 그가 두 손으로 꽉 바로 잡는가 못 잡는가로써, 그의 일생의 행복은 결정이 된다. 그의 가슴이 두근거려 거의 덮은 이불을 울릴 듯하고, 그의 머리가 천근인양 무거운 채 지적을 가눌 수 없는 건, 모다, 이 긴박하고 재릿재릿한 중요한 순간을 맞이하여, 당연히 가져야 할 순결한 육체와 정신의 피할 수 없는 자세인 것이었다. 호기심과, 초조와 알지 못할 환희와, 감격과 흥분이 함께 뒤엉켜서 장마 때의 성난 비류강처럼, 마지막에는 묵직한, 공포의 한 줄기 흐름이, 옥같이 맑고도 돌같이 딴딴한 그의 야무진 탄력 있는 육체를 스치고 흘러갔다.

그 사람은 어떠한 사람일런가. 이런 생각도 가끔 머리에 떠오르지 않음이 아니었다. 아버지 어머니나 웃어른들께서 오죽이나 자기를 위하여 잘 택하여 놓았으랴마는, 그럴수록 자꾸만 생각키이는 것도 남편될 사람의 얼굴 모습과 몸가짐이었다. 안 생각하려고 해도, 그리고 이런 걸 생각하는 건 자식된 도리로써나, 또는 이무[86] 백년을 같이 늙게 마련이 된 그이를 위하여서나, 그릇된 행위인 것을 생각하면 생각할수록, 자기도 모르게 꿈결같이 사나이의 얼굴이 빙그레 웃으며 지내간다.

물론 이 젊은 총각의 얼굴이, 박참봉, 박성권의 둘째아들, 박형선이의 틀림없는 얼굴인지는 알 길이 없고, 또 사진도 아니고, 초상화도 아니고, 머리에 떠올랐다가는 구름같이 사라지는 하나의 환영이매, 누구를 붙들고 물어볼 길도 없다.

언젠가 저녁녘에 행길로 난 부엌문 챙 바자 안에서 구정물을 내버리려는데, 영근이 오빠와 또 한 총각이 나팔들을 끼고 윗쪽으로 올라간다. 이화정(梨花亭)이나 천주봉(天柱峰) 앞으로 나팔 연습을 가는 모양이었다. 영근이 오빠를 따라가는 총각은 검정 두루마기에 머리채는 땋아 늘인 채 삽포를 썼는데, 콧날이 세고, 눈이 이글이글하고, 웃을 때는 옥 같은 흰 이빨이 가지런히 나타났다. 활개를 치면서 영근이에게 무슨 말을 하면서, 언뜻 보부가 있는 쪽을 정면으로 바라보고 지나간다. 물론 잘게 수숫대로 엮은 바자 안에 있는 이기, 젊은인지 늙은인지, 밖에서는 거의 여잔지 남자인지도 분간치 못하였을 것이되, 처녀의 마음은 무슨 죄될 일이라도 저지른 것처럼, 부엌 안으로 옹패기를 들고 뛰어 들어왔다. 놀란 비닭이[87]의 심장처럼, 그의 가슴은 발딱발딱 뛴다. 그는 부끄러워, 종에게 그대로 부엌일을 맡겨버리고, 어머니가 있는 방으로 올라와 버렸다. 조금 지나더니, 윗쪽 강가에서, 띠따 띠따 하는 쌍나팔 소리가 산을 울리며 그의 귀에까지 들려왔다.

어머니가 꿰매고 앉았는 삼성 버선에, 볼을 받노라고 무릎 앞에 다가 앉아보나, 유랑한 나팔 소리가 일으키는 심장의 고동은 머물려고 하지 않았다. 저 나팔 소리는 오빠의 것인가, 총각의 것인가. 아마 먼저 가르치듯이 거침없이 조자[88]가 맞아 떨어지는 것은 오빠의 것이리라, 그리고 좀 서투르게 이따금 동떨어진 큰소리를 내는 것은 혈기가 가슴에 넘쳐 있는 총각의 것이리라. 다시 함께 어우러져서 쌍나팔이 맞은 산에 우렁차게 반향이 될 때엔, 어느 것이 뉘의 소린지 분간할 수가 없고, 이상스럽게 가슴만 두근거렸다. 가끔 나팔 소리는 멎고 조용해진다. 벌써 다 불었는가ㅡ이렇게 생각하고 있는데, 마침 장옷도 쓰지 않고 영근네 언니가 왔다. 그래서,

"오라바니는 이재 누군가하구 나팔 끼구 웃쪽으로 가시드라."

하고 넌지시 알려대었더니,

"응, 박참봉네 작은아들하구 나팔불레 가시는가부든."

하고 올케도 천연히 대답한다. 그래 그 적에 본 키 크고, 눈이 으글으글 하고, 웃으면 흰 이가 새하얗게 내보이는 총각이, 박참봉네 작은아들인 것을 비로소 알았고 이따금 헌뜻 그 얼굴이 그의 눈앞을 지나가곤 하였다. 그 뒤 얼마 지나서 박참봉네 둘째아들과 보부의 혼담이, 정식으로 벌어지려할 때, 밤 깊어 남들이 이무 잠들었을 때, 혼자 총각의 얼굴을 생각해내려 했으나, 여태껏 무시로 나타나던 그 얼굴이, 머리에서만 아물거리고 도시 눈앞에 떠오르지를 않았다. 그는 이것이 무슨 조화의 일인지 알 수가 없었다. 아른아른 나타날듯 나타날듯 하다가도, 바람에 불려

서 흩어지는 안개처럼 휙 산지사방으로 날아가 버리곤 한다. 귀신에 홀린 거나 같아, 밤새껏 안타까워 한 적이 있었는데, 또 그 뒤엔 무슨 일을 할 때 같은 때, 생각도 안 하는데, 마름개질 하던 옷감이나, 아궁이에 이글이글하게 타오르는 불길 가운데, 그 얼굴이 뻔히 떠오르는 때도 가끔 있었다. 그는 자기와 혼사가 된 박참봉의 둘째아들 박형선이는 그때의 총각인 줄 확신하였다. 연세로 따져보아도 그러하고 학교의 학급으로 생각해보아도 틀림없는 그 총각이었다. 그는 은근히 만족하였다.

그러므로 신랑이 장가 오는 날은, 색시될 처녀가 집에 있으면 안 된다고, 이렇게 하룻밤을 사촌오빠 집에서 지내고, 아침 ─ 그에게 있어서는 다시 두 번 올 수 없는, 이 거룩한 아침을 이불 속에서 맞이하면서, 적지 아니 흥분과 감격을 맛보아가며 그의 눈앞에 문득 그려보곤 하는 사나이도 또한 나팔을 끼고 사촌오빠와 웃으며 지나가던 억세게 생긴 그 총각이 아닐 수 없었다. 그도 어느 결엔가 박참봉은 연세가 같은 아들을, 하나는 큰댁의 소생으로, 또 하나는 작은댁의 소생으로, 갖고 있다는 소리는 들은 법도 하건만, 이 경우에, 그때에 본 총각이 혹은 작은댁 몸에서 난 서자는 아니었던가, 하는 생각을 가져볼 여유는 없었고, 통히 그런 것을 기억조차 하고 있지 아니하였다.

그러므로 분지[89]로 얼굴을 단장하고, 녹의홍상[90]에 칠보족두리를 한 뒤에 신랑 방에 들어가서 내려깔은 곁눈으로 흘낏 새서방의 얼굴을 볼 때까지, 이런 환영을 품은 채로 있었다면, 그는 졸지에 사람이 바뀐 거나처럼 놀라서, 기절을 하였을는지도 몰랐을 것이다. 그러나 운명은 그에게 끝까지 짓궂지는 않았다. 졸지에 환영을 갈기갈기 부셔버려서, 처녀의 가슴을 데빈에 몽땅 구렁텅이로 차 던져버리지는 않고, 먼저 그에게 자그마한 암시를 보내어서 처녀의 굳은 가슴속을 헝클어놓았다.

정오가 가까워서 신랑의 일행이 권마성 소리와 말방울 소리를 울리면서, 영근네 집 앞을 지내갈 때까지도, 보부는 영창에 구멍을 뚫고 잠깐 남몰래 행길 쪽을 내어다보기는 하였으나, 아무것도 그곳에서 새로운 것을 찾아내지는 못하였었다. 방 안에 아무도 없는 것에 용기를 얻어 떨리는 손으로 그 짓을 하기는 했으나, 강아지가 덜렁거리는 소리를 사람의 발소린 줄 알고 엉겁결에 아랫목에 와서 두 손으로 머리를 괴이고 앉아버렸고, 그 짧은 순간 손가락으로 뚫은 작은 구멍으로 한 눈깔을 감고 내어다본 것은, 벌써 담장 옆을 올라가는 신랑의 잔등뿐이었고, 무어 이상한 거, 가끔 영근이 오빠도 쓰는 국자보신가를 쓰고 개화경을 낀 삼십 줄 난 자개수염만 옆얼굴로 보았을 뿐이었다. 그러니 신랑의 얼굴 같은 건 통히 새롭게 문제가 될 이유조차 없었다. 그러던 것이 그만 늙은 종이 점심인가를 가져오느라고, 대낮이 훨씬 기울어서 부엌문으로 들어와 펼쳐놓은 일장보고가, 의문을 던져주는 계기가 되어버렸다.

"아니 참 샛시방두 곱기는 한걸. 키는 자그마한 이가, 얼굴이 갤숙하구, 눈이 또 자그마하니, 생글생글한 게, 퍽 정지가 있고 상냥하실 게라구 말씀이 많습데다. 거저 복 받으시는 집안덜은, 사위를 맞어두, 고렇게 얌전한 이만 쏙쏙 뽑아다가 삼으신단 말이얘요. 자, 어서 마음놓구 원반이나 좀 잡수아보시굴랑, 인제 아마 누가 초벌단장시기려 오실 게구만요."

이런 말도 그대로 어리벙벙하니 지나쳐버렸으면 좋을 것을, 무슨 혼으론지, 그만 정신이 별똥같이 말똥말똥해서 처음 몇 마디를 놓치지 않고 귀담아 들어버린 것이, 약이라면 약이요 탈이라면 탈이었다.

키는 자그마하고, 얼굴이 갤숙하고, 눈이 또 자그마하니 생글생글하다, ―이 늙은이의 하는 말을 몽땅 고대로 귀담아 듣는 것도 안 될 말이지만 보부 자신이 생각하던 것과는 너무도 뒤틀리는 형용이었다. 아무리 늙은 눈이기로서니, 어금버금한[91] 건 몰라도, 이렇게 정반대의 것을 보았을 리야 있을 텐가. 두어 술 떠먹고, 또다시 음식을 권하며 수선을 피우려드는 것을, '어서 가서 우리 오라비를 보내라'고 부탁해서 노파는 쫓아버렸다. 그를 보낸 뒤에 방 안에 혼자 앉아서, 다시 제가 기억하고 있는 총각의 얼굴과, 늙은 종의 한 말을 대조해서 이리저리 되새겨가며 생각해본다. 아무리 새기고 되새겨보아도, 도무지 통하질 않는 말이었다. 고얀 년의 늙은 것이 나를 놀려먹노라고, 조작의 말을 가지고 씩뚝거린 것이나 아닐까, 그래서 일부러 생김새와는 정반대의 형상을 그려서, 나를 깜박 속이던가, 밤에 신랑 방에서 어리둥절한 채 흠뻑 흠살을 맞히려던 거나 아닐까. 정령 그럴 것이다. 그년의 늙은것이 나를 골릴 양으로 다 심술궂게…… 하고 픽 웃으려던 때에 문득 번개처럼 생각키이는 것이 있다. 박참봉 성권이는 나이 비등비등한, 아니 동갑 연세의 아들을 둘을 두었다는 말, 그중의 하나는 큰댁의 소생이오, 또 하나는 작은댁의 소생이라던 말, 쌍둥이같이 자라나지만, 불과 한 달의 차이라는 것, 그럭하고서 새겨보니 아우가 형보다도 훨씬 크고 장대하다던 말까지 언젠가 귓등으로 들은 법하다. 아뿔싸, 자기는 어째서 여태껏 이것을 까막하니 잊고 있었던가.

여태껏 머릿속으로 그려보고, 눈앞에 나타내어 보고, 남몰래 가슴속에 품어보던, 나팔 들은 키 크고, 눈이 이글이글하고, 웃으면 가지런한 이빨이 새하얗게 내보이는 총각은, 오늘밤에 두근거리는 가슴을 진정하면서, 백년 앞날의 생활의 첫 열쇠를 같이 더듬어 찾을 남편 될 사람이 아니었고 야속스럽게도 시동생이 될 사나이였다. 다른 사람도 아니고 바로 시동생이 될 사나이, 그를 남편과 바꾸어서 남몰래 사모해왔다는 것은, 이어이 이렇도록이나 야속할까 보냐.

부끄럼이 일시에 솟구쳐 오른다. 이런 변도 세상에 있을 거냐. 사연이 확실히 드러나진 않았더라도, 보부가 사람을 바꾸어 생각했던 것만은 틀림없는 일이라 확신해버리는 것이다. 아니, 확신할 수밖에 없는 일이었다. 그는 이 이상 더 이 자리에 머물러서, 저 억세게 생긴 나팔 든 총각을 눈앞에 그려보며, 마음을 즐겁게, 또는 안타깝게 향락해볼 수는 없었다. 그것은 용서할 수 없는 일이었다. 이 원망스런 환영을 가루가 되도록 부숴버리고, 그 가루를 다시 안개처럼 날려 없앨, 새로운 또 한 개의 환영을 급작히 붙들어 세워야만 한다. 여태껏 사나이다운 얼굴이라고 생각하던 총각의 얼굴은, 지금 이 시각부터 당장에, 징그럽고, 추잡하고, 망측하고, 해괴하고, 더러운 얼굴이라는 것을, 억지로라도 제 마음에 타일러야 한다. 눈에도 보여서는 아니 된다. 머리에 떠올라도 아니 된다. 마음 속에 숨어들어서는 더욱 아니 된다. 웃거든 침을 뱉어야 하고 가까이 오거든 밀치고 윽박질러야 하고, 뭐라고 말이라도 건넬 듯이 입술을 벌름거리거든, 주먹을 부르쥐고 볼편을 후려치던가, 코와 입술 있는 데를 각재고 쥐어뜯고 해야만 한다.

그러나 대체 자기는 그 원망스러운 총각 대신에, 어떠한 새로운 환영을 그려보아야 한단 말인가. 키가 작다고 한다. 아니 자그마하다 했으니 채 적다는 것과는 다르다. 눈도 자그마하다고 말했다. 얼굴은 개르스름하고—그러나 이런 것만으로는 도무지 사람의 형상을 그려볼 재주가 없다. 밤까지 기다려야 할 것인가. 그러면 밤이 될 때까지 아직도 몇 시간을 어떻게 아무렇지도 않은 것처럼 백지상태를 유지해갈 수가 있다는 말일가. 이왕에 아무 일도 없다면야, 앞으로 아무것도 생각지 않으며, 일 년도 이 년도 기다릴 수 있을 것 같다. 그러나 마음 한 귀퉁이에 자리를 잡고 있던, 총각의 환영을 들어내기 위하여는, 그것에 대신할 새로운 것이 있어야 할 것이다. 귀신당지기[92]를 들어내려면, 성경책과 예수가 필요하지 않았던가. 보부는 제 마음을 도무지 가눌 수가 없었다.

사실 그가 번개같이 이곳에 생각이 미쳤을 때, 귀밑과 얼굴에 솟구쳐 오른 것은, 부끄럼으로 밖에는 나타나지 아니하였으나, 이루 헤아릴 수 없는 여러 갈래 복잡한 생각이, 일시에 머릿속을 향하여 몰아쳐 쏟아지는 바람에, 가슴은 물차관처럼 설레이고 폭포처럼 쿵덩시여 한참은 정신을 종잡을 수가 없었다.

한마디로 말하여 부끄럼이라고 할 수도 있을 것이다. 그러나 그 속에는 아버지 어머니에 대한 죄스러운 생각, 남편으로 작정된 이에 대한 미안한 마음, 아뿔싸 이 일을 어쩐단 말인가, 하는 마지막 판국에 항용 사람들이 가지는 일종의 낙심, 그리고 확실히 그 어디엔가, 여태껏 마음속에 그리고 있던 사나이를 놓쳐버리는 데서 오는 가벼운 미련과, 거기에 따르는 실망에 가까운 심리, 다시 마지막으론 그 총각이 다른 사람 아닌 저의 시동생 될 사람이라는 데서 오는 망측스런 생각, 이런 것이 뒤범벅을 개는 가운데를, 설령 아무도 알 리 없고, 또 누구 하나 본 이도, 엿들은 이도 없다손 치더라도, 그의 마음에 오랫동안 품고 지냈던 것이 사실이므로, 마치 몸을 간음당한 때나처럼 줄기찬 자책과 회오가 등골을 스치고 지나가지 않던 못했던 것이다.

그는 두 다리를 세운 가운데로 얼굴을 푹 파묻고 오랫동안 낯을 들지 못하였다. 두 눈과 코와 볼편을, 함께 쳐받치고 있는 손가락 사이로 어느새엔가 눈물이 쭈르르 젖어 흐른다. 이 눈물이 어이된 것인지, 무슨 영문으로 흘러내리는 것인지 그것은 보부 자신도 알 수 없었다.

그러나 얼마를 지내니 아무런 일도 없었던 것처럼, 마음과 머리가 거뿐하다. 구름은 지나가고, 햇빛이 환하니 그의 가슴을 비추이는 것 같다. 가장 중대하고 거룩한 시각을 앞둔, 처녀의 마지막 감상(感傷)인 것처럼 눈물은 그의 마음에 있던 모든 협잡물을 맑히 씻어가지고 깨끗하니 흘러가 버린 것 같다.

올케가 늙은이를 한 분 데리고 초벌단장을 시키려 온 것은 마침 다행이었다.

'이저는 쉬 저녁때는 됐으니, 어서 어서 서둘러서 몸을 닦고 단장을 하자'는 게다. 목욕은 어젯밤 집에서 하고 왔으니, 지금 다시 할 필요도 없고 또 할 수도 없었다.

올케는 젖먹이를 아이에게 업혀 밖으로 내몰더니 부엌으로 가서 물을 끓여왔다. 윗옷을 벗고 속적삼만 입으니, 가슴이 구릉처럼 부풀어서 앞이 잘 여미어지지 않는다. 쪽 집어 허리띠에 꽂아놓으나, 꺼꿉 서면 흰 가슴이 팡파짐하니 엿보여서 부인네들끼리지만 부끄러웠다.

단장시켜주는 늙은이는 옛날에 기생으로 있던 이다. 항용 불러 평양집 어머니라고 한다. 빗접고비[93]와 분합과 분첩을 내놓고, 다시 족집개와 실꾸리를 꺼내어 대야 옆에 펼쳐놓는다. 명주실을 가늘게 비벼서, 이것으로 얼굴에 아직도 보르르한 솜털을 밀어버렸다. 배배 비벼서 상에다 대고, 쪽 밀면서 끌어젖히면, 눈물이 폭폭 쏟아지게 따끔따끔하다. 다른 곳은 그런대로 참을 수 있겠는데, 이마의 관자놀이와 목덜미를 밀을 때는, 땀이 바지바지 솟아나는 것이 노상이 참을 수가 없었다. 입을 다물고 다리에 힘을 주었다. 평양집의 손이 떨어질 때엔 저도 모르게 긴 한숨이 터져 나왔다.

"뻐근하웨니. 체니루 색시되기가 엔간한 줄 암마."

이렇게 늙은이는 비수까지 먹이며 암팍스럽게 털을 밀었다. 낯이 술 먹은 사람처럼 후끈후끈하다. 이것이 끝나면 족집게를 들고 눈썹과 이마를 지었다. 이것은 따끔따끔하여 누선(淚線)[94]을 직접 건드리는지, 눈물과 콧물이 연해 흐르기는 하지만, 아까 것에 비하면 한결 덜 아팠다. 우선 이렇게 해놓고는 평양집은 가버렸다. 나머지 두벌화장은 저녁을 먹고 집으로 가서 신랑 방에 들어가기 전에 마저 하자는 것이었다.

이러구러 긴 이른 봄날도 저물어갔다. 비류강 위에는 산산한 찬바람이, 움직이지 않는 물 위에서 잔잔한 물결을 희롱하고 있다. 움이 트일락 말락 한 나뭇가지들이 바람이 지나갈 때마다 포르르하니 떨었다. 십이봉, 화줏머리[華桂峰] 위에 낫 같은 뾰족한 달이 파랗게 질려서 걸려 있다.

이제는 영락없는 밤이다. 자복사 골목을 올케와 함께 올라가서 살그머니 뒷문으로 들어가는데 개가 뿌르르 쫓아나오며, 앞발을 들고 쿵쿵 냄새를 맡느라곤지 코끝을 박는다.

"이가이, 이가이."

올케가 회청박이 신으로 개를 뿌리치며 가는 것을, 보부는 나직이,

"월아, 월아."

하며 손을 내두르며 따라갔다. 하루 종일 안 보았다고 개일 망정 반가워하는 것이다. 오늘 집에서는 큰 잔치가 벌어졌었는데 보부, 너는 어디 갔다가 해가 지고 바람이 찰 때에 뒷문으로 찾아들어오느냐고 짐승은 수상스레 생각하지는 않는가. 부엌으로 들어가니 모두들 큰방에 들어가고, 넓은 부엌엔 등잔불이 하나 부뚜막과, 찬장과, 돌상과, 토방 위에 지저분한 음식그릇을, 간들간들 졸며 비춰주고 있다.

부엌 이편 이간방으로 보부는 올케를 따라 들어갔다. 그곳에는 어머니와 언니와 평양집이 있을 따름이다. 모두 그를 쳐다보며 해족하니, 벌심하니, 또는 바룩바룩하니 웃었으나, 보부는 이내 눈을 깔고 낯을 돌려버렸다. 마음이 어딘가 설둥하다.[95] 발치 구석에는 단장하고 입을 옷과, 머리에 지니고, 옷고름에 찰 패물이, 혹은 보퉁이에 싼 채, 혹은 상자에 든 채 채근채근히 널려있다.

다시 웃통을 벗어붙이고 목에서, 가슴에서, 겨드랑에서 얼굴에 이르기까지 한 번 더운 물로 씻어내렸다. 이제부터 본격적인 단장이 시작되는 것이다.

얼굴에는 분을 뽀얗게 바르고, 볼편과 입술엔 약간 연지를 찍었다. 난생 처음 바르는 분이건만, 본시 살결이 고운 보부의 얼굴은 분첩으로 두

어 번 두드리기가 무섭게 혹은 코에 혹은 볼편에 혹은 양미간과 이마에, 얼룩이 안 가게 골고루 퍼져서, 물을 뿌려놓은 흰 옥처럼 깨끗하고도 부드러웠다. 연지를 찍은 곳은 붉은 혈조가 떠오른 것처럼 귀엽다. 입술은 본래 앵두보다도 빨갛다. 눈썹은 실낱같이 있는 듯 만 듯 하면서도, 정기차게 뻣뻣하니 여덟 팔 자를 그리며, 관자놀이께를 향하여 꼬리를 빼물고 뻗쳐나갔다. 듬뿍한 숱진 머리칼은, 윤나고 향기 좋은 동백기름을 함뿍이 머금고, 까만 공단[96]처럼 반뜩거린다. 이것을 성키성키 땋아서 뒤로 나지막하니 쪽을 지우고, 작은 비녀와 커다란 뚝절을 일직선으로 가로질렀다. 나래를 활짝 벌린 두 놈의 봉황이 입을 맞부비고 있는 장식이 노랗게 눈부시다. 칠보족두리를 바르게 탄 흰 가르마 위에, 냉큼하니 가볍게 올려놓고 멀찌감치 눈을 떼어 바라보니, 그리 밝지 않은 불빛에서도, 금, 은, 유리, 마노, 파려, 진주 등이 영롱하게 반짝거려, 마치 하늘의 한 부분을 떠다 얹어놓은 것 같다. 모두 아무 말이 없다. 평양집은 황홀히 바라보다가 혀를 한 번 찬다. 말은 안 하여도, 과시 하늘에서 따온 선녀가 어찌 이럴 수 있으랴는 감탄하는 표정이다. 어머니도 언니도, 올케도, 한 가지 여자의 몸으로 태어나서, 이렇게 이쁘게 생겨날 수 있는 것은 어느 신령님의 점지하시는 일인가 싶이, 그리고 자기네들도 젊었을 처녀시절에 이렇도록이나 아름답고 이뻐본 적이 있었던가 싶이, 멍하니 보부의 단장한 얼굴을 바라보고 있을 뿐이다. 다시 딸기처럼 빨간, 밤알만 한 알에, 은실과 금실을 수놓은 두 알의 타니[97]가, 얼굴보다도 더 하이얀 두 귀 밑에 매어 달렸다. 목을 약간 움직이는 대로 타니는 풍경처럼 귀엽게 하늘하늘 떨고 있다.

꼿꼿하게 치받친 오뚝한 콧날의, 동그스름하니 모가 죽은 봉우리가 팔신 무너지듯 하면서 콧구멍이 약간 발름발름하더니 드디어 한 입술이 발신하니 웃는다. 개름한 두 눈의 시울[98]이 긴살눈썹에 덮이어 까만 손톱

자리같이 움직이지 아니 한다. 둥그스름한 탐스런 얼굴이 만족하게 미소를 띠워보는 것이다. 그러나 인제 머리를 돌려서, 발치 구석에 놓은 옷보퉁이를 어루만지듯 하여, 이 웃음은 아무개의 눈에도 띠이지 아니 하였다. 부리나케 웃음을 삼켜버리고, 그대로 조심성 있이 일어나서 옷을 갈아입는다. 연두회장 도리불수 저고리에 버선바닥에까지 치렁치렁 하는 노을처럼 붉은 홍치마다. 저고리 앞자락이 치마에 잇닿는 데서부터, 노리개며, 장두며, 치통이며, 호랑이발톱이며 하는 갖은 패물이 연달아 매어달렸다.

*

밤은 얼마나 으슥했는가. 파탈[99]하고 아랫목에 뎅그렇으니 앉아 있는 신랑의 방에는, 흰 쌀 위에 세워놓은 촛대 위에서 붉은 홍촛불이 너울너울 춤을 추고 있다. 사모와 단령은 모두 벗어서 넣고, 두루마기까지도 벗어서 뒤 병풍 위에 걸어놓았다. 이야기하러 왔던 말동무들도 일찌감치 밤참을 먹고 물러간 뒤이다. 아랫방과, 뜰 안과, 사랑과, 건넌방과 부엌이 웅성웅성하건만 벌써 한참동안이나, 형선이가 무료히, 그러나 적잖이 긴장하여 홀로이 앉아 있는 이 방 안은 괴괴하다시피 고요한 분위기에 싸여 있다.

갑자기 밖이 요란스러워졌다. 이 급작스레 요란스러워진 동정 속에서, 신랑은 시각이 임박한 것을 알아차린다. 일어나서 옷을 입을까 하다가 모른척해버리는 것도 한 재미라고 언뜻 생각해본다. 그는 침착해지려고 애쓴다. 누군가 나직하나 똑똑히 들릴 수 있두록 '색시 잡아넣는다.' 하는 소리를 지저귀며 마당을 건너간다. 방마다 문이 열리는 소리. 어스름하던 뜰 안이 문마다 불빛을 배앝아 갑자기 새벽 먼동이 튼 것처럼 훤

해진다. 누가 문밖에 와서 창문에 기댄다. 이어서 창구멍 뚫는 기척이 들리고,

"샛시방이 아랫목에 반듯이 앉아 있다."

하는 소리가 들린다.

"두루막이 닙언?"

"다 파탈하구 그린 듯이 앉았다."

아뿔싸, 이 소리는 어서 두루마기를 입으라는 말은 아닌가, 참말 신부를 처음 대하면서 아무리 사나이기로니 두루마기도 안 입는다는 것은 이치에 어그러지고, 예법에 뒤틀려도 한방이 없는 소리다. 그는 갈팡질팡하는 자리잡지 못한 그의 두 다리를 의식하면서, 발딱 일어나서 두루마기를 병풍에서 집어 들었다.

두루마기를 들고 그것을 채 펼치지도 못했는데, 마루 위에 유난히 높은 비단 쓸리는 소리가 나고 이어 앞문이 방싯하니 열린다. 촛불이 한 번 활개를 치고 꾸풀꾸풀 뱀처럼 몸을 뒤챈다. 두루마기를 입을 겨를도 없이 벙하니 들어오는 사람을 바라보고 있는데, 중늙은이의 여인네가 앞서 들어오고, 이어서 찬란한 눈부시는 의상(衣裳)이 고요히 움직이며 방 가운데로 둘어온다.

"머 안 닙으믄 멜한가. 어서 벗은 채루 두시게."

하고 여인네가 인상 있게 웃으면서 두루마기를 손에서 빼앗듯 하여 다시 병풍에 건다. 색시는 무릎을 세우고 불을 향하여 신랑에겐 옆얼굴을 보이며 가만히 앉는다. 형선이는 비로소 새색시를 보았다. 붉은 치마가 아랫도리를 휘감고 꽃화분처럼 단장한 미인을 쳐받들고 있다. 이쁜 꽃화분이다. 이렇게 생각하는 순간 언뜻 얼굴을 보았다. 그리고 기름을 발라 틀어 올리고, 명주실로 빤질빤질하게 밀어올린 얼굴이건만, 볼편에서 목과 귀밑으로 흐른 곡선이 얼마나 부드러운 것인가를 겨우 인식한다. 그는

만족하였다. 그리고 아직도 연두 도리불수의 비단이 반사하여, 붉은 촛불과 어울러서, 아름다운 무지개가 뽀오얗게 품기는 색시의 얼굴을 멍하니 바라보고 있다.

그새에 데리고 들어온 여인네는─아마 이 집 친척부인네로, 다복하고 팔자 좋으신 부인녤 게다. 병풍을 한목으로 몰고 그 뒤에 준비하여 두었던 요와 이불을 내려다가, 아랫목에다 깔아놓는다. 이불을 들고 그의 옆을 지내가려 할 때에야, 비로소 신랑은 한참동안이나 자기가 굶주린 사람처럼 색시의 얼굴을 정신없이 바라보고 있던 것을 깨닫고, 부끄러운 김에 눈을 아랫목으로 돌리고 허성대어본다.

"자, 오늘은 곤할 텐데 어서덜 자리에 들으시게. 그러구 큰상에 났든 사과하구 배하구 밤이 있으니, 다른 건 다 말구래두, 이 사과 한 알만은 둘이서 나누어 먹으시게. 전해오는 말에 이걸 나누어 먹어야, 의좋게 아들 딸 낳구 잘산다니, 자, 그럼 넌두."

하고 이번에는 색시를 향하야,

"넌두 인제 딴 사람이 아니니 그렇게 앉었지만 말구. 자, 그럼 난 나갈게 첫날밤을 재미나게덜 보내시게."

다시 한 번 병풍 뒤를 살펴본다. 병풍 뒤는 두꺼운 바람벽 밖에 아무것도 없는 것을 다시 한 번 살핀 뒤에 두 젊은 남녀가, 하나는 자리 옆에 서 있고, 또 하나는 아까대로 불 있는 쪽을 향하여 그린 듯이 움직이지 않고 앉아 있는 것을 보면서, 절반은 뒷걸음을 치듯 사뿐히 앞문을 열고 나간다. 밖에서는 많은 사람들이 둘러서서, 숨을 죽이고 방 안에서 들려오는 말소리를 엿듣고 있었는지, 여인네가 문을 나서자 웅성웅성하고 갈피를 잡을 수 없는 낯소리기 일어난다. 말소리는 인차 조용해졌으나, 이따금 키득거리는 소리와, 참았던 숨을 깊게 짚는 소리가 들려오는 것을 보면, 아직도 사람들은 흩어지지 않은 모양이다. 이들은 오랫동안 문밖을 떠나

대
하

지 않는 풍속인 것을 방 안에 있는 두 사람은 잘 알고 있다. 새로 이루어지는 침방을 지켜주는 것이 처음 이런 풍속의 근원이었는지 모르나, 그들은 호기심이 명령하는 대로 불을 끈 뒤에도 손가락으로 문풍지나 창호지를 뚫고, 귀나 눈을 들이대고, 방 안에서 나는 소리와 눈에 뜨이는 광경을 보고 듣고 하며, 즐거워하는 것이었다.

한참 그대로 사진을 박으려는 사람들처럼 움직이지 못하고 신랑과 신부는 서 있다. 누가 먼저 뭐라고 할런가, 또 하여야 하는가, 이들은 아는 것 같으면서도 모르는 것 같다.

무료히 그럭하고 섰다가 무슨 결심이나 새로이 먹은 것처럼, 앉은 사람에게 시위(示威)하는 것 같은 심리상태를 제 스스로도 의식하면서, 뚜벅뚜벅 신부의 앞을 지나간다. 그리고 촛불 앞에 가서 우뚝 선즉, 무슨 말을 할 것처럼 멍하니 서서 신부를 머리 위로부터 내려다본다.

"어서 옷을 벗기지 않구."

이런 소리가 문밖에서 들려온다. 누가 구멍으로 엿보다가 안달증이 나서 하는 소린가, 그렇지 않으면 놀리는 소린가, 이 소리에 용기를 얻어서 신랑은 바른손을 약간 들었으나, 그 손으로 신부의 몸을 만지지 못하고, 훌쩍, 아직도 너펄거리는 촛불로 손을 가져간즉, 불 심지의 밑을 자르듯 하여 불을 꺼버린다. 방 안은 캄캄해졌다. 신부는 사나이의 손이 몸에 닿을 것을 의식하고 마음 졸여 하다가, 불이 껌뻑 꺼지는 바람에 등골에 냉수를 끼얹힌 듯한 놀람을 느끼고, 캄캄한 질식할 듯한 공기 속에서 비로소 푸 한숨을 나직이 짚었다.

조심성 있이 신랑은 신부의 앞을 걸어간다. 그는 잘못하야 신부의 발이나 손을 짚을까 저어하는 것보다, 치마를 짓밟든가, 또 활기를 치다가 족두리나, 뚝절[100]이나, 타니를 후려 떨구지나 않을까를 마음에 생각하고 있는 것이다.

아랫목에 가더니 펄썩 주저앉아, 대님을 풀고 제 조끼단추를 끄른다. 캄캄한 데서 하는 것을 볼 리야 있으랴마는, 밖엣사람들은 비단 쓸리는 소리로 이것을 분별하였는지,

"샛시방두 원, 제 옷고름만 끌르지, 재미없다. 색신, 뭐, 꾸어온 보릿자룬가."

하는 실없는 부인네들 소리가 난다. 그러는데, 누가 아마 신부의 어머니든가 친척 되는 이의 목소린지,

"인전 고만덜 보시소, 젊은 사람덜이 주름이나 좀 패라구, 인전 고만덜 두소."

하는 말소리가 뜰 가운데서 들려온다.

"그러잖아두 재미없어 고만 두겠소다. 어린애덜두 아닌 나차른 색시 샛시방이, 이야기덜이나 좀 하던가 하지, 슴슴해서 어디 보갓쉥가."

문설주에서 두서넛 물러가는 소리가 난다. 그리고는

"그럼 안녕히들 주무시우, 난 내려가겠소다."

하는 인사의 말도 들려온다. 이제는 보는 사람이 없어졌을 게다. 설령 밑질긴 한두 사람이 보고 있다손 치더라도, 어서 사나이 할 구실을 하고, 편히 쉬어야 되겠다고, 신랑은 생각하면서, 그러나 역시 말로는 내지 못하고, 가만히 팔을 뻗어 신부의 손목을 더듬어 쥐었다. 따끈하고 포근하다. 그러나 아무 반응도 없이 잡히는 대로 가만있다. 가만히 이쪽으로 이끄는 듯하니, 색시는 제 편에서 몸을 쳐들고 끌리는 쪽으로 쏠리듯 한다. 가만히 있었으나, 역시 조그만 인력으로도 움직여 동할 만한 준비는 되어 있었던 것이다.

보부는 삼촌댁에서 이끌리어 신랑의 방에 들어와서, 불이 꺼질 때까지 눈을 깔고, 땅 밑만 바라보았지 곁눈 하나 팔지 않았다. ─이렇게 삼촌댁에게나, 신랑에게나, 또는 문구멍으로 들여다보는 사람들의 눈에는 보이

대
하

였다. 그러나 아무도 모르게, 그는 재치 있게 꼭 한 번 신랑을 쳐다본 적이 있었다. 얼굴이 잘생겼는가, 못생겼는가, 대체 눈은 어디에 붙었고 코는 어디로 솟아났는가, ─이런 것을 알기 위하여 사나이의 얼굴을 도적질해본 것은 아니었다. 내일 아침 문창이 훤히 밝아오면, 자는 얼굴을 제 얼굴 바로 밑에서 얼마든지 바라볼 수 있을 것이오, 또 바라보고 그것이 어떻게 생겼든 간에 이제 이렇게 그와 한자리에서 잠을 이루고, 그것을 예식을 갖추어 세상에 발표해논 뒤이니, 어떻게 할 도리가 있는 것도 아니다. 부모가 작정했고, 세상에 발표했고, 그리고 오늘 모든 사람에게 인정을 받고 축복을 받았다. 그가 절름발이라도 살아야 하고, 그가 애꾸눈이래도 모셔야 하고, 그가 곱사등이라도 섬겨야 할 것을 보부는 잘 알고 있었다. 남이 수상히 생각하리만큼 눈알을 굴리며, 남편의 생김새를 물색하려들 만큼 조급하지도 않다.

  그러나 그는 조심성 있게, 아무도 눈치 채지 못하게라도 해서, 그의 얼굴을 보지 않을 수 없었다. 보지 않고는 참을 수 없었다. 삼촌댁이 자리를 들고 아랫목으로 가고, 사나이의 타는 듯한 눈길이 자기의 얼굴에서 그쪽으로 쏠리었다고 생각하는 순간, 내리깔았던 윗눈시울이 파뜩하니 나래를 치면서 사나이의 얼굴을 날쌔게 보아놓았다. 비록 바로 보지는 않았을 때에도, 얼굴 앞에서 허청대는 사나이의 키가 대충 얼마나 하다는 것은 그림자처럼 눈어림으로 짐작할 수 있었고, 그래서 그의 키가 큰 키는 아니라는 생각을 가만히 품어볼 수는 있었으나 제 눈으로 비록 짧은 순간이나마 바라본 사나이는 예상과 같이 사촌오빠와 나팔을 끼고, 언젠가 구정물을 쏟을 때에 행길을 지나, 이화정으로 올라가던 그 총각은 아니었다. 결코 놀라지는 않았다. 역시 '생각대로 그이는 아니었구나' 하는 제념(諦念)은 필시 가벼운 실망의 이면(裏面)인지도 모르기는 하지만, 어떻게도 할 수 없는 불행이 이제부터의 자기의 생활을 찾아올 것 같은, 그런 불길한 예감은 조금치도 들지 아니 하였다. 그러므로 그의 얼굴이 어떻게 생겼든지, 그것을 확실한 인상으로 의식치 못하면서도—사실, 그는 그가 나팔 든 총각인가 아닌가를 직감적으로 분별하였을 뿐이지, 이 사나이의 얼굴이 어떤 인상을 주었는지 종잡을 수가 없었다.—사나이가 손을 뻗쳐서 제 손을 더듬어 이끌 때에, 사나이의 입김 가까이 제 몸을 실릴 만한 마음의 여유는 가지고 있었다.

나는 오늘부터 이 사람의 것이다. 이 사람에게 몸과 마음을 통히 바쳐 버린 사람이다. 아니, 그대로 속속들이 이 사나이에게 맡겨버려야 할 몸이다. 그러므로 여태껏, 자기의 마음 한 귀퉁이에서 어른거리던 나팔 들고 키 큰 총각의 환영은, 그것이 설령 자기의 시동생이 될 사람이건, 누구이건, 한 개의 마귀에 불과하였다.—이리하야 그는, 여태껏 총각을 그리던 제 마음을 마귀가 가르친 사념(邪念)이라 생각하고, 더 일층 자기를 죄인으로 의식하면서 미안한 마음으로 새로이 맞는 남편에 대한 깊은 애정을 인도하려고 하는 것이었다.

사나이의 손이 긴 뚝절을 더듬어 뽑고 있다. 침착하나, 더운 입김이 그의 귓바퀴에 와서 설렌다. 손은 약간 떨리는 듯하나, 실수 없이 그것을 머리에서 뽑는다. 다시 족두리를 내린다. 사나이의 두 손이 앞 이마 위에서 간지럼을 피우듯 허청거릴 때, 색시는 손수 그의 손을 끌어다가 함께 족두리를 끌러 내렸다. 끌러놓은 것을 가만히 윗목 상 위에 옮겨놓고는 한참 아무 말이 없이 앉아 있다. 족두리를 끄를 때에 손을 도왔으니, 인제는 제 스스로 옷고름을 끄르라는 것일까. 그러나 족두리나, 뚝절이나, 비녀와 달리, 어떻게 제가 제 손으로 옷고름이야 끄른단 말인가. 여태까지 속옷으로 감싸고, 허리띠로 동여매고, 속적삼과 저고리, 바지와 치마로, 누가 볼세라 보일세라 감축하여둔 가슴과 배와 다리를, 어떻게 대담하게, 버릇없게도 내 손으로 끄를 수 있단 말인가. 만일, 이대로 사나이가 내버려두고, 저 혼자 자리 속에 누워버린다면, 자기는 이대로 혼자, 요렇게 청승맞게 댕그라니 앉아서, 동녘이 훤히 트고, 창문에 해가 들도록 눈 깜박 안하고 새워도 그만이다. ─이렇게 속으로 생각하고 있는데, 그러나 사나이란 역시 다정하였다.

치마끈을 끄른다. 장난을 하노라고 여러 곱을 매어논 것이라, 한 매듭씩 끄르고 있다. 미안해서 그다음은 제가 맡아서 끌렀다. 그랬더니 사나이는 저고리 고름을 끌러준다.

끌러줘야 되는 건 다 끌러주었다. 치마끈과 패물 찬 끈을 끌렀으니, 바지나 속옷 끈은 제 스스로 어떻게든지 할게다. 저고리 고름도 끌러주었으니, 벗거나 말거나는 색시 제 마음에 달렸다. ─그래서 형선이는 제 해만 훌쩍 벗고 속옷만으로 자리에 들어가 버렸다. 이 이상, 사나이기로니 어떻게 뻔뻔스레, 추근추근하게, 손을 끌던가, 말을 붙이던가 할 수야 있을 것이냐. 그래 베개 위에 머리를 눕히고, 조용히 색시의 거동만 캄캄한 속에서 기다리고 있다. 잠시 조용하다. 형선이의 가슴이 둘럭둘럭하는 것이 들려진다.

보부는 사나이의 벗은 옷을 채국채국 접어 개킨다. 그러더니 그것을 윗목 병풍 밑에 사뿐히 올려 민다. 한참 또 가만히 앉아서 어떻게 할 바를 모른다. 아니 무엇을 어떻게 해야 할지는 빤히 알고 있으나, 그걸 내처할 용기가 더럭 나지 않는 것이다. 누가 말을 걸던가, 아까처럼 손목은 아니라도 바지 밑이라도 잠깐 잡아당기는 체 해도, 그는 그걸로 언저리를 삼아 대담한 용기를 내볼 수도 있을 것 같은데, 안타까운 경우를 만들어놓은 사나이는 야속하게도 자기를 혼자 내버려둔 채, 잠자리 속에서 까딱도 안 한다.

그러나 형선이 역시 그렇게 짓궂지는 않다. 제가 어떻게라도 손을 쓰지 않으면, 색시는 언제까지나 저렇게 끈을 끌러놓은 옷을 입은 채, 이부

자리 옆에 앉아서 밤을 샐는지도 모르겠다는 것을 생각지 못할 만큼 무정하지도 박절하지도, 또 등신도 아니다. 그래 성큼 일어나서, 저고리를 활짝 벗겨버리고, 치마도 훌훌 풀어버린 뒤에, 덤석 팔을 끌어다 긴 베개의 한 옆에 머리를 베어주고 싶은 마음은 간절하나, 그렇게 왁살스런 행동도 할 수 없어, 그에게 행동의 드딤보가 될 만한 구멍수만 퇴게 주는 것이다. 형선이는 낑 하고 기지개나 펴듯이, 한 다리로 이불의 절반을 둘러 감고 아랫목으로 돌아 뒤채여 누었다. 이불 소리가 와스럭와스럭 나고, 사나이의 낑 하는 소리와, 가볍지 않은 몸집이 뒤채는 소리가 함께 엉켜서 뒤설릴 때에, 색시는 눈치 빠르게 치마와 윗저고리만을 벗어버리고 가만히 자리로 몸을 옮겨놓았다. 그러나 몸을 누이는처럼만 하였으나, 살이 사나이에게 닿을 세라, 얼굴이 베게에 대울 세라, 이러노라니 다시 몸을 도사리고 댕그러니 앉아 있는 거나 같았다.

이때에야 나어린 사나이의 가슴엔 표범 같은 피가 꿀드럭하니 목구멍을 치받혔다. 그는 비로소 성난 짐승처럼 몸을 뒤채면서 색시를 베개에 눕히고 또 다시 이불을 그의 몸 위에 덮어주었다.

모든 것이 끝났다. 이불 안이 몹시 더우나, 인젠 잠만 들면 그만이다.

그런데 아뿔싸, 또 한 가지 잊은 것이 있다. 아까 여인네가 신신부탁하던 큰 상에 놓았던 사과 한 알. ─이것을 먼저 생각한 건 형선이였을는지도 모르나, 곧 몸을 일으켜 사발에서 사과를 집어온 건 오히려 보부였다. 이것을 잊어버린 채 사나이가 자버리면, 이거야말로 큰 낭패가 아니냐, 그는 속으로 행복되게 부귀를 누리면서 첫아들 낳고 잘 살아보기를 이렇도록이나 저도 모르게 희망하고 있는 것이다. 사과를 집어가지고 와서 다시 사리에 누었다. 그리고는 용기를 내어 그것을 가만히 사나이의 얼굴 위에다 가져갔다. 사나이는 그것을 받아서 한 입 덜컥 깨물어 서벅서벅 씹으면서 그대로 색시에게 준다.

캄캄한 가운데서 비로소 해죽이 만족한 웃음을 웃어보며, 그리고 비로소 이불 속에서 사나이의 체취가 코로 풍기는 것을 취하듯이 느끼면서, 먹다가 준 사과를 입으로 가져간다.

그때이다. 바로 그때이다. 마루가 쿵하고 울리고 적잖은 돌덩어리 같은 것이 꽝하고 문설주를 짓부순다. 덜컥 놀래었다. 사과는 손에서 떨어트리지 않았으나, 거의 기급을 하여 색시는 사나이의 가슴에 낯을 묻듯하였다.

"아니 거 누구?"

뒤이어 문 여는 소리, 하나, 둘, 셋, ─아랫방과 건넌방과 사랑방의 문이 어금버금하여 일시에 열린 것이다. 그러나 아무 소리도 없다. 개 짖는 소리가 난다.

농하고는 너무 심하다. ─이렇게 생각한 건 보부뿐만도 아니었다. 뜰 안이 소란해졌다. 누가 마루에 와서 그곳에 던진 큰 돌을 들어내리는지,

"아니 이게 웬 돌이야. 적잖게 큰데. 이런 원 망할 놈들이 안 있나."

누가 대문밖에 쫓아 나가보고 오는지,

"발세 강 있는 쪽으루 없어졌는데, 누군지 알 수 있나. 키는 훨신 큰 놈 같은데……."

이 말에 보부는 가슴이 뚱하였다. 키 큰 사람─그것이 누구였을까. 만일 이것이 단순한 농이나 장난이 아니라면, 두 사람의 결혼에 불만이나 불평을 갖고 있는 자의 행위라는 건, 언뜻 누구나 생각할 수 있는 일이다. 이런 까닭인지, 뜰 안에서는 대문 닫는 소리만 이어서 나고는,

"거, 누가 농두 세게 한다."

정좌수의 일부러 신랑 들으란 듯이 하는 말을 마지막으로, 모두 제 방으로 들어가서 다시 조용해지고 말았다. 자기 딸에게 마음을 두고 있던 놈의 행위라고 보는 게 누구나의 첫 짐작이니 만일 이야기가 벌어지는

때엔 결코 적지 아니한 문제로 될 것을 그들은 알아채고 있는 것이다.

보부는 부모나 또는 새로 맞는 남편에게 자기가 오해를 받을까 두려웠다. 아무도 없었다. 실로 자기가 누구에게 손짓, 눈짓, 한 번 해본 일도 없거니와, 또 어느 사나이한테선가 그런 걸 받아본 적도 없었다. 단 하나, 그러나 생각키인 당자도 결단코 모르게, 시동생이 될 나팔 든 총각을, 지금 같이 누워 있는 남편인 줄 알고, 마음에 홀로 그려본 바가 없다고는 할 수 없으나, 그것을 알 사람은 아무도 없다. 물론 알고 모름이 문제가 아니리라, 그렇기 때문에, 돌 던지는 소리가 요란스럽게 나고, 이어서 키 큰 놈이 물가로 뛰더란 말을 듣고는, 보부 역시 그의 마음을 선뜻 두드리고 지나는 것이 없지 않진 못했다. 키 큰 사람인들 어찌 한둘일 것이냐. 그러나 키 큰 놈이 물가로 뛴다는 말과 한께, 그의 가슴을 두드린 것은 역시 나팔 든 총각, 아니 자기의 남편과는 불과 달로 밖에 차이가 없는 시동생이 아닐 수 없었다. 사실 그이는 아닐런가, ㅡ 자기 자신으로서도 수상하리 만큼 이런 생각이 문득 난다. 만일 그이라면 어째서 자기 형 되는 사람의 장가든 방에 와서 이런 행패를 할 것인가. 그가 나를 사모할리는 만무한 일, 자기가 그를 홀로 생각해온 것은 사실이라 할지도, 그가 자기를 자기처럼이라도 생각해오지 않은 것만 사실이 아닐 거냐. 그렇다면 그가 오늘 우리들의 행복을 방해하거나 불만해하거나 할리도 없을 것이오, 다시 이러한 행패질을 할 리도 만무한 일이 아니냐 역시 그는 아니다. 그러면 대체 누구일가. 까마득하다.

남편은 어떻게 생각하고 있는가. 만일 남편이 자기를 의심하려들면 얼마든지 의심할 수 있는 건덕지다. 애매한 이 일을 어찌한단 말인가. 부끄러운 줄도 모르고, 사나이의 가슴에 얼굴을 묻은 채 숨도 변변히 못 쉬며 처분만 기다릴 밖에 없다. 무슨 변명이 있을 것이냐, 아니 터무니 자기에게 알 수 없는 영문 모를 일에 대하여, 뭐라고 입을 떼서 이러니저러니 할 수가 있을 것이냐. 매를 치면 매라도, 벌을 주면 벌이라도, 받아야 할 판 국이다. 이렇게 생각하면서 그대로 남편의 가슴에 얼굴을 묻고 있는데,

"어서 사과나 마자 잡수."

이어서 사나이의 억센 팔이 그의 가슴을 둘러 감는다. 남편에게서 들은 첫 번 음성이고, 그에게서 받는 첫 번 포옹이다. 아니 어머니의 품을 떠나 나이 찬 이후, 고이고이 감축해두었던 제 몸에 다른 사람의 팔이 와 닿은 처음이다.

아무렴, 역시 남편밖에는 없다, 그의 말 한 마디와 한 번의 억센 포옹이 모든 것을 원만하게 해결하는 것을 지금 그는 감격과 함께 느끼고 있다. 이 남편을 무슨 일을 겪으면서도 섬겨야 한다. 아니 몸을 부숴서 가루를 만들어 모시고 섬겨도, 결코 충분하다고는 할 수 없을 만큼 커다란 존재로 생각키였다. 그는 눈물이 풍풍 솟구쳐 오르는 것을 참지도 않으면서, 사나이의 품에 안겨 그가 먹다준 사과를 깨물었다. 눈물이 사과에 묻었는지 입맛이 짜다. 그는 한 입, 두 입, 덤성덤성, 소리가 나게 씹고 있었다. 눈물은 사나이의 가슴에까지 번져 옮았다.

4

다른 날따라 없이 형걸이는 늦잠을 잤다. 여느 날 같으면 학교 뒤 솔밭이던가, 강가에 나가서 나팔을 불던가, 그렇잖으면 학교 운동장에 가서, 철봉을 하는 것이 아침 먹기 전에 형걸이가 하는 버릇처럼 된 일과이었는데, 오늘따라 그는 늦잠을 자고 있다.

그러나 창문이 훤하니 밝은 것을 모르고, 이불을 막 쓰던가, 베개에서 떨어져서 침을 흘리던가 하면서 늦잠을 자고 있는 것이 아니라, 두 눈을 멀뚱멀뚱 뜨고서 뎅그렁하니 번뜻이 자리 위에 누운 채 일어나지를 않는

것이었다. 그는 처음 어째서 이날 아침이 다른 날 아침과 달라서, 자리에서 일어나기가 싫은지 자기 스스로도 알지 못하는 것 같았다. 아버지가 어젯밤은 큰집에서 자고 없으니, 늦게 일어나도 꾸중할 사람이 없어서 그런 것일까. 그러나 아버지는 그가 늦게 일어나건 이르게 일어나건, 그런데는 별반 참관하지 않는 이다. 지금 저 사랑방에 아버지가 앉아서 담뱃대를 땅땅 뚜드린다던가, 그렇잖으면 기침을 유별나게 한다던가, 또는 아침상을 설령 받고 있다고 하여도,

"형걸이 놈은 생게두 안 일어났나. 어젯밤 늦두룩 논 게로군."

하고쯤, 상귀[101]에 나앉은 작은댁에게 물어볼는지는 몰라도, 그 이상 이러니 저러니 하든가 그러지는 않을 것이다. 물론 어머니는 일어나는 것이 늦으면, 그의 방에 찾아들어왔다.

"해가 한 빨이나 솟았는데 넌 생게두 자네."

라던가, 그렇잖으면,

"오늘은 나팔 불러 안 가네."

라던가 하고 그의 자리 옆에 서서, 발심하니 웃으면서 아들의 자는 얼굴을 내려다 보는 것이다. 오늘도 벌써 한참 전에 방문을 열어보고 갔었다. 그러나 아들 눈이 멀뚱멀뚱한 채 누워 있는 것을 보고는 아무 말도 안 하고 방싯하니 열었던 방문을 닫아버렸다. 형걸이는 눈 닦아 보진 않았으나, 어머니가 어째서 오늘 따라 아무 말이 없는지, 그리고 어째서 나들이 옷을 갈아입고 새벽부터 집을 나가는 것인지, 그리고 다시 아침도 먹지 않고 어디로 가는 것인지, 이런 걸 그는 비로소 똑똑히 의식한다.

이니, 그가 이렇게 오늘따라 해가 한 발은 샘스러, 좀 허풍을 치는 이라면, 거의 중천에 올라왔다고까지 서둘어대일 시각에, 잠도 안 자며, 시름없이 자리 위에 누워 있는 것은, 그런 걸 모두 다 잘 알고 있기 때문이라고도, 말할 수 있을 것이다.

사실, 그는 잘 알고 있다. 왜 자기가 자릿속에 누워서 일어나기가 싫고, 어머니도 아무 말을 못했는지, 형걸이는 잘 알고 있다. 오늘 아침은 불과 한 달 상관으로 어엿한 형이고, 뿐만 아니라, 큰어미의 소생이기 때문에 자기보다도 소중한 대우를 받는 형선이가 정좌수집으로 장가를 드는 날이었다.

그래서 아버지는 어젯밤, 두뭇골로 오지 않고, 그대로 큰집에서 잔 것이고, (물론 아버지라고 장근[102] 두뭇골만 와서 자는 것은 아니었으나,) 다시 어머니도 새 옷을 갈아입고 아침도 들기 전에 큰집으로 간 것이고, 방문을 방싯하니 열고 아들의 누워 있는 것을 보면서도 아무 말 못하고 그대로 문을 닫아버릴 수밖에 없었던 것이다.

어머니가 가서 한참 만에 큰집에서 사환아이가 왔다고, 삼남(三男)이가 문을 열고 전고를 한다.

"큰댁에서 조반 잡수시라구, 나오시라구, 사람이 왔어요."

그대로 큰댁에서 조반 나와 잡수시라고 사람이 왔다면 될 것을, 혹시나 실수할까 어린것이 지나치게 마음을 쓰노라다, 되려 우스꽝스런 말이 된 것이, 어쩐지 불쾌해서 형걸이는 아무 대답도 하지 않았다. 그랬더니, 뻔하니 듣고도 대답하지 않는 것을 알고 있건만, '잡수시라구 나오시라구'를 또 한 번 외이고 섰다. 만일 대답이 없으면 작인의 아들 삼남이는 하루 종일이라도 이러고 섰을 참인가 하고 생각하니, 형걸이는 와락 분노가 치밀어 오르면서도, 한편 가련한 생각이 들었다. 그래서,

'난, 여기서' 까지는 성난 목소리를 질렀다가, 그다음 '여기서 먹는다구 그래라'는 나직이 부드럽게 말하였다. 그러나, 성이 나서 말하거나, 부드럽게 말하거나, 그런 건 아무것도 아랑곳할 게 없다는 듯이 그대로 표정 없는 얼굴을 한 채 문을 닫고는,

"여기서 잡수신다구 그러시라구 그러시래."

한다. 형걸이는 이 말소리를 방 안에서 가만히 듣고 누었다가, 작은 발자국 소리 둘이 대문으로 사라지는 것을 들으면서 벌떡 자리에서 일어났다.

아이놈의 하는 짓도 좀되고[103], 불쾌한데, 아침들이 이러고 누워 있는 자기 모양도 어지간히 싱겁게 보여지는 것이다.

―우리 청년학도들은 용감하고, 쾌활하고, 대범하고, 희생심이 있어야 한다.

산술 선생이나, 역사 선생이나, 지리시간에나, 체조시간에나, 언제나 들어온 말이다.

옷을 주워 입고, 공기를 바꾸느라 마당으로 난 문을 열어젖혔다. 일어서서 자리를 개려고 하는데, 부엌에서 중년세나 되는 종이 들어와서, 이게 무슨 일이시냐고 말로는 안 냈으나, 황송해하는지 황겁해하는지, 분간할 수 없는 표정으로 이불을 빼앗듯 한다.

그는 아무 말도 안 하고 밖으로 나왔다. 봄날 아침의 해는 광선이 따사하다. 한참 눈이 시도록 태양을 겨누어 응시를 한 다음 그는 낯을 닦았다. 방 안에 들어오자 밥상이 나온다. 방금 함지에 이고, 큰집 종이 아침을 날라온 걸 그는 잘 알고 있다. 그러나 그는 예전대로 아침을 먹고 학교에 갈 준비를 한다. 혹시 학교가 늦을는지도 모른다고, 좀 황황히 서두르면서 두루마기를 입고, 등골[104]로 주의[105] 속에 들어간 머리채를 쭉 뽑아내다가 문득 생각키이는 곳이 있다. '이 머리채'―그것을 앞으로 끌어다놓고 한참동안이나 들여다본다. '이 머리채'―세 갈래를 잡아서 미츳하니[106] 땋아 내려가다가 맨 끝이 꺼먼 댕기로 맺혀 있는 이 머리채.

"에히, 오늘은 세상 없어두 이놈의 머리채를 잘러버리구야 만다."

다시 획 잔등께로 닊서미리는데, 체조하듯 하는 그의 바른손 속에 굳은 결심이 들어 보이었다.

사포[107]를 쓴 뒤에 문밖에 놓은 갓신을 신고 집을 나섰다. 학교는 얼마

멀지 않다. 두뭇골 개울의 징검다리를 건너서, 논두렁길 같은 작은 길을 한참만 가면 곧 학교의 운동장이 나선다. 솔밭 중턱에 문묘(文廟)[108]가 있고, 그 옆에 서원(書院)[109]자리가 있다. 이것이 교실이었다.

대문을 나서서 큰 버드나무와 우물과 느티나무만, 돌아서면 학교 운동장이 바라보인다. 검정 두루마기를 입은 채, 새끼줄 넘기를 하는 학생도 있고, 주의를 벗어 걸고 철봉에 매어달린 학도도 있다. 안즉 시간이 좀 있는 성싶다. 그리고서 쳐다보니 해는 생각던 것보담은 그리 높이 솟진 않았다. 향교 뒷산 솔밭 위에 한 칸쯤 솟아 있다. 그는 뛰지 않고 책보를 바른손에 들고, 갓신에 힘을 주어 병정처럼 뚜벅뚜벅 걸을 때 만족을 느낀다. 머리채가 물결치듯 잔등에서 꾸풀대며, 궁둥이께를 댕기가 스적거리는 것이 오늘 아침은 유난히 마음에 거슬린다. 제법 철석 소리가 나는 것도 같다. 이놈을 오늘 몽땅 잘라서 내버려야 속이 시원할 게다―하고 생각하니 마치 누구에게 오래 묵은 원수를 갚는 것 같은 통쾌한 생각이 들었다.

형걸이는 고등과 일년이다. 그러므로 심상과 생도는 그를 만나면 걷던 다리를 딱 모아붙이고 경례를 한다. 그 대신 고등과 이년생, 삼년생을 만나면, 그가 경례를 해야만 한다. 경례를 하는 것이나 받는 것이나 모두 유쾌하였으나, 윗 학급에 자기보다 나이 어린 놈이 없는 건 더욱 다행하였다. 어떤 자는 경례를 붙이고는 격식을 갖추노라곤지, 입으로 나팔을 부는 자도 있다. 손대봉(孫大鳳)이가 그중의 하나다. 이는 그의 어머니가 양덕온천(陽德溫泉) 대탕지(大湯池) 뒷산, 대봉산(大鳳山)에서 산신령께 치성을 드리고 온정[110]을 했더니, 산덕과 물덕을 입어 잉태해 낳았다 해서, 이름마저 대봉인데, 부모가 완고해서 승혈(僧血)이 만강(滿江)이라고 머리를 깎지 못한 채 있으나, 신식이라면 머리를 싸매고 대서는 자이다. 그는 상급생을 만나면, 제가 그렇게 하고, 하급생을 만나면 그들에게 이 짓을 시켰다.

지금 형걸이가 운동장 어귀에 세운 '동명학교'의 현판이 붙은 대문을 지나가는데, 운동장의 커브를 손대봉이가 껑충껑충 뛰면서, 이편으로 굽어 돈다. 조끼바람에 사포는 벗어던지고, 머리채는 거치적거린다고 뱅뱅 둘러 머리에 가뜬하니 틀어 붙였다. 재바르게 다리를 놀리지 않고, 성큼성큼 조자를 맞추는 품이 아마도, 대운동회에 할 이인삼각(二人三脚)을 연습하고 있는 모양이다. 먼눈만 팔다가 형걸이의 한 칸쯤 앞에서 비로소 그를 발견하고, 엉겁결에 넘어질듯이 다리를 가누지 못한 채, 겨우 기척을 하고 경례를 붙인다. 형걸이도 걷던 걸음을 멈추고 경례를 받는데, 숨이 하늘에 닿도록 헐럭시면서도 왼손을 말아서 입에 대이고, 대봉이는 나팔조로 기운 있게 한 곡조 불어 넘긴다.

"띠다디따, 띠다디따. 띳따띠따 띠 띠다디 따ㅡ."

손대봉이는 심상과 삼년생인데, 작년에 평양서 열린 대운동회에 갔다 와서부터는, 이렇게 경례 뒤에는 꼭 나팔을 불었다. 대봉이를 본따서 이렇게 하는 학도가 늘어갔으나, 또 같이 평양 나갔던 학도 중에는, 손대봉이가 하는 것은 괜한 제 조작이지 평양 대성학교라던가 다른 곳 학도들 중에 나팔 부는 헤눙[111]을 하는 자는 하나도 없다고, 그의 하는 것을 비방하는 자도 있었다. 그러나 대봉이는 태연하니 이렇게 해서 지금까지 내려왔다.

퍽 전에 한 학도가 체육교사 정영근에게, 경례 붙이면서 나팔 부는 것이 격에 어그러지지 않는 게냐고 질문한 적이 있었으나, 교사는 그렇게 하는 것도 무방하다고 말하였다고 한다. 정교사 역시 손대봉이를 두고 말하는 것을 잘 알고 있었다. 대봉이는 상급생뿐만 아니라, 선생을 만나도 한가시토 경례 뒤엔 나팔을 불었기 때문이다. 정교사는 처음 손대봉이한테서 이런 경례를 받을 때, 잠시는 웃으면서도, 좀 얼떨떨했었다. 그러나 그의 하는 품이 군대식으로 엄격했기 때문에, 적지 아니 만족했던 것이 사실이었다.

"형선이 장가간다구 오늘 아침은 늦었구나."

경례를 치를 때만 엄숙하고, 이것이 끝나면 그들은 너, 나 하는 장난 친구다.

"남이 장가드는데 내가 늦을 턱이 뭔가. 앞집 체니 시집가는데, 뒷집 총각은 목 매러간다던가."

농말을 하면서도 형걸이는 좀 언짢았다. 시간에 늦어진 것은 아니나, 여느 때보다 늦게 온 것은 사실이고, 또 늦어진 까닭이 형선이의 장가든 다는 데 있었다는 것도 부인할 수 없는 사실이기 때문이다.

"그런 게 아니라, 내가 결심한 게 하나 있는데, 너두 나하구 같이하자."

"결심이 또 무슨 결심인가. 네가 결심을 했건 말었건, 내가 너하구 같 이 따라가야 된다껀 또 어떻게 하는 말인가. 내가 네 색시란 말가, 네 집 비복이란 말가.

"이 놈은 색시하구 비복밖엔 몰르냐. 그런 게 아니다, 좀 이리루 오너라."

형걸이는 대봉이를 끌고 커다란 은행나무 곁으로 간다.

"너 인제 이걸 짤라버리자."

그리고는 빙그레 웃으면서 머리채를 만져 보았다.

"지금 난 깎군 못 배겨낸다."

대봉이는 여느 때 없이 얼굴 위에 난색을 나타낸다.

"나두 내 오마니 때문에 못 깎구 됐는데 오늘은 결심했다. 쓸데없는 걸 붙여둘 리가 하나두 없구, 매사에 방해되는 놈을 달아둘 턱이 하나두 없구, 또 이가 끓구 구질구질하다. 자 인제 난 깎는다."

"우리 청년학도는 용기가 있어야 된다. 옛다 나두 깎았다."

둘이는 하 하 하 웃고 학교 사무실께로 올라간다. 형걸이는 머리채를 뽑아서 한손으로 주무르면서 걷는데, 대봉이는 머리에 틀었던 놈을 끌러

내리고 이마와 머릿속에 젖은 땀을 댕기 끝으로 묻혀낸다. 그러더니 별로 길지도 않은 노르스름하니 불이 붙은 머리채를 횅횅 둘러대며,

"무쇠 골격 돌근육

소년 남자야,

문명의 정신을

잊지 말어라,

우리는 덕을 닦고

지혜 길러서,

문명의 선도자가

되어봅세다."

하고 창가[112]를 불러댄다. 두 사람은 조자를 맞춰 걸으면서 언덕을 올라갔다. 그들은 한 번 결심한 생각이 다른데로 흩어지지 않게 하기 위하여, 저도 모르게 애써 딴 잡념이 섞이지 않게 노력하는 것이다. 깎은 뒤에 일어날 것을 생각하면 혹 이 결심이 흩어질는지도 모른다. 그래서 그들은 곧 학교의 심부름꾼인 사채(四宋)를 불러서 이발 기계를 들고 나오라고했다.

"이제 얼마 안 해 상학[113]나팔 불 텐데."

하는 것을 강제로 끌고 나오면서, 형걸이는,

"나팔은 내불게 우선 대봉이부텀 머리를 깎아."

하면서 달래었고, 한편 대봉이는 언덕 옆에 있는 돌각담 위에 올라서서, 운동장과 교실을 향하여 커다랗게 소래기를 질렀다.

"고등과 일년생 박형걸이와, 심상과 삼학년생 손대봉이가 머리를 깎는다."

미리 깎노라고서 시간에 늦겨졌다면 선생도 그닥 나무라지 않을 걸 그들은 알고 있다. 학도들은 머리 깎는 걸 보자고 모두 이리로 쓸어 올라왔다. 그들은 황철나무 밑에 놓인 청결통 옆으로 가서 쭉 둘러선다. 손대봉

이가 윗저고리의 동정을 꺾어서 밖으로 접고, 둘러선 가운데 가 꺼꿉 서
앉는다.

　"형걸이하구 대봉이하구 머리를 깎으니 아무래두 내일 해는 서편에서
뜰라는가부다."
고 누가 중얼대는데, 벌써 삭발한 지 오래인 길손(吉孫)이가 가운데로 들
어서면서,

　"머리채는 내 들구 있지."
하고 댕기를 잡어 쳐들어준다.

　"내 머리에 기계가 와 닿을 때에 창가나 한 마디 불러주게."
하는 손대봉이의 말이 농말 같지 않고, 어딘가 비장한 데가 있는 것 같아
서, 형걸이는 솔선해서 창가를 메겼다.[114]

　"왔도다 왔도다
　봄이 왔도다."
하고 메길라치면 일동은 거기 맞추어서,

　"왔도다 왔도다
　봄이 왔도다."
하고 우렁차게 따라갔다.

　"새벽 맞는 이 산천에
　봄이 왔도다
　만물은 때를 좇아
　빛을 발하니,
　춘풍 화기 중에
　은혜 깊도다."
　창가 소리가 나는데, 똑딱거리면서 이가 드문드문 빠진 기계는, 대봉
이의 머리를 밑으로 부터 깎아 올라간다. 가장자리로부터 올라가다가,

맨 위 꼭대기에 가서 잠깐 기계를 멈추었다. 댕기 들고 있던 길손이가 바른손으로 잡아 댕겨보니, 한 줌 만큼만 한 머리카락이 아직도 머리 위에 붙어 있다.

"자 마저 깎는다."

사채도 좀 긴장해서 두 손으로 기계를 머리카락 속에 박는다. 모다 조용하다. 기계 소리가 사채의 두 손이 움직거리는 대로 유난히 높이 들려온다. 마지막 한 번을 휙 밀어 내면서 기계를 뽑아 올리니, 댕기 달린 머리채는 홀랑 머리에서 떨어졌다. 길손이가 고놈을 냉큼하니 쳐들고, '손대봉이 만세'를 부른 뒤에 청결통에다 집어넣는다. 대봉이는 머리를 털며 헤벌심하니, 웃는지 또 울지나 않으려는지, 분간키 어려운 표정을 하며 서운해서 일어선다.

인제 형걸이 차례가 왔다. 그는 각담[115] 위에 책보와 사포를 놓고, 그위에 다시 두루마기를 벗어 얹는다, 팔소매를 성금성금 걷어붙이려니,

"옜다, 형걸이 큰일 치를낸다."

하고 누가 놀려댄다. 그러는데 마침 사무실에서 상학나팔이 들려온다. 이 소리를 들으며 사채가

"한 시간 하구던가, 점심 시간에던가 마저 깎자."

는 걸, 모두

"그래서는 안 된다."

"그리다간 못 깎구 말는지두 모른다."

고 반대해서, 곧 깎기로 하고 둘러섰던 학도들은 교실로 갔다.

"선생보구는 내 말하마."

하고 손대봉이는 아까보다는 좀 기운이 나서, 학도들과 어깨를 걸고[116] 가는 것이 보인다. 형걸이는 한 번 손을 둘러뵈고 가만히 앉았다. 사채는 빗자루로 기계를 한 번 쓴다. 나사를 풀어서 소제[117]를 하고, 안약병에

넣은 석유를 꺼내서 쇠자박이 맞닿는 데다 바른다. 다시 나사를 조이고 귀밑에다 대는 듯 하면서 팔로 기계를 가만가만히 놀려본다. 만문한가[118] 빽빽한가 그 소리를 들어보는 게다. 사온 지 일 년이 남짓한 것인데 이 고을서는 둘밖에 없는 기계인지라, 하루도 열 명 가까운 사람을 깎아대니 그놈이 성할 이치가 없다. 언저리에 동녹이 슬고, 이가 두세 개 빠져서 가끔 털을 꽉 물은 채 옴짝도 안 하는 때가 있다. 그러나 기계는 으레 좀 뜯고 아픈 것으로 모두들 알고 있기 때문에 그만 것쯤은 상관치 않았다.

선뜩하고 쇠가 형걸이의 데석에 와 닿는다. 그러더니 똑딱 소리를 연신 내면서, 찬 금속물은 머리를 한 바퀴 오르내린다. 머리에 부는 바람이 갑자기 차서 등골이 산뜩하였다. 머리채가 털썩 하는 소리를 내며 귀 옆을 스쳐서 그의 눈앞 까만 흙 마당 위에 떨어져 뒹군다. 그러나 기계는 아직도 머리를 다스리노라고 그냥 오르내리기만 한다. 빗자루로 머리를 확확 쓸어내리니 시원하기는 비할 데 없으나, 또 한편으론 걷잡을 수 없는 서운한 생각이 뿌엿하니 가슴을 치받쳤다. 바른손으로 가만히 머리를 만져보니, 여느 때 같으면 기름진 머릿발[119]이 미츳할 텐데, 바늘 끝처럼 손뼉을 찌르면서 착각(錯覺)같이 손은 허전허전하다. 내 것이 아닌 것처럼 손맛이 온통 변해버렸다.

"수구했네."

하고 옷을 털며 일어서서, 머리채를 청결통에 팽개쳐 넣는데, 까만 긴 머리채에 어리어서, 어머니의 적막한 얼굴이 떠올랐다. 그는 눈앞에 떠오르는 어머니의 얼굴을 뿌리치듯 하면서, 곧 두루마기를 입고 사포를 썼다. 사포가 귀 있는 데까지 거침없이 쑥 떨어지고 안에 댄 가죽이 싸늘적하다. 그는 책보를 끼고 장달음[120]을 놓아 교실로 뛰어 들어갔다.

점심시간에는 집에 오지 않고, 형걸이는 향교 가까이 있는 길손네 집에 가서 그와 둘이 길손이의 점심밥을 나누어 먹었다. 어쩐지 집에 오기가 싫었다. 어머니는 아직 두뭇골 집으로 돌아오지 않았을 것이므로 머리 깎은 것을 들킬 염려도 없을 것이오, 허기야 아무 때라도 한 번은 겪어나야 할 판이니, 어머니의 눈을 피하노라고 그런 것만은 아닐 것이나, 여러 가지 생각이 겹쳐서 그저 어쩐지 집으로 가기가 싫었던 것이다. 오후에 한 시간을 하고는, 백 명 가까운 전교생도가 두루마기를 벗어 붙이고 신에 들메[121]를 한 뒤에 대운동회의 준비를 위하여, 연합체조의 연습을 정교사의 지휘로 한 시간쯤 하였다. 이것이 끝난 다음엔 형걸이는 집으로 돌아와야 한다. 그대로 산에나 강에나 가서 나팔이라도 불고 싶으나, 우선 책보를 집에 갖다두어야 할 게요, 책보는 아무렇게나 들든가 또는 병대들의 가죽부대 모양으로 둘러진다손치더라도 나팔이 집 안에 있었다. 그래서 그는 교문을 나서며 한참 생각다 못하여 그대로 혼자서 산으로 올라갔다. 따스한 양지 바른 곳에서 낮잠이나 자보려는 것이다.

대성전(大成殿) 뒤 솔밭 속을 지나서 삼송정(三松亭) 앞 언덕으로 돌아왔다. 작년 가을에 말라버린 누런 잔디에 봄날의 따스한 태양이 함뿍 내려쏟고 있었으나, 아직 푸른 엄[122]은 트지 않았다. 그는 책보를 베고 사포로 얼굴을 가리운 뒤에 번뜻하니 나가 넘어졌다.

역시 눈을 감아도 잘라버린 머리채와 어머니 생각이 머리에 떠올랐다. 어머니는 삭발한 것을 보고 놀랄 것이다. 여태껏 형걸이가 몇 번이나 머리를 깎으려고 할 때마다, 관례(冠禮)[123] 지내는 것을 본 뒤에야 깎는다고 한사코 말려온 것을 오늘 아침 이렇게 깎아버렸으니, 그의 삭발과 형선이의 혼례식과를 맞붙여서 생각할 것은 사실이었다. 어머니는 기필코 형선이가 장가드는 것에 불만하여 삭발을 해버린 것이라 생각할 것이다. 그렇지 않아도 자기가 어엿한 본댁이 아니고, 또한 단 하나뿐인 아들이 서자의 대우를 받는 것을 마음 아파하던 윤씨로써 형걸이의 이 행동은 적잖은 충격으로 될 것이다. 형선이가 오늘 장가를 든 정좌수집 둘째딸

보부를 본 적은, 형걸이로서는 한 번도 없었다. 그러나 윤씨는 처음 형걸이를 보부와 혼사 지낼 의향으로 그를 수소문해보았고, 다시 그는 영감더러 그 뜻을 전해본 적도 있었다. 박참봉은 혼처는 적당하고 규수가 인물로나 무엇으로나 훌륭한 것을 듣기는 하였으나, 정좌수가 필시 형걸이를 서자라고 나무랄 것을 생각지 않을 수 없었다. 그래서 윤씨의 말이 나오자마자 지금 정씨집 규수하고는 형선이와 혼삿말이 있다는 헛소리를 하고, 또 혼사는 비록 한 달의 차이라도 순서가 있으니, 우선 형선이를 보낸 다음에야 형걸이 차례가 아니냐고 말했다.

영감이 적자나 서자를 그다지 차별하지 않는 것을 알고 있는 이상, 아무리 마음은 내켰었다고 할지라도 이 말에 거역할 수는 없었다. 그래서 그만 형선이와 정씨집 규수와 혼사가 되어버린 것이다. 형걸이는 이런 것을 자상하게 알지는 못하나, 한 번 어머니가 정씨집 딸이 훌륭한 게 있다는데, 네 맘이 어떠냐고 물어본 일이 있었다. 그 뒤 그는 윗동리에 사는 동무들에게 눈치 채이지 않게 중을 떠보고, 그 규수가 인물이 절색이고, 또 자기 부친에게서 한문과 언문 공부를 했고, 바느질도 잘한다는 것을 알았다. 그러나 어머니는 다시 그러한 말을 하지 않았고, 뒤이어 형선이와의 혼사가 성립이 되고 말았다.

어머니가 오늘 아침 형걸이의 태도에서 아무 말을 못 건넨 것도 이런 일이 있는 때문이었고 또 형걸이 자신도 어머니의 심경을 모르는 바 아니다. 그러나 가슴에 솟구쳐 오르는 지향 없는 울분을 또한 어떻게 처치할 길이 없었다. 그 울분을 억눌러서 삭발로 인도해놓은 것만 지극히 온당한 행동이었다고 아니 할 수 없을 것이다.

머리는 깎아버렸다. 어떻게 되었건 이왕 머리는 깎아버린 게다. 사실 장가를 들 때 머리를 깎았으면 어떻고, 또 상투를 틀었으면 어떨 게냐. 사모, 단령에 각대와 목화를 몸에 안 붙이고, 그대로 사포와 두루마기래도 그만이 아니냐. 언제 갈지도 모를 장가를 기다리면서 오래잖아 오월 단오가 오면, 대운동회가 있어, 각처에서 많은 학도가 모여들 텐데, 그때까지 귀찮게 머리꽁지를 달고 다니는 것만이 더한층 창피한 일이 아닐 수 없다. 그러나 그건 그렇다 치고 어머니의 슬픔은 어떻게 생각해야 할 게냐.

생각이 자꾸 두루두루 맴을 돈다. 아무것도 생각지 않기 위하여 잠을 청하나 좀처럼 눈을 붙여볼 수가 없다. 그래서 그는 마지막으로 늘상 잠 안 올 때마다 해보던 방법을 써본다. 콧속에다 힘을 주어 어느 정도까지 숨을 막아놓으면, 머리의 중추가 뗑해진다. 이것을 잠깐 동안 계속하면 머릿속이 혼란해지고, 와사[124] 같은 것이 꽉 차는 것 같아지면서 이윽고 진공상태에 가까워지는 것을 느낀다. 이렇게 해놓으면서 일변 건둥[125]으로 하나 둘을 세어서 백까지만 가면 알 도리가 있다. 과시 머리가 횡해오면서 여든여섯을 세는데 팔싹하니 눈자위가 무거워 온다. 여든일곱은 채 세지도 못했다. 그는 잠이 들고 말았다.

얼마나 잤는지, 누가 고양이처럼 살그머니 와서 그의 얼굴에 가리었던 사포를 젖힌다. 눈을 떠보니 장옷도 안 쓴 젊은 색시다. 해는 이미 지고 사방엔 산산한 저녁바람이 일기 시작한다. 솔밭을 지나는 바람소리가 개울물 흐르는 것 같다.

웬 한 여자가 이런 산등에, 장옷도 안 쓰고 또 남의 젊은 총각이 자는 데를, 버릇없고 무엄하게도…… 하면서 자상히 쳐다보니 두칠(斗七)이 아내, 쌍네였다.

쌍네라면, 장옷을 쓸 리는 없다 쳐도 어인 일로 해 저물어 이런 곳에를 왔을까. 나무 하러 갔던 두칠이를 마중 나왔다가, 해 지는 줄을 모르고 찬 땅 위에 누워 있는 젊은 총각이, 상전댁 도령님인 것을 발견하고 잠을 깨우는 것인가, 하고 뻐언이 쳐다보아도 얼굴을 숙인 채 아무 말이 없다.

형걸이는 슬며시 일어나 앉았다.

"누구, 두칠이를 마중 나온 길이냐."

물어보아도 대답이 없고 손을 읍한 채 가만히 서 있다. 슬그머니 화가 동했다. 그래서 훌쩍 일어서서 마주서는데, 핏뜩 마주 쳐다보는 얼굴이 한없이 아름답다.

스물두 살, 형걸이보다 그러므로 세 살이나 위다. 그는 비로소 그의 앞에서 어려서부터 그의 집에 팔려와서 잔뼈가 굵은 종간나도 아니오, 지금은 막서리 두칠이의 아내도 아닌 하나의 난만한[126] 원숙한 여자의 육체를 발견하는 것이다. 붉게 큼직한 입술이 쫑긋쫑긋하고, 퀭하니 뚱그런 눈에는 꺼먼 그림자가 약간 어리어 있는 듯하다. 머리는 좀 흩어진 채, 흰 수건 뒤로 꺼먼 댕기의 꼬둘채가 늘어져 있다. 앞섶을 팽팽하니 여미어서 불룩하니 터져 오르는 젖가슴을 겨우 가누고 있다. 그는 손과 팔을 본다. 추운 삼동간 물에 튼 손잔등은, 그러나 벌겋게 달뜨면서, 팔소매 안에서 흘러내려온 흰 살과 비스듬하니 잇대어서 아마, 그것이 어깨와 가슴으로 부드러운 구릉처럼 뻗어 있을 것이다.

이렇도록 아름답고 탐스런 색시를 어째 자기는 여태껏 몰라보았을까.—이렇게 생각에 취해 황홀히 바라보는 순간, 그는 색시의 손을 덥석 쥐었다. 색시의 얼굴에 붉은 물감이 쭉 돈다. 귀는 얼굴보다도 더 발개졌다. 폭 수그린 얼굴, 등골에 나풀거리는 솜털이 형걸이의 두 눈을 간지럽게 한다. 무어라고 말하려고 하나, 말문이 막혔는지 목구멍이 움직이지 않는다. 밤은 벌써 산을 캄캄하니 둘러 감았다. 가슴을 치받히는 정렬이 가리키는 대로, 그는 색시의 손을 이끌고 솔밭 숲속으로 뛰어든다.

덤성덤성 끄는 대로 소와 같이 유순하게 따라올 줄 알았던 색시가, 그 자리에 오뚝 선채 움쩍도 안 한다.

"저는 남의 아내된 몸이에요."

그러나 지금 와서 이 소리는 형걸이의 행동을 제어할 아무 힘도 없었다. 그것은 쌍네 자신도 잘 알고 있을 것이다. 대체 두칠이는 뭐고, 두칠이의 아내란 뭐냐. 그는 삼십이 되도록 절게로 있다가, 작년에 겨우 쌍네를 아내로 맞은 것이 아니냐. 쌍네를 주지 않았으면 그는 지금도 더벅머리 늙은 총각으로, 을씨년같이 지냈을 것이오, 쌍네 역시 종간나로 늙어 꼬부라질 것이 아니냐. 지금 그들이 어엿한 부부처럼 제법 '남의 아내된 몸이에요' 하지만 지금도 그대로 박참봉네 집에 매어 있는 비복과 다를 게 없다. 도령님이 이끄는데 '남의 아내된 몸이라'니 어디다 대고 하는 무엄한 수작이냐.─그러나 이런 것까지를 구차하니 생각할 필요도 없었다.

성난 호랑이처럼 휙 하니 쌍네의 몸을 나꿔 들고, 성큼 앞으로 바꾸어 안은 뒤에 그는 으슥한 솔밭 속으로 뛰어 들어간다.

색시는 발버둥을 치며 네굽질[127]을 하는 듯 하더니, 그대로 털썩 몸을 도련님께 실리며 두 팔로 그의 목을 둘러 감는다. 뜨거운 입김을 사나이의 목덜미에 쏟으면서, 그러나 그것과 함께 형걸이의 귀에 들린 말은 뜻밖이었다.

"아무리 매운 사람이래두, 너무 숙보지[128] 않아요."

그러나 그 다음 말은 더욱 그를 놀라게 하였다. 떨어지게 해라를 하면서,

"넌두 첩자식이라고 수모 사는 일은 없냐."

도무지 쌍네의 말소리가 아닌 것 같았다. 어디다 뫼를 쓰고 어느 하늘에다 머리빡을 솟구고 이런 죽여 마땅할 수작을 쏟아놓는 게냐.─하고 품에 안은 쌍네를 보니, 그는 조금 전에 나꿔 안은 쌍네가 아니었다. 녹의홍상에 큰머리를 해 얹은 새색시, 이는 정녕 정좌수집 둘째딸이 아니냐, 고 기급을 하는데─

빼 그이 귀에서 요란한 소리가 난다. 깨어나니 꿈이었고, 그의 옆에는 나팔을 든 손대봉이가 웃고 서 있다.

"산에서 낮잠이 뭐야. 귀신한테 홀릴라구. 옛말도 몰라, 산에서 자다

여우한테 홀린 말."

대봉이의 말이 귀에 잘 들리지 않는다. 그는 지금껏 취해 있던 꿈에서 아직 깨지 못한 채 있는 것이다. 가슴은 두근거리고 머리는 뗑 하고, 나팔 소리에 고막이 윙 운다. 아직 긴 봄날의 해는 십이봉 화줏머리 위에 높이 떠 있다.

"머, 정말 꿈이래도 꿔댔나."

털썩 그의 옆에 앉는 대봉이를, 윙하니 덮쳐서 깔고 앉고, 멱암치를 내리눌렀다. 느닷없이 몰아치고 덮쳐대는 바람에, 미처 손쓸 새도 없이 밑에 깔린 대봉이는, 들었던 나팔을 마른 잔디 위에 내던지고 바른팔로 형걸이의 한 손을 잡아 비틀었다. 두 다리에 힘을 넣어 뒤채는 바람에 둘은 함께 부여안은 채 언덕을 굴어 내려간다.

한 번 뒤채고, 두 번 고비를 돌고, 또 한 번 굴러 내리려는데, 조그만 솔포기에 걸려서 두 살덩어리는 멈칫하니 언덕에 걸렸다. 밑에 깔린 건 형걸이고, 위에 타고 앉은 것이 대봉이다.

"이 자식."

하고 멱살을 내리누르려다 두 눈이 서로 마주쳤다. 밑에 깔린 형걸이가 먼저 벌심하니 웃는다. 위에 타고 앉았던 대봉이도 따라서 웃었다. 그다음엔 소리를 내서 웃었다. 이윽고 그들은 손을 털고 일어났다.

우물에 물을 뜨러 나왔던 길손이 어머니는, 바로 조금 전에 집 앞을 지나 산으로 올라가던 손장이 아들 대봉이가, 삼송정 앞에서 웬 총각하고, 맞다들어 단판씨름을 해서 나가 뒹구는 걸 보고, 물동이를 우물가에 놓은 채 집으로 뛰어 들어왔다.

톱으로 널쪽을 헤고 앉았는 길손이를 보더니,

"어서 손장이네 집에 가 알려라. 큰일났다, 큰일났어. 그애가 누구하고 칼을 번쩍이면서 맞닥뜨릴 하는데, 지금쯤은 모두 누혈이 낭자해서

나가 넘어졌는지도 모르겠다. 어서 손장이네 집에 가 알리우라구. 원 저
일을 어떻거나. 남의 집 외아들, 불공 디리고 치성 디려서 낳은 걸, 원 하
늘도 무심하다.”

길손이가 뛰어나와 보니 언덕 위에는 두 총각이 가지런히 서 있다. 하
나는 대봉이고 하나는 형걸이다. 그래서 지금도 야단났다고 덤벼대면서
대문 밖으로 나오는 어머니를 보면서,

“아니, 어데서 누가 싸웠단 말인가.”
하고 의아해하니,

“넌 눈깔이 썩어졌네, 저 삼송정 언덕도 안 보이네, 저기, 저.”
하며 삼송정을 가리키나, 안개 낀 그의 눈에도 나란히 서 있는 두 총각밖
에 보이는 게 없었다. 아, 이놈들이 대체 어이 된 일인가, 눈을 부비며 다
시 보는데,

“엄맨 노망했건, 노망해서, 어서 물이나 길어라 애.”
하고 길손이는 늙은 어머니를 핀잔 준다. 이윽고 산에서는 나팔 소리가
들려온다. 길손이 어머니는 아직도 혼자 마당귀에 서서 삼송정 쪽을 바
라보며, 내가 아마 죽을 날이 멀지 않은가 보다 하고 쓸쓸하니 제 신세를
한탄하고 있었다.

*

두뭇골집에 돌아와서 종 보고 물어보니, 형걸이는 아무 말 없이 큰집
에서 가져온 조반을 먹고, 학교로 시간 맞추어 갔다고 한다. 그가 대문을
나간 뒤에도 퍽 오래 지나서야, 나팔 소리가 학교에서 났다고 하니, 그리
늦게 일어나지 않은 것도 알 수 있었다. 그런데 어쩐 일인지 점심을 먹으
러 오지 않았다고 한다.

무슨 바쁜 일이라도 생겼던 게지, 아침 잘 먹고 갔으면 머 그리 배가 고프랴. —하고 저로서도 생각하고, 또 근심하는 종에게도 말하였으나, 학교가 필한 뒤에도 일찌감치 돌아오지 않으니, 윤씨로서는 근심이 되지 않을 수가 없었다. 삼남이와 종을 시켜 학교와 또 강가에 나가 찾아보라 했으나, 학교는 텅 빈 채 아무도 없고, 강가에도 그럴듯한 사람의 그림자가 보이지 않는다고 한다.

그런데 해가 거의 넘어갈 무렵에야 손장이 아들하고 둘이서 대문을 들어선다. 형걸이는 모자를 푹 쓴 채 제 방으로 들어가 버리고, 손대봉이가 일부러 안마당을 겅충겅충 걸어오더니, 영창문을 열고 앉았는 윤씨를 보고, 토방 밑에서 사포를 벗어 인사를 한다.

"그새 안녕하신가요."

"대봉이 오래간만에 오는구나. 그런데 너 머린 웬일이가."

대봉이는 머리를 한 번 바른손으로 북 쓸어보면서,

"거치적거리구, 말째서 오늘 깎았이오. 학교에서도 깎으라고 해서."

그러고는 헤벌심하니 웃어 보인다. 그러나 윤씨는 웃지 않고,

"너 어머니랑 아버지 보이셨네."

하고 재우쳐 묻는다.

"낮에 뵈었어요."

"그래 잘했다고 그러시던?"

"그럼 깎은 걸 뭐 별 수 있나요."

"장가도 안 가고 머릴 깎으면 쓰나. 학곤지 뭔지, 원 무슨 영문인구."

"머리 깎아야 산술 잘한대요."

"전에 사람들은 그래 과거한 사람도 없고, 진사급제한 사람도 없다더라."

"학교공부가 서당공부와 같은가요. 그러게 서당에서 신식공부는 모르지오."

윤씨는 아무 말도 안 하고 담배를 피워 문다. 이윽고 대봉이는 형걸이 방 있는 데로 걸어간다. 토방에 갓신을 벗어놓고 방 안으로 들어서면서 눈을 찔끔하는데, 형걸이는 약간 혀를 빼보았다.

대봉이가 형걸이 방으로 건너가는 것을 보고 윤씨는 영창문을 닫았다. 아무래도 두 놈의 하는 품이 께름하다. 대봉이가 인사를 하는 거야 언제나 놀러오면 하는 일이지만 머리를 갓 깎고 우정[129] 그걸 보이듯이 토방 밑에까지 와서 나부라지게 반절을 한다던가, 그놈이 이러니저러니 말대꾸를 하는 거라든가, 또는 형걸이가 이쪽을 본체만체하고 제 방으로 횡하니 들어가버리는 품이라던가, 모두가 무슨 까닭이 있어 보인다. 그래 윤씨는 담뱃대를 놓고 마당으로 나와 신을 신고 뜰 안을 건너갔다. 아들의 방문을 드윽 열면서,

"너 점심은 어떻게 했."

하고 물어본다. 대봉이는 사포를 벗고 맨 머리채, 다리를 펴고 앉아서 나팔을 닦다가, 문 여는 소리에 다리를 끌어 세우는데, 형걸이는 사포를 귀에 닿게 꼭 쓰고 다리를 세우고 앉았다가, 어머니의 낯을 바라본다.

"바빠서 길손네 집에서 얻어먹었어요."

"남의 집에서 그렇게 얻어먹어 버릇하면 쓰나."

하고 형걸이의 귀 옆을 보았다. 구레나룻에 비죽이 내밀던 머리카락이 하나도 없고 새하얗다. 가슴이 뚱하고 물러앉는다.

어머니의 얼굴이 갑자기 변하는 것을 보고, 형걸이는 황급히 낯을 푹숙였다. 어머니는 아무 말도 못한다. 한참 그럭하고 섰더니, 문을 닫고 다시 안방으로 건너가 버린다. 무어라고 말할는지 도무지 생각이 엄두에 오르질 않던 것이다.

한편, 어머니가 삭발한 것을 알고도 아무 말 못하고 건너가, 잠잠하니 소식이 없는 걸 본 형걸이는, 윤씨와는 다르지만 역시, 그는 그대로 또한

마음이 언짢지 않을 수가 없었다. 삭발한 걸 지금 새삼스럽게 후회한다던가, 그런 마음은 터럭만치도 없다. 해야 될 것을 해버린 데 불과하다. 단지 이것 하나만이 원인이 되어, 어머니가 슬퍼한다든가 노여워한다면 손대봉이처럼 그런 걸 무시해버려도 무방할 것 같다. 그러나 그의 삭발이 가져오는 문제는 결코 그런 것만이 아니었다.

온몸을 내던져서, 죽어라고 분풀이를 해대야만 할 곳이 어디엔가 꼭 한 귀퉁이 남아 있는 것 같다. 누구를 실컷 뚜드리던가, 그렇잖으면 누구한테 늘어지게 맞아보고도 싶다. 그랬으면 한결 가슴이 후련하고 속이 시원하니 뚫릴 것 같다. 그러나 누구를 때리고, 또 누구에게 맞아야 할 것이냐. 그 대상이 그에게는 똑똑치 않았다. 간지러운 것처럼 안타깝다.

그는 대봉이가 간 뒤에, 저녁을 대강 먹어치우고, 번뜻이 방 가운데 누웠다가, 맨머리 바람으로 어머니의 눈을 피해 방을 나와버렸다. 강에 나가 시원히 바람이라도 쏘이면 좀 나을 것 같다.

두뭇골서 흐르는 작은 개울물은 구룡교 다리로 흘러서 비류강으로 들어간다. 그는 이 개울물을 쫓아서 작은 길을 더듬어 큰 거리로 나간다. 밤은 벌써 캄캄하다. 바람이 살랑살랑 앙상한 나무를 건너간다. 달이 실낱같이 차다.

임강정(臨江亭)을 지나 강선루의 우중충한 큰 그림자를 무시무시하게 먼발로 바라보면서 그는 천추봉 있는 쪽을 향하여 강을 따라 거슬러 올라간다. 휘파람을 불어본다. 그러면 마음이 좀 시원할 것 같다. 권학가(勸學歌)를 조자를 맞추어서 날카롭게 불어 넘겼다. 그의 휘파람 소리는 냉랭하니 괴괴한 밤하늘에 퍼져 나간다. 뒤에서 발자취 소리가 나는 것 같다. 휘파람을 멈추고 돌아보니 허연 두 여자의 그림자가 강선루 뒤 자복사 골목으로 들어간다. 그들은 곧 각담에 가리어 보이지 않는다. 승선교(乘仙橋) 밑 여울물 소리가 와— 귀에 새롭게 들려온다. 소나기 소리 같기도 하고 또 어떤 때는 가는 비 소리 같기도 하다. 그는 방수성(防水城)을 내려서 마른 잡초를 헤치고 강가로 나갔다. 물 있는 쪽은 더 캄캄하다. 하늘이 비추인 곳만 초승달을 거꾸로 마주 그리면서 좀 히끄무레하다. 가만히 앉아본다. 물 위에서 오는 찬김이 머리에 시리다. 손을 담가본다. 얼음 같다. 그걸로 머리를 적시어본다.

그러는데 선뜻 생각이 떠오른다. 지금 탑골목으로 가는 두 여자는 정좌수집 사람은 아닌가. 올라가던 골목이 그곳이다. 신부가 어디 가서 숨었다가 신랑 방에 단장하고 들어가려고 지금 그의 친척집 부인네와 함께 돌아오는 길은 아닌가.

뒤를 돌려다보나 강선루의 커다란 그림자, 그리고 그 뒤에 자복사의 우뚝한 탑, 그 뒤로 인가가 있는지 없는지 그대로 꺼멓다. 정녕 정좌수의 딸 형선이의 새색시다, 하고 생각하면서 그는 손을 털고 일어섰다.

낮에 산에서 꾼 꿈 생각이 불현듯이 솟아난다. 정좌수 딸의 녹의홍상 하고 큰머리한 몸집, 두칠이 처 쌍네의 풍만한 육체, 그는 그의 가슴이 갑자기 물차관[130]처럼 설렁거리고, 커다란 몽둥이 같은 것이, 가슴으로 뿌엇하니 치받쳐 오르는 것을 느낀다. 코에서 더운 김이 훅 하니 내솟는다. 그는 한참 멍하니 서서 제 욕망을 진정시키려고 애쓰다가, 그대로 느리게 발을 옮겨 놓으면서 다시 길 위에 나섰다.

그는 한참 뒤에 자복사 골목을 올라가고 있는 자신을 발견하고 잠깐 주춤하였다. 그러나 그는 그 길을 더듬어 올라가기를 멈추지는 않았다.

5

긴 거리가 끝나고 방선문을 쑥 나서면, 왼편으로 박리균네 조상 할머니 성씨의 것도 함께 끼어 있는, 다섯 여섯 낡은 비각이 서 있고, 다시 그

비각에 연달아서 맨머리만 뎅그렁한 비석이 초라하게 상판때기가 얼금덜금 더럽힌 채 두서너 개 서 있다. 그 앞은 널찍한 마당인데, 말뚝이 총총히 들어선 걸로도 짐작할 수 있겠지만, 하루 엿새마다 벌어지는 장날, 크게 우시장이 서는 곳이다. 항용[131] 불러서 소우전 마당이라 한다. 이 마당 한편 모서리가 뚫리어서, 공동묘지와 손우개로 통하는 작은 길이 있고, 또 다시 바른쪽 언저리가 그대로 줄기차게 뻗어서, 커다란 황철나무를 서너 너덧 세운 채, 평양과 원산으로 통하는 새로 생기는 신작로와, 망지다리[望主橋]에서 마주 붙고 있다.

이밖에 허리끈 같은 가는 길이 신작로를 바른 질름을 해서 각각 두 갈래로, 하나는 돌차니고개[咄嗟嶺]를 넘어 평양 가는 방향으로, 또 하나는 망지고개를 바라보면서 원산 쪽으로 개울과 산을 더듬어 올라가고 있는 것이 보인다.

황철나무의 푸른 눈이 터서 이파리가 파릿파릿 내발리고, 그 밑에 깔린 풀에서 포르스럼한 새싹이 돋아오르고, 아무도 모르게 누가 떠다 옮긴 진달래가 한 포기 분홍빛 꽃을 피우고 있는 따스한 어떤 날 오후도 퍽이나 기울어서, 말발굽 소리를 요란스럽게 울리면서 흰 말이 하나 방선문을 지나 날쌔게 달려오더니, 소우전 마당으로 한 바퀴 휭 하니 돌아서, 신작로로 통하는 황철나무 밑을 땅에 붙듯이 휘감아 돌고, 흰 먼지를 뽀얗게 날리면서 망지다리를 향하여 달아나고 있었다.

말은 구름 속을 달리듯 거침없이 달아난다. 신작로는 흰 먼지와 말발굽 소리에 휘엉켜서 멀리 가물가물하게 달아나는 흰 말과 그 위에 탄 젊은 기수를 덤덤히 바라보고 있다.

흰 말은 행인 없는 신작로를 날듯이 달아간다. 멀리 망지다리를 왼쪽으로 휘돌면서 원산 가는 길을 잡아서, 망주산 고개를 쏜살처럼 대바람에 스쳐 올라간다. 고개를 거반[132] 올라갔다. 그런데 웬일일가. 말은 갑자기 요란스럽게 코를 불면서 앞발을 까맣게 들어서 하늘 허공을 들이찬다. 탔던 기수는 까풀 하고 안장에서 떠올랐으나, 말목에 몸을 딱 붙이고 능숙하니 말을 잡아 길 위에 세운다. 기수는 말꼽지를 잡아당겨서 무서운 속력으로 달아나던 말을, 길 복판에다 잡아 세우려 든 것이다. 뛰던 말은 그 바람에 한 번 앞발을 높이 들고, 공중을 휘젓듯이 살판을 뛰려다가, 우르렁 하고 코를 불면서 길을 가로잡고, 기수의 시키는 대로 급정지를 한 것이다. 말은 아직도 뛰던 속력이 몸에 남아서 건정건정 신작로를 짓밟으며 돌아간다. 호둘기바람¹³³에 학생 모자를 뒷좌석에 붙이고, 턱에다 끈을 매인 젊은 기수는, 말채찍과 말꼽지를 왼손에 몰아 쥐고, 바른손으로 말의 등허리를 뚜덕뚜덕 두들겨주면서, 찐득하니 흐른 땀을 수건을 내여 문대어준다. 말은 주인의 애무를 달게 받으면서 눈을 꺼뻑거리고 섰다. 이윽고 말 위에 탄 기수는 고개 아래턱을 내려다본다. 그곳에 삼십 장정이 소를 몰고서 작은 지름길을 더듬어 신작로로 올라오고 있었던 것이다.

"그리다 어쩌실려구 그리우."

버륵버륵 웃는, 수건을 질끈 동인 장정은 두칠이였다. 말 탄 총각은 이 말엔 아무 대답도 안 한다. 그는 물론 형걸이였다.

"말 참 용하게 타시는군."

이 말에도 대답지 않고, 형걸이는 소와 사람이 신작로 위에 오르기만 기다리고 있다.

"어데루 가나?"

"나무 실으레 삼밭이 가는 길이웨다."

"삼밭이? 삼밭이가 삼십린데, 이제 가믄 어떡헐라구?"

"요좀 달이 있는데. 좀 늦어선 오갔지오."

그는 소와 두칠이가 고개를 더듬어 올라가는 것을 바라보고 있다가,

"그럼 잘 댕겨오우."

하고 처음으로 두칠이에게 하우를 했다. 그랬더니 두칠이는 휙 돌아보면서,

"예, 조심히 들어가시우."

한다. 형걸이는 두칠이가 고개를 다 넘도록 그곳에 서 있다가, 이윽고 말을 지름길로 들이세웠다. 말은 앞을 굽어보며 배배 꼬인 좁은 길을 내려간다. 형걸이는 말꼽지를 느리게 잡고 뒤로 몸을 젖히듯 하면서 말이 꺼뜩꺼뜩 하는 대로 허리를 흔들거린다.

형걸이는 지금 말 위에서, 두칠이가 밤이 퍽이나 이슥해서야 집으로 돌아올 것을 생각하고 있다. 오늘은 보름이 인제 얼마 안 남았으니, 밤에는 밝은 달이 우렷하니[134] 산과 들과 집과 강물을 밝혀줄 것이다. 개나리와 진달래와 병꽃이 활짝 핀 밤, 나뭇가지마다 새 움을 까고, 철 이른 버들가지가 파랗게 향기를 뿜는 밤, 달에서 흐르는 이슬을 받아서 무어라고 종알거리며 피어나오는 파란 잔디. 이 밤에 형선이는 얼마 전에 데려온 정좌수 딸과, 젊은 감격을 나눌 것이고, 두칠이의 처 쌍네는 오래간만에 해방된, 흠썩하고 탐스러운 몸을 가누지 못하여 강물 쪽으로 향한 큰집 막간 좁은 한 칸 방에서 혼자 몸을 뒤채고 있을 것이다. 그는 혼자 있을 때 무엇을 생각하고 있을까. 나무 실러 간 남편 두칠이가 돌아오기를 기다리고 있을까. 혹은 아무것도 생각지 않은 채, 뚫어진 창문 틈으로 숨어드는 달빛에, 커다랗게 부풀어 오른 가슴을 내맡기고 곤하니 잠이 들어 있을까.

말은 평지를 걷는다. 딴눈도 팔지 않고 뚜벅뚜벅 단조롭게 걸어간다. 형걸이는 비로소 눈을 들어, 멀리 물이 붉은 사창못과, 그 옆에 선 커다란 두 개의 황철나무 가지에 삼 년 전부터 있는 낡은 까치둥지와, 그리고 그 뒤로 비스듬히 밭을 넘어서 보이는 학교의 운동장을 바라보며 생각을 털고 바른손을 높이 들어 말궁둥이에 채찍을 준다. 말은 껑충하고 뛰기 시작한다. 채찍이 또 한 번 궁둥이를 휘갈기니, 말은 몸을 펴고 길 위를

날기 시작한다. 밭샛길을 더듬어서 방선문엔 들리지 않고, 산 밑을 거슬러 올라가면서 말은 단숨에 학교 운동장까지 줄달음을 쳤다.

운동장에는 형선이도 있고, 길손이도 있고, 대봉이도 있다. 그밖에도 두서넛 있었다. 그들은 활짝 두루마기와 모자를 벗어 붙이고, 삼신[135]에 들메를 깐 듯하니 한 뒤에 경주연습을 하고 있었다. 철봉 밑에 백먹으로다 땅바닥에 줄을 긋고 그 위에 바른발을 하나씩 내짚고 있다. 발은 백먹을 타고 신호가 나기를 긴장하여 기다리고 있다. 길손이는 줄밖에 서서 신호를 부르고, 다른 네 명이 뜀을 뛸 참이다. 철봉을 하던 이태석(李泰錫)이도 손을 부비며 그것을 바라보고 섰다.

"하나."

길손이는 기운 있이 불러댄다.

"두울, 셋!"

셋 소리와 함께 네 사람은 달아난다. 길손이는 흰 줄 위에 서서 뛰어가는 경주자를 뒤로부터 바라본다. 형걸이는 말 위에서 내렸다. 말을 나무에 매고 그는 운동장으로 넘어 들어온다.

경주는, 운동장 저만큼 서 있는 황철나무를 치고 돌아오는 거다. 떨어지고 앞서고, 뒤엉키면서, 제가끔 황철나무를 손뼉으로 갈기고는 그들은 되짚어 뛰어온다. 형선이가 맨 앞이다. 그다음이 대봉이다. 나머지 두 사람은 한 칸 만큼씩 떨어져 있다. 그러더니 거반 가까이 와서 대봉이가 바싹 채치는 바람에, 형선이는 입을 감물고 애를 다하나, 한 발 만큼 떨어져서야 금을 넘었다.

"형선인 요좀 기운을 너무 빼서, 하하하."

하고 태석이가 웃어대니, 잔디 위에 펄신하니 앉아서 푸푸 하고 헐럭거리던 형선이는,

"에—라 망할 자식, 내 우정 젯다."

하고 벌떡 일어선다.

"그래, 덕분에 내가 한번 이겼다."

하면서 형걸이를 보고 대봉이는 눈을 찔끔한다. 형걸이는 아무 말도 안 하고, 풀판 위에서 손을 땅에다 대고 휙휙 살판을 몇 번 뛰었다. 그리고는 다시 두 팔뚝을 걷어붙이고 철봉으로 가서 워윅 턱걸이를 몇 번 했다.

"대운동회 때 씨름두 할라는가 몰라."

하고 태석이가 잔디 위에 앉으면서 말하니, 형걸이가 그 옆에 펄신하니 마주 앉으면서,

"단오에 씨름을 안 할라구."

한다.

"글세 대운동회 하는데 어데서 할가."

하고 형선이도 그 옆에 와 앉는다. 그는 장가를 들고서 곧 머리를 깎았다. 대봉이는 며칠 전에 두 번째 깎아서 새하얀데, 형걸이와 형선이는 머리 깎은 지가 한 달이 훨씬 넘어서 수북이 돋았다. 장가갔다 사흘 만에 돌아와서 형선이는 머리를 깎고 학교로 왔다. 그 뒤에 한 달이 지나서 곧 색시를 데려왔다. 농말이 아니라 그가 학교를 필하면, 이렇게 동무들과 노는 동안도 색시 생각이 나서 안절부절을 못할 지경인 것이 사실인 것이다. 그러므로 늘 이겨오던 대봉이한테, 마지막에 힘이 모자란 것을 놀려대는 태석이의 말도, 미상불 바로 맞힌 말이 아닌 것은 아니었다.

"대운동회는 하루믄 안 되나. 그러니 첫날은 방선문 소우전 마당에서 씨름 붙이구, 대음날은 솔밭소재에 예펜네덜 구눌 띠우구, 사흘째 되는 날 여기서 운동회 하믄 그만 아닌가."

형걸이는 형선이의 말을 잡아서 자상하게 설명해 들려주듯 한다.

"글세 그렇게 하믄 몰라두, 씨름을 붙인다게 되믄 하루엔 아마 못될 게라."

대
하

88

형선이는 아우의 말을 별로 바로잡는 것은 아니나, 다시 좀 제 의견을 세워보려 한다.

"안 되믄, 소재 오르는 날, 사나히들끼린 씨름 붙이믄 그만이지."

별로 아무개에게서도 말이 없다. 형걸이는 생각난 듯이 말 있는 쪽을 잠깐 돌아본다. 그 바람에 모두 말을 바라본다. 말은 뜯어먹을 풀도 없어서 시름하니 눈만 꺼먹거리고 서 있다.

"운동회 때 어데 어데서 올려는지 몰루나, 안즉."

하고 길손이가 손을 조끼주머니 속에서 아무적거리며 물으니, 말을 멍하니 바라보던 대봉이가,

"작년에 페양 왔던 고장선 거반 다 올게다. 그렇거믄 위선 페양."

하고 넌떡[136] 손을 들어 곱으면서,

"쉰천, 은산, 자산, 영유, 강세, 농강, 이건만 해두 닐급[137]이지. 거기다가 대드리에서 올게구, 기창이랑 아마 이런 데서두 올게다. 강동이랑 양덕 촌놈덜두 올래나. 아마 거긴 안즉두 학교가 없는지두 몰라."

길손이도 조끼 속에 넣은 손으로, 대봉이를 따라 손가락으로 꼽아 세고 있다가, 대봉이의 말이 뚝 떨어지자,

"아야, 거 법정힌 많갔넌데, 다 오믄 열한 고장이구나. 아따 인제 참 굉장하갔다."

하고 두 손을 쫙 들어 열을 만들었다가, 다시 또 엄지손가락 하나만을 번쩍 들어본다.

"그럼 패일날[138] 백일장은 어떡하나."

이렇게 형선이가 또다시 걱정을 하는 것을,

"그까지 패일놀이 좀 번디문 어때. 대운동회가 한 달이 있으믄 올텐데, 그때나 한 번 본때 있게 해야지."

하고 제 맘대로 할 것처럼 형걸이가 가로맡아 이야기한다.

"패일날은 백일장보다두 비류강에 등불 띄우는 게 더 보기 좋더라. 백일장은 전부 협잡이 많아서 원."

하고 태석이도 한 말 추렴에 든다.

한참 또 덤덤히 앉아 있다. 저녁 해는 화줏머리 위에 너웃너웃한다. 둘러앉은 젊은 축들은 모두 저저끔 생각에 취하여 멍하니 딴 곳만 바라본다.

─형선이는 처음은 파일날 생각을 잠깐 하다가, 곧 색시 생각을 하고 있다. 저녁이 다 되었을 텐데 기다리지 않을까, 가봐야겠는데, 먼저 일어서면 놀릴 게고…….

─형걸이는 언뜻 두칠이 처 쌍네가 지금은 큰집 부엌에서 뭘 하는가, 연자간에 있는가 물을 긷는가, 물에 나가 다리를 걷어 올리고 물속에서 빨래를 헹구지는 않는가, ─이런 걸 생각하다가, 다시 대운동회 할 때든가 씨름터에 다른 이는 몰라도, 그는 구경 올 수 있으려니, 두루두루 이렇게도 생각해보고 있고…….

─대봉이는 작년 평양 대운동회에 나갔던 걸 회상하고, 그때 그 굉장하던 광경을 이 자그마한 고을 안에다 이모저모 옮겨다 놓으면서 있고─

모두 제가끔 생각이 갈라졌는데, 길손이는 씨름이 한창 어울리던 생각을 하고 있었던지,

"가기 전에 씨름이나 한 번씩 하자."

하고 방정맞게 궁둥이를 들고 일어선다. 이 바람에, 모두 달콤한 생각이 깨어져서 푸수수 일어나는데, 그럭하고 생각하니 참말 씨름이라도 한 판씩 했으면 싶은 표정들이다.

이런 땐 서글서글하니 형걸이가 불쑥 잘 나선다.

"옛다, 한 판 어느 놈이구, 절구 굴리듯 해보자."

하면서 사포를 휙 풀판에 던지고 반반한 잔디 위에 무릎을 꿇고 앉으면서, 번쩍 두 팔을 내벌린다.

"한번 어울려볼까."

하면서, 연세가 제일 많은 태석이가 허리괴춤을 조이면서 대선다. 길손이는 제 허리끈을 풀더니 살타래를 만들어서 두 사람이 마주 앉은 대로 던지고, 또 한 학도도 허리끈을 풀어서 형걸이를 준다.

그들은 살타래를 바싹 올려끼고 서로 맞붙어서 슬슬 어른다. 형걸이는 한손으론 살타래를 끼고, 또 한손으론 태석이의 궁둥이를 뚜덕뚜덕 두드려본다.

"아니, 이거 아즈마니가 이렇게 살지게 길러줌뗑까?"

하고 말하니 태석이는,

"엑키 버릇없게, 누가 그런 죄 될 말두 하나."

하면서 일어서려고 어름어름한다.

"버릇없는 걸 볼라믄."

이렇게 말을 해놓고, 훌떡 형걸이는 일어서면서, 그다음은,

"어르라."

소리를 요란하게 불러댄다. 들어 던지려고 하나, 태석이가 배를 주지 않아 맞붙지를 못하고, 그다음 배지기를 들어 날쌔게 휙 감아 던지며,

"오늘 나죽에 아즈마니께 미안하다구 그러우."

하고 땅에 손을 짚은 태석이를 굽어보며 손을 털고 다리를 뽑는다. 태석이는 형걸이를 바라보고 벌신벌신 웃으면서, 그대로 두 손을 땅에 짚고 궁둥이를 쳐들고 앉았다.

"자, 이젠 형제끼리 한번 붙어봐라."

하고 대봉이가 형선이의 손을 끌고 잡아당기니, 형선이는 눈을 약간 찌푸리며,

"예라, 씨름은 무슨 씨름."

하면서 손을 뿌리친다. 형선이의 생각을 알아채고 형걸이는 인차 모자를

쓰면서,

"저녁이나 먹으러 가자."

하고 말 있는 길가로 뛰어간다. 형선이가 바로 집으로 가는 길이니, 그에게 말을 맡기고, 자기는 곧바로 두뭇골 집으로 가면은 십상 좋겠는데, 형선이는 몸을 아껴서 본디부터 저 혼자는 말을 타지 않았다.

그래 형걸이는 그들을 뒤에 두고 말 잔등으로 뛰어올랐다. 길손이 혼자서 향교 앞으로 도로 올라가고, 나머지 여럿은 쭈르니 일자로 서서 거리로 통하는 긴 길을 뭐라고 떠들어 대면서 내려오고 있다.

이들의 중얼거리는 소리를 등 뒤에 남겨놓고, 형걸이는 말 궁둥이에 채찍을 하나 주었다. 말은 네 다리를 골고루 놀리면서 건성건성 뛰기 시작한다. 피 덩치[139]처럼 붉은 해가 십이봉을 넘노라고, 하늘과 산봉우리를 주홍빛 놀로 물들이고, 비류강 있는 앞쪽은 파르스름하던 신록이 까맣게 싸여 보인다. 형걸이는 그곳을 먼 발로 바라보면서, 말 가는 대로 맡기고 있다. 말은 이윽고 우물께를 지낸다. 그런데 웬일인지 뚜벅뚜벅 걸음을 늦추며 코를 한 번 부르릉 불어본다. 이 소리에 놀라 길 앞을 보니, 두칠이 처 쌍네가 양푼에 무엇을 넣어들고, 큰길을 이리로 오다가, 두뭇골 가는 작은 길로 들어서려는 것이 보인다. 말은 하루 세 때 그에게 먹을 것을 주는 쌍네를 그곳에서 발견하고 반갑다곤지 코를 한 번 불어본 것이다. 형걸이는 생각지 않았던 곳에서 뜻밖에 쌍네를 만난 것이, 처음은 가슴이 뚱하였으나 그다음은 적잖이 반가웠다. 쌍네는 말이 아는 체 하는 것이 고맙고 반가워서, 말께 대고 발신하니 웃어보다가 힐끔 말위에 탄 형걸이를 쳐다보곤, 얼굴에서 황급히 웃음을 거두고 총총히 작은 길로 들어서버린다.

말은 그대로 거리를 향하여 뛰어간다. 형걸이는 쌍네의 종종걸음을 쳐서 걸어가던 양푼 든 뒷모양과, 말을 보고 발신하니 웃다가 제 두 눈과 부딪치자 웃음을 거두던 표정과, 낡은 흰 수건으로 머리를 두른 밑으로 약간 보일락 말락 하던 해에 그을지 않은 살거리[140]가, 얼마나 희고, 보드랍던가를 말 위에서 생각해보고 있었다. 말은 행길로 나섰다. 형걸이는 그길로 곧장 외양간에 가져다가 말을 매어두기가 싫고, 비류강을 줄기차게 건너간 승선교(乘仙橋)를 한 번 건너갔다 오고 싶었으나, 불현듯이 다시 무엇을 생각하고 말이 가는 대로 내맡겨두었다. 말은 제 외양간을 찾아갔다.

말을 외양간에 매고 사랑 앞마당을 지나는데, 중문 안뜰을 지나서 형선이 처 보부가 뒤뜰 안으로 들어가는 것이 번끗 들여다보였다. 형걸이는 잠깐 주춤하니 서서 그의 뒷모양을 바라보듯 하였으나, 이윽고 아버지 눈에 띄지 않게 횡 하니 사랑 마당을 빠져서 다시 행길로 나와버렸다. 그는 다시 향교길로 들어서서, 지금 마주 내려오는 형선이, 대봉이들과 인삿말로 헤어지곤 곧 우물가에서 두뭇골로 가는 작은 길에 들어섰다. 해가 넘어가버리니 갑자기 벌판 위에는 꺼머툭한 장막이 땅 위에 기어들고, 동녘만 히멀그럼하니 트여 있다. 형걸이는 외로운 길 위에서 잠시 주저앉아, 제가 생각하고 있는 일을 수습하려고 하였다. 그러나 이렇게 저녁을 먹을 념도 안 하고 길 위에 앉아 있는 것이, 두뭇골로 갔던 쌍네가 돌아오는 것을 은근히 기다리고 있기 위함이란 걸, 스스로 의식하기엔 그다지 오랜 시간이 필요치는 않았다.

그는 잠깐 놀란다. 내가 진정 쌍네에게 맘을 두는 것인가. 이것을 면바로[141] 생각하는 것은 여러 가지로 지금의 형걸이로선 계면쩍었다. 그는 여태껏 이런 질문이 저의 속에 떠오를 기미가 엿보일 때마다, 그것을 회피하여 멀리로 도망질을 하였다. 저의 마음이 두칠이 처 쌍네에게 끌린 것이 진정에서 나온 것인지, 그것조차 그는 분간키 어려웠다. 아름답기나, 깨끗하기나, 신선함이 어이 보부를 따를 것이냐, 그러나 그는 이무 형수였다. 그를 번끗 먼발로라도 본 뒤에는, 형선이는 어떻게 복을 탄 놈이기에, 저렇도록이나 이쁘고 훌륭한 색시를 맞을 수 있었던가 하는 희미한 오기가 뒤따른다. 그러나 곧 그 생각은 쌍네의 활짝 핀 난만한 얼굴이 덮어버리고 만다. 과연 이것은 보부를 그리워함인 때문인지, 쌍네에게 맘이 더 쏠리는 탓인지 제 마음을 종잡을 수가 없다. 종잡을 수 없는 만큼, 그대로 그런 생각이 나올 여지가 없도록, 덮어버리려는 노력이 앞을 서는 것이다.

그는 생각하려 하지 않는다. 두칠이 처는 또한 이무 두칠이 처다. 그는 남의 아내다. 그러나 또 한편으론 그는 그 집 종이었고, 지금도 그의 집 막서리다. 어떻게도 할 수는 있으나, 그런 만큼, 한편으론 창피도 하다. 이러한 여러 갈래로 벌어진 문젯거리가 쌍네를 기다리고 있는 이 어둠이 찾아 들은 외로운 길 위에 총총히 뿌려져 있는 것을, 그는 의식하곤가 못하곤가 그대로 한참동안이나 덤덤히 앉아 있을 뿐이다.

사실 그는 이런 것과는 딴것을 생각하고 있었다. 눈, 코, 입, 등골, 그리고 가슴, 저고리 속에 감춘 채 불룩한 가슴, 이런 것을 두루두루 헌뜻 헌뜻 머리에 떠오르는 대로 생각하고 있는 것이 사실이었다.

저편 쪽에서 희끄무레한 것이 나타났다. 이 그림자가 이쪽으로 가까이 오는 것만 알고도 그의 가슴이 울렁거리기에는 충분하였다. 그가 먼 발로 어떤 희끄무레한 그림자를 발견하자, 이렇게 가슴을 두근거려본 적이 기왕에 있었던가, 가까이 오는 그림자가 쌍네의 것인 줄을 똑똑히 알고, 길 위에 몸을 숨기고 그가 제 앞으로 다가오는 것을 이렇게 산란스런 마음으로 기다려본 적이 지난날에 있었던가, 남의 아내, 아니 자기 집 비복, 어렸을 땐 업으라고도 하고, 끄덩이를 낚아채며 때려대기도 한 이 종간나를 지금처럼 가눌 수 없고 종잡을 수 없는 생각으로 기다릴 날이 찾아올 것을 예상인들 한 날이 여태껏 있었던가, ―그러나 거의 이런 걸 생각할 나위도 없을 짧은 순간에 지나지 않았다. 그대로 마음이 설레는 것을 뻑 눌러버리고, 한줄기 모든 감정을 운전하는 커다란 힘에 이끌리어, 그는 불쑥 몸을 일으켰다.

뜻하지 아니 한 사나이가 불쑥 길 위에서 솟아나는 바람에, 빈 양푼을 들고, 말여물을 누가 주었는가, 여적 말이 먹을 것을 못 받고 자기가 오기를 눈이 빠지게 기다리고 있지는 아니한가, ─이런 얌전한 생각에 싸여서 종종걸음을 쳐오는 두칠이 처 쌍네는, 적잖이 놀라서 거의 소리를 지를 듯 기급을 하며 길 위에 오뚝 섰다. 그러나 길 위에서 일어난 사나이가 다른 사람 아닌 상전의 도련님, 지금 양푼에 별식이라고 설기떡을 가져다주고 오는, 두뭇골집 도련님, 바로 그이라는 것을 발견하였을 때 쌍네의 놀람은 또 한 번 더하였다.

어둠이 낯색을 희끄무레하게 감추어버린 뒤이라, 형걸이의 얼굴에 불그레하니 떠오른 상기된 표정을 알아볼 수는 없으나, 뭐라고 이야기를 걸려고 하다가 주춤거리며 푸 내뿜는 입김이 얼마나 홧홧하니 뜨거운 것인지는 넉넉히 분간할 수 있었다. 두 눈이 벌겋게 핏줄이 내발린 것은 물론 쌍네에게는 자상하게 보이지 아니하였다. 그러나 힐끗 쳐다보는 사나이의 눈이 이상한 불길에 횃불처럼 이글이글 끓고 있어, 그는 대번에 그 눈살을 피해버리고 말았다. 이러한 사나이의 표정이 어떠한 의사를 표시하는 것인지는 쌍네로서도 직감할 수 있었기 때문이다. 어떠한 예상치 못했던 말이라든가 행동이, 자기의 몸 위에 떨어질 것을 고요히 기다리기나 하듯이, 쌍네는 머리를 숙이고 가만히 형걸이의 앞에 서 있다.

"어데 갔더랬소."

모든 감정을 억누르고, 겨우 이 한 마디를 하느라고 형걸이는 부득부득 애를 썼다. 그러나 이 한 마디 말이 지금의 형걸이의 마음을 표시하기에는 너무도 동떨어지고, 또한 싱겁기 짝이 없었다.

그러나 이 한 마디 말이 두 사람에게 동시에 이상한 어울리지 않는 어감(語感)으로 느껴진 것은, 그것이 형걸이로서는 뜻하지 아니하였던 존대의 말이었기 때문이다. 쌍네로서도 난생 처음 이러한 조심스런 말을 들어보았다. 한편 형걸이는 제 입으로 금방 나온 말이 어떻게 된 영문인지 도무지 제 말 같지가 않았다. 그는 겨우 제정신을 찾아 붙든 듯이,

"두뭇골 갔더랬서?"

하고 어인 일인 줄을 몰라 덤덤히 서 있는 쌍네에게서 눈을 돌리듯한다. 가느다란 한숨이 나오며, 그는 비로소 감정이 한 소끔 끓어오르다 잦은 때처럼, 고요한 적막을 느끼면서 평정을 찾고 있는 제 자신을 발견한다. 그는 여유를 만들려고 마주 선 데로부터 한 보를 물러선다. 다시 쌍네를 굽어보았을 때, 그는 오무라졌던 목을 들고 안심한 표정을 얼굴에 그리면서,

"두뭇골댁에서 저녁이 늦으시다구 기다리시든데요."

하고 다시 발밑을 내려다본다. 길만 비켜주면, 이 이해할 길 없는 장소에서, 어서 몸을 빼어 달아날 것을 그의 생각은 희망하고 있는 것이다. 형걸이는 그러나 쌍네의 그러한 말은 무시하듯 덮어버리고,

"두칠인 삼밭이루 가드만. 아마 늦게야 올 걸."

하고 쌍네의 눈을 빤히 들여다본다. 땅거미가 이무 캄캄한 어둠으로 변한 속에서, 커다란 두 눈이 색시의 눈 속을 들여다보려고 눈시울을 활짝 뻗치는 것이다.

쌍네는 지금이야 비로소 형걸이의 여태껏의 수상한 행동을 알아차린 듯하여, 진정으로 부끄럼을 느꼈다. 일순간 그는 비복의 지위를 망각한, 순수한 하나의 젊은 색시인 자기를 의식한다. 그러나 곧 그는 두칠이의 아내요, 다시 두칠이는 지금 눈앞에 선 도련님네 막서리요, 자기는 여태껏 이분의 비복이던 것을 생각하고, 그 말에는 아무 대답도 하지 않는다. 죽을 용기를 다하여 길을 비켜달라는 듯이, 고개를 숙인 채 한 발자국을

나서서 바른편 개굴[142] 쪽으로 몸을 뽑으려고 하는데, 덥석 형걸이의 커다란 팔이 그를 붙들어버린다.

"누가 보믄 어떻게 하실라구."

말로는 이렇게 부드럽게 건너보면서도, 그는 팔 속에서 가슴을 밀어던지며 파닥여보았다. 물론 그의 연약한 팔 힘이 형걸이의 굳게 껴안은 가슴과 팔을 거역할 힘은 없었다. 그러고 있는 새에 형걸이의 입술은,

"밤에, 달이 넘어갈 때."

하고 알아들을 수 없는 소리로 토막말을 조약돌처럼 뱉으면서, 낯을 돌리는 쌍네의 입술을 찾아서 더운 김을 내뿜다가, 드디어 기진한 듯이 양푼 든 팔을 늘어뜨리고, 팔 속에 파묻히고 마는 색시의 얼굴을 눈앞에 가까이 부둥켜 올린다. 한참 만에 다시 생각난 듯이,

"놔달라구요."

하고 몸을 뒤채보는 것을, 또 한 번 얼굴을 더듬어 입술을 빼앗은 뒤에 그는 겨우 쌍네에게서 팔을 떼었다. 쌍네는 고개를 푹 숙인 채 형걸이의 팔 속에서 몸을 뽑더니 양푼을 한 손으로 추켜들고 덤덤히 길을 쫓아 뛰어간다. 그는 아직도 '두칠이가 오기 전에' 하던 형걸이의 목소리를 귀밑에 새록새록하니 생각하면서 큰길로 올라섰다.

겨우 발그레하니 빛을 내는, 한 귀가 으스러진 달이 얇은 구름 속을 지나가는지 길이 포근하게 희다. 쌍네는 흐르는 눈물을 씻지도 않고, 이 눈물이 자기에게 행복을 가져다주려는 것인지, 불행을 가져다주려는 것인지를 분간치 못한 채, 흰 길 위를 종종걸음을 쳐서 뛰어갈 뿐이다.

형걸이는 쌍네가 길 위에서 보이지 않게 되도록 우두커니 그 자리에 서 있었다. 쌍네가 향교 골목을 돌아서 행길 쪽으로 몸을 숨겼을 때, 그는 달을 쳐다보고, 다시 두뭇골 쪽으로 가만가만히 발을 옮겨놓았다.

6

쌍네가 박참봉댁에 종으로 팔려온 것은 지금으로부터 십삼 년 전, 그가 아홉 살 났을 때였다. 그는 이 고을서 삼십 리를 서편으로, 강 둘을 건너가면, 마주보이는 모래언덕 위에 있는 서창(西倉)이라는 작은 부락에서, 가난한 농가의 셋째딸로 태어났다.

쌍네 위로 딸 둘은 이무 같은 농가에 팔린 뒤였고, 그의 집에는 쌍네 밑으로 아들 둘이 있었다. 그가 팔리던 해에는 장마 뒤에 역병[143]이 돌아서, 그의 모친은 많은 동네 사람들과 함께 세상을 떠났다. 그 전 해에 가뭄이 들어서 이 지방 전체에 큰 흉년이 들었었는데, 또다시 장마에 역병까지 겹친 터이라, 가을이 되어 역병은 까라졌으나 밭에서 거둘 것은 아무것도 없었다. 시골마다 농토를 떠나서 유리(流離)하는 방랑민이 길을 덮고, 남부여대하여 함경도나 황해도 쪽으로 이주하여 가는 부락민이 초겨울까지 끊이지를 않았다. 쌍네의 집 가족도 그중의 하나였다.

아버지는 얼마 되지 않은 그릇 자박[144] 바가지짝을 꿰매어 짐을 꾸려 지고, 네 살 난 놈을 그 위에 올려 앉히고 여섯 살 난 놈과 쌍네의 손목을 이끌면서, 가을도 이미 저문 시퍼렇게 흐린 날 늦은 아침에 서창을 떠나 고을로 들어왔다. 방선문 안 박성균네 마방[145]에서 하룻밤을 쉬어서, 세월 좋다는 원산으로 사백 리 길을 떠나려는 판이다.

네 살 난 놈은 이럭저럭 짐 위에 올려 앉히고 간다 하여도, 여섯 살 난 놈과 쌍네가 연속하여 사백 리 길을 가려면 신작로도 나기 전 험한 길을, 열흘이 걸릴지 보름이 걸릴지 종잡을 바 없다. 하루라도 바삐 가서 겨울이 닥쳐오기 전에 자리를 잡아야 할 판인데, 열흘 동안 노비(路費)[146]를 쓸 것조차 주머니 속에는 남아 있지 아니하다. 어디 말이나 당나귀라도 하나 얻어서 아이를 태우고 들어갔으면 싶으나, 물론 그렇게 할 돈이 있을 리 만무하다. 밤이 새도록 어린것을 눕히고 생각한 끝이, 드디어 남들이 다 그렇게 하는 한 가지 방도였다.

짐을 널고 노비를 장만하는 일거양득의 길, 그것은 쌍네를 종으로 파는 길밖엔 없었다. 오십이 가까운 아버지는 집을 떠날 때까지는, 결단코 이런 방도만은 취하지 않으려 하였다. 그러나 정작 삼십 리 길을 걸어서 첫날밤을 맞아보니, 어린 세 아이를 데리고 먼 길을 떠나서 오랫동안 여행을 한다는 것이, 거의 불가능한 처사인 것을 깨닫지 않을 수 없었다.

한방에서 자는 마바리꾼에게 상론[147]했자 별 뾰족한 수가 생길 리 없다. 처음은 속으로 노염도 갔으나, 백이면 백 사람의 입이 한결같이 그 방도 밖에를 생각지 못할 때, 그는 드디어 이 길을 취하지 않을 수 없었다.

박리균에게 부탁하여 종으로 쌍네를 살 사람을 수소문하였으나, 역시 지금 한창 세간을 늘리고 세력을 부리려드는 박참봉 성권네밖에, 이런 흉년에 뭉텅이 돈을 던져 사람을 살 이는 이 고을에 있는 성싶지 않았다. 그래도 박성균이는, 박참봉이 종은 무슨 얼어빠질 종을 또 살 거냐고 가보지도 말라고 하였으나 결국은 그 집에서 맡아버리기로 작정이 되었다. 박참봉네 집에는 벌써 나이 찬 종이, 한 집에 하나씩 있어서 별반 새로운 손이 필요치는 않았으나 한편으론 헐값으로 살 수 있는 것과, 또 한편으론 심술궂은 박리균네가 뒤에 있다는 것을 알고 부쩍 쌍네를 데려다두기로 채비했다. 그때 몸값이 이백 냥. 아무리 흉년이기로니 삼백 냥은 내라고 졸라보았으나, 이제 겨우 아홉 살 난 것을 이백 냥에 싫거든 그만두라는 판에, 그만 하는 수 없이 그 값에 흥정이 된 것이다.

아버지는 작은놈을 둘러업고, 짐과 큰아이를 나귀에 싣고서 방선문 밖으로 내키지 않는 길을 떠났고, 쌍네는 그날부터 박참봉네 집에 매인 재산이 되었다.

그때 서른 살이 겨우 넘은 젊은 박참봉의 아낙은, 쌍네가 울고 앉았는 것을 처음은 위로하며 달래다가, 그다음은 도고하게[148] 음성을 가다듬어 훈계의 말을 한 뒤에, 박참봉은 나리님, 자기는 마님, 아이들은 도련님이라고 부를 것을 가르치고, 나이 찬 종은 연세에 따라 형 또는 오마니라 부르라고 일러주었다.

'네 나이 아즉 열이 안 된 어린아이니 대소범절을 가르쳐주거니와, 첫째는 순종, 둘째는 공경, 셋째는 저 맡은 일을 감당할 거, 이걸 잊지 말고 행실머리를 바로 가져야' 옳다고 다시 당부하였다. 그다음부터는 쌍네는 마음대로 울지도 못하는 신세로 되었다. 서각(변소)이나 자리 속에서 간혹 눈물을 흘리다가도 누구의 인기척이 나면, 불시에 눈물을 털고 일어서서 그린듯이 낯색을 고쳤다.

두칠이가 절게로 오게 된 것은 쌍네가 와서 삼 년이 지난 뒤, 그러므로 지금부터 만 십 년 전의 일이 된다. 그때에 두칠이는 스물한 살의 나이찬 총각이었다.

박참봉의 장인 되는 갱고지 전주 최씨네 작인으로 있는 김바우의 셋째 아들로 세상에 났으나, 형제가 많고 집이 가난하여 나이 차도록 장가도 들지 못하고, 거듭하는 흉작과 살림이 쪼들려서, 드디어 두칠이는 절게살이를 떠나게 되었던 것이다. 어엿한 부역 병모가 있고, 형제동기가 수두룩한 몸으로, 절게살이를 떠난다는 것은 장본인으로서도 섭섭한 일이었으나, 돌이켜 생각하면 이밖에 성가할 뾰족한 딴 수가 보이지도 않을뿐더러, 저 하나가 희생이 되지 않으면 그해 농사는커녕, 열 넘는 가족이 금시에 굶어 뻐드러져야 할 궁박한 형편이었다. 그래서 김바우는 최초시를 찾아가서 사연을 아뢰고 박참봉댁에 절게를 살게 해줍시사고 간청을 대었다.

박참봉은, 작금 이삼 년 동안 계속되는 흉작과 역병에 농토를 던지는 자가 부쩍 늘어서, 그동안 한 달 갈이를 넘게 헐값으로 사둔 것이 있었으나, 작인의 이동이 심하고 맞차운 작인을 만나자기도 힘들고 귀찮아서, 어디 절계를 몇이 더 늘려서 금년부터는 자농이라도 해보려던 참인데, 두칠이 같은 장정이 제 발로 기어들어오겠다는 것은 마침 십상이긴 하였으나,

"거 원, 장인 영감이 그렇도록 부탁한 게니 두어보기는 하겠네마는, 지금 있는 손두 남아돌아 걱정인데, 알다시피 곡가는 비싸고……."

이렇게 한 번 척 늘어져본 뒤에, 담배를 떵떵 떨면서, 무릎을 꿇고 겁신겁신 절을 하고 있는 바우와 두칠이를, 먼 발로 보는 둥 마는 둥,

"아무러나, 자농을 얼마해서라도, 어데 내 집에 찾아 들어온 사람을 몰아낼 도리야 서는가 하니 그 폭을 요량해서, 일일랑 부지런히 해준다믄, 뒷날이라도 해롭진 안 할 테야. 농가에서 한참 곤궁할 대목이니 좁쌀이나 두어 섬 가져다가 쓰려는가."

하고 뒷마무리를 해버렸다.

이리하야 조 두 섬을 미리 받아다 먹고, 그해 일년은 그대로 살아주게 마련이 되어버린 것이다.

다음해부터는 돈 서른 냥씩을 받기로 되었다. 이밖에 그가 박참봉댁에서 받는 것이란 세 때의 끼니와, 두루마기 없는 겨우사리 한 벌, 이른 봄에 푸중의 적삼, 단오 대목해서 흰 중의 적삼, 여름에 베둥지개[149], 가을에 솜바지저고리 −이렇게 옷가지나 얻어 입고 발에 두르는 감발 두 감에, 머리에 동여매일 수건 세 채가 고작인 것이다.

이럭저럭 삼 년을 살아보았으나 별 싹수가 보이지도 않았고, 스물두세 살의 한창인 시절을 남의 일로 허송하는 것도 생각해보면 헤먹기 짝이 없어, 절게살이를 그만두고 갯고지로 돌아가서 농사를 도울까고도 생각해보았고, 그의 본집에서도 그렇게 하기를 은근히 권해보았으나 막상 사년을 접어드는 봄이 오니 두칠이는 박참봉의 컴컴한 절게방을 떠나려 들

지 않았다. 그는 아무 말없이 절게살이를 계속하면서 소처럼 되게 일만 하였다. 그에게는 미상불 딴 궁량[150]이 없지 않던 못했던 것이다. 열여섯을 맞아 지금 한참 피어나려는 쌍네, 그를 은근히 두칠이는 탐내고 있었던 것이다.

그러나 쌍네는 비록 비천한 몸이기는 하나, 피어나는 처녀의 마음이라, 두칠이따위를 안중에 둘 리가 없다. 그와 나이 동갑세인 도련님으로 형준이가 있고, 그보다는 삼 년씩 아래지만 형선이와 형걸이가 있다. 종된 몸으로 어디다 뫼를 쓰고 도련님께 마음일망정 두어보랴마는, 뚱그렇게 맑은 그의 두 눈은 싫도록 그들을 보아온 터이다. 이들을 익히 보아온 처녀의 눈이, 여드름이 툭툭 튀어올라 벌겋게 관 상판때기와, 어느 운동짓달에 빗어라도 보았던가 싶은, 마구 땋은 머리채를 빙빙 둘러 꾹찌르고, 무명 수건으로 횡횡 둘러 감아놓은지, 어수선한 머리빡과, 때와 땀에 쩐 무명옷 주제에 마음이 끌린다든가 쏠린다든가 할 리는 만무한 일이었다.

어렸을 때는 하루 세 때 제법 밥상이라도 날라다주던 것이, 나이 차면서는 면바로 그의 얼굴을 쳐들지도 않으려 들고, 밥상 같은 건 나 많은 종에게 내맡기고 두칠이의 옆에 가까이 오는 것조차 모피하였다[151].

그러나 쌍네는 자꾸만 커갔다. 열여덟으로 접어드니 고된 노동과 하찮은 의식(衣食)에 눌려서도, 꽃은 제 시절을 잊어버리진 않는다. 얼굴을 덮었던 솜털은 새하얀 살결에 몰려서 떨어져 벗어지고, 볼편에는 불그레한 살이 도동하니 올랐다. 쩍지[152]는 일었을망정 입술의 색깔은 유난히 붉어지면서, 가슴은 적삼 속에서 눈에 띄게 부풀어올랐다. 치마 밑으로 궁뎅이의 뼈가, 탄력 있는 근육에 흡신하니 둘러싸였다. 인제는 누구의 눈에도 나이 찬 색시의 것으로써, 부끄러움 없이 발육을 보인 여자의 육체였다.

두칠이의, 자라나서 몸에 겨운 성욕은 마침 스물일곱의 무서운 고개를 넘고 있었다. 어느 으슥한 여름날 저녁, 두벌 기슴[153]을 늦게까지 조밭에서 매고 온 두칠이는, 제 방에서 저녁상을 받았다. 그날따라 나 많은 종은 심부름을 가고 밥상을 들고 온 것은 쌍네였다.

굵은 맹패치마[154]로 아랫도리를 두르고, 말라 올라붙은 베등지개가 하이얀 살을 그대로 내놓았다. 밥상을 그의 앞에 놓으려 할 제, 상에는 통히 정신이 없는 두칠이는 눈으로는 푹 수그린 쌍네의 가르마를, 그리고 두 손으론, 상 언저리를 잡은 쌍네의 활짝 걷어붙인 두 팔을 덥석 붙들었다. 상은 그런 대로 방바닥 위에 고이 놓였으나, 벌떡 일어서는 두칠이의 무릎이 갓짠지냉국을 밀어 엎었다. 성난 짐승처럼 두 팔이 쌍네의 웃통을 낚아채려 들 때, 쌍네는 발로 문턱을 빗디디고, 찰거머리 같은 사나이의 손을 털어버리려 든다. 냉국물이 쏟아져서 발등을 적시고, 이어서 잎 숟가락이 그릇에 부딪쳐서 왱가당거리며 소리를 내었으나, 두칠이의 귀에는 들릴 염도 안 했다. 무서운 힘으로, 버둥거리는 쌍네의 몸을 방 안으로 들여끌려고 하는데 인기척이 났다. 잡았던 손을 놓는 바람에 쌍네는 토방에 뒤로 나가 자빠지고, 두칠이는 십 리 길이나 뛴 것처럼 숨을 헐떡이며 컴컴한 방 안에 넘어져버렸다.

"아니 쌍네가 왜 이러니."

하는 나직한 목소리가 늙은 종의 말소린 것이 분명할 때에, 두칠이는 다소 안심하였다. 일어난 사연의 내용을 알아차리고 뜰 안에서도 아무 말이 없다. 쌍네는 늙은 종의 옆에서 어깨춤을 훌쩍훌쩍 추면서 어청어청 부엌 쪽으로 걸어가고 있다.

이 일이 있은 담부터는 누구의 눈에도 띄리 만큼, 두칠이의 앞에 나서기를 쌍네는 꺼렸다. 한 번 그가 밀마당질을 하려 두서넛 일꾼과 방선문께를 갔는데, 쌍네더러 점심 밥 광주리를 이어다주라니까, 그는 상전마님의 명령인데도 불구하고 한참이나 부엌에서 주춤거렸다. 쌍네를 가엾어 하는 늙은 종이, 제가 간다고 나서는 바람에 별일은 없었으나, 박참봉의 아낙은 그때부터 두칠이를 꺼려 하는 쌍네의 태도에 관심을 갖지 않을 수 없게 되었다.

박참봉은, 두칠이가 고된 일에 불평도 없이, 육칠 년 동안이란 긴 세월을 소처럼 근직하게 일해 내려온 것이, 자라나는 쌍네에게 맘을 둔 탓이라고 넘겨짚어 오는 데가 퍽이나 오래였다. 그러므로 마누라 최씨가,

"두칠이란 놈이 쌍네 보고 무슨 작란을 쳤는지, 밭에 점심도 안 가지고 갈람네다레."

하고 알려 바칠 때, 입에 물었던 담뱃대를 빼물고,

"두칠이 나이 얼마 안 해 삼십이 아닌가."

하고 대답했을 뿐이었다. 다시 입에 담뱃대를 물고, 뻐금뻐금 연기를 내뿜는 박참봉의 옆얼굴을 물끄러미 바라보던 그의 마누라는 지금 말로는 안 하지만 속으론 영감이 '참 그러고 보니 쌍네가 오래지 않아 스물이 되는구만.' 하고 어쩌면 새삼스럽게 활짝 피는 쌍네의 팡파짐한 궁뎅이께를 생각하고 있는지도 모를 게라고 선뜻 생각해보고 얼굴이 좀 붉어졌다. 그러나 마누라는 아무 말도 안 하고 안방으로 물러가버렸다.

그런데 또 한 가지 작은 사건이 마누라의 눈에 띄었다. 맏아들 형준이가 삭명 경주 김씨의 집으로 장가를 드는 날, 쌍네가 아침밥도 안 먹었고, 밤이 으슥해선 뒤뜰 안 벌통 앞에서 시름없이 우는지 한숨을 짚는지 멍해 앉았더라는 게다.

형준이가 장가를 들자 곧 색시를 데려왔으니 부부간 의가 나쁜 처지도 아닌 바엔, 쌍네가 아무리 공연한 생각을 품어보았자, 이러니저러니 말썽이 일어날 리도 없었으나 한 해를 넘어 열아홉이 된 몸짓을, 가만히 눈붙여보매 쌍네의 얼굴이 점점 남의 눈에 띌 만큼 아름다워지는 것이 사

사모사[155]로 일을 저지를 위험성이 없지도 않았다.

맏아들은 그대로 아무 일 없다쳐도, 장차 형선이와 형걸이가 장성해가고, 또 한편으론 돈 모으는 재미에 작은댁 이외에는 딴 염을 못 내었던 영감도, 아니 할 말로, 이제부터는 어떻게 몸을 가질는지 모를 일이었다. 그렇게 생각이 뻗치니 한시라도 빨리 묘방을 써야 될 것처럼, 그리고 꼭 아들이나 영감이 그런 잘못된 골로 빠지고야 말 것처럼, 갑작스레 생각이 들고 말았다. 그래서 두루두루 혼자 궁리한 끝에 얻은 것이 한 가지 지혜였다.

그는 어떤 날 오래비 되는 최관술이가 사랑에 온 것을 조용히 안방으로 불러 들였다. 관술이는 그때 동학인가 뭔가를 믿기 시작한다고 처음 서울 출입을 하기 비롯할 무렵인데, 매부 되는 박참봉에게 개화사상과 동학을 깨우쳐 드린다고 자주 사랑에 발길을 하던 때이다.

"두칠이를 우리 집 쌍네에게 장가들이는 게 어떨까 해서 의논하는 말인데, 주사는 어떻게 생각이 감마."

하고 누이가 물으니, 삭발하고 개화경을 낀 관술이는, 그때는 아직 갓을 쓰고 다녔는데, 한 번 버릇처럼 갓끈과 수염을 만져보고는,

"개화사상은 서학(西學)이나 동학이나를 물론하고 모두 비복을 해방하라는 주장이올시다. 그러니 쌍네가 낳는 계집자식을 일후에 다시 종으로 잡아둘 생각만 없으시다면야, 물론 그렇게 하시는 게 지당한 일이올시다. 그런데 원 형님이 들으실지 모르겠습니다."

하고 공순히 누이에게 말한다.

"거야 임자 형님도, 두칠이가 쌍네에게 말을 두고, 고된 일도 아무 말 없이 십 년 가까운 세월을 이 집이서 지내온 걸 알고 계시니까."

이렇게 말하기는 하였으나 관술이 누이 최씨는 속으론 물론,

'영감이야 반대하던 말던, 어서 두칠이와 쌍네를 부부를 맨들어줘야

모든 일이 안심이 된다. 만약에 영감이 이 말에 반대를 놓을 지경이면, 그 이면이 아무튼 구린 게 분명하니, 무슨 이유를 붙여서라도 뜻대로 작정을 지어야만 할 게다. 가령 마지막에는, 쌍네가 형준이에게 맘을 두었던 게 이러저러한 걸로 보아 틀림없는 일이니, 지금은 장가들어 얼마 되지도 않으니 딴 맘을 먹을 새도 없을 게로되, 계집의 맘이란 꼭 두부 모를 뜨게 하는 고양이의 도긋과 같아서, 이대로 내버려두었다가는 집안에 백 년의 화를 남길는지두 모를 게라던가, 쌍네의 생김새가 계집애로써 영악하고도 간사스러워, 종차론 형선이와 형걸이에게도 어떤 한갓되지 않은 행실머리질을 할 염려도 없지 않아 있다던가―어떻든 간에 영감이 깨우쳐 알도록은 있는 말 없는 말을 다 해서라도, 이 일만은 작정을 보아둬야 한다.'

고 생각하고 있던 것이다.

그러나 이렇도록 주밀스레 갈피갈피 생각하고 궁리해둔 걸 채 털어놓기도 전에, 박참봉은 마누라 최씨의 의견을 그대로 단마디에 쫓아버리고 말았다. 이렇게 영감의 대답이 예상외로 홀갑아놓으니, 최씨는 외려 마음이 꺼림칙했다. 요롷게 반갑게 대답이 나올 리도 만무하고, 다긋통이 센 영감이 많은 돈을 먹여서 사놓은 재산을, 이렇게 대수롭잖게 놓아줄 이치가 없는데, 혹은 속으로 무슨 딴 속을 차려볼 생각이 있지는 않은가, 두루두루 되새겨보아도 그럴법한 생각이 도무지 머리에 떠오르질 않는다.

"개화문명이 모두 그렇다고 하니 시세에도 좇을겸, 아니 할 말로 아이들도 나이 차서 장성해가는데, 종차로 무슨 실수를 저질러놓을는지도 염려가 되고요, 이모저모 그렇게 하는 것이 십상일 것 같아서 권해본 말슴이웨다으레."

하고 최씨는 다시 한 번 다져놓은 뒤에 뒷일을 자상하게 상론해두었다.

박참봉 내외의 생각이 일치하고도 또 얼마를 그대로 지낸 뒤에, 하루

는 두칠이가 노는 날을 택하여, 박참봉은 사랑으로 그를 불러다 앉히고,

"네 나이 내년이면 스물아홉이니 오래 않아 삼십이야. 네가 내 집에 온 지도 팔 년이 됐으니 인제는 성가를 할 나이 아닌가. 너는 잊었는지 모르지만, 내가 너보고 처음 해둔 말도 있지 안 한가, 일만 부지런히 할 지경이면 뒷날 결단코 해롭겐 안 할 테라고. 그래 어떤가, 네 맘만 내킨 다고 보면 쌍네도 이왕 나이 차랐으니."

여기서 좀 말을 끊고 두칠이의 낯짝을 바라보니, 그의 얼굴엔 기쁜 표 정이 가득하였으나 그 커다란 입을 벌신하니 웃어보이며,

"나리님 처분에 다시 이를 말씀이 있읍너니까."

하고 굽신 머리를 굽혀 절을 할 뿐이다. 두칠이의 얼굴에 떠오르는 감출 수 없는 즐거움을 넌지시 바라보고,

"네 처될 년으로 말할 지경이면, 아홉 살에 제 애비가 원산으로 가면 서 내게다 맽긴 것인데 그때 한참 바른 돈에 적잖은 금액을 지 애비 손에 들려주었더란 말일세. 그러고 보니 오늘날 그 이자를 따진다고 들어도 수천금에 이를 것이야. 하나, 내가 너에게 그렇게 야박스레 굴 생각은 없 어. (이 대목에서 약간 긴장했던 두칠이의 얼굴에 안심의 빛이 돌며, 또 한 번 굽신 허리를 굽히고 두 손을 무릎 위에서 맞부비어본다.) 또 하나 너에게 말해둘 건, 년에게서 나오는 소생이 만약 딸자식이고 볼 지경이 면, 고것이 고대로 내 집에 매우는 것이 되는 건 여태껏 내려오는 관습이 로되, 내 생각하는 바가 따로 있어. 종차론 그런 풍속을 없이 할 생각이 니, 아들을 낳건 딸을 낳건 그건 너희들 맘대로 길르란 말일세. 금년은 이대로 지내고 내년 추수나 치른 뒤에 머리나 올려주고, 물역 쪽 막간을 맡아서 살아보게나 그래."

이 말이 끝난 다음 두칠이는 코가 땅바닥에 닿도록, 절을 하고 제 방으 로 물러나왔다. 절게로부터 막서리로 되는 것이 기쁜 게 아니다. 인제 누

가 뭐래도 그 탐스런 쌍네가 제 것이 될 테니 그것이 기쁘던 것이다.

그러나 그 이튿날 쉬 저녁때쯤 해서 사랑에서 물러나온 쌍네는, 두칠이와는 반대로 두 눈에 눈물이 어리어서 그대로 서각으로 뛰어갔다. 아무도 없는 재통[156]에서 그는 한참 동안을 울어보았다. 울어보니 무슨 소용이랴. 좋건 글렀건 내년 가을이면 그는 두칠이의 아내가 되고 마는 것이다. 먼 데로 도망을 가거나, 목숨을 끊어 강에 던지거나, 비상을 먹고 살을 썩히던가 해버리기 전에는 울어보나 버둥거려보나, 그는 두칠이의 아내가 되어버리는 것이다.

뜻에 합당한 남편이라면 종신을 종으로 지낸다고서 무슨 원한이 남으랴. 그 남편이 절게면 어떻고, 생기는 딸자식이 대를 이어 종살이를 한단들 무슨 유한이 있을 거냐 ―더구나 종간나보다 막서리의 처가 얼마나 훌륭한 지윈지, 절게보다 막서리가 얼마나 월등한 지벌[157]인지, 쌍네에게는 알 수 없는 일이었다. 막서리가 된다 해도 하는 일, 당하는 일은 매한가지가 아닐 거냐. 그럴 바엔 마음에나 내키는 사나이와 한세상 살아보고 싶은 것만이 단 한 가지의 소원이었다. 마음에 내키는 사나이라고, 무슨 상전의 도련님을 염내는 것도 아니고, 또 저 사람이 아니면 안 된다고 작정한 사나이라도 있는 것이 아니다, 그러나 저 두칠이에게만은, 징그럽고 구질구질하여 마음이 도무지 끌리질 않는 것이다.

그러나 신세타령을 한다고 든다면, 아예 당초에 그의 아버지가 그를 종으로 팔았을 때부터, 일은 이렇게 되기로 마련이 된 것이 아니냐. 지금이 지경 되어서 이러니저러니 조밥이다 쌀밥이다 하고 가리려드는 것이 어리석은 일이 아닐 수 없었다. 쌍네도 그것을 모르는 것이 아니다. 그렇기 때문에 그는 박참봉이 하는 말에 푹 머리를 수그린 채 아무 대꾸도 못하고 사랑을 물러나온 것이다. 그러나 처녀의 마음은 역시 이런 때마다 쓸데없는 줄은 알아도 새로운 슬픔이 솟구쳐 오르지 않던 못했던 것이다.

일은 작정한 대로 가혹하게 실행이 된다. 그리하여 그 이듬해 가을에는, 쌍네는 두칠이의 아내가 되어, 박참봉네 큰집 물역 쪽으로 있는 막간방에서, 두칠이의 오랫동안 막혀 싸였던 정욕의 가없은 대상이 되어버렸다.

*

우렷한 달빛이 창에 흰하다. 두칠이 처 쌍네는 비류강 쪽으로 향한 막간방에 혼자 자리도 안 깔고 번뜻이 누워 있다.

그는 두뭇골댁에 설기떡을 갖다두고 오던 길에, 형걸이를 길 위에서 만나 뜻하지 않았던 변을 당하고, 한참동안은 흐르는 눈물을 씻지도 않고 그대로 종종걸음을 쳐서 행길로 나왔다. 물역 쪽으로 난 뒷대문으로 돌아서 저의 방을 옆으로 보며, 그는 안뜰을 지나 부엌으로 들어왔다.

"어떻게 이리 늦었느냐."

는 말에, 두뭇골서 베 도투마리[158] 감는 걸 잠깐 도와주고 온 탓이라고 거짓말을 할 만치, 그때에는 벌써 가라앉은 마음을 가질 수 있었다. 방 안에서 그 말을 듣던 최씨는,

"심부름 간 사람을 잡아놓구 일을 시키믄 어쩌자는겐가."

하고 혼자 두뭇골 작은댁을 나무라고 있었다. 말이나 노새나 당나귀나 소의 여물들은 어찌 됐는가고 물었더니, 늙은 종이 전부 갖다주었다고 한다. 그래 쌍네는, 떡 한 그릇과 두칠이가 오거든 주라고 밥과 오가리찌개와 김치를 함지에 얻어 이고, 제 방으로 돌아왔다. 좁은 부엌에 함지 채 놓아두고 그는 그대로 방 안에 들어왔다. 저녁 생각이고 뭐이고 도무지 배가 고픈 것 같지가 않다. 가슴이 금시에 울렁거리다가도 얼마 전에 길 위에서 당한 일이 꿈은 아니었던가, 내가 미쳐서 어느 귀신에게 홀렸던 거나 아니었던가 하는 생각이 들면, 영락없이 그리된 일임에 틀림없

는 것도 같아서, 가슴은 철삭 물러앉고, 낮에서 피가 쭉 밑으로 흘러버려서 가벼운 현기증조차 느껴지는 것이다. 사실 꿈에도 당해보지 못한 일이었다. 그와 동갑되는 맏도련님 형준이가 삭명으로 장가를 드는 날 밥도 안 먹고 밤에는 뒤뜰에 있는 벌통 앞에서 한숨을 짚었다는 것이, 그 뒤 늙은 종이나 작인의 마누라들 간에 한갓되지 않은 주둥아리의 군입심감이 되었다고 하나, 그거라고 별로 도련님에게 마음이 달떴던 때문도 아니었다. 다른 집 따라 없이 열여덟이 되도록 도련님들의 혼사를 지내지 않는 이 댁 풍속이, 남들은 이러니저러니 시비질을 하지만, 어느 겨를에 시집이고 뭐이고 가마 탈 세월이 올 것 같지도 않은 쌍네에게는, 상전의 도련님이 안즉 장가갈 염도 안 하는데, 하여 적잖이 위안이 되던 것이 사실이었다. 그 위안조차 형준이의 혼사로 인해 부서지고 말았으니, 그렇잖아도 마음이 산란스러워 참을 수 없는 낮세에, 한숨이나 눈물이나가 솟구쳐오르지 않을 리 만무였다. 대체, 저를 이 고장에다 내버려두고, 원산 쪽으로 살 길을 찾아 길을 떠나간 지가 십 년이 되었건만, 생사의 소식조차 전하지 않는 아버지와 어린 동생들은, 지금은 어디서 어떻게 살고 있는지, 죽어 뼈드러져, 흙이 되어버렸는지, 귀신이 되어 어느 허공에 실 끊어진 종이 연 모양으로 너풀거리고 있는지, 궁금하다기보다 그리웁고, 그리웁다기보다 안타깝고, 안타깝다고 가슴을 부여 뜯을 땐, 우선 눈물이 낮을 적셔버린 뒤였다. 나를 어쩌라고 이 구덩이에 몰아넣고, ―이렇게 원한까지가 뒤섞이면 이런 세상 한평생 살아가느니 오히려 목숨을 끊어 자결을 해버림만 같지 못하다는 욕된 생각까지 들게 되는 것이었다. 이런 생각을 겨우 진정하고 마음을 수습하노라니, 아침밥도 굶었던 것이오 밤이 으슥해선 뒤뜰 안에 혼자 앉아 시름없는 세월도 보냈던 것이다. ―도련님의 품에 안긴 꿈이라니, 어느 하늘에 머리를 솟구고 무엄하게도 입 밖엔들 낼 수 있을 것이냐. 그렇던 그것이 얼마 전에 꿈도 아닌 생시에, 도련님 중에서도 가장 미츳하고 깨끗한 두뭇골 도련님과, 어엿하니 길 위에서 벌어졌다니 귀신에 홀렸다는 생각을 가짐도 과히 무리는 아니었다. 그러나 아무리 생각하여도 꿈은 아니었다. 눈을 바로 뜨고 창문을 바라본다. 창살 구멍이 저렇게 똑똑히 보이고, 그 틈으로 하늘 중천에 한 모가 이지러진 보름 가까운 달이, 물 같은 달빛을 뿌리고 있는 것이 저렇도록 분명히 보이는데, 귀신에 홀렸다는 건 더구나 안 될 말이다. 혀를 내어 입술을 빨아본다. 아직도 쌍긋한 두뭇골 도련님의 침맛이 남아 있다. 불보다 더 따가운 도련님의 입술이, 볼때기와 인등께를 미칠 듯이 돌아가다, 겨우 제 입술을 찾았을 때에 느꼈던 감격이, 아직도 이 몸에 남아 있다. 꿈은 결코 아니었다. '달이 넘어갈 때' 하던 도련님의, 더운 입김과 함께 뱉은 말이 생각킨다. 그는 불현듯이 물역 쪽으로 통한 문을 열고 밖으로 나갔다. 대문에 이르기 전 저만큼에, 나지막한 가시울타리가 있고 작은 문이 달려 있다. 필시 도련님이 오신다면, 물역 쪽으로 돌아서 뽕밭 머리를 지나 이 울타리문으로 들어올 게다. 안즉 두칠이가 나무를 실고 돌아오지 않았으므로 바깥 큰 대문이 열려 있으나 그 문을 지나자면 사랑 마당과 외양간을 지나고 서각 뒷목을 돌아와야 이곳에 이를 것이니, 남몰래 이 방을 밖에서 찾아들자면 물역 쪽, 이 울타리께로 오는 것이 가장 곧바르고 틀림이 없다. 안으로 통하는 외짝문이 있으나, 그것은 다시 부엌을 넘어야 바깥 뜰 안으로 통할 수 있다.

그는 버선발로 뛰어나가 걸렸던 울타리문을, 밖에서 밀면 쉬히 열릴 수 있도록 빗장을 뽑아놓았다. 달을 쳐다보니 십이봉 위에 아직도 두 발만큼이나 떨어져서 걸려 있다. 저놈이 진 때라면, 두칠이가 올 때일텐데, 하고 무심코 생각하고 나니, 자기가 과연 도련님이 찾아오기를 기다리고 있는 것일까 하는 생각이 든다.

그는 방 안으로 들어와, 문을 닫고 아랫목에 아무것도 깔지 않은 채,

번듯이 드러누웠다. 두칠이 생각이 난다. 그가 매일처럼 고된 몸도 돌아
보지 않고, 달게 구는 것이 그렇도록이나 싫던 쌍네로서, 도련님을 맞아
들일 마음의 준비가 이왕부터 마련되어 있었던가 하는 생각이 든다. 아무
리 비천한 몸이기로니, 그리고 두칠이에 대한 애정은 있거나 없거나, 자
기는 남의 아내된 몸이 아니냐. 생각을 돌이켜보면, 생뚱한 총각에게, 입
술을 뺏기고 품에 안겼던 것만 해도 죄스럽고 원통할 일인데, 그는 제 스
스로 남편 아닌 딴 사나이가 찾아들라고 문을 열어주고 있지는 아니한가.

　그러나 그는 다시 일어나서 문을 걸러 나가려곤 하지 않았다. 길 도중
에서 남편인 두칠이가 무슨 이변이라도 만나서 새벽녘에나 돌아오면, 아
니 그대로 삼밭이 농막에서 밤을 새고 동녘이 훤히 터서야 돌아오면은
ー이렇게 그의 마음 한 귀퉁이에선 은근한 기원을 올리고 있는 것이 사
실인 것이다. 그는 부질없고, 거추장스럽고, 찌껍찌근한 다른 생각은 일
체 하지 않기로 기를 쓴다. 단 하나 도련님과 길 위에서 만나서 헤어지던
대목만, 몇 번이고 몇 번이고 되풀이해보는 것이었다.

　아무것도 모르고 덥벅덥벅 좁은 길을 양푼을 들고 걸어오던 것과, 길
가운데서 불쑥 허연 것이 솟아오를 때 기급을 하여 놀랐던 것과, 그것이
뜻하지 아니 한 두뭇골 도련님인데 또 한 번 가슴을 놀래이고 거진 소리
를 지르려다 그다음은 어쩐지 몹시 부끄러운 생각이 들던 것과, ー여기
까지는 대충대충 빨리 생각을 채치고, 도련님이 그에게 존대의 말을 엉
겁결에 건네던 고비에서부터는, 될수록 느리게 발걸음을 쓸데없는 곳에
서 마실을 시키면서 끌어오다가, 입을 맞춘 뒤에 몸을 뽑아, 달이 구름장
을 지나가는 우렷한 길 위, 종종걸음을 치며 까닭 모를 눈물을 흘리던
고팽이[159]까지를 그는 양껏 향락해보는 것이다. 이것을 되풀이하여 싫증
이 나기 전에 도련님의 발자취 소리가 뽕밭 머리에서 들려오기만 한다면
ー그 뒤에는 두칠이 따위가 소를 몰고 돌아오던 말던, 아무 계관이 없을

게라고까지 생각이 드는 것이다. 그는 여태껏 무수하니 두칠이와 잠자리를 같이하였고, 머리올린 지 반 년 만에 유산까지를 치른 경험이 있지만서도 이렇게 도련님의 애무를 상상해보고 있을 때엔, 마치 아무개에게도 몸을 허락한 적이 없고, 고이고이 싸두어서 누구 하나 손끝도 얼씬 못한 처녀인 것처럼 자기가 생각키여지는 것이다. 사실 길을 막고 물어볼 말로, 시집이라고 든 지 달로 쳐서 일년하고도 반년동안, 한번인들 이러한 감격에 몸을 맡겨본 적이 있었던가 싶었다.

두 손을 들어서 가슴을 눌러본다. 제 가슴을 제 팔로 꽉 껴안아도 본다. 그러나 엉겁결에 한 손에 양푼을 든 채 도련님께 껴안겼을 때와 같은, 벅차고도 울렁거리던 형언할 수 없는 감동이 좀처럼 솟아나지는 않는다. 그는 푸 한숨을 짚고 몸을 뒤챈다.

어느 동안에 창문 있는 쪽이 어둑어둑해져 갔다. 울렁거리는 가슴을 가누지 못하며 창을 바라보니, 달이 산봉우리 뒤로 거지반 떨어져간다. 그는 두 팔로 낯을 꽉 가리고, 이 일을 어찌할 거냐고 고함을 지를 듯 안타까워한다. 그것은, 달이 떨어지니 인젠 곧 도련님이 올 게라는 두려움 섞인 심리의 발작인지, 넘어가는 달을 잡아두고 싶은 간지러운 희망의 표시인지, 그로서도 도무지 종을 잡을 수가 없었다.

그런데 아뿔사. 사랑 쪽으로 난 큰 대문이 활짝 열리는 소리가 나며, 확실히 두칠이의 말소리로 이라 쩌쩌 하는 소 모는 소리, 큰 나뭇바리가 대문 문설주에 싹 하고 대이는 소리조차 똑똑히 들린다.

두칠이가 왔다. 도련님은 아니 오고 두칠이가 왔다. ─이 생각이 그의 머리에 뚜렷하니 새겨질 때, 쌍네는 머리에서 손을 떼며, 꿈에서 깬듯 '잘됐다' 하고 기ㄴ다란 한숨을 짚었다. 두칠이는 오락가락 육십 리 길을 소를 몰며 다녀오고도, 아무런 불평 없이 사랑 마당에서 나무만 부리고 있다.

쌍네는 가만히 일어나서 컴컴한 방 가운데 잠시 서보았다. 띵해진 머리를 두 손으로 부둥켜 들고 또 한 번,

"일르게 오길 잘했다."

하고 소리가 나도록 중얼대어보았다.

7

한 달 전에 부임해온 문우성(文宇誠) 선생에게서 산술을 배우고 나면, 고등과 일학년의 오늘 학과는 그것으로 마지막이 된다. 그러나 매일처럼 하학한 뒤에 한 번씩 전교 생도가 정영근 교사의 지휘로 시행하는, 대운동회 목표의 연합체조연습이 아직 남아 있었다. 그래서 형걸이는 책보를 끼고 이십 명 가까운 학도들과 교실을 나와서 곧 운동장으로 내려간다. 고등과 일 학년 학도 중에는 머리를 안 깎은 총각학도는 대여섯 되었으나, 상투를 틀고 초립을 쓴 학도는 둘밖에 없었다. 그러나 윗학년으로 올라가면 나이 찬 새서방이 많아서, 이들은 관을 썼거나 또는 초립이나 갓을 썼다.

학교에서는 머리채를 땋아 늘어뜨린 총각은 물론, 이렇게 상투를 튼 장성한 학도들에 대하여, 벌써부터 삭발을 장려해왔고, 더구나 대운동회까지는 될수록 전교 학도가 모두 머리를 깎아야 한다고 훈계할 때마다 주의해 내려왔는데, 아직까지도 머리를 그대로 둔 자가 상당히 많았다. 이들은 연합체조에 참가하기를 꺼렸다. 사실 이들 중에는 고을서 몇 십 리씩 떨어져 있는 시골서 상당한 한문 공부를 치른 삼십 가까운 청년이 대부분이었다. 그들은 공부를 끝내면 연합체조를 피하여 그대로 교실에 남아버리던가, 날씨가 좋은 날은 산으로 가든가 해버리는 수가 많았다.

정교사는 이러한 학도들의 태도를 가장 엄격하게 다스리기를 주장해

왔으나, 너무 심하게 취급하고 보면, 그러지 않아도 수효가 적은 학도가 달아나버릴 염려가 있으므로, 방임주의를 써오는 것이 학교의 정책이다.

교실에서 운동장으로 오는 길에, 손대봉이가 한 반 학도 두서넛과 삼송정 쪽에서 내려오는 것과 만났다. 그들은 한 시간 전에 공부를 끝마치고 산에서 시간을 기다리다가, 연합체조연습에 참가하기 위하여 지금 운동장으로 내려오는 길이다. 형걸이를 보더니 대봉이는 두어 발자국 뜀을 뛰듯 하여 그의 옆으로 오면서,

"갈 때에 쟁고[160] 구경 함께 가자."

하고 형걸이의 등에 손을 얹듯 한다. 형걸네 큰집, 알기 쉽게 말하면 박참봉네 거릿집 행길 건넛집은 이칠성이네 집이다. 그가 평양서 며칠 전에 자행거(自行車)를 사왔다는 것은, 이 고을 안에 하루 동안도 안 걸려서 쫙 소문이 퍼졌다. 그래서 어제 그제, 그집 앞에는 광대나 짠지패가 왔을 때처럼, 사람들이 꼬이고 아이들이 모여들었다.

칠성이는 박참봉네 근방에 살면서 이모저모로 그의 그늘을 입는 터이라, 자행거를 사온 이튿날, 곧 그놈을 밀고 그집 사랑 뜰 안으로 와서 온 가족에게 구경을 시켰다. 그때엔 형걸이도 있었고, 물론 안부인네들도 일부러 중대문을 닫아 건 뒤에, 문틈으로 자행거를 놀리는 놀라운 광경을 내다보았었다.

대봉이는 처음 칠성이네가 자행거를 사왔다는 소문을 들었을 때, 그까짓 쟁고 같은 걸 뭐 별게라고들 파리 떼처럼 꼬여드는가, 작년에 평양 갔을 때 자기는 그런 쟁고를 잰내비[161]가 나뭇가지 위에 놀듯이 재주 있이 타고 노는 걸 봤는데, 칠성이쯤이야 인제 겨우 길이나 섬기나 마나 할 정노일 세니, 그까짓 게 뭐 구경거리가 되느냐고 동무들께 호통을 뽑았었는데, 며칠을 지나니 먼 발로만 획근 보고 온 자행거의 실물이 보고 싶고, 또 그때 평양서 보기에 반들반들하고 복잡하던, 그놈 자행거의 기계

속 된 모양을 손으로 만져보고 싶어서, 어제 오늘은 적이 안달증이 났었다. 그런데 또 한 가지 은근히 그의 입맛이 당기는 데가 있다. 그건 얼마 전에 평양서 얻어온 칠성이의 마누라를 어쩌면 또 한 번 볼 수 있을는지도 모를 게라고, ─그래서 그야말로 뽕도 딸 겸 임도 볼 겸이다.

그런데 듣는 말에 어제 아침부터 칠성이는 문을 닫아걸고 자행거 구경을 시키지 않는다는 것이다. 처음은 조사하노라고 사람들이 꾀어들면, 연방 안장도 두드려보고, 또 종도 울려보고, 발디디개를 횅횅 돌려도 보고, 흥에 겨운 때는 그놈을 타고 삐뚤삐뚤 하면서 길 위를 한 바퀴 돌아보기도 했는데, 한 사나흘 계속하니 그다음은 이 일이 시끄러워졌다. 그는 본시 도붓도리[162]를, 어렸을 때는 상자나 멧산자 보따리를 지고 다니면서, 그 뒤 좀 돈푼이나 모아서는 당나귀로, 이 부근 몇 고장 장날을 빙빙 돌던 것이, 이즈음 일 년 동안 좌전(座廛)으로 돌려 앉고 이어 평양 출입을 자주하면서, 가까이는 세매끼장사라고 제법 반찬, 미역, 쌀가마니 등속을 갖다놓았다. 제 말로는 이왕 신작로도 났으니 이놈을 타고 바삐 평양 내왕을 할 참으로 이 자행거를 사왔다는 것인데, 며칠 동안 이걸로 인해 장사도 못하고 분주히 돌아가다, 생각하니 공연한 짓 같아서, 그 다음부터는 일체 구경을 안 시키기로 한 것이다. 가령, 돈 회계를 좀 하려고 문서책을 펴놓고 주먹구구를 하는데도 아이놈들이 와서는,

"쟁고 구경합세다."

부처[163]끼리 깨가 쏟아지게 맞상을 하고, 짠지외다 고등어외다 하고 서로 입맛을 다셔가며 저녁을 먹는데도 아이놈들이,

"쟁고 좀 봅세다으레."

하고 해게를 메긴다. 이놈을 겪어나가기가 시끄러워, 누구 말마따나 돈이라도 받고 구경을 시킬까 하고도 생각해보았다가, 그대로 '쟁고 못 쓰게 됐다'고 고장을 빙자하여 헛청간에 고이 세워두어 버린 것이다. 그러

니 대봉이의 낯이나 세력으로는 이놈의 자행거를 구경할 수가 없다. 형선이가 누구보다도 십상 일등이겠으나 그와는 사이가 좀 좋질 않고, 그래 아삼륙[164]으로 친한 형걸이의 덕을 입자는 판이다.

"난두 타는 걸 보니 안즉 될 날 멀었는데. 네가 평양서 잰내비 놀리듯하는 걸 본 눈으루 본다문야, 구역이 나서 견데 백이겠나."

이러고서 형걸이는 대봉이를 놀려 먹는다.

"내가 안타까이 보구푸단 건 아닌데, 길손인가 누구 말인가를 들은즉슨 암만 봐두 새 것 같지두 않구, 꼭 남이 쓰다 낡은 것 같다데 그려. 그래 그런 것두 살펴볼 겸, 또 어물어물하다 우리 그놈 좀 얻어 가지굴랑 한 번 타는 걸 배와두는 것두 십상이 아닌가."

"누가 빌려준다던가. 지금 아마 제 여편네하구 둘을 놓구서, 어느 걸 빌리겠냐구 물으면 여편네를 내놓면 내났지 쟁고는 안 될 판이데."

그러나 형걸이 자신도 자행거를 얻어서 배우자는 말엔 귀가 으쓱했다. 말을 타고 몰아치는 맛도 장쾌한 일이어니와, 쇠로 만든 두 바퀴 달린 요놈의 기계에 난뜨럭 올라 앉아, 횡횡 둘러서 제비처럼 날아다니는 맛이란 더없이 기막힐 듯 싶다. 그래서 어떻게 참 대봉이 말마따나, 그 자행거를 좀 얻어 탈 묘한 방책은 없을런가 해서 궁리를 하면서 걷고 있는데,

"그깐놈 쟁고 싫다믄 여편네두 좋지."

하고 대봉이는 여전히 딴 변두리에서 흥얼거리며 따라온다.

그러나 그들은 벌써 운동장 가운데 들어와 있었고, 이어서 나팔 소리가 나고, 정교사가 채찍을 들고 뛰어나오는 바람에, 학년을 따라 바삐 나란히를 해야 할 판이었다.

"주딥."

하고 호령을 부르는 소리를 듣고, 가로세로 술렁술렁 뛰어가며 제자리를 찾노라고 바쁘면서도, 여적 대봉이와 형걸이는 각각 자행거와 연줄을 가

진 생각에 머리를 묻고 있었다.

그러므로 기척, 우로 나란히, 내렷, 번호, 우향, 앞으로 갓!을 빨랑빨랑 해치우고, 종대 사열행진에서 횡대로 변하는 대목을 몇 번인가 되풀이하면서, 한 반 시간 동안 운동장을 빙빙 돌아, 행진을 하는 것으로 오늘의 체조연습이 끝났을 때에, 그들은 이제 칠성이네 집으로 달려갔다.

대봉이는 밖에 서서 잠깐 기다리고, 형걸이만 흠 없는 집이라고 덥벅덥벅 안으로 들어가며,

"칠성이네 형님 있수꿰."

하고 제법 존대를 해서 부른다.

"촌에 가구 없이요."

하는 부인네 말소리가 나더니 이어서,

"나오셋소."

하고 형걸이에게 인사를 한다. 안에서 나는 소리를 들으니, 밖에서 이렇게 섰을 게 아니라, 좀 능청맞지만 따라 들어가야 할 게라고, 대봉이도 어슬렁어슬렁 형걸이의 뒤로 대섰다. 젊은 부인네는 방문을 열고, 한 발을 문턱에 얹고 왼손으로 문설주를 쥐고 서서 형걸이와 이야기를 하려다가, 웬 한 모를 총각이 어슬렁거리고 들어서는 바람에 잠시 몸을 감추듯하다가,

"아니, 머, 칠성이네 형이 안 계신가."

하고 이쪽에서 묻는 바람에, 다시 얼굴을 문밖으로 엿보면서,

"촌에 가시오."

하고 또 한 번 대답하곤, 이번에는 낯을 감출 염도 아니한다.

"그럼 이거 안 됐네그려."

하고 대봉이가 형걸이를 바라보면서 눈을 한 번 찔끔한다.

"글세."

하고 대봉이에게 대답한 뒤에, 두 총각은 안방을 향하여 일시에 벌신하니 웃었다. 이 웃음에 색시도 따라 웃을 듯 하다가, 다시 무슨 일로 그러느냐고 묻는 게 인사라고 생각했는지, 뭐라고 입술을 날름거리려 하는 것을, 형걸이는 인차,

"아즈마니, 그런 게 아니라요."

하고 한 발자국 안뜰로 들어선다.

"나는, 머, 우리 사랑 마당에서 쟁고 놀리는 걸 봤으니께루, 또 볼 것두 없는데 저 손대봉이가, 아즈마닌 모르시는지 모르지만 이 아래 손장이네 자제되는 이얘요. 그래 저 사람이 쟁고가 첨인데 좀 구경시켜달라구, 그래서 둘이 왔던 길이웨다으레. 그런데 형님이 없으니 머, 일은 다 틀렸지오."

하고 뒤를 돌아다보면서,

"아무려나 자네가 신수는 나쁠세. 며칠이 되두룩 안 와보구설랑, 똑 안 계실 때 온당께 그게 무슨 얼어붙을 운수란 말인가."

하고 지정머릴 친 뒤에,

"그래, 머 먼 길을 떠나섰나요."

하고 이번에는 색시에게 묻는다. 형걸이가 드물게 볼 만큼 제법 주워섬기는 게 희한하고 또 한편으론 이놈 혼자서 잘 해먹누나 하는 심술도 나는 터라, 어느 새에 대봉이는 형걸이의 옆에 와서 빤히 색시의 얼굴을 바로 쳐다보고 있었다.

그는 속으로,

'자행거 열 번 타느니 이 재미가 십상이다. 이왕이면 가지런히 마루에 나란히 앉아서 이야기나 했으면……'

이런 걸 생각하고 있는데,

"알메[卵山]루 아침 떠났으니 일을 보구래도 아마 내일 저녁에나 오실

가부외다. 그러나저러나 쟁고 구경이야 머 주인 없다구 못 하실 게 있겠소. 저 헛칸에 들여 세우구 보재기를 씨워 낯으니께루, 가만 게시소."

쪼루루 부엌으로 돌아 내려가는 품이 신을 끌고 나올 모양이다. 대봉이는 형걸이를 보고 한 번 혀를 날름해 보인다.

"괜찮다."

그러나 형걸이는, 자행거를 보는 게 괜찮다는 겐지, 색시 얼굴이 괜찮다는 겐지 잘 분간하지 못했다. 오히려 형걸이는 이때에 잠깐 두칠이 처 쌍네를 연상하였다. 어차피 자행거 얻어 타기는 파이다. 자행거나 만지면서 남의 여편네와 잡소리를 흥얼거리는 것도 그닥 입맛이 당기던 않았고, 그럴 바엔 길 위에서 한 번 간단한 포옹이 있은 뒤에 한 달이 넘도록, 조용한 기회나마 붙들지 못한 채 내려오는 쌍네의 얼굴이라도 한 번 보고 싶던 것이다. 그래서 칠성이 아내가 부엌에서 나오기 전에,

"쟁고는 다 탔다. 난 간다."

하고 나직하니 말하니,

"쟁고보담 색시가 좋다."

하면서 대봉이는 또 한 번 눈을 찔끔한다. 칠성이 처는 누런 삼신 낡은 것을, 뒤축을 질끈 눌러서 끌고, 맨발을 하얗게 벗은 채 부엌에서 뜰 안으로 나오면서,

"온, 쟁곤지 뭔지를 신주 때가리 모시듯 하니……."

하고 콧구멍을 발름발름 해본다. 젊은 총각들에게 미상불 악의를 갖지는 않는다는 표적일 게다.

"이거 온 여러 가지루 안 됐습네다."

하고 대봉이가 가로맡아 인사를 하니, 그는 붉은 갑사댕기를 뺏드럭하니 빼어올린, 커다란 머리를 수건도 안 쓰고 흔들거리며, 아무 말 없이 헛간문을 열고 들어간다. 헛간 안에서는 소금 냄새, 미역 냄새, 반찬 비린내

─이런 게 함께 엉켜서 적잖이 코를 울려대는데, 대봉이는 색시의 뒤에 이어 대서면서, 그의 궁둥이께를 뚫어지게 바라보았다. 뜰 가운데 남아 있던 형걸이는 빨랫줄에 걸린 여편네의 속옷 다리를 아무 생각 없이 바라보다가,

"그럼 천천히 구경하구 나오게, 난 집에 가서 말을 끌구 나올게……."

하고 혼자서 대문으로 뛰어 나가니, 대봉이는,

"아, 같이 나가지 어드르 나구 그러나."

하고 황황히 서두르는 척 했으나, 속으론

'일은 십상 잘된다. 그놈두 눈칫밥은 안 먹구 살게 생겼는걸.'

하고 은근히 기뻐하였다. 그렇다고 대봉이가, 금방 아무도 없는 이 헛간 속에서 남의 집 부인에게 어떻게 나쁜 행동이나, 뭐, 그런 걸 저질러보려는 건 아니다.

대봉이는 이무 시집간 손위의 누이와 단 두 동기간이니, 말하자면 그는 손장이의 독자(獨子)다. 독자라고 귀해하기는 다른 집 자식들의 몇 배 더했으나, 그리 부자는 되지 못한 때문에 그다지 훌륭한 곳에 대봉이의 혼처를 정하지는 못했다. 밀양 박가, 그중에 박리균네가 그래도 양반이라고 그는 마방을 하는 리균이 동생 성균이의 맏딸, 지금 열아홉에 나는 금네(金女)와 혼사를 작정하였다. 벌써 폐백[165]도 끝나고 초여름이 오면 장가를 들을 판인데, 금년 열여덟 살 째 잡히는 그는 그 집에 장가드는 걸 그닥 달가워하진 않는다. 그 집이 공연한 양반타령뿐으로 실속은 아무것도 없는 건달판인 것도 그리 반갑지 않은 조건이었으나, 그보다도 금네가 마음에 들지 않았다. 동네가 같으므로 몇 년 전까지도 그는 금네를 눈 이치 보아옴 수 있었다. 질쿠냉이[166]를 잘한다는 소문과, 마방인 때문인지 음식솜씨가 놀랍다는 칭송이 자자하다고 하나, 대봉이에게 그런 건 다 매력이 되진 못한다. 오히려 무명하고, 명주 짜고, 물레질 하는

그런 질쿠냉이를 잘한다던가, 그런 것보다는, 언문이라도 몇 자 안다던가, 아니 통히 그런 것보다도, 얼굴이 얌전하고 살거리나 흠석하다면야 별 불만도 없을것 같다.

금년이 열아홉이니 한창 피어나는 연세라, 이삼 년 전과는 물론 달라졌을 것이다. 그러나 대봉이는, 그가 이 년 전에 마지막으로 박리균네 국숫집 부엌에서 금네를 본 기억이 지금껏 머릿속에 남아 있다. 그때 본 바로는 배짝 말라서 살거리는 바르고, 얼굴엔 핏기 하나 없는데 웬 한 여드름인가 붉지도 않은 차랍[167]같은 게 계적지근히 깔려 있던 것이다. 저런 걸 뭣이 얻어갈려나 —하고 속으로 은근히 그의 남편 될 사람을 동정했었는데, 그 남편 될 사람이 바로 손대봉이 자기여야 한다는 것이다.

처음 중매쟁이가 왔다갔을 때, 그는 어머니에게 '난 장가 안 간다'고 한 번 제겨보았으나, 그렇잖아도 장가가 늦었는데 그게 무슨 수작이냐고 단대바람에 코를 떼였다. 그때에 털어놓고, '두꺼비 잔등 같은 그따위 상판때기를 한 체니는 죽어도 싫다'고 선후를 가려 자상하니 말했더라면 좋았을 걸, 그대로 장가만 안 간다고 제겨보았으니 될 리가 없다. 어머니가 친히 선을 보고 와서 혼잣말처럼 하는 말이,

"볼따구니에 살 달린 건 미욱[168]해 못쓰는 법이니라, 목이 좀 행금하구[169] 볼편이 가든하야, 상냥하구 영리해서 웃어룬 공경두 잘하는 법이니라. 게다가 자대는 바르구, 난하지 않구, 질쿠냉이랑 임석시세가 일등 가니, 예서 더 좋은 혼처는 구할래야 없을게다. 아무려나 대봉산신령님의 덕을 끝끝내 입는가부다."

하고 마지막에는, 가을쯤 잔치를 치른 뒤, 새 곡식이 나면 양덕 대탕지 뒷산 산신령께 떡말 어치나 해가지골랑, 치성을 드리러 가야겠다고까지 말하고 앉았었다.

어떤 때는 색시가 막연히 그리워서 장가간다는 게 그리 싫지도 않았으

나, 흠썩한 남의 색시나 처녀를 보면 금네를 데리고 일평생을 지낼 생각이 한심했다. 방선문께를 지날 땐, 인제는 처삼촌이 된다고, 박리균이가 눌러놓은 국수에 점심을 먹고 가라고 그를 불러들이는 게 또 하나 질색이었다. 한 번 마지못해 따라 들어갔더니 박참봉네 음해질과, 또 노상 외는 '성씨는 박귀성의 처니 성논산의 장녀라'를 되풀이하면서 집안 자랑을 해내는 것과, 안 했으면 좋을 걸 끝으론 조카딸 금네의 자랑까지 늘어놓는 데는, 아닌 게 아니라 학질[170]을 뗄 뻔하였다. 그래 그 다음부터는 그 집 앞을 피해서 물역으로 다니던가, 간혹 할 수 없을 때 붙들리면, 지금 막 점심을 먹고, 술을 빼면서 오는 참이라고 거짓말을 하였다.

어떻든 금네에게 장가들기는 싫은데, 바싹 우겨서 싫다는 소리도 못하고, 한편으론 타고난 성질로 탐스런 색시라도 보면, 진수작이라도 하면서 지정머리[171]를 쳐보고 싶은 것이다.

지금 칠성이 처가 자행거 위에 덮었던 보자기를 잡아 젖히니, 아래위를 한 번 훑어보면서,

"그놈 참 묘하겐 생겼군."

하고 안장을 툭툭 두드려보고, 다시 핸들을 손끝으로 만져본 뒤에,

"요놈이 아마 종이지오."

하고 동글납작한 흰 쇠로 된 놈을 이리저리 바라보노라니, 색시는 기쁘드름한 표정으로 만족하니 서 있다가, 필시 이 총각은 종을 울릴 줄 모르는 모양이라고, 가만히 바른손을 얹어 따르릉 한 번 고놈을 틀어보았다. 대봉이는 짐짓 놀라는 척하며,

"이크, 이게 무슨 소리웨까. 아니, 거참, 그 속에서 요란한 소리두 납네다. 그래 이 안장에 올라앉아, 이놈으루 길을 잡아 섬기면서, 가끔 개새끼나 사람이나를 만나면 요놈을 째르릉 하구 울려댄단 말입지오. 허허ー 참."

그리고 나선 또 발디디개와 사슬 있는 쪽을 살펴보고, 바퀴를 손끝으로 눌러도 본다.

"아마 칠성이 형님은 잘 타지오."

하고 색시의 얼굴을 쳐다보니,

"머, 갖에 사온 게 잘 탈 새 있나요."

하면서 또 발신하니 웃는다.

"오늘 아침 알메루 가셨다면서 왜 쟁골 안 타구 가셨나. 오라 길이 사나우니."

"그러문요. 길두 사납구, 또 험한 길에 잘 타지두 못하는 어른이 실수하믄 어떡해요. 그래서 인제 평양 갈 때나 타신대요."

여기까지 오고 보니 인젠 별로 더 할 말도 없다. 그만 잘 구경했노라고 인사의 말이나 하고 나와 버린다던가, 퇴짜 맞을 걸 각오하고라도 한 번 길에서 타보았으면 싶다고, 염치없이 대들어보던가 할밖에 없는데, 그래서 그는 또 한 번 자세히 자행거를 살펴보는 척하다가,

"아즈마니 댁이 평양이시란데 어데신가요."

하고 물어본다.

"사창마당이에요."

"사창마당? 오라 그럼 바루 설수당골 맞은쪽인가요."

하고 들은 풍월로 대봉이가 집어 섬기니,

"아니 평양엘 갔더랬나요."

하고 칠성이 처는 놀라는 듯 하면서도 반겨하는 표정이다.

"머, 작년에 한 번 운동회 때 갔더랬이오. 그때 쟁고를 보기는 했는데."

이 소리를 듣더니 칠성이 처는 손잔등으로 입을 가리며,

"애게 망칙해라, 그런 걸 종을 못 친다구."

하고 웃어본다.

"보기나 했지 실자루 만져야 봤이야지오."

하고 대봉이도 따라 웃는다.

"거, 칠성이 형님이 여간 본때가 있는 게 아니란 말이에요."

하고 이번엔 혼잣말처럼 푸념을 치면서,

"피양 아즈머니 넌뜨럭 얻어오더니, 이번엔 또 쟁골 사오구, 좌우간 이 고을선 뭐이던간, 일등이구 처음이닝께루."

칠성이 처는 이 말엔 좀 낯이 밝아지면서,

"온 별 소릴 다 합네다, 그까짓 나 같은 거나 평양서 줘다가 뭘 하겠소. 괜하니 평양 물만 디려놓지."

"아니 왜요. 온 난두 가봤지만, 평양이라구 아즈머니보담 인물 나은 이 어데 또 있습뗑까."

─이 총각이 기어이 나를 놀리려든다고 생각하면서도 속으론 결코 불쾌치는 않아서,

"그까짓 촌에 와서 썩기야."

하면서 한탄조로 나온다.

*

한편 대봉이를 칠성이네 집에 남겨둔 채 행길을 건너서 큰집 대문을 들어선 형걸이는, 오른손 쪽으로 보이는 사랑방 윗목에선 고기잡이꾼 평양 영감이 그물코를 꿰매고 앉았고, 아버지는 아랫목 문갑 앞에서 커다란 주판알을 따지며 치부책[172]을 두적거리고 있는 걸 보고는, 이어 중대문 앞을 지나 연자간으로 돌아가보았다. 연자간에는 처맸던 헝겊을 눈에서 벗기고 맷돌을 끌다가 그대로 서서 마른여물을 먹고 서 있는 노새가 코를 벌심거리고 있다. 노새를 몰고 쌀을 뒤채놓던 사람은 어디로 갔는

지 없다. 쌀이 멍석과 멕함지에 담긴 채로 재지풍이 앞에 버려져 있고, 키와 채 같은 게 그대로 흩어져 있는 걸로 보아, 금방까지 일을 하다가 짐승에게 마른 여물을 주고, 자기는 어디 잠깐 물을 먹으러 부엌으로 가거나, 그렇지 않으면 오줌이라도 누러간 게 분명하였다. 쌍네가 돌아올 때까지 이곳에 서 있을까. 그러나 그를 일부러 보고 싶어 찾아온 것처럼 뵈이는 건 싫었다. 역시 말외양간으로 돌아가서 말을 보고 오는 길에 우연히 들린 것처럼 하는 게 자연스러울 것 같다. 그래서 발길을 돌려 말외양간으로 가려는데 발자국 소리가 등 뒤에서 난다. 쌍넨가 하고 돌이켜 보았더니, 열두 살 난 누이동생 보패였다.

"오라바니 왜 예기 세인."

내심을 들킨 것 같아 좀 부끄러웠으나,

"말오양간에 가던 길이다."

하고 그대로 가던 길을 내쳐 걷는다. 외양간에는 당나귀는 없고 흰 말이 혼자 우두커니 서 있었다. 형걸이는 한참 그곳에 서서 말을 바라보고 있다. 이윽고 쌍네가 연자간으로 나왔는지 보패와 이야기하는 소리가 도란도란 들린다. 그는 그대로 돌아서서 연자간으로 왔다.

"당나귀는 어쩬."

하고 딱히 누구에게라고 없이 물어본다.

"두칠이가 타구서 보항(步行)가서."

하고 쌍네의 옆에 섰던 보패가 대답하니,

"어데 멀리루?"

하고 재처 물어본다. 이렇게 물어놓고 쌍네를 보았으나, 그는 얼굴이 발개져서 공연히 좁쌀멍석만 뒤채고 있었다. 형걸이도 자기의 묻는 말이 품고 있는 내용에 생각이 미쳐서 잠깐 주춤하였다. 그래서 이야기를 딴 곳으로 돌릴 염으로,

"작은오래비 뭘 하던?"

하고 또 한 번 물어보았다.

"몰라, 작은형님 방에서 뭘 하는지."

작은형님이란 형선이 처 보부를 말함이다.

"작은형님은 뭐 하던?"

하고 이번엔 좀 탈선된 질문이긴 하나 보부를 물어본다.

"작은형님은—"

하고 들고 섰던 빗자루로 맷돌이 지나간 뒤를 한 번 쓸어올리고,

"작은형님은 아마 성경책을 보던가, 바누질을 하던가 그러구 있겠지."

"성경책?"

"그럼, 예수책 말이야. 찬미책 말구 또 하나 두꺼운 거 있지 않네."

형걸이는 잠깐 덤덤히 서 있다.

"머 작은형님은 예수 믿는다던?"

하고 좀 있다가 물으니, 보패는 비를 놓고 멍석귀로 나앉아서 쌀장난을 하면서,

"내가 한번 물어봤더니 믿지는 않는대. 믿는 사람은 이방 사람관 혼사 안 한다는데."

하고 제법 자즈레하니 이야기를 꺼내려든다. 그래서 형걸이도 기독학교를 좀 다녀서 예수교 문제는 다소 알면서도, 보패의 이야기를 듣노라고 짐짓,

"이방이라니 무슨 말인가."

하고 물어본다.

"이방두 몰라, 예수 안 믿는 사람, 이방 사람들, 것두 몰라."

하고 보패는 생글생글 웃는다.

"그럼 예수를 믿는 사람이드면 우리 집과 혼사를 안 할 텐데 이방 사

람덜끼리가 돼서 혼사를 지냈단 말이구나."

하니 쌍네가 이 말에 처음 발신하니 웃는다.

"그래 또 맏오라바닌 뭐하던?"

"맏오라바닌 낮잠 자구, 맏형님은 애기 젖 멕이구."

모두 늘어진 상팔자로다. ―하고 형걸이는 생각했으나, 물론 말로는
내지 않았다.

"작은오래비 오늘 너보구 멜하지 않던?"

하고 또다시 물으니,

"멜하긴 뭘, 학교 댕기란 거? 아버지가 알지 누가 아나."

그러더니 무엇을 생각했는지 홀딱 일어서서,

"그럼, 난 해지기 전에 앞집 탄실이하구 둘이 가겠다."

하고 중대문께로 뛰어간다.

"아니 어델 간단 말이가."

하고 뒤에서 물어도, 보패는 대답지 않고 치맛바람을 내며 뛰어만 간다.
멍석에서 멕함지에 조를 옮겨 담다가 남매끼리 주고받던 말끝을 받아서,

"산나물 뜯으러 같이 가자구 그러는 걸, 일 때문에 어데 갈 수가 있어
야지오."

하고 쌍네가 별로 형걸이에게 대답하는 말 같지 않게 끝을 우물거리고
만다. 대답해줄 생각으로 시작은 해놓았으나, 도련님과 단 둘이 있는 것
을 생각하니, 갑자기 마음이 설레이던 것이다.

그러나 마음이 설렁거리긴 형걸이도 매일반이었다. 달 전에 길 위에서
잠깐 동안 감격을 나눈 뒤 얼굴만은 가끔 마주볼 기회가 있었으나, 단 둘
이서 말을 주고받긴 이번이 처음이다.

둘은 한참동안 이상스런 분위기를 몸과 마음에 느끼면서 덤덤히 서 있
었다.

다 찧어진 쌀을 퍼다가 재지풍이에 옮기고, 새로이 조를 퍼 넘겨야 할 텐데, 도련님의 두 눈이 볼때기에 따가워서 도무지 옴짝달싹 할 수가 없다. 그래서 그는 멕함지에 붙듯이 쪼그리고 앉아서, 공연한 쌀만 모았다가 폈다가 하고 있다. 한참 만에 형걸이의 기침소리가 난다. 무슨 말을 하려는 게다. ─하고 귀를 기울이는데,

"보항을 어데루 갔서?"

하고 좀 떨리는 목소리다.

"한 이틀 걸리는 먼 길이래요."

겨우 이 말을 대답했는데, 사랑 마당에서 두런거리는 소리가 들려온다.

형걸이는 지금 아버지와 사랑 마룻전에서 이야기를 하고 서 있는 것이 손대봉인것을 알았다.

"그럼 말궁이 있는 데 가보겠습네다."

하는 대봉이 말소리는 쌍네도 들었다. 이 바람에 쌍네는 훌쩍 일어나서 연자매께로 가서 노새를 세우고, 이어서 비와 바가지를 들고 맷돌 뒤로 돌아갔다.

"여기서 뭘하구 섰나."

하고 대봉이가 싱글싱글 웃으며 형걸이의 등 뒤에 선다.

"노새는 연자망질하구, 당나귀는 어데 촌에 가구, 흰 말밖엔 없는데, 그래 쟁고는 어떻게 좀 얻어 탄?"

형걸이도 본정신으로 돌아와서 대봉이를 마주본다.

"쟁고, 쟁고를 타긴 어떻게 타, 말이나 끌구 방선문께 나가자. 그놈이 나 좀 타보게."

이윽고 형걸이와 대봉이는 맘궁이 있는 데로 갔다. 형걸이가 외양간으로 들어가서 말을 풀어내다 대봉이에게 꼽지를 잡히고, 자기는 안장을 꺼내다가 등허리에 얹는다. 끈을 말 배퉁이에 깡듯하니 추켜 매고 말꼽

지를 받아 잡는데, 대봉이는 나직한 목소리로,

"얘 밤에 칠성이네 집에 놀러 가자. 가만히 보니 칠성이 처가 적적해 하길래 우리 둘이 밤에 마실 간다구 했다."

대봉이의 추군추군스럽고, 붙임상스러운 데 어처구니가 없어서, 형걸 이는 벌신벌신 웃고 있는 그의 얼굴을 뻔히 쳐다보고 있었으나 이윽고,

"난 싫다. 안 갈란다."

하고 대답해버린다.

"왜, 무슨 일이 생겐? 누가 오늘밤 오라는 이래두 있던?"

이 말엔 아무 대답도 안 하고 형걸이는 흰 말을 마당 가운데로 내세웠다.

8

한가한 게 지나치면 권태로 된다. 호랑이라도 잡을 한포락에, 제가 맡 은 일이라고 특히 지정된 것이 없고, 긴긴 해를 집안 구석에서 빙빙 돌기 란 하루 이틀은 몰라도, 그것이 몇 달이고 몇 해고 기약 없이 계속되면, 어쩔 수 없는 권태로 되어 젊은 육체를 늘어지게 휘감고 돈다.

형준이는 스물이 넘어 두 해로 접어드는 한창인 시절에 별로 할 것이 없다.

이따금씩 말을 타고 농막[173]을 돌아보는 것과, 추수 때에 타작하는 데 를 쫓아서 따라도는 것과, 평양영감을 동무해서 가끔 고기사냥을 가는 것과, 그리고 마음이 내키면 겨울에 매사냥에 한 몫 끼어 싸다니는 것, 이것이 그의 일 년 동안에 하는 전부의 일이다.

그러나 추수 때에 농막을 찾아 타곡한 것을 나누러 다닌다든가, 장마 뒤에 밭을 돌아보는 것 같은 것도, 결코 그의 혼자서 맡은 전임이 아니었 다. 이것을 하기 위하여 따로이 사람을 두었다. 그러므로 일이 바빠서 손

이 모자랄 때, 그는 마음이 내키면 말을 타고 소풍삼아 나가보는 것이다.

이런 것조차 제가 책임진 일이 아니고 보니, 그밖에 집안가도에 관계되는 일은 하나도 그의 간섭밖에 놓이지 않은 것이 없다. 해도 좋고, 안 해도 괜찮은 일, 장난삼아 심심풀이로 하는 일, 이것은 젊은 사람의 정력을 이끌어들일 만한 힘을 갖고 있진 못하다.

세간살이의 한 부분을 맡아서 해나간다던가, 땅이면 땅, 돈이면 돈, 장사면 장사, ―무엇이든가 제가 어느 정도까지 자유로 조처할 수 있는 어떠한 업이 있어야 할 것인데, 박참봉은 아직 장남인 형준이에게 그것을 허락지 않았다. 자기의 그 시절을 회상한다고 보면 형준이의 연세가 부족하다든가 그렇진 않을 것인데, 어딘가 아직도 앳되게 보이는 게 호락호락하고 위태위태하고, 또 한편 아들에게 일을 맡기기엔 박참봉의 연세가 너무 젊다. 지금 갓 마흔, 아무리 많은 일에 몸을 담가도 남아돌아가는 정력과 궁리를, 유치한 아들에게 의지할 필요가 없었다.

박참봉이 스물 안쪽에 가도범절을 맡아서 치러나가고, 다시 그 어린 낫세로 기울어진 살림을 부둥켜 세운 데는, 시대나, 또는 박참봉의 성격이나, 그런 것이 적잖게 관계되었겠지만, 그의 부친 되는 박순일이가 일찍부터 집안일을 돌보지 않고, 사시장철 집을 비우고 재산의 탕진에만 정력을 써버린 탓에, 소시에 벌써 크고 작은 모든 일에 스스로 단련을 치른 때문이라고도 할 수 있을 것이다.

그러나 형준이는 본시 성격이 박참봉 같지 않은데다, 환경과 경우가 그의 아버지와는 판이하다. 그는 아버지가 하다가 남은 사소한 일에, 심심풀이로 손을 댄다던가 하는 외에 별 일거리가 없는데, 그것조차 밑으로 비복, 설세, 믹시리가 수두룩하니 있어서, 그의 할 일이란 아무것도 없어진다.

형준이가 만약 장남이 아니고, 집안을 계승할 책임이 있는 종자(宗子)

가 아니라면, 농막을 한 부분 갈라 받아 세간을 낸다던가, 무슨 딴 일을 시켜서 살림을 새로이 배설해줄 도리도 있을 것인데, 처지가 그렇게 된 터라, 그는 어차피 이 집을 떠날 수는 없는 팔자였다.

그런데다가 첫째 형준이는 돈을 자유로 쓰지 못한다. 제 몫이라고 도맡아서 들이고 내는 것이 없으니, 한 푼 돈이라도 소용될 때로 아버지나 어머니에게 타서 써야만 한다. 먹고 입는 것이 하나도 부족됨이 없고, 또 저 혼자 독립된 것이 아닌데다가, 밖으로부터 사들여야 할 것이 거의 하나도 없는 탓으로 별반 용돈이라고 소용이 없다. 한편 술이나 딴 장난에 취미를 갖지 못한 때문에, 여태까지 돈이라고 필요치도 않던 것이다.

그가 유복한 집 장남으로 태어나서 상당한 연세에 이르도록, 주색이나 잡기에 빠지지 않은 데는 아직 그의 아내에 대한 애정이 권태기에 들어가지 않은 것도, 한 가지 이유가 되겠지만, 함께 어울릴 동무로써 마땅한 이가 없었다는 것도 이유가 될 것이다. 아버지가 나이 아직 사십 줄에 있는 만큼 형준이보다 조금 나이 지긋한 사람은 모두 아버지의 친구요, 그보다 조금 쳐져 붙으면 곧 형선이와 형걸이의 친구들이다. 그래 그와 동년갑에 마땅한 동무가 있어서, 같이 어울려 다녀야 할 것인데, 다행히 그런 작자가 아직까지 없었다. 그는 밤이 아무리 무료하고 적적하여도, 제집 밖으론 나갈 줄을 몰랐다.

그러나 이무 색시를 얻은 지도 사오 년이 지난 뒤라, 결혼 당시의 단꿈도 식어버리고 벌써 아들 하나 딸 하나의 어미가 된 그의 아내는, 사나이의 변함없는 정열의 대상이나 매력이나가 되기에는, 이모저모로 부족한 느낌을 주지 않을 수 없었다. 딴딴하던 근육이 탄력이 없어지고, 젖은 본시부터 밑으로 쳐져 붙어 커다란 박참외와 같은 것이 아이를 둘씩 기르는 동안에 훨씬 더 모양 없이 늘어지고, 밑배와 한 가지로 포동포동하고 매끈하던 젖가죽에는 살이 터서 번득번득하는 줄기가 지고 얼룩이 졌다.

눈썹과 머리카락이 유난히 엷어지고, 이틀도 볼편에 살이 빠져서 좀 나온 듯하다. 게다가 맏며느리 노릇할라, 아이들께 시달릴라 하여, 밤이면 실꾸리도 몇 개 못 걸고 골아 떨어져서, 남편의 애무도 때로는 시끄러울 때가 있는지, 별로 만족해하는 기색이 없다. 형준이는 이 봄을 맞이하면서 확실히 자기의 심경이 변하는 것을 느끼는 것 같았다. 마음이 지향 없이 달뜨는 것 같고, 공연히 싱숭생숭한 것 같으면서 어떤 때는 가슴속에 잔인스럽고 포학한 발동이 치밀어 오르는 것처럼 막연하니 느껴지기도 하는 것이다.

이러한 자기의 심경이 무엇을 요구함인지를 확실히 종잡지 못하는 그는, 얼마 전에 생각다 못해서 나카니시 상점과 칠성이네 세매끼 장사와 용구네 과잣방을 예로 들어서 자기도 이러한 여러 저자를 도합한 것만한 커다란 잡화상을 벌여보겠다고 아버지에게 상논하였으나, 아직 이르다고 승낙을 받지 못했다. 장사라는 직업을 천직으로 삼는 것이 이르다는 것인지 형준이가 그러한 것에 손을 대는 것이 이르다는 것인지, 형준이는 한참동안 아버지의 말뜻을 몰라서 쭈그리고 앉았는데,

"장사라는 게 우리의 못할 업이라구는 생각지 않는다. 그러하나 건넌집 칠성이나 나카니시와 어울려서 가게를 벌이기에는 이모저모로 시기가 안즉 일러. 또 칠성이에게 돈 융통해준 게 있으니 그애 하는 걸 당분간 보아가는 것이 위선 상책이야."

박참봉은 아직도 모든 영업이나 장사를 대금(貸金)[174]으로 얽어두는 것을 가장 현명한 책이라고 생각한다. 돈변[175]을 놓은 이상엔, 밭이거나 집이거나 장사거나 언제든지 필요한 때는 내 것이 될 수 있다고 믿는 것이다. 그러므로 칠성이의 장사는 내 장사나 같다고 생각하는 것이다. 장차 잡화까지를 널리 벌여놓게 되는지도 모르나, 무섭게 불어나가는 돈 이자 앞에 그의 상점이 얼마나 견뎌나갈는지는 볼 만한 거라고 그는 지금 생

각하고 있는 것이다. 이자를 실컷 뽑아먹다가 낚아챌 수도 있는 것이오, 그대로 두면 이(利)는 이대로 먹고 그의 은인까지 되는 것이다. 남에게 머리를 굽히며 손수 나가 장사를 벌일 필요가 없다고, 그가 굳이 생각하는 것도 까닭이 없음은 아니었다.

형준이는 아버지가 저녁을 먹고 두뭇골집으로 가버린 뒤에 사랑에 불을 켜고 잠시 아버지가 앉았던 보료 위에 우두커니 앉아보았다. 문갑과 벽장에는 쇠를 채워버렸다. 박참봉은 문서는 대개로 큰집 사랑 벽장과 문갑 속에 넣어두고, 현금은 두뭇골집 사랑에 붙은 골방 깊숙이 간직해 둔다. 그러나 그가 방을 나가버릴 때엔 어느 곳에든가 굳이 자물쇠를 잠가두는 것이었다.

한참 그럭하고 앉아 있는데 마당에서 바깥 큰대문 잠그는 소리가 들린다.

"거 누구."

하고 위엄 있이 불러보니,

"저 올세다."

쌍네의 나직한 목소리가 대답한다. 문을 잠그는 소리가 난 뒤에 밖에서는 잠시 아무 기척이 없다. 무슨 호령이나 분부나가 들릴까 하여 잠깐을 그럭하고 서서, 쇠고리에 손을 얹은 채 기다려보는 것이다. 그러나 사랑에서는 다시 아무 소리도 나지 않는다. 등잔불이 창문에 붉을 뿐이다.

동안이 퍽 떠서야 댓돌을 내려서는 좀 높직한 쿵 하는 소리와, 마당을 지나가는 신발 끄는 소리가 들려왔다. 발소리는 점점 멀어가더니 이윽고 없어져버린다. 사각 뒤를 돌아 물역 쪽으로 쌍네는 제 방에 돌아가버린 것이다.

형준이는 잠시 동안을 더 그럭하고 보료 위에 앉아 있다. 그는 막연히 지금 쌍네가 대문을 잠근 것으로 연줄이 닿아,

'인젠 오늘 밤중으로 내 집에 들어올 사람은 없겠구나' 하고 생각해본다.

'두칠이는 돈을 받으려 회창(檜倉)으로 보행을 갔다.'

그는 다시 두칠이가 보행 떠나던 것을 회상한다. 바로 어제 저녁 이맘때, 박참봉은 저녁상을 물린 뒤 두칠이를 불러다 앉히고, 회창으로 보행 갈 것을 말한 뒤에,

"보행전(步行錢)[176]으론 스무 냥을 적었다. 길두 사납구 나귀도 놀구 있으니 그놈을 타구 일찌감치 떠나거라. 꼭 이번엔 받아들고야 오랬다구서, 당나귀를 드리매구 너는 아랫목에 가 자빠져 누웠거라. 그런 괘씸한 놈이 안 있나. 사람을 속여두 분수가 있지. 요즘 사푼 변이 어디 있다구, 생색을 해준 것두 모르굴랑."

이렇게 말하면서 기둥 긁[177]을 뽑아서라도 이번엔 꼭 돈을 받아 갖고 오라고 당부한다. 이튿날, 즉 오늘 아침 동이 훤히 터서 쌍네가 나귀 멩이[178]를 들고 나더니 해가 불쑥 치밀자 두칠이는 바깥 큰대문으로 나귀를 내세우고 회창을 향하여 떠나갔다.

'이틀, 어쩌면 삼사일 걸릴른지두 모르겠다.'

형준이는 훌쩍 일어나서 문을 모두 걸쇠로 돌려 닫고 불을 껐다. 평양 영감 방으로 가보니 그는 아침 일찍이 자리를 치러 나가보겠다고 중얼거리며 그물을 꿰매고 있었다.

"피양영감 장기나 한번 둡세."

하니 허리가 좀 꼬부라지고 머리에는 거의 허옇게 된 상투를 고치 송이만큼 댕글하니 세워놓은 영감은, 그물을 놓고 뒤꼍에서 장기판과 쪽이 들은 구럭을 내놓는다.

그러나 장기를 절반도 안 두어서 곧 형준이는 싫증이 났다. 본시 얼마 두고 싶어서 시작한 장기도 아니다. 멍하니 빈 사랑에 혼자 달람하니 앉

앉기도 멋쩍고, 그렇다고 어디 바람을 쏘이러 나갈 만한 곳도 없고, 제 방으로 돌아가 일찌감치 잠자리에 들자니 마음이 생숭해서 발길이 내치지를 않는다. 그런데다가 그는 지금 오랫동안 생각만 해오던 것이 오늘 밤을 기약하여 벌어질 것 같은 막연한 생각이 그의 마음속에 이루어지고 있는 것을 느끼고 있는 것이다. 그래서 그 시각이 올 때까지 그는 어떻게 해서든지 시간을 허비해야만 한다. 평양영감을 도와 그물코를 꿰맬까 했다가, 장기판을 보고서 그래도 두어볼까 하는 한갓되지 않은 생각으로 장기 쪽을 손에 들었던 것이다.

그러나 평양영감은 그렇진 않았다. 오늘 밤 안으로 그물을 고쳐놓고 일찌감치 자릿속에 들었다가, 아침 새벽에 강으로 가려고 될수록 재빠르게 손을 놀리던 때에 서방님이 들어와서 한참 물끄러미 서 있더니 장기를 두자고 하는 것이다. 처음엔 이 양반이 남 바빠서 이러는데 한가한 작자들이 나무그늘에서 팔자풍념을 하노라고 두는 장기는 어이자고 ─이렇게 좀 내심에 끌리지 않는 걸 할 수 없이 시작은 했었으나, 오십이 넘어 육십이 가깝도록 취미라곤 장기 두는 것밖에 없는 그로써는 정작 두어가니 바짝 입맛이 당기던 것이다. 그래 어둑시근한 등잔불 밑에서 장기판을 보살피노라고 눈을 잔뜩 찌푸리고 말 가는 길, 차 가는 줄, 뛰어넘는 포, 엇비슴히 덮치는 상, 졸망구니 귀사와 졸병들을 빈틈없이 좇아가고 있는데, 서방님이란 이가 어이된 일인지 뻔한 것을 덤뻑덤뻑 막히는 채 내버려두는 것이다.

찻길에다 말을 내세운다던가, 불과 한 수만 앞일을 생각하면 빤한 곳에도 정신없이 중한포를 염나들게 마련이던가, 도무지 장기판에 정신이 있는 성싶지가 않다.

"장운이."

하면, 뒷일을 생각지도 않고 그대로,

"멍훈."

하고 아무렇게나 막고 마는 것이다. 그래 너무 패가 기울어지는 것도 외려 재미가 없어,

"아니 서방님 찻길이 아니웨까."

하고 말을 가르쳐주기도 했는데,

"에히 손에 잡히질 않으니 그만 둡세."

하고 아직도 말 쪽이 많이 남아 있는 걸 장기 쪽으로 헝클어버리고, 번뜻이 양손을 뒤로 의지하여 노전 위에 기대버리고 만다.

"왜 자미가 없쉥까."

하고 평양영감은 약간 웃어볼 뿐이다. 하나하나 장기 쪽을 구럭에 넣어 제자리에 걸어놓고 장기판을 뒷바람에 세우더니 다시 그물틀을 끌어다 대바늘만 놀리고 있다. 그는 서방님이 번뜻이 누워서, 아무것도 바르지 않고 갈빗대처럼 서까래가 까맣게 보이는 흙매질한 천장을, 정신없이 바라보고 있는 것을 마음에 생각지도 않는지 통히 그쪽으론 눈도 팔지 않으면서 그리고 조금 전에 하던 일을 중단하고 서방님과 장기를 두던 것도 솔찮이 잊어버린 듯이, 꿰어진 그물코만 고르고 앉아 있다. 머리는 희나 얼굴은 몇 해째 해에 그을러서 까마룩하니 탔다. 붉은 낡은 궤를 하나 물매질한 뒷바람벽 앞에 댕그러니 놓고, 그 위에 영감이 덮는 얇은 요와 이불이 땀에 전 목침과 베개와 함께 올라 앉았다. 네대틀 그물이 걸려 있고 여름에 쓰는 삿갓이 하나 걸려 있을 뿐, 그러한 가운데 그물틀을 무릎 앞에 놓고 평양영감이 그림처럼 고요하게 앉아 있는 것이다. 그러한 공기와 분위기 속에 형준이는 오래 누워 있을 수 없었다. 영감 내가 홀아비 내와 섞어서 니고, 거기에 묻비린내와 생선냄새까지 풍긴다. 초조한 젊은 마음이 이러한 풍경 속에 누워 있으면 속만 더 질식할 듯이 답답하다

형준이는 평양영감 방에서 나와 제 방으로 갔다. 제 방에 들어오기 전

에 그는 맞은 방에서 형선이와 제수가 불을 켜놓은 채, 형선이는 책을 읽고 제수는 버선코라도 꿰매는지, 혹은 둘이 다 무슨 책을 읽고 누웠는지 이따금씩 도란도란하는 나지막한 말소리가 들려오는 것을 잠깐 귀를 기울여서 듣고 서 있다가, 이윽고 큰 안방을 바라본다. 형식이와 보패는 잠이 들은 모양이나 불이 아직 발갛게 켜져 있다. 물레질을 붕붕하고 있는 것은 늙은 종이기 분명한데 어머니도 나직이 기침 소리가 나는 걸 보면 무슨 톱명주를 뽑고 있든가 바느질에 손을 대고 있든가 하는 모양이다.

─아직 밤이 이르다.

그는 제 방문을 열고 안으로 들어갔다. 아랫목에 딸자식을 끼고 누워서 아내는 불을 켜놓은 채 잠이 든 모양이다. 그다음 자리에서 성기란 놈도 자고 있는데 형준이의 자리는 윗목에 깔아놓아 두었다.

형준이가 들어오는 바람에 아내는 자던 눈을 뜨고 눈이 시어서 잠시 방 가운데 선 남편의 얼굴을 쳐다보았으나, 그대로 눈시울을 두어 번 부비고 다시 아이에게로 몸을 돌린다. 물렸던 젖을 별안간에 뽑는 통에 아이가 끙끙거린 때문이다. 무어라고 입안으로 둥얼둥얼 아이를 달래다가 저도 마저 잠에 취해버린다.

형준이는 제자리에 가 앉아서 아내의 자는 것을 바라보고 있었다. 그럭하고 앉았기가 무료해서 그는 담배를 붙여 물었다. 몇 모금도 못 빨았는데, 가운데서 자던 성기가 담뱃내에 기침을 콜럭콜럭 짖는다. 그래서 그는 다시 담배를 끄고 방싯하니 문을 열어 연기를 뽑았다.

그는 옷을 입은 채 자리에 누워본다. 건넌방에서 나던 물레질 소리도 그쳤다. 형선이 방에서 들려오던 도란도란하던 말소리도 없어졌다. 아이들의 숨소리에 섞여서 아내의 코 고는 소리가 들려올 뿐.

형준이는 불을 껐다. 캄캄하다. 뜰 안도 까맣다. 방마다 불을 끄고 잠자리에 든가보다. 캄캄한 속에 혼자 누워 있으면, 여태껏 흐리멍덩하니 생각키이던 것이 눈앞에 벌어지기 시작한다. ―두칠이 처 쌍네, 얼굴, 가슴, 궁둥이.

형준이는 벌떡 자리에서 일어나 앉았으나, 방 문은 소리 안 나게 열었다. 가만히 방 문을 닫고도 그는 토방 위에서 한참을 그럭하고 서 있다가, 방 안에서 여전히 숨소리와 코 고는 소리가 들려오는 것을 알고야 이윽고 뜰 아래 내려섰다.

마루 밑에서 자던 검정개가 뿌르르 기어나오더니, 형준이 앞에서 꼬리를 설레설레 젓는다.

"끼 개."

하고 나직이 꾸짖으니 개는 형준이 앞에서 물러섰으나, 중대문께로 헐럭시며 달아난다. 혹 깊이 잠이 들지 못한 이가 있어, 제 인기척에 놀라 눈이 뜨이지나 않을까 저어하야, 방 앞을 지낼 때는 형선이 쪽에서 짐짓 나직이 기침을 한다.

그는 중대문께로 가서 소리 나지 않게 빗장을 뽑고, 몸 하나가 겨우 나갈 만치 문을 열었다. 좀 더 활짝 열어젖히면 빼그득 하는 귀 째는 소리가 들려오는 것을 알고 있는 때문이다. 개도 주인의 뜻을 받아, 살짝 문 틈으로 몸을 뽑고 사랑 마당 가운데로 뛰어갔다가, 다시 형준이 옆으로 달려오면서 나직이 코를 쿵쿵 거린다.

"끼 개."

"끼 개."

이렇게 꾸짖어서 개를 달래놓은 뒤에, 그는 서각 뒤를 돌아 외양간 옆을 지나서 물역 뒷대문께로 가만 가만히 발을 옮겨놓았다.

끔끔힌 기운데서두 별이 총총 박힌 하늘은 희끄무레하게 트여서, 그것이 십이봉의 웃줄웃줄한 봉오리에까지 잇닿았다. 그는 수숫대 바자에 손을 얹고 잠시 그곳에 서 있었다. 저만큼 굳이 닫은 뒷대문이 있고, 그것과 잇닿아서 두칠이가 사는 막간방 부엌이 있다. 그 방 안에 지금 쌍네가 혼자 곤하니 잠이 들어 누웠을 것을 생각해본다.

드디어 형준이는 이렇게 바자를 짚고 주저거릴 필요가 없다는 생각을 가진다. 무슨 큰 결심을 한 듯이 용감 있이 덥벅덥벅 걸어간다. 그러나 방이 가까워오매 다시 발소리는 낮아지고, 걸음은 떠졌다.

이윽고 그는 부엌문 앞에 서 있다. 인제는 문걸쇠에 손을 대고 그놈을 낚아채고 들어가서 다시 한 번 샛문을 열면은 그만이다. ─그러나 그렇게 단순하고 간단한 행동이 생각대로 되질 않는다. 몇 번을 주저하고, 몇 번을 더 걸쇠에 손을 대었다 떼었다 하다가, 팔에다 힘을 넣어 잡아 땡겨보았으나, 뜻밖에 안으로 문이 걸렸다.

아뿔싸. ─그는 손을 떼고 잠시를 또 그럭하고 서서 마음을 진정해본다. 벌써 그때엔 가슴이 한 소끔 끓어올랐다가, 뿌엿한 것만이 묵중하니 남고, 낯에선 피가 쭉 흘러내릴 때였다.

어째서 문을 잠궜을까. ─그러나 다시 생각해보니, 언제나 이렇게 문을 안으로 잠그고 자는지도 알 수 없었다. 만일 장근 이렇게 문을 잠가두진 않는다 해도, 두칠이도 없는 때이라 휙 문을 닫고 들어가던 김에 그대로 덜컥 문걸쇠를 돌쩌기[179]에 얹어놓은 것인지도 알 수 없었다. 그러니까 문이 걸려 있다는 걸 괴이하게 생각할 것도 없고, 두어 번 덜강덜강 흔들어보다가

'이, 부엌문 열어라'

하고 나직이 분부를 내리면 그만일 게다. 그러면 아무리 깊이 든 잠이라도 푸시시 하니 눈을 뜨고, 잠시는 누구가 이 아닌 밤중에 문을 열라고 이러는 것일까 하고 수상히 생각해볼 것이나, 곧 덜렁거리는 소리는 부엌문이라는 걸 알 것이고, 이어서 문 열라고 분부하는 이는 상전댁의 누구라는 거, 아니 목소리로 보아 그이가 맏서방님이라는 걸 알 것이다. 그

러면 곧 고의 다리를 꿰고 치마를 두르고 머리카락을 만지면서 보스락거리노라고 바빠할 때, 자기는 또 한 번,

　'어서 문 열어라'

하고 재치면, 거의 넘어질듯이 덤비면서 문을 열 것이다. 그때엔 아무 말 말고 따라 부엌으로 들어가, 그의 손목을 잡고 방 안으로 들어가서 그럭하고, 또 그럭하고, 그러면은 될 것이다. ─이렇게 두루두루 생각해보고 문을 낚아채 흔들려고 하는데, 도란도란 말소리가 들리는 것 같다.

　형준이는 처음 제 심장의 고동소리에 제가 놀란 거나 아닌가 하여 주춤했으나, 그것과는 달리 제 가슴에서는 달락달락하는 맥 뛰는 소리가 여지껏 들리고 있다. 그러면? 혹시 쌍네가 잠꼬대를 하면서 중얼거린 게나 아닌가. ─그래서 다시 귀를 기울여보는데 벌써 말소리는 들리지 않았다.

　어디서 또 달려오는지, 검정개가 발뿌리에서 설레댄다. 뒷발로 개를 뿌리치면서 손을 문걸쇠에 갖다대는데, 이번에는 확실히 사나이의 음성이 방 안으로부터 들려온다. 뭐라는 소린지는 몰라도 짤막한 말로, 그건 똑똑히 사나이의 음성이었다. 그렇다면 그 음성이 누구의 것일까? 두칠이의 것이 아닌 건 뻔하다.

　두칠이가 아니라면 이 방 안에 쌍네와 함께 캄캄한 속에 불도 안 켜고 들어 누워 있는 사나이는 대체 누구일 것이냐.

　잠깐 동안 그 자리에 서 있다가, 형준이는 이 방 앞에 처음 찾아올 때와 다른 목표로 그의 마음을 돌려 잡아버렸다. 그는 몇 발자국 물러섰다가, 발소리를 짐짓 크게 구르면서 뒷대문께로 돌아가서 빗장을 뽑고 강얽¹⁸⁰으로 통한 도빙으로 돌아섰다. 목소리를 가다듬어 쌍네에게 호령을 하려고 하는데, 문은 오히려 방 안으로부터 열리고 캄캄한 속에서 젊은 사나이가 불쑥 나왔다.

9

박참봉은 오늘, 유난히 유쾌한 아침을 맞이할 수 있었다. 그가 이 고을에 이사와 근 이십 년 동안 큰일 작은 일에 훼방을 놓고, 앞으로 뒤로 방망이를 들던 박리균네 형제가, 인제 드디어 박참봉한테 완전히 굴복할 날이 왔기 때문이다.

두뭇골집 사랑에서 —형걸이 모친 윤씨는 일찌감치 자리를 떠나 안방에서 평양영감이 잡아들여온 물고기를 조리는데, 간을 맞추어 장을 두어주고 갱엿[181]을 청간에서 내다가 간장이 한 소끔 끓어오를 때에 넣으라고 종에게 이르고 있었고, 박참봉은 혼자 자릿속에서 새벽잠에 아직 취해 있었다.

그런데 대문 밖에서,

"박참봉 어룬 기침하셨쉥까."

하는 목소리가 들려왔다. 그가 박리균이가 아니면 그의 동생일 게 분명한 건, 어제저녁에 사랑에 와서 대충 이야기를 맺고, 내일 아침 박리균이던가 박성균이를 직접 들여보내겠노라고 한, 중간에선 김생원의 말로서 짐작할 수 있었다.

박참봉은 부르는 음성을 듣고, 그게 누구라는 걸 짐작하고도 인차 자리에서 일어나지 않고, 삼남이란 놈이 대문간에 나갔다 와서 전갈을 할 때까지 베개에 머리를 눕힌 채 있었다.

그는 힘들게 일어나서 옷을 대충 주워 입고 자리를 부욱, 요포단을 가운데로 접어서 뒷목으로 밀어놓은 뒤에, 사랑문을 열어서 공기를 뽑았다.

"들어오라구 그래라."

이렇게 이르고 그는 버릇인 기침을 두어 번, 그다음엔 자리끼 숭늉 남은 걸로 입을 가시어 타구에 뱉었다. 아랫목 보료 위에 돌아와 담뱃대를

들어 소털 같은 기새미를 담으려는데 박리균이가,

"너무 일러서 이거 안 됐오외다."

하며 들어온다. 오십이 넘어 감투 쓴 머리에는 흰털이 많이 섞이고, 궁[182] 이 끼고 초라스럽게 생긴 갤즘한 상에는, 잔주름과 노란 수염이 체신머리 없어 보인다. 이 상판때기가 술이 얼근하면, 연신 '성씨는 박귀성의 처니 성논산의 장녀라' 만 되풀이하니, 과히 볼 만한 일일 게라고 박참봉은 속으로 생각하면서,

"어서 들어오십시오. 머, 이번에 또 큰 배포를 가지셔서, 아무려나 시세에 따라 남보담 먼저 손을 써보는 것두 괜찮은 일이웬다. 담배나 한 대 붙이우다."

부스럭 부스럭 두루마기 속에서 주머니를 만지는 품이, 집문서를 꺼내려는 게 분명한 걸, 박참봉은 또 한 번,

"자, 한 대 붙이우다."

하고 기새미 담은 옥초합을 밀어 내놓는다. 그러니까 박리균이도 주머니 만지던 손을 빼서, 담배를 한 대 담는다. 옥초합을 밀어놓고, 놋화로에다 긴 담뱃대를 박고 뻐끔뻐끔 빨아올린다.

"어젯밤 김생원한테서 대강한 이야기는 들었는데, 머 거기에 더 다른 말씀은 없겠습지오."

담뱃대를 물고, 문갑 옆 사방침에 의지하여 척 한 마디를 한 뒤에, 다시 이어서,

"두 집문서에, 사백 냥, 육자변으루."

하고 이야기의 요령을 추려서 말하니, 박리균이는 물고 있던 담뱃대를 급작스레 쏙 소리가 니게 입에서 뽑고, 안 나오는 웃음을 노란 수염오라기 옆에 그려보면서,

"머 틀릴 리가 있가쉥까."

하고 저보다 여남은 살이나 아래인 박참봉에게 껀듯 머리를 숙이듯 한다.

박참봉이 쇠를 들고 뒷 벽장문을 열려고 일어서는데, 박리균이는 주머니에서 집문서 두 장과 표 쓴 걸 내놓느라고 앉은 자리에서 아무적거린다.

문서와 표를 훑어본 뒤에, 박참봉은 사백 냥의 돈을 박리균이 앞에 내놓았다.

"그럼 집을 곧 떨어 고쳐야 단오에 쓰게 되겠군요. 그러구 이왕이니게루 방선문 비각두 떨어 고치기루 하지오."

이 마지막 말은 적잖이 박리균이의 귀를 간지럽게 할 줄 알고 하는 말인데, 오히려 그는,

"첨엔 그렇게두 생각해봤넌데, 내 집을 떨어 고치구, 또 내 아우의집두 대강 고칠 곳이 많아서 돈이 자랄 것 같지가 않구만요. 그래 비각 같은 건 차차루 하구, 우선 두 집에 달린 열 넘는 식구가 살구야 볼 일이 아니웽가."

하고 자기를 완전히 죽여버리듯이 박참봉의 말에 빌붙고 만다.

"암, 그 다 이를 말슴이웽까. 비각이 밥 멕여주는 건 아니닌게루. 아무려나 생각은 잘 하신 생각입넨다. 이제 총차루야 객줏집두 새법을 쫓어야지 마방을 가지구야 마바릿군이나 재웠지, 어데 점잖은 손을 맞을 수가 있쉥까. 신작로두 나구, 인제 평양과 원산 새에 길이 열리구 볼 지경이면, 아마 점잖은 객이 많이 들릴게구, 지금 칭량사(測量師)나, 모두 이런 신식 양반들이 통히 이 큰 객주에 들게 될께 아니웽까."

아무려나, 처음은 적잖이 마음이 불쾌한 대로 하는 수없이 김생원을 이 집에 보내 돈 교섭을 식혔을 값이나, 이왕 이리된 바에는 별 수 없는 일이였다. 겉으로라도 기뿌두룸해서 물러나갈 밖에, 뒷일을 위해서는 별 도리가 없었던 것이다.

물론 박리균이도 단오에 열리는 대운동회를 기회 삼아 제 집을 떨어

고쳐 신식 여관을 차리고, 동생 성균네 집은 그래도 좀 성성하니 그대로 낡은 곳만 고쳐서 마방과 국숫집을 차려보자고, 형제간 성론이 되어 돈을 내려고 할 때, 처음부터 박참봉을 생각했던 것은 아니었다. 그러나 이 집 저 집 다녀보아도 집을 잡고 돈을 줄 곳은 없었으나, 끝으로 나카니시네 집에서는 틀림없이 되리라고 생각했던 것이, ─운동회 앞두고 잡화상을 부쩍 늘릴 생각인지 돈이 바르다고 거절을 당하여, 결국 하는 수 없이 박참봉에게로 사람을 보내본 것이었다.

박참봉은 박참봉대로 딴 배짱이 있었다. 종차론 여관이나 잡화상 같은 것이 성해갈 눈치가 뻔하지만, 제 손으로 그런 걸 벌여보기엔 아직 시기상조라고 본다. 그러나 이런 걸 남보다 먼저 손 쓰는 편이 결국 이긴다는 것도 또한 뻔한 일이고 보니, 구차한 일은 남에게 시켜놓고 자기는 뒤에서 실권만 잡아두는 게 어느 모로 따져도 영리한 계책이라고 생각하는 것이다.

그러므로 누가 여관 같은 걸 차려놓겠다면, 손해나지 않을 정도로 돈을 융통해주겠다는 것이 박참봉의 본 배짱인데, 마침 날아들어온 불벌레가 박리균네 형제다.

그래 그는 두 집문서를 잡고, 그중의 한 채는 단오 전에 곧 떨어 고칠 것을 약조로, 그편에서 요구하는 대로 한 푼도 깎지 않고 알돈 사백 냥을 돌려주기로 한 것이었다. 여관이 잘되면 잘되는 만큼씩 변리를 물어가노라 바쁠 것이오, 생각대로 잘 안 되면 일이 년 안짝에 집을 뺏기고 바가지 쪽을 차게 될 판이다. 그야 어찌 되었건, 박참봉으로서는 무엇으로든지 한 번 박리균네 형제를 끓어 엎으려고 별러오던 참이다.

박리균이를 보내고 나서, 그가 만족하여 아침밥상을 든 것도, 과시 까닭이 없지 않던 않았던 것이다.

그런데 유쾌한 일이 뜻밖에 불쑥 생겨난 뒤에는, 가끔 또 불유쾌한 일이 뜻하지 않은 곳 튀어나오는 것도, 살아가노라면 흔히 볼 수 있는 일인 성싶다.

박참봉이 아침을 먹고도 한참 동안이나 두뭇골 사랑에 앉아서, 문서를 정리하고 표를 뒤적여서 채국채국 꿰어매 간직하고, 어젯밤 김생원과 먹었던 술찌꺼기를 터노라고 밀수[183]를 타서 시원하니 배를 씻은 뒤에, 오늘은 제법 날이 따가우니 자리구물이나 한 떼 들고 평양영감과 매생이[184]나 강 위에 띄워볼까나. ─이렇게 척 기분을 돋우면서 감투 바람에 두뭇골서 큰집 사랑으로 나왔던 것이다.

마당엘 들어서니 평양영감이 그물을 추녀 끝에 널고 있다가,

"날새 안녕하시웽까."

하며 인사를 한다.

"낮에 어데 넘은 강에나 가볼까요."

박참봉은 영감을 위로하노라, 얼마전부터는 깍듯이 네를 하였다.

"나리께서 자리를 치시구, 절랑 어데 쏘가리나 좀 낚어봅세다. 잠수를 했으믄 쏘가리놈이나 찔러내겠넌걸, 늙어서 건 못해두, 돌꼬미나 미끼해서 어데 멫 놈 낚어봅세다."

아마 평양영감도 박참봉의 유쾌한 낯을 대하는 건 기쁜 일임에 틀림없는가보다.

담뱃대를 물고 박참봉은 마당을 한번 횡하니 돌아본다. 연자간[185]으로, 곡식이 가득하니 들어가 있는 토굴 앞으로, 외양간으로 가선 말을 한참 들여다보고, 그다음은 다시 이쪽으로 돌아서 바자를 넘어 파종해놓은 나무샛과, 잎이 파란 과일나무를 바라보고, 뒷대문께까지 갔다가 다시 되짚어서, 사랑 마당으로 돌아오는 것이다. 모두 평온하다. 소는 밭가리를 나가고, 노새는 연자간에서 쌀을 찧고, 그리고 재지풍이 옆에는 두칠이 처 쌍네가 수건을 쓴 채 겨와 먼지에 싸여서 여전히 일을 하고, ─그

래서 그는 유쾌한 김에 중대문을 들어가 안마당을 돌아보는 것이다. 며느리들이 인사를 한다. 큰댁도 인사를 한다. 손주란 놈이 뿌르르 뛰어나온다. 그는 아이를 좀해서 안아주는 성질이 아니다. 그러나 오늘은 어인 일인지 성기가 걸어오는 걸 냉큼 들고 또 한 대문을 들어가 뒷뜰 안으로 간다. 가시울타리 앞에 커다란 살구나무가 있고, 그 밑이 대감인가 토궁인가 무슨 귀신인가를 모신 볏집 주저리에 흰 백지를 매단 복낟가리가 있고, 그 주위로 창포가 한창 자라나고 있다. 머리칼로 꼰 빨랫줄이 중간에 장때기를 한 개씩 세우고, 이편 추녀에서 저편 추녀까지 살대처럼 건너가 있다. 움이 저렇게 저만큼 보이는데, 모란꽃과 함박꽃이 푸릇게 자라 나오고 있다. 늦은 봄에서 이른 첫여름으로 옮아가는 계절의 태양볕은, 뜰 안에 쨍쨍 하니 함뿍 퍼붓고 있다.

"이놈, 너 웬 밥을 이렇게 먹었노."

"뚱게 뚱게 뚱게뚱."

이렇게 손자보고 중얼대면서 박참봉은 다시 중뜰 안으로 나온다.

"에끼, 그놈 무거워 못 들겠다."

토방에다 성기를 놓으니,

"애 성기 오늘 호사했구나, 하루바니한테 다 안겨보구."

하고 형식이를 문턱에 세우고 앉았던 그의 할머니는 손을 너울너울 아이에게로 내미는데, 형준이 처는 부엌문에서 발신하니 웃으며 제 아들을 본다. 형선이 처 보부도 아직 부엌에 있었다. 그들은 시아버지가 중대문을 나가서 없어지도록 그럭하고 서 있었다.

집 안팎을 한 번 돌아보아, 모두 평온하고 흡족한 것을 제 눈으로 친히 본 뒤에, 박참봉은 더욱 만족하여, 오늘은 강 위에 매생이나 띄우고, 고기나 낚으면서 고추장불림에 술이나 한잔 들이켜 보자고 내심에 생각하면서, 문갑과 장간과 벽장을 보살핀 뒤에 옷을 깡충하니 갈아 입으려던 때이다. 맏아들 형준이가 조용히 할 말이 있다고 사랑으로 나와서 박참봉 앞에 꿇어앉는 것이다.

대님을 풀어서 버선을 바꾸어 신으면서,

"그래 무슨 말인지 해봐라."

'혹시 얼마 전처럼 또 잡화상 같은 걸 벌여보겠다고 그러는 거나 아닌가, 만일 그렇다고 보면 오늘 박리균네가 집을 잡히고 돈을 내어다, 마방 대신에 커다란 여관객주를 시작하겠다는 것까지를, 소상히 말하여서 이제 일이 년만 그대로 집안일을 보살피고 있으라고 타이르리라.'

속으론 이렇게 생각하고 있는데, 뜻밖에 형준이는,

"형걸이 혼사가 어떻게나 되어가는가요."

하고 첫 허두를 시작한다.

'맏형 된 몸으로, 나이차도록 장가를 들지 못한 아우의 혼사 걱정을 하는 건, 지당한 일이다. 그래 새삼스럽게 어디 좋은 규수래도 맞차운 곳에 생겼다는 말인가.'

속으로는 이렇게 생각해보면서,

"지금두 거저 그러하구 있다."

하고 대답한다.

"머 맞차운 집에 규수가 없어서 그러는 겐가요."

"글쎄, 말하자믄 그렇다구두 할 수 있지만. 그래 어데 될 만한 곳이래두 있더냐."

"아니올세다. 너머 좋은 델 고르다가 시기를 놓치든가, 잘못이 생기든가 할까 봐서 하는 말심이올세다."

"좋은 델 고르는 게 아니라, 정 너절한 델 피한다는 게 온당한 말일게다."

여기서 박참봉은 말소리를 좀 낮추어가며,

"너이덜과는 사정이 다르질 않냐. 어데 웬만한 데는 그쪽에서 잘 안

들을 것 같애, 멀찌감치 비추어만 보구서 마는 일이 많구, 또 체면이 있으니 마구 처져 붙을 수두 없구. 그래 안즉은 거저 여기저기 비추어만 보구 그러한 채루 있다."

형준이는 아버지의 설명을 듣고도 물러나가질 않고 한참동안 그럭하고 앉아 있다. 자리에서 일어나서 안방을 향하여, 고기사냥 갈 테니 점심 준비를 해서 매생이 맨 데로 가져다두라고 이르려는데, 피끗 형준이의 얼굴을 보니 아직도 할 말이 남아 있다는 듯이, 입 주둥이를 약간 히물거리고[186] 앉았다. 그래서 다시 박참봉은 자리를 바로하고 한 번 아들의 얼굴을 쳐다보았다.

"다름이 아니오라, 형걸이를 그대루 두다가는 창피한 꼴을 보겠습너니다. 어젯밤 으슥해서 마당을 한 번 돌아보는데, 형걸이가 두칠네 방에서 나오는 걸 봤습너니다."

딴 바람에 쭉 일러바치고 형준이는 잠시 낯을 수그리었다.

'마당을 한 번 돌아보는데'

하고 간단하니 말하였으나, 그 한 마디 속에 실로 이루 말할 수 없는 수만 곡절이 들어 있던 걸 생각지 않을 수 없었던 때문이다.

물론 박참봉은 이 말에 적잖이 놀래었다. 아닌 밤중에 두칠이 없는 쌍네 방에서 형걸이가 나오는 걸 봤다는 것이 무엇을 의미함인지는 설명치 않더라도 뻔한 일이기 때문이다. 박참봉은 잠시 아무 말도 하지 않는다. 그런데 형준이는 이러한 아버지의 태도에 기운을 얻었는지, 다시,

"그래, 제가 잡아 세우굴랑, 지금 혼삿말이 여기저기서 빗발치듯 하는데, 네가 몸처신을 이렇게 하구 보면 어떻게 되겠느냐구 일렀습더니, 그는 삼사구 섰디기, 누가 뭐래는가구 하는구만요. 그래 밤두 늦었으니 인젠 가 자라구 하구서, 두칠이 처보구 몇 마디 기갈이래두 할까 했다가, 외려 덮어두는 게 창피가 덜할 것 같애서 그대로 내버려뒀습너니다."

박참봉은 여기까지 말하도록 잠자코 앉았다가 아들의 말이 떨어지자 곧,

"알갔다. 이전 네 일이나 나가봐라."

하고 안문 쪽으로 터거리[187]를 돌렸다. 또 무슨 말을 내친김에 좀 더 늘어놓으려다가, 형준이는 아버지의 말에 좀 무색해져서,

"예."

하고 나직이 대답하곤, 푸시시하니 안뜰로 통한 문을 열고 나갔다.

형준이가 나간 뒤에 박참봉은 잠시 동안을 멍하니 앉았다가 바꾸어 입었던 옷을 다시 갈아입었다.

평양영감이 재촉이나 하듯이 윗마루로 올라와서 방문을 벙싯하니 열어보는 것을

"난 또 갑재기 볼일이 생겨서 못갈가부외다. 내일이나 가보갔우다."

하고 말해버린다.

박참봉은 지금 당한 일이 적잖게 불쾌했던 것이다. 평양영감은 얼굴에다 웃음을 띄면서 매생이 놀음을 재촉하려다가, 느닷없이 거절을 당하고 나서 어인 일인지는 모르고, 좀 메사해서[188] 방문을 닫았다. 그가 그물과 낚시를 들고 매생이죽을 둘러메려 할 제, 박참봉이 감투 바람으로 휭하니 대문을 나가는 걸 바라보고 속으로 혼자, 무슨 일이 생겼나보다, 하고 생각해보았다.

박참봉은 담뱃대를 뽑아서 횡횡 내두르며, 향교골목을 돌아 밭 샛길로 들어서서 두뭇골로 단바람에 쫓아갔다. 물론 형걸이는 학교로 간 뒤이다.

그러나 박참봉이 지금 두뭇골 집으로 되짚어오고 있는 것은, 형걸이를 불러세우고 책망을 한다던가, 사실의 진부를 가리려든가, 뭐 그러기 위하여선 아니었다. 그러므로 형걸이야 있건 없건 상관은 없었다.

그러나 대문을 들어서서, 그가 완전히 두뭇골로 돌아왔다는 걸 의식하였을 때, 금방, 제가 하고 있는 행동이 좀 채신머리없이 느껴진다. 그만

일에 제가 고기 사냥 가려던 걸 중지하고, 부리나케 두뭇골로 쫓아왔다는 건 생각해보면 창피스런 일이 아닐 수 없었다. 아들이 비복의 방에 들었다는 것, ─그것이 가령 형준이 말대로 사실이라고 해볼 값이, 이렇게 큰 변이 난 것처럼 서둘러댈 거야 없지 않으냐 말이다.

이렇게 생각이 가니, 그는 그대로 방 안에 들어가기가 싫었다. 실인즉 작은댁과 형걸이의 혼삿말이나 두루두루 급히 이야기해볼 양으로 달려온 것인데, 그것 역시 급히 서둔다고 신통하게 잘될 일도 아니고, 또 그다지 시각을 다툴 만한 일거리도 아니었다.

사실 박참봉의 이러한 저 자신조차 종잡을 수 없는 수상한 행동의 동기가 된 것은, 유쾌한 아침을 갑자기 흐리게 한, 그것에 대한 분통이었다. 형준이가 그런 걸 듣고 형걸이의 혼처를 너무 고른다느니 뭐니 하는 게, 마치 작첩에 대한 무엄한 비평같이 들려서 그게 심히 못마땅했던 것이다. 그러나 형준이의 말에 이러니저러니 타박을 하고 앉았기도 열적고[189], 그래 어디 대고 분풀이라도 하고 싶은 지향 없는 격분이, 이렇게 그로 하여금 두뭇골로 통한 길을 부리나케 쫓아가게 마련해버린 것이다.

그는 다시 마당을 휭 돌아 뭐 잊어버린 거나 찾는 양, 구석구석을 기웃거리다가 그대로 대문을 나와 버렸다. 그다음은 누가 보면, 느지막이 두뭇골 집에서 조반을 먹고, 지금 행길 큰집으로 가는 길이란 듯이, 늘어지게 담배를 뻐끔뻐끔 빨면서, 왼손을 하나 주먹을 만들어 뒤꽁무니에 대고, 구룡교 옆으로 개울을 끼고 나와서 행길로 올라선 것이다.

평양영감은 벌써 강으로 나가버린 뒤였다. 그래서 곧 다랭이[190]나 광주리에 점심을 담아 보내라고 이르고, 박참봉은 미심결로 자리그물을 한 떼 너 들고 몰억 뒷대문께로 나갔다. 그런데 채 뒷대문을 나서기 전에, 제 방에서 나와 토방으로 돌아드는 두칠이 처 쌍네를 만났다. 오늘 잡아 두 번째 보는 얼굴인데, 형준이의 말을 들은 뒤라 쌍네의 얼굴이 아까와는 달리 보였다. 그렇거니 해서 그런지, 저편에서도 낯을 붉히고 여느 때보다 더 머리를 숙이고 길을 비킨다.

"얘, 너 점심을 넣어놨을 테니 매생이 있는 데루 이구 나오너라."

예사대로 이렇게 이르니,

"예."

하고 대답하기는 하나, 쌍네가 저쪽으로 사라져 없어졌을 때, 박참봉은 제가 지금 말만은 여전히 하였으나 속은 좀 주춤거리던 걸 되새겨본다.

'저게 처음은 종간나더니, 막서리의 처를 지내서, 인제는…… 그렇다, 인제는 셋째아들의 정부란 말이다.'

이런 걸 생각해보면서, 그러나 이상하게도 그것이 별로 형걸이의 못된 소행인 탓도 아닌 것처럼 느껴지는 것이다. 그러므로 이렇게 일을 저질러 놓는 형걸이에게 급작스레 미움이 가든가 그렇든 않던 것이다. 강가 상에 나서면서는 박참봉은 벌써, 그런 지저분한 시끄러운 생각은 애써 털어버리려고, 매생이가 있는 방수성 아래를 눈에 손을 얹고 먼 발로 내려다보다가,

"페양영감, 잠시 매생이를 돌려 붙이우. 나두 같이 갑세다."

하고 고함을 질렀다. 매생이는 기슭을 떠나서 고기잡이 터로 막 여울을 훑으려고 하던 참이었다. 그는 삿갓 쓴 머리를 소리 나는 쪽으로 돌려보고, 그것이 박참봉 나리라는 걸 안즉, 아무 말도 안 하고 매생이를 궁개로 돌려대며 다시 말뚝을 박은 기슭으로 저어온다. 이것을 보고 섰다가 박참봉은 방수성을 내려서서, 어청어청 아래 청파니[靑城]께로 향하야 걸어갔다.

"아니, 머, 일을 다 보셨습너니까."

하고 비로소 벌죽하니 웃으면서 한손으론 꽉 매상죽을 붙들고 박참봉을 맞아들이는데, 그는 그물을 먼저 들여놓고 낑하고 배 안으로 들어서면서,

"대강 다 봤우다."

하고 배 가운데로 온다. 다시 매생이를 떼려는 걸,

"가만 있우, 좀 끓일 것과 술을 넣으라고 했으니 인제 누가 이구 나오리다."

저만큼 방수성 위에서 아랫길을 잡아 쌍네가 광주리에 무얼 담아 이고 이쪽으로 걸어오는 것이 보였다.

해는 따가우나 바람은 비류강 위를 스쳐서 사늘하다.

*

급작스레 쏘가리 생선국을 끓여 반주로 한 그릇 먹고, 박참봉은 얼근히 취해서 두뭇골 집으로 왔다. 어두운 지 한참 되는 초여름 밤인데 저녁때부터 날이 흐릿해오더니 밤중 안에 비가 오려는지 공기가 제법 훗훗이 물쿤다[191].

사랑으로 들어오니 작은댁 윤씨가 등잔을 돋우고 자리를 깔아놓고 기다린다.

"저녁은 머 잡수셨오."

"잡아온 걸루 쏘가리 생선을 끓여 먹었지. 그래 참 고기 디레왔던가."

"쏘가리 두 놈하구 지가리 새끼 메기 새끼랑은 끓여서 형걸이랑 주구, 모래무치랑 마자랑은 장조림을 해두었지오."

박참봉은 발을 뽑고, 자리끼를 부욱 끌어다 벌떡벌떡 마시는데,

"부주주 하시거던, 오미자나 밀수를 타올걸요."

하고 발보만 딤을 한다. 그러나 박참봉우 믈을 한참이나 마시고,

"형걸인 집에 있나."

하고 묻는다.

"좀 전에 바람 쏘인다구 나가두군요."

"또 나가서?"

박참봉의 낯을 다소 언짢은 기색이 지내간다. 그러더니 곧 되짚어서,

"어젯밤은 어느 때에나 들어왔나."

하고 묻는다.

"글세요. 자정 전이었겠지요."

윤씨의 대답에 박참봉은 아무 말대꾸를 않고 한참을 멍하니 등잔불만 바라본다. 아직 사십 전인 윤씨는 눈매와 자태가 그대로 이쁘게 젊은 것 같다. 다른 날 따라 없이 찌뿟한 영감이 어인 까닭인지를 모르고,

"어서 저고리랑, 이 감투랑, 좀 벗으시구 누우시구려."

하면서 감투를 벗겨 문갑 위에 놓고, 손수 저고리를 벗기고 또 허리끈도 끌러준다.

"해가 따거운지 좀 타셨구료."

그러나 몸을 맡긴 채 박참봉은 자리에 누울 염도, 윤씨 말에 대답할 염 도 안 하고 있더니,

"형걸이놈이 밤에 어데가 노는지 몰라."

하고 느닷없이 형걸이 말을 또 묻는다.

"글세요. 저 학도덜끼리 어데 뫼여 놀던지. 교사네 집엘 가던지 그러 겠지오."

박참봉은 자리에 누워버린다. 그러더니 또 일어나서 물을 한 모금 더 마시고,

"담배 붙일까요."

하고 묻는 데는 대답을 않고,

"청시울서 무슨 소식이 없었나."

하고 묻는다.

"오늘 저녁 해 넘어가기 전에 중매여편네가 왔는데, 하는 말이 채 말은 안 뗐으나 될 성부르다구 하긴 합데다만, 원 색시나 가문이 맘에 들으야지오."

"왜, 그 집이 어드래서."

"어드렇다니오. 망조에 들어 기우는 집안이 아니웨까."

"망조에 들었거나 집안이 기울거나, 규수나 똑똑하믄 그만이지, 처갓집 국물을 얻어먹을 차빈가, 누가."

"글쎄, 세간이야 어찌됐건, 규수나 똑똑하믄 그만이라지만, 처갓집두 너무 가난하구보면 사사모사로 시끄럽지 않은가요. 그러나 저러나 규수나 얌전하다믄 모르겠는데, 말을 들으니 질쿠냉이두 변변히 못하구, 아이가 또 영리하질 못하다누만요. 게다가 또 궁합이 안 맞는다는가 부외다."

"궁합이 안 맞아? 그럼 그른 혼사지."

질쿠냉이를 못한다든가, 생김새가 좀 영리칠 못하다든가, 한다는 것쯤은 어떻게든 우겨대볼 길도 있을 것이고, 더구나 사돈집이 쇠운에 들어서 세간이 기울어져 간다는 것 같은 건 소뱅이 문제도 안 되는 말이라고 재겨라도 보겠는데, 실소린진 몰라도 궁합이 맞지 않는다는 덴, 박참봉도 어이할 방도가 없었다. 그래 그는,

"뭐이 뭐인데, 궁합이 안 맞나."

하고 좀 더 소상히 천착해본다.

"겉궁합이 토끼하구 뱀이라서 맘이 덜 내키는데, 속궁합은 또 말할 수 없게 나쁘답네다그래."

이 말을 듣고 박참봉은 붙여주는 담배를 몇 모금 빨다가 이어 윤씨에게 주고, 자리에 누워버린다. 누비이불을 사분히 덮어주면서,

"불을 끄리까."

하고 윤씨가 묻는 것을,

"오늘밤 형걸이 들어오거들랑, 인전 밤에 아여 밖에 나가질 말라구 일러두게."

하고 눈을 한 번 감아본다.

"아니, 왜요. 어데 못갈 델 간답디까. 기애가."

윤씨가 좀 실색한[192] 빛으로 묻는다. 박참봉은 그렇게만 말해두고, 사실은 깨우쳐 말하지 않으려고 한참동안 망설이다가,

"그녀석이 두칠이 처를 봐 댕긴다니, 원, 하구 많은 계집 중에."

이렇게 말하고, 이야기를 채 아물지 아니하니 윤씨는 깜짝 놀라,

"그게 무슨 말씀이웨까. 형걸이가 막서리 처를 보아 당기다니, 어데서 음해의 말씀이라도 들은 게지, 차마 그럴 리야 있겠소. 그래 어데서 진정을 알아보셨나요."

"글쎄 그렇게만 알구 있어. 여러 말 옮길 게 없이."

박참봉은 몸을 한 번 뒤채고 푸 술냄새 섞인 한숨을 내쉬었다. 윤씨는 무얼 말하려고 입술을 나불나불하며 그의 옆에 앉아 있다.

10

박참봉이 은산서 솔가[193]하여 두뭇골로 왔다가, 행길에다 큰집을 사고 첩 큰댁을 갈라서 두 집 살림을 벌여놓고 얼마 안 해서, 박리균네 동서끼리와 옆집 음해 잘하는 노파와 셋이, 서낭제터에 갔다 오는 길이라고 두뭇골 작은댁에 들려서, 박참봉의 첩 윤씨의 얼굴 생김새를 보고 간 일이 있었다. 그때 그 음해 잘하는 노파가, 윤씨의 얼굴을 치쳤다 내리쳤다 하던 끝에 그가 알아온, 열일곱에 시집와서 열여덟에 첫아들 낳았다는 두 가지 사실에다, 된소리 안 된 소리를 잔뜩 부연해서 하는 말이, 박참봉

성권이가 한포락적에 투전판에서, 남의 갓 시집온 색시를 도적질해 업어 왔다고 훼방을 놓고 다녔다.

　그때 이 고을사람들은 원체 남의 음해 잘하기로 이름이 난 늙은것의 수작이니, 뭐 믿을 만한 소리가 되겠느냐고 하면서도, 결국 일종 시기하는 마음이 따라서 그대로 그 말을 받아들이고 말았다. 그 뒤에 다시 그의 내력을 조사해보는 사람이 있었다면, 사실과 어긋버긋한[194] 이야기를 전할 수 있었을 것인데, 십 년, 십오 년, 이렇게 살아가면서 아이들이 장성해가고, 박참봉네도 점차 이 고을선 토박이 사람이 되어가는 데 따라, 사람들의 호기심은 사라지고 이젠 다시 윤씨의 경력을 알고자 하는 이조차 없어졌다.

　윤씨는 ―그의 아이 적 이름은 탄실(誕實)이었다. 사실 열여섯 났을 때 순천(順川)고을로 시집을 갔던 적이 있었다. 그의 친정은 자산(慈山)고을서 오리가량 시골로 들어간 곳에 있는 파평 윤씨(坡平 尹氏)로써, 처음은 집안도 훌륭하고 세간도 넉넉해서 행세하는 집안이었으나, 말년에 쇠운이 들어서 집안은 갑자기 기울어지고 역참(逆慘)이 잦아서 그만 말 아닌 형편이 되어버렸다. 친정의 불운을 지니고 시집을 갔었던지, 그가 시집 가 반년이 못 되어 새서방이 장마 났을 때 창말[倉里] 앞으로 엎반두[195] 사냥을 나갔다가, 거센 물결에 휩쓸려 세상을 떠나고 말았다. 본시부터 시어머니와 새[196]가 나쁘던 데다, 이런 일이 일어나고 보니, 왕신[197]이 붙어왔다고 비양청[198] 소리가 높고, 집안이 모두 뻘기 뽑듯 하는 바람에, 세간을 둘러 싣고 순천서 자산 친정으로 돌아와 버리지 않으면 안 되었던 것이다.

　친정에는 늙은 부모와, 올케가 아이 둘을 데리고 살고 있었는데, 오라비는 연전[199]에 상한[200]으로 좀 앓다가 급작스레 죽어버렸다. 대감이 동했다나 무슨 왕신이 동했다나 해서, 지난 가을에도 큰 돼지를 잡고 굿을

대
하

157

하고 철철이 토사를 하건만, 집안은 바로서지 않고 세간만 점점 줄어들었다. 양주의 희망은 딸 아래로 하나 있는 열 살 난 아들과 손자 오뉘가 있을 뿐인데, 며느리의 청상처럼 혼자 늙는 것도 보아나기 거북스러운 터에, 이번엔 한 번 더 덮쳐서 과부된 딸까지를 한집에 두고 속을 썩여야 할 판이었다.

딸 탄실이가, 농바리를 싣고 초라한 보교²⁰¹를 타고 대문을 들어서는 날 저녁, 어머니는 방 안에서 울기만 하고, 아버지 윤초시는 온다는 소식을 미리 듣고 종일토록 술을 마시느라 집에 있지도 않았다.

그러나 집안이 불편하려니 시누 올케, 두 과부끼리의 새가 또 그렇게 알뜰치를 못했다. 같은 팔자에, 함께 서로 위로하고 도우면서 살아갔으면 좋을 것이, 성격인가 성질인가가 서로 틀려서 하나는 우들푸들하고, 또 하나, 탄실이는 나이 아직 열일곱이니 철인들, 뭐 제대로 들었겠나마는, 포돌거리고 용졸거리는 편이여서, 같이 부엌에서 나돌다가도 가끔 충돌이 일어나는 것이다.

말썽이라야 별반 큰일로써 벌어지는 것도 아니고, 찌개꺼리나, 행주질이나, 부치개질이나 또 바느질감 다루는 것 같은, 세세한 일거리도 의견이 맞지 않아가지곤, 처음은 뭐라고들 쏭알거리다 그다음은 서로 새프드름해졌다가, 무슨 딴 트집이 생기면 이어 언성이 높아지는 것이다. 그러고선 종시 어머니의 귀에까지 들어가 큰 말이 나오고, 그러다가 어찌되면 늙은 아버지 윤초시의 귀에까지 가서, 집안이 발끈 뒤집히는 적잖은 소동이 일어나게 되는 것이었다.

가뜩이 화가 나서 마음을 붙잡지 못하던 때에, 안에서 소동이 튕겨 나오고 보면, 윤초시는 그리 잘지는 않으나 빠작 성미를 돋우어서 높은 소리를 지르고, 때로는 다 된 세상 잘되긴 파이니, 모두 다 제제끔 집을 떠나고 말자고 고래고래 야단을 부렸다.

대하

158

'메누리 성화 딸 성화를 무슨 등이 빠질 염병 앓을 녀석이 보아간다느냐' 구 '너 이년들이 집안을 옳게 만드는 년들이거들랑, 항우[202]같은 샛서방덜을 잡어먹구 청승맞게 소년과부들이 됐겠느냐' 구 마지막에는 할 말 못할 말을 가리지도 않고 입으로 나오는 대로 주어 섬기는 것이었다. 이렇게 한바탕을 고아대고, 어디 또 술을 마시려 나간 뒤에는, 어머니가 안방에서 지청구를 올렸다. 어머니는 절반이 통곡조로 나온다. 그럭하고 보면 올케는 제 방으로 돌아가서 아이들을 안고 역시 울음을 올리고, 시누이는 윗방에 가 콜작콜작 눈을 쥐어짜고 앉았는 것이다. 그러나 소동은 이것으로 끝나는 것이 아니었다. 윤초시가 술이 취해 돌아온 뒤가 편안할 리 만무였다. 그는 문을 들어서면서 손에 닥치는 대로 집어서 땅에 굴렸다. 세간일랑 홰까닥 부시어버리고 모두 내 손으로 죽여버리자는 것이다. 아이들 울음소리가 집 안팎에 떠나가라고 높을 때에, 겨우 어머니는 영감의 몸을 붙잡아 떼어 말리고 며느리는 손을 빌며 죽을죄로 잘못했노라 빌어보는 것이다. 그러면 아버지는 생똥한 어머니를 붙잡고,

"이년, 네년이 바루만 가르쳤으면 집안이 이럴 수가 있능가. 당초에 네년이 낳기를 고약스레 낳고, 길르길 덜 되게 길러서 집안이 망조가 들었다."

고 고래고래 기왓골이 떠나가라고 소리를 지르는 것이다.

"예. 다 내 잘못이왼다. 그러니 어떡하겠소. 마음을 진정하시소. 아이들두 잘못했누라구 일후엔 채심하겠다니 오늘만 참아두시소."

하고 어머니는 설설 기면서 영감을 겨우 자리에 눕히는 것이었다.

이렇게 탄실이가 소년과부가 되어서 친정살이를 해가며, 집안에 적잖게 연증을 바치고 있을 때, 하루는 사랑에 시퍼렇게 젊은 박성권이가 찾아왔다. 성권이 아버지 박순일이가 다섯 해 전에 삼백 냥을 육자변으로 지은 것이, 하나도 세음이 되지 않았다고 그 돈을 회계하자고 찾아온 것

대
하

159

이다.

그때 박성권이는 아직 은산 있었고, 그의 아버지 순일이가 아편으로 인연해서 평양서 객사를 한 지 일 년 뒤이었다. 순일이가 죽기 전 몇 해 동안 주색으로 아편으로 재산을 탕진해버리고, 성권이가 스무 살이 될락 말락한 때 집안을 상속했으나 남은 거라고는 채권(債權)[203]이 얼마 있을 뿐이었다.

열아홉수가 나빠서 아직도 앞이 청청하던 아버지 순일이를 객지에서 잃었다고 간혹 사람들은 말하였으나, 박성권이나 그의 가족들로 보면, 끝끝내 자식에게 성화[204]를 시키지 않고 그런 대로 그만큼 해서 세상을 떠나준 것이 오히려 다행하다 할 것이다. 남들이 들으면 욕할 말로 성권이나 그의 아내 최씨나가, 아버지 순일이가 세상을 떠났을 때, 어떤 종류의 안도를 품었다는 것이 근경[205]에 가까운 말일 것이다. 사실 얼마 아니 남은 채무자를 찾아다니며 그것마저 말끔하니 싹 씻어 거두어서, 그 껌 덩인가 하이얀 가룬가 한 놈의 약값으로 들이밀었다면야, 장례비조차 없 어져서 시체는 거적장사를 겪고, 남은 가족은 당분간일망정 바가지 쪽을 차고야 말았을 것이다. 제아무리 박성권이란들, 소도 디딤발이 있어야 언덕에 오른다고, 맨주먹 둘을 달랑하니 쥐고 나서서는 어디 돌려대고 발자국도 떼어놓지 못했을 것이다. 평양서 시체를 모셔다가 뫼를 쓰고 일년상을 치른 뒤, 문서를 추려들고 박성권이는 채무자를 쫓아 돌았다. 아버지와 달라서, 포학하고 아귀통이 센 그는 사정없이 채무자를 닦아세 웠다. 아버지라면 낯이 있고 의리가 있어 차마 못할 짓을, 그는 눈을 내 려 감고 막무가내라고 닥치는 대로 해내쳤다.

이렇게 해서 박성권이는, 자산 파평 윤씨네 이 집에도 찾아오게 되었 던 것이다. 성권이는 아버지보다도 연세가 지긋한 윤초시를 사랑에 들어 서자 대번에 후려놓고 보았다.

"그래, 사람이 세상을 떠났다는데도 이렇다 하는 조상 한 마디 없고, 그런 무지몽매한 행동이 어데 있단 말요."

사실 윤초시는 이 말에 할 말이 없었다. 제 집안에 참변이 잦고 재앙이 떠날 날이 없어서 경황도 없었지만, 박순일이의 아들이 아직 연소하여, 제 아비 순일이처럼 양순하고 보면, 별반 채무 독촉도 안 하리라고 태평하니 생각했던 것이, 제 집에 발을 들여놓고 통성한 뒤에 대뜸 하는 말이 이 말이니, 그렇잖아도 정신이 나간 듯 했던 윤씨가 질겁을 한 것도 무리가 아닐 것이다.

"글쎄 여보게 내 사정 말을 좀 들어보게그려."

이렇게 윤초시가 말 허두를 내다가 박성권이의 기색이 온당치 못한 것을 보곤 이어 말투를 고쳐서,

"바루 춘부장한테 내가 돈을 얻어다 쓰던 그해에, 금점인가 뭔가가 아주 쫄딱 망살이 지지 않았겠소. 그렇게 된 다음부터는 어찌된 세상인지, 머, 내 집안 말 이렇게 털어놓구 하기두 부끄러운 일이지만서두……."
하면서 사정을 말하기 시작한다.

"먼저 내 작은아들놈이, 장가들 달에 등창 났다구, 장가를 앞두구 설랑, 덜싹 그렇게 되고 말드니, 그다음은 큰아들놈마저 이리 되고, 마즈막에는 갓 시집갔던 딸년마저 남편을 앞세우고 내 집에 돌아왔으니…… 자 이렇게 집안이 아주 마지막 망조가 들고 보니, 어데다 낯을 들구 문밖에 나가기나 하겠소. 그래 두문불출을 하구설랑, 나두 밖에 나가지 않구, 또 찾아오는 사람두 될수록 피하구, 이래서 아주 딱 세상관 담을 쌓고 지내오질 않았겠소. 내가 돌아가신 춘부장 어른과야 의리로 보나 뭘로 보나, 그런 일이 생겼다문야 당장 쫓아가, 참 대소범절을 왼통 맡아 치러두 과하다 하진 못할겐데, 내가 그만 환장을 했었구려. 아니 참 내길래, 여태 목숨이라고 이걸 붙잡고 살어나가지, 웬만한이라면야 벌서 구구하게 이

대
하

161

러고 있을 린들 있겠소. 그러니 머 박재장께서두 그걸 언짢겔랑 애여 생
각질 마시굴랑 춘부장 살어계실 때나 조곰두 다름없이……."

그러고는 안 나오는 웃음까지 주름 잡힌 얼굴에 그려보는 것이다. 그
러나 방갓[206]을 쓰고 앉았던 박성권은, 그의 얼굴은 눈 붙여 보지도 않고,

"아시다시피 우리가 지금 누구 사정을 한가하니 듣고 앉었을 처지가
못 되는 것이, 선친이 그럭허시다 세상을 떠나신 뒤, 내가 오죽하면야 이
모양을 하구서 남의 사랑을 찾아다닐 리가 있겠습니까. 그러니까 머, 조
상을 했너니 안 했너니 따우는, 거야말루 지내가는 말에 지나지 않는 게
아니겠소. 나 역시 잔뜩 쇠운에 든 집안을 맡어가지구 남의 구구한 사정
인들 모를 리야 있갔쉥까. 아니 할 말루 과부 사정은 과부가 안다구. 그
러니깐 두루 조상을 오느니 뭐 이런 따위를 가지구야 어데 이러니저러니
할 건덕진들 되겠습니까. 무철한 맘에 괘씸히 생각이 됐던 걸, 그대루 터
져논 게 그리 된 게니께루. 그러나 저러나 저두 안즉 궤연[207]을 모시고
있는 몸에, 오래 타처에 와서 묵을 수도 없는터인 즉슨, 묵은 조를 한 번
뒤여서 세음이나 보게 해주셔야 하겠수다."

박성권이의 말은 추상처럼 윤초시에게는 냉랭하게 생각이 되었다. 제
애비와의 친교를 보더라도 존장[208]에 대하여 이럴 법이 없을 텐데, 아무
리 채권자이기로니 너무도 포악스런 언행이라고 괘씸한 생각이 드는 것
이다. 그러나 어찌할 도리가 없었다. 빚진 죄인이란 말처럼 그는 노염이
나 분통이 나는 걸 숨기고 어디까지나 이 젊은 놈의 마음을 농간해서, 그
걸 풀어놓도록 힘쓰는 외에 별 방도가 없던 것이다.

"글쎄 온, 아까 말씀 올린 걸 또 되풀이하는 것만 같지만, 내 신상이
지금 이 형편이 됐으니, 아까 박재장 말씀대루 과부 사정은 과부가 안다
고, 어데 좀 더 액운이 물러가고 형편 몰리는 게 페일 때까지, 참, 이런
말씀 올리기두 미안스럽기 짝이 없지만, 어떻게 좀 사정을랑, 좀……."

누가 보기에도 창피하리만큼 윤초시의 입과 눈가 상엔 비굴한 표정이 떠돌고, 그의 반백이 된 머리는 저절로 굽신굽신하였다. '좀' 소리를 자꾸만 되씹고 앉았는 품은, 박성권이 눈에도 참말로 보기에 난처하였다.

그래서 애써 그의 얼굴은 보지 않기로 하고, 무어 미리부터 생각해갖고 온 바를 쪼르르 외워 바치듯 한 뒤에 우선 자리를 털고 자산고을로 들어가서, 누구든가 앞에 설 사나이를 다시 들여보내, 어떻게든 작정했던 대로 실행을 할 채비를 차렸다.

"글쎄 이러쿵저러쿵 할 거 없이 사 년 하구두 일곱 달치를, 육자변으루 일 년에 한 번씩 표를 된 셈치고, 회겔 놔보구레. 들으니께루 안즉두, 윤초시 집엔 밭두 있구 집두 남았다니, 아무것두 없는 맨 건달판이라믄 몰라두, 지닌 게 있으면서야 남의 빚 못 갚겠다구 하겠습니까. 그러니까 다 회곗조를 깨끗허니 해치우굴랑, 그담엔 또 누구든 중흥²⁰⁹하는 편에서, 서로 도와주게, 이렇게 하는 게 일의 순조가 아니갔쎙까. 자산고을 가서 볼일이 좀 있으니깐 밤에 사람을 보내든지, 내가 나오든지 하오리다. 나는 나대로 회계한 게 있으니께루, 자알 어데 바루 문서를 살펴보우다."

이 말이 떨어지자 박성권은 불쑥 일어선다. 윤초시가 머리를 들지도 못하고 박성권이의 하는 말을 듣고 있다가, 새하얗게 낯이 질려서 따라 일어섰으나, 입술을 파르르하니 떨고 있을 뿐으로 한참동안은 말도 변변히 못한다. 방갓 쓴 박성권이의 뒷몸집이 대문으로 없어진 뒤에야 혼자서,

"이런 변이 있나."

또 한참 만엔,

"이럴 수가 세상에 있나."

그리고는 푹 바람벽에 기대 앉은 채, 정신이 빠져나간 것처럼 어릿어릿하여 눈을 감고 있었다.

윤초시 딸 탄실이는 사랑에 방갓 쓴 손님이 온 건 알았으나 그게 어인

사람인지는 알 턱이 없고, 전날 같으면 절게던가 막서리던가를 시켜서 물을 길을 것인데, 이즈음은 시누이 올케 간 누구나가 손수 두레박을 들고 물동이를 이지 않으면 안 되는 때문에, 그날도 대문 밖으로 나와서 자산고을로 통하는 길 어귀, 커다란 버드나무가 선 우물가에 나가 물을 길어 갖고 오던 참이었다. 부엌에서 직발 우물로 통하는 뒷문이 있어, 사랑 앞을 지날 턱이 없으므로 바깥손님에게 얼굴을 보인다던가, 그럴 리는 없었는데, 막 물동이를 이고 우물에서 서너 발자국 길 위로 나서다가, 대문에서 불쑥, 횡 하니 베로 만든 상복자락을 날리면서 나서는 방갓 쓴 손님과 정면으로 마주치고 말았다.

한손으로 두레박을 들고, 또 한손으론 겨드랑 밑까지 내보이도록 팔을 추켜들어 물동이를 잡고, 입으론 똬리 끈을 물고서 오던 이런 때에, 지금 막 저희 집 사랑에서 나오는 손님과 길 위에서 마주치게 된 것이다. 탄실이는 눈을 내려 깔았을 뿐, 어떻게 몸을 가눌지도 모르고 길 위에 딱 발을 붙이고 서 있다. 머리카락에 물이 흘러서 이마 위에 찌거분하니 흘러내리지는 않았는가, 아니 앙가슴이 어떻게 면바로 아미어지기나 했는가, 치마폭은 제대로 아랫도리를 둘렀는가, 이런 걸 갈피갈피 생각할 겨를도 없이, 그대로 그 모양을 하고 방갓 쓴 사나이에게 관선을 당하고야 말았다.

박성권은 방갓 밑으로 차근차근히 마주선 젊은 여자, 지금 토실토실 볼편에 살이 오르는 것으로 미루어 열여덟을 넘을 것 같지는 않은 젊은 색시를 훑어보고, 가만히 길을 비키었다. 물동이가 방갓 밑을 스칠 듯이 지나가서, 그것이 윤초시 집 뒷문으로 들어가는 것을 본 뒤, 그는,

'처녀는 아닌데, 그것이 아마 윤초시의 딸로, 바로 과수가 되어 친정살이를 한다는 그 여자이렸다.'

하고 생각해보며 고을로 들어갔다.

그런데 윤초시는 사랑에서 한참동안을 멍하니 앉아 있다가, 그대로 나

가 자빠져서 정신을 잃고 까무라쳐버렸다. 본시부터 들락날락 한다던 그의 정신이 그만 아주 틀려지고 만 것이다. 집안이 온통 서둘러서 겨우 정신은 피어났으나, 그는 아무런 말도 자유로 지껄이지 못하게 몸이 아주 반편이 지고 말았다. 눈하고 입하고만 히물히물하고는, 손도 발도 그리고 말하는 것까지도 그의 기능을 잃어버린 것이다.

자산고을서 일 볼 것이 있다고 하던 박성권이는 그날 저녁에 임풍헌네 집에서 술을 먹고 앉아서 윤초시 딸, 탄실이의 일을 미주알고주알 물으며, 임풍헌에게 탄실이를 어떻게 할 수 없겠느냐고 상논을 하다가, 부엌 사람이 전하는 말로 윤초시가 급작스레 전신불수가 되었다는 소식을 들었다. 성권이는 적잖게 놀랐다. 그에게 손끝 하나 어쩌지는 않았으나 윤초시가 전신불수가 되도록, 거절을 했던가 정신을 잃었던가 한 직접원인이, 그에게 있는 것은 누구나 부인할 수 없는 일이었기 때문이다.

"아니 그래 재장이 그만 그 소년과부한테 홀딱 반해버렸단 말씀이오니까."

하고 껄껄 웃어가며,

"그까짓 거쯤일랑은 염려두 마시우. 지금 그집에서두 왓작 겹을 받혀오구, 게다가 또 그 색시 가마 타구 시집가긴 인제 파이니, 어쨌건 내게 다 맡겨만 두시소그려."

하고 떠들어대던 삼십 활량인 임풍헌도, 윤초시가 전신불수가 됐다는 말을 듣고는, 취해오던 술이 금방 깨이기나 하듯이 어안이 좀 벙벙해서 멀거니 성권이의 얼굴을 쳐다보았다.

그러나 박성권이는, 저의 생명 같다고 추상같이 울려대던 채권을, 그대로 탄실이와 바꾸어버리사는 생각을 머은 마치 호기가 있었으나, 임기하여 응변하는 재치도 갖고 있었다. 그는 이어 술상을 물리고 임풍헌을 남겨두고 혼자서 윤초시네 집으로 달려갔다.

그가 윤초시 집 사랑에 이르렀을 때에는, 사랑에는 다른 식구들도 나와 앉았다가 이제 물러가고, 윤초시 마누라만이 병자 옆에 앉아 있었다. 윤초시 마누라는 낮에 이 방갓 쓴 젊은 녀석이 다녀가자 이런 변이 생겨난 것을 알고 있기는 하나, 처음부터 언성도 높이지 않고 도란도란 주고받던 이야기 끝에 일어난 일인지라, (어떤 이야기였는지는 지금도 모르고 있으나 그때에 서로 손가락 하나 오락가락 하지 않은 것만은 알고 있었다.) 그에게 미움이 가기는 했으나, 어인 영문인지를 몰라 가벼운 호기심 같은 것이 나지 않는 것도 아니었다. 대체로 윤초시 마누라나, 또 이 집 가족이나, 인근 동네사람들이나는, 이렇게 윤초시마저 이 모양이 된다는 건 소뱅이 귀신이 발동한 것에 틀림없다는 생각을 굳이 하고 있었다. 그러므로 누구에게 미움이 가기 전에, 귀신, 말하자면 왕신이든가, 대감이든가, 성주나, 지운이나, 이런 게 동한 게라고 그것을 두려워하는 마음이 우선 앞을 섰다.

"상복을 한 죄인이 이렇게 누누이 찾아와 미안하올세다."

하면서 좀체로 방 안으로 들어오지도 않으려는 것처럼, 성권이는 마루 위에 서 있었다. 마루 위에 성권이가 올라선 것을 먼 발로 희미하게 바라보던, 아랫목 자리 위에 번듯이 누운 윤초시는, 낮색이 좀 달라지며 상판때기가 수상하니 히물히물 경련하고 입모습을 쭝긋거려, 삽시간에 표정을 자꾸만 번개처럼 바꾸며 돌아갔으나, 그것이 웃는 겐지, 노하는 겐지, 분해 하는 겐지, 기뻐하는 겐지는 보는 사람마다 생각할 탓에 달렸었다.

"아, 윤초시 어른께서 이게 갑자기 무슨 변이오니까."

이렇게 적이 슬픈 표정을 낮에 띠며 말하니, 윤초시는 성권이의 얼굴을 바라보던 눈을 덥벅 감아버리고, 그다음은 어깨를 추면서 눈물을 흘린다. 필시 이 방갓 쓴 젊은 녀석에게 무슨 곡절이 있다고 그의 마누라가 생각하고 있을 때에, 박성권은 여전히 고즈넉한 표정을 낮에서 없애지

않고,

"갑자기 이변을 당하셔서 대단히 놀랐었을 게라고 짐작됩네다. 저는 은산골 사는 박성권이라는 사람이온데, 제 선친이 바로 순박 순(淳) 자와 편안 일(逸) 자로 여쭙는데, 작년에 세상을 떠났습너다. 선친의 유언이 자산 윤초시 어른께서 사 년 전에 돈 얼마얼마를 돌려쓴 것이 있는데. ―"

이렇게 마루에 앉은 채 이야기를 시작하다가, 이 대목에서 뚝 끊고 잠시 윤초시의 얼굴과 그의 마누라의 낯을 번갈아 쳐다본다.

'인제는 영감이 기절을 한 까닭을 알겠다, 과연 이 박순일의 아들놈이 돈 채근을 와서 무슨 포학한 말찌더기를 한 때문에 이렇게 갑자기 기절을 하여 정신을 잃은 것임에 틀림이 없다' 고, 윤초시 마누라가 생각하자, 금시에 슬픔과 미움과 원한이 뒤섞여 돌개바람 같은 종잡을 수 없는 표정의 선풍이, 화끈 그의 얼굴을 지내간다. 이 표정을 슬쩍 바라본 박성권은 이어서 곧 다음말로 옮아간다.

"약차 이만저만한 이유로, 그 윤초시 어른께서도 이 근경에 여러 모로 재산에 손실이 들었어. 그러하니 우리도 함께 기울어가는 살림에, 본시부터 없는 것과는 달라, 있다가 없는 것처럼 딱한 일이 또 어데 있느냐. 그런즉슨 일후에 내가 죽은 뒤일지라두, 만약에 윤초시 어른네가 다시 옛날처럼 큰 세상살이를 한다면야 더 말할 나위도 없지만, 그렇지 못할 지경이면 나와의 친교로 보아서도 돈양간을 가지구 어떻게 머 가박스리 그렇게 할 처지가 아니야 하니 네가 친히 찾아가서 이 아비의 뜻을 전해올려라, 이렇게 말씀이 계시고 세상을 떠나셨는데, 내가 미천한 몸으로 큰집을 이었고, 또 한편으론 궤연을 모시고 있는 몸이라서 먼 길을 떠나지도 못하다가, 오늘 낮에 겨우 이렇게 댁을 찾아오게 되었던 것이올세다."

다시 방갓 밑으로 눈을 들어 윤초시 마누라를 쳐다본다. 그는 비로소 안심하는 빛을 얼굴 위에 내고, 지금까지 희미하게나마 원한과 미움이

가던 이 사나이가 결코 그럴 이가 아니고, 어쩌면 뒷날일지라도 저희 집을 돌보아줄 그러한 사람이 되는지도 모를 게라는 생각을 가짐에 이르렀었다. 그런데 이 사람이 나가자 윤초시가 곧 노전 위에 나가 자빠져 버렸으니, 그건 또 어인 일일런가. ─이렇게 아직도 채 풀리지 않은 의심을 눈과 눈썹 새에 약간 남기고 있는데, 박성권이는 또 이야기를 계속하려고 몸을 좀 도사리고 앉는다. 몸을 움직일 때에야 윤초시 마누라는, 손이 아직 마루 위에 앉아 있는 것을 깨닫고,

"아니 참, 내가 정신이 빠져서, 어서 이 방 안으로 좀, 들어오시지요. 그리구 문일랑 닫으십세다."

하고 자리에서 일어나는 것을, 여기도 좋다고 몇 번을 더 사양하다가, 박성권이는 방 안 윗목에 들어와 앉는다. 문을 닫은 뒤, 박성권은,

"윤초시 어른께 처음 인사를 여쭙고, 또 선친의 생각하신 바가, 약차이만저만 하시다고 아뢰었더니, 그때에 무척 놀래시는 기색을 보이시고, 좀 어릿어릿 하시는 것 같길래, 저는 인차 자산고을에 볼 것도 있으니 그만 물러가겠노라구 아뢰지를 않았겠습너니까. 그랬더니만, 그게 무슨 소리냐구, 내 집이 아무리 누추하나마 그럴 수가 있겠느냐구, 막 제 손을 끌어 앉히고, 피차에 이렇게 지낼 집안간이 아닌데 하시는걸, 급히 다녀갈 길이라고, 그러시거들랑 잠시 동안 집안 이야기나 서로 나누자구, 이렇게 말씀을 올렸습지오. 그래 저로써도 그간 선친께서 타곳으로 떠다니시다 돌아가신 뒤, 미천한 제가 집이라구 맡아서 생도[210]를 세운다는 게, 다행이 식구가 적어서 이럭저럭 지내는 가지만, 그게 이루 참 형언할 수 없는 역경을 맞은 게나 다름이 없습네다, 안즉 나이 있으니 우리야 머 어떻게든 못 살아가겠습너니까. 그랬삽더니 존장께서는, 아무려나 그렇다니 마음이 적이 놓인다구 말씀하시면서, 내 사정일랑 이루 말할 수 없이 참혹하다시면서 금점에 실패하신 뒤 가지가지 역참과 화환을 들어서,

대체 어인 변이 이럴 수가 있겠느냐구 그러시더니 적이 흥분하셔서 낯이 하이얗게 질리신 채, 지낸 일은 그렇다치고 종차루 이걸 어찌면 좋겠느냐구, 가령 내가 금시라두 세상을 떠난다던지, 노덕이 아차하는 날엔, 무철한 것덜이 그대루 쪽박을 차고 나서는 판이 아니냐구. 그러시길래 저는 또 위안의 말씀이나마 그게 무슨 말씀이심너까, 이 조카가 뼈가 성한 턱까지는 그럴 리가 있갔습너니까 했습더니, 제 손을 꽉 잡으시면서, 이렇게 고마울 게 없겠다구, 다른 것 다 말고, 무슨 순천고을서 상배[211]를 당하시구 돌아와 계신 아가씨가 계시다던가, 그 말씀을 누누이 하시두만요. 그래서 저두 그런 염려일랑 아예 마시고, 저에게 맡기시라구 이렇게 이야기를 맺구, 자 시각이 바쁘니 고을을 갔다가, 다시 또 찾아뵈올 날 소상한 말씀을 상논합자고, 그길로 자산고을로 들어갔던 것이올세다. 그때 어딘가 좀 신색이 다르신 것 같기는 했으나, 또 이런 변이 생길 건 미처 짐작두 못했었는데, 참 이제 뭐라구 말씀을 올릴는지, 기여 제가 오기 때문에 이렇게 되셨다는 걸 생각하니, 한 몸을 어떻게 바쳐야 옳을는지……."

잠시 허리를 굽혔다가 윤초시의 마누라가 적이 감사해하는 표정을 보고는,

"그저 박복한 놈은 가는 곳마두 일만 저지르고 다니니 참."

하고 다시 한 번 채처본다. 그랬더니 윤초시 마누라는,

"원 그게 무슨 말씀이오니까. 다 그리되실 팔자 소관이지오. 몇 년째 이 집이 받아오고 겪어나가는 액운이, 인자 아마 마지막 고패[212]를 도는 가보외다. 조상의 뫼를 잘못 썼는지, 전생의 무슨 업원인지, 대체 이럴 변이 어데 있갔오. 인제는 시굽쪽헤서 설운두 안 나구, 눈물두 안 나구, 아무런 일두 암쩍하기 싫어서, 존신 섬길 생각두 없어지고 말았소. 성주가 동하셨다느니, 지운이 동하셨다느니, 대감님이 노하셨다느니, 왕신이

화를 내셨다느니, 그래 마지막에는 무슨 살이 들었다고 살풀이까지를 해가면서, 굿이라, 경이라, 푸닥거리라, 토사라, 머 이 몇 년간 장구 소리 끊은 적이 없건만, 세상살이는 날로 망조가 들어서 기울어가니, 이게 대체 무슨 변이겠소. 인젠 입에서 신물이 납네다. 아무 꼴 보지 않고 그만 목숨을 끊어 죽어버렸으면, 이 이상 더 상팔자는 없겠는걸 자식덜 생각을 해서 그럴 수도 없고, 그래 이걸 세상이라고 살아오자니……."

윤초시가 이때에 눈을 부릅뜨고, 얼굴을 붉으락푸르락하고 몸을 뒤채듯 야단을 치니,

"아니 왜 이러시우. 글쎄 영감마저 왜 이렇게 날 성화를 시키려구 이러우."

하면서, 이불을 덮어주며, 미음사발을 들었다, 밀수그릇을 들었다, 약사발을 들었다 하면서 서둘러보나, 모두 합당치 않다곤지, 그대로 안면근육을 히물히물 떨고만 있으니,

"아이구 원통해라, 그럼 시원히 뭐라고 말씀을 한 마디 할 것이지, 이럴 변이 어데 있소."

하고 울음조로 나온다. 그랬더니 윤초시도, 기여 눈을 감고 쭈루루 낙숫물 같은 눈물만 볼때기로 흘린다.

이때에 박성권은 의젓하니 몸을 일으키어 윤초시가 누운 자리께로 가서, 덤덤히 그의 얼굴을 내려다보다가,

"존장어른, 마음을 진정하시요. 그렇게 흥분하시믄 신상에 더 해로우십네다. 아무 염려 마시구, 또 부탁하신 말씀은 그대로 제가 뼈가 가루 되는 한이 있을지라두 실행하겠사온즉 아무 염려 마시구, 마음을 진정하셔서 몸을 고치셔야 안 합네까. 지금, 이 오마니께도 다 말씀을 올렸으니 염렬랑 아예 마시구, 푹 마음을 노시구 몸 치료를 하셔야 안 하겠습너니까."

하고 엄숙하게 위로조로 나오니, 말귀를 알아듣곤지 못 알아듣곤지, 윤

초시는 그대로 눈물만 흘린다. 옆에 앉은 초시 마누라도 따라서 홀짝홀짝 울어대면서,

"영감, 이제 다 이 재장한테서 자상한 말씀은 들었소와요. 뜻대로 할 터이오니 아무 염려 마시고, 하루바삐 깨끗하니 탈을 놓아주소고례."
한다.

"그럼 저는 고을 들어가서 볼일을 마저 보구, 또 다시 떠날 길에 한 번 찾아뵈옵구 가겠습너니다."

따로 누구에다 대고 하는 말이 아니고, 두 사람 윤초시 부부에게 아뢰듯 하면서 성권은 몸을 뽑듯이 하여 사랑방 문턱을 넘는다.

"이거 원, 저녁두 못 대접하구, 참, 이게 원 도리가 아니외다."

이리하야 박성권은 윤초시 집을 물러나와 그길로 자산고을 와서 하룻밤을 잤다.

그런데 윤초시는 새벽에 해가 치밀어오를 때 기어이 정신을 잃어, 다시 깨어나지 못한 채, 까무라친 게 영영 주검이 되고 말았다.

아침을 먹기 전 부고를 듣고, 박성권은 고을서 대강 장례에 쓸 물건을 사서 지우고 상갓집으로 나가, 사흘 만에 장례를 치르고, 이어 윤초시의 딸 탄실이를 소실로 맞게 마련하였다.

그러나 박성권이가 탄실이를 소실로 맞고도 곧 은산 있는 저희 집으로 데려올 수는 없었다. 전부터 잘 살던 끄트럭이라 집이나 방은 넉넉하였으나, 아직 아버지의 삼년상도 치르지 못한 처지였다. 그래서 탄실이가 그 이듬해에 형걸이를 낳고도, 한 해를 지나 삼년상을 치른 뒤에야, 자산서 친정살이를 그만두고 겨우 은산으로 옮아왔다.

그 뒤에 곧 갑오년 전쟁이 일어났고, 전쟁이 끝나자 박성권은 솔가하여 지금 사는 이 고을로 이사를 하여 처음으로 두뭇골에 집을 세웠다.

열여섯에 까다로운 시부모 밑에서 시집살이를 했고, 그 다음은 친정살

이를 삼 년 가까이 해본 뒤에, 작은집 살이로 들어선 윤씨 —탄실이었으니, 어디서 한 번이나 남에게 고함을 치며 버젓한 살림을 가져본 적인들 있었으랴마는, 두뭇골 와서 큰댁과 큰댁의 소생과 함께 작은집에서 볶아쳐댈 때처럼, 속을 썩이고 속상하는 세상을 살아본 적도 없었다. 원체 박성권이가 마누라나 첩의 소리에 귀를 기울이거나, 첩 큰댁 싸움에 참견을 하거나, 그럴 이도 아니고 아예 처음부터 첩 큰댁 간에 말썽 같은 게 생기도록 내버려둘 위인도 아닌 탓에, 작은댁의 대우를 받고, 서자의 취급을 받는, 윤씨와 형걸이만 억울한 세상을 살았다. 이즈막과도 달라서 서모에게는 오문절도 안 하던 그때 시속이라, 언언 구구가 수모나 모멸 아님이 없었으나, 이에 대해서 단 반 마디의 대꾸조차 건넬 수 없는 처지다.

이런 생활이 일 년 이상을 계속되었다면 어떻게 그의 팔자를 영영 고치기라도 해야만 할 결심을 먹었을는지도 몰랐을 것이다. 본시 추근추근치 못한 성질은 올케와의 한 부엌 살림에 적잖게 누군누군해졌지만은, 아직도, 성미껏 해선 한바탕을 포달거려보아야 시원할 것을 그대로 썩히려니, 하루 종일 골치가 지끈지끈 쑤셔내는 적이 없지 않았다.

박성권이가 행길거리에 집을 사고 큰댁과 그의 소생을 그리로 옮긴 뒤, 옹졸스럽기 짝이 없던 첩 큰댁 한집살이를, 이러나저러나 면하게 된 다음에야 숨을 내쉬고 제법 살림 같은 살림을 배포해볼 수가 있었다.

집도 활짝 늘려서 앞마당을 갖춘 사랑도 세우고, 전에 쓰던 방은 대개 청간이나 토골로 고친 뒤 새로이 의젓하니 안방을 늘려서, 행길 큰집처럼 크지는 않으나, 무어 불편을 느낀다든가 그렇진 않을 만큼은 아담하고 청초해졌다.

비복도 거느리게 되어, 부엌에 드나들 염려도 없어졌고, 영감은 거지반 이 두뭇골 집에 와서 자고 조반상을 받았으므로, 음식시세나 그런 것도 결코 옹색을 느끼지 않게 채비를 차리도록 마련이 되었다.

윤씨는 작은댁이거나 소실이거나 하는 아름답지 못한 칭호는 받을 값이, 이제는 제법 큰집을 도맡아 갖고 사는 어엿한 부인네가 되었다. 아직까지 자산서 살고 있는 친정에는, 박성권이 얼마간의 재물을 지니게 해주어 재정상 교섭을 끊어버린 뒤부터는 친정 걱정도 덜리고, 친정이라야 어머니는 그 뒤 얼마해서 세상을 떠나고, 남은 건 남동생 하나였는데 그는 평양 있는 먼 일가로 여각(旅閣)²¹³을 보고 있는 집에 가 있는 지 오래이므로, 인제는 그닥 생각을 쓰거나 그렇진 않아도 좋을 식구뿐이었다.

윤씨는 앞이 트이는 제 팔자를 고이 안심하여 느끼게 되었고, 이럴수록 이게 모두 존신의 점지하신 덕분이라고, 저희 집 친정에서 어렸을 적부터 눈 익히 보아온 대로 각색가지 귀신을 섬기기 시작하였다. 안방 뒤의 복낳가리하며, 대문에는 수문장,²¹⁴ 상기둥²¹⁵엔 성주²¹⁶, 작은 기둥엔 사방²¹⁷으로 지운²¹⁸, 청간²¹⁹엔 제석²²⁰, 부엌에는 종왕, 방 안 천장 밑에는 손각시²²¹까지 모셔놓고 사철로 토사, 때때로 굿과 푸닥거리²²², 서낭제며, 살풀이²²³며, 뭐 이루 들어 말할 수 없이 마귀를 섬긴다는데, 또 이밖에 통선암(通仙庵)에 불공이나 치성²²⁴을 드리는 것까지 잊지 않았다.

그런데 어이된 일인지 세존님이 노염이나 갔는지, 형걸이를 낳은 뒤엔 다시 태기가 없어서 연년이 세존제를 지내고 칠성단 묻어놓고 밤마다 물을 떠놓고 빌어 모시지만, 그 뒤엔 까막하니 소식이 끊어졌다. 처음 몇 해에는 거의 한 번도 들어본 적이 없었고, 이 근경에나, 그것도 일 년에 몇 차례씩 겨우 방을 같이하는 큰댁이 딸과 아들을 낳아 보패와 형식이를 얻었는데 윤씨는 그 뒤 어찌된 셈인지 자식을 가져보지 못하였다.

그러나 단 하나인 형걸이가 그래도 아들인 것, 그 아들이 생김생김도 출중하고 인물도 성글성글하여 사나이답게 생긴 것만은, 윤씨에게 더없는 기쁨을 주었다. 어렸을 적엔 서당 아이들과나 또 큰집 형준이나 형선이와도 곧잘 싸움을 하였으나, 한 번도 그애들한테 져보는 적이 없고 뒷날 말썽거리는 남겼으나, 그런대로 상판때기를 들지 못하고, 매나 얻어 건사하며 풀이 죽어 다니는 것보다는 났다고 생각하였다. 더구나 연세로 따져도 형걸이가 셋짼데, 서자라고 분수에 넣지 않고 형식이를 셋째라고 부르는 대신, 그를 자산놈, 자산놈하고 불러대는 것에 참을 수 없는 아니꼬움을 느끼던 윤씨는, 형걸이가 큰집 아이들에게 지지 않고 어데 코통이라도 터치고 들어오는 게, 한편 시원스럽기도 했던 것이다.

작은댁이나, 서자라고 푸대접을 받을 때는 혼자 속을 썩일밖에 별 도리가 없던 것이, 형걸이가 나이 차서는 그런 빛만 보이면 어느 놈이고 맞붙어서 해대었다. 항용 제 소생이 누구에게 상처를 입히던가 한 때에는, 뒷마무리를 하노라고 어머니가 그의 집을 찾아가서 미안하단 말이라도 올리는 게, 습관이었으나, 아이들 싸움을 갖고 이러니저러니 첩 큰댁 간에 말썽을 만드는 건 박참봉이 극히 싫어하는 성미였으므로, 혼자 속으로는 큰댁 최씨가 무슨 앙심을 먹는지 몰라도, 입 밖에는 터럭 끝만큼도 그런 기척을 내발리지 못했다. 그러므로 이건 마침 십상이라고 무슨 일이 있어도 시치미를 똑 뗐다가, 간혹 얼굴을 대할 때거나, 그럴 때에 한두 마디,

"온 형걸이 성화에 참 속상해 죽을 일이외다. 아이놈이 어떻게 그리 세차고 포악스리 생긴 놈인지 온."

하고 인사 마디나 해두면 그만이었다.

그러나 형걸이가 열 살을 넘어 총각 꼴이 보일 때부터는, 윤씨에겐 한편으로 딴 걱정이 새로이 불쑥 솟아올랐다. 그 근심은 형걸이가 열아홉이 잡히도록 줄창 계속되어, 지금 그의 가장 높은 고팽이에 올랐다고 할 것이다. 그것은 형걸이의 혼사 걱정이었다.

형걸이가 돌아오는 걸 기다리노라고 윤씨는 안방에 혼자 불을 돋우고

앉아 있다. 저녁부터 흐리고 물쿠던 날씨는, 밤이 이즈막해지니 기여 비가 내리기 시작하였다. 빗발은 굵지 않으나 바람이 좀 있어서, 우수수하니 나무를 울리고 마루에까지 빗발이 풍겨들었다. 윤씨는 사랑으로 나가 등잔심지에 불을 켜보았다. 영감은 종일 강에서 해에 그을려 혼곤한데다, 얼근히 술에 취하여 나직하니 코를 골며 자고 있다. 윤씨는 자리의 주위와 앞뒷문을 한 번 보살피고 불을 끈 뒤에 다시 안방으로 돌아왔다. 종을 먼저 재우고 그는 자리도 깔지 않은 채, 구름처럼 솟아오르는 생각과 추억에 서리어서 담배만 빨고 앉아 있다. 박참봉이 제 아버지 윤초시를 지레 죽게 만든 불측스런 위인인 걸 알 턱이 없는 윤씨는, 제가 순천서 첫서방을 여읜 때부터 친정으로 쫓겨와서, 그다음 올케와 철딱서니 없는 싸움을 거듭하던 생활이며 다시 박참봉을 처음 몸에 가까이할 때로부터 은산 살림, 두뭇골 살림에 이르기까지를, 몇 번이나, 되풀이하면서 되새겨 추억하면서도, 종시 그런 건 의심해볼 염도 아니했다. 물론 지금 그가 그 비밀을 알았다고 했자, 박참봉에게 아버지 원수를 갚거나, 이 집에서 몸을 빼어 영영 딴사람이나 되던, 그렇진 못했을 값이, 무슨 일에 영감더러 화풀이나 넋두리라도 할 때엔 영감을 공박하는 유리한 조건으론 될 수 있었을 것이다. 그러나 이 비밀을 대충이나마 눈치 채고 있던, 임풍헌이 갑오년에 어디론가 종적을 감춰버린 뒤에는, 이 비밀은 영원히 박참봉 혼자의 비밀이 되어버리고 말았다. 벌써 박참봉과 같이 살게 된 이후로 스무 해 동안, 물론 적잖게 충돌이 일어났다던가, 불만이 있었다던가, 한 일이 없진 않았다고 하여도, 영감이 그를 위하고 사랑한 것만은 사실이라고, 윤씨는 만족하여 그를 섬겨오는 것이었다.

형걸이의 혼사, 그걸 두고 말해도 제가 작은집이고, 또 형걸이가 서자라는, 어떻게 할 수 없는 팔자 때문에 뒤틀리는 일이지, 박참봉이 큰댁 아이들과 차별을 두던가, 그런 때문에 그리 되는 것이 아니란 건 윤씨도 잘 알고 있다. 영감은 오히려 형걸이가 계집애처럼 얌전하거나 그렇지 못해도, 사나이답고 좀되지 않은 성격에 다른 아이들보다도, 희망이나 기쁨을 느끼는 것이 사실이었다. 그런데 혼삿말이 한참 잦은 이즈음에, 형걸이가 막서리 처의 방으로 드나든다는 건 아무리 생각해도 모를 일이다. 영감이 적잖이 노해서, 형걸이를, 밤엔 일체 문밖에 나가지도 못하게 하라니, 인제 장차 일어날 일이 혼삿말에 못지않게, 성화꺼리가 되지 않을 수 없었다.

그런 건 또한 종차로 일어날 일이라손 치더라도, 우선 눈앞에 매어달린 일로, 형걸이가, 들어오면 뭐라고 말을 붙여서, 머리 깎은 이후, 여러 모로 뒤설킨 그의 감정의 문을 두드려볼 수 있을 것인가. ―이렇게 사뭇 생각에 잠겨서 윤씨는 대문에서 발자취 소리가 나기만 기다리고 있다. 비가 약간 멈칫했다가 다시 또 퍼붓는다. 그러나 발자취 소리는 좀처럼 들려오지 않는다.

그리 익숙지도 못한 담배를, 얼마나 정신없이 빨아 뿜었는지, 돌려 닫은 방 안에는 연기가 자욱하여 등잔이 안개 속에 서린 어화(漁火)²²⁵ 같은데, 머리까지 아찔아찔하다. 그는 일어나서 바람이 풍겨들지 않는 윗문을 한 짝 열어놓았다. 희미하나마 불빛이 쑥 뜰 안으로 내뻗쳐서, 비단실 같은 빗줄이 반뜩반뜩한다. 연기가 외곬으로 몰려 나가다간, 비바람이 획 몰아치면 꾸풀꾸풀 천장으로 출렁대면서 찬 공기와 환기가 된다.

담뱃내가 다 나가서 문을 닫으려고 하는데, 중대문 소리가 난다. 인제야 형걸이가 돌아오는 것이다. 그는 문에 빗장을 지르더니 어머니 방에서 불빛이 훤하니 비친 걸 보고, 곧바로 제 방으로 들어가려다가 잠시 이쪽을 바라본다. 우산도 못 얻어 쓰고 삿갓을 쓴 채, 갓신 신은 발은 대님을 풀어 활짝 걷어붙였다.

"형걸이 너, 인제 오네."

하고 불을 내대이면서 물으니,

"오마니 여태 안 주무시우."

하면서 삿갓을 벗으며, 옷에 묻은 빗방울을 턴다.

"네가 안 들어왔는데, 비는 오구 해서 어떻거나 하구 기대리던 참이다."

"비 같은 거 오는데 머, 무슨 일 있을라구요."

하면서 형걸이는 제 방으로 들어가 버리려고 한다.

"그대루 좀 왔다 가거라. 자기 전에."

한 발을 토방 위에 올려놓다가 주춤하면서,

"저요?"

하고 뻔한 걸 한 번 더 물어보며, 형걸이는 고개를 숙이고, 토방 위를 삿갓을 든 채 건너온다.

"아니 우산두 못 얻어 쓰구 왔네? 어델 가 놀댔길래."

어머니의 말에 어디란 말은 못하고,

"우산이 머, 집집이 그렇게 흔한가요."

하고 종시 낯을 면바로 들지 않은 채 발에 묻은 진탕을 만지기나 하듯, 어름어름하고 토방에 서 있다.

"좀 들어오나라."

"발두 진데, 머."

"게 걸레 있는데 씻으려무나."

형걸이는 방 안에 들어온다. 그러더니 그제서야 대체 무슨 일이요 대관절, 하듯이 낯을 어머니께로 바로 쳐든다.

"게 좀 앉거라."

담뱃대를 놓고 어머니는 횡허니 아랫목에 가 앉는다. 형걸이도 윗목에 앉았다.

"아버지가 너 어데 밤에 댕기는지 걱정하시더라. 그러구 인제부텀은 밤에 나가지 말게 하라구 말씀하시드라."

댓바람에 요진통[226]을 쪼루루 말해놓고, 윤씨는 아들의 표정을 먼 발로 바라보았다. 흐릿한 불빛에도 눈에 띠이게 획끈, 낯색이 변해지는 걸 알 수가 있었다. 그러나 형걸이는 아무 대답이 없다. 그저 덤덤히 앉아 있을 따름이다. 그동안 그의 안색은 몇 번이나 변하는 것 같았다. 그러나 이윽고 머리를 들어 어머니를 바라본즉 곧,

"그 말씀밖엔 따루 하실 말씀이 없으신가요."

하고 물어본다. 별로 아무 감정도 안 섞인 나직한 말조다. 그러나 어머니는 잠시 당황해한다.

"그렇다. 그래 너는 어째서 어른 묻는 말엔 대답을 않느냐."

어머니는 처음은 그렇지도 않았던 것이, 말을 끝막을 때엔, 어딘가 아들을 책망하는 어조로 나온 것 같아서, 제 자신이 가벼운 흥분에 싸인 것을 느낀다.

아뿔싸 —이렇게 감정을 돋우어 할 말이 아니었는데, 이 녀석이 불쑥 뱃이라도 나서 삥 하니 건너가버리든지 하면, 외려 말하지 않음만 같지 못하지 않은가. —어머니는 말만은 그렇게 해놓고도 내심은 어지간히 캥겨도는데,

"어데 갔던 줄을 미리 아시고들, 물으시는 것 같아서 대답지 않았습네다."

하고 여전히 침착하게 대답한다.

침착하니 존대윗말로 대답하는 형걸이의 말이, 윤씨에게는 되려 폐부를 건드리는 데가 있었다. 차마 그렇게 둘러엎어서 말할 줄은 몰랐기 때문이다. 막서리 처를 보아 다닌다는 말이 사실이라면, 낯을 붉히며 머뭇거리다가, 무어 두어 마디 발명하는 말이라도 중얼대고 말 것이오, 만약 그 말이 생뚱한 지어낸 말이라면, 그게 무슨 당치 않은 말이냐고, 지금

막 아무개네 동무집이던가, 교사의 집에서 오는 길이 아니냐고 어엿하니 뻐겨대고, 휭하니 제 방으로 건너가 버릴 줄로 알았던 것이, 어머니의 한 말을 엎어가지고, 버젓이 내가 두칠이 처를 보아다니우, 하듯이 밝혀놓고 마는 것이, 윤씨에게는 천만 뜻밖이었던 것이라.

"그래두 난 그 말이 정말루 들리질 않아서 물어본 말이다."

어머니는 낯을 좀 수그린다. 이 말을 듣고, 그 말하는 투가 어딘지 쓸쓸한 것 같아서, 형걸이도 좀 마음이 언짢은지 낯을 따라 수그린다.

"원 또 얼마나 미욱스리 자주 다니믄, 남의 눈에 띠우게 단긴단 말이냐."

이 말은 아들의 얼굴을 바로 보지 못하면서 어머니가 하는 말이다.

"누가 자주 갔나요. 큰집 맏형이 저두 맘치구 나왔다, 서루 들린 게지오."

'아니, 맏형 형준이가?'

―그러나 이 말은 입 밖에 내지 않고 윤씨 혼자 속으로 쑹얼거린 말이었다. 그는 다시,

'그리군 제 스스로 영감에게 고해 바치다니.'

―하고도 생각해보았다.

그러나 이런 걸 들고 이러니저러니 하면 동기간 의라도 상할 것 같아서, 윤씨는 다시 뇌지 않고 한참을 덤덤히 앉았다가,

"아무리 남아의 몸이라 할지라두 제 몸은 제가 사랑하구, 제 처신만은 바루 가져야 하느니라. 그 애가 아무리 맘에 든다 해두 신분이 있지 않으냐. 또 너는 지금 한창 혼삿말이 사방에서 자자한데, 소문이 밖에라도 나가면 창피두 하려니와, 다른 일에두 미치는 일이 아니냐."

그러나 이때에 형걸이는 불쑥 일어났다.

"전 장가 안 갈래요."

그러고는 훌쩍 문을 열고 아직도 비가 내리는 뜰 안으로 나간다.

"아니 머?"

하고 따라 윤씨도 일어섰으나, 다음 말이 나오질 않아, 그는 한참동안 방 가운데 서 있었다. 이윽고 방문 있는 쪽으로 가보니 형걸이는 벌써 제 방에 들어가 버린 뒤이었다.

11

장로교회당(長老敎會堂)은 구룡교에서 강선루 쪽을 향하여 올라가다가 왼편으로 꼬부라져서 임강정 있는 바로 그 맞은 집 전날 김이방(金吏房)네 집 자리였다. 모새기에 부엌을 두고 양쪽 기역자로 두 칸씩 방을 들였던 것을, 모두 뜯어 고쳐서 부엌을 메우고 양쪽 바람벽을 친 뒤에 높직하니 마루를 놓아 그곳에 강돗상²²⁷을 만들었다. 행길 쪽으로 있는 기역자의 한쪽 두 칸 방이 남자예배석이요, 안으로 꺾인 기역자의 또 한쪽 두 칸 방이 부인네들의 예배석이다. 지붕은 영세대로 두어두고, 대문만 고쳐서 높직하니 돌 지붕을 넣고, 그 꼭대기에 맵시 나게 나무로 열십자를 만들어 세웠다. 그 옆에 사다리처럼 다섯 여섯 층계를 만들어서, 노전으로 위를 덮고 그 밑에 종을 매어 달았다. 김이방네가 청간으로 쓰던 방을 고치고 늘려서, 평양서 온 이조사(李助師)네가 살고, 그 윗방에 새로이 동명학교 교사로 온 문우성이가 기숙을 하고 있었다. 문교사는 평양 일신학교 출신으로 예수교의 독신자였고, 학교에서는 산술, 역사 등을 가르쳐주는, 서른도 안 된 젊은 선생이었다.

모란꽃이 한창이니 오월 단오는 아직도 좀 더 있어야 한다. 모란꽃이 져서 떨어지고, 가시울 밑과 논두렁 같은 데 창포가 줄기차게 성하고, 신작로 기슭에 부득꽃이 피고, 마지막으로 함박꽃(작약)이 활짝 피어오르면, 이곳에 단오절이 찾아온다.

그때까지는 아직 보름하고도 얼마가 더 남아 있다.

밤새에 내리던 비가 활짝 갠 화창한 공일날이다. 동명학교 학도, 박형선, 박형걸, 손대봉, 이태석, 김길손 등은 아침예배를 보고, 찬미책들을 옆구리에 낀 채 우슬렁우슬렁 문교사의 뒤를 쫓아 모란꽃이 핀 살구나무 밑으로 몰려나왔다.

이들 중의 몇 사람, 손대봉이나, 형걸이나, 형선이는 어렸을 때, 아직 동명학교가 생기기 전 서당을 그만두고 기독학교를 얼마간씩 다닌 적이 있어서, 기독교에 대해선 결코 판 백지가 아니었다. 그러므로 그들은 요한 삼 장 십육 절이니, 삼장찬미니, 주기도문이니, 이런 건, 그 참뜻을 알지는 못할 값이 제법 소리 높이 읊어대기는 하였다. 그러나 그들은 안식일을 지킨다던가, 예배를 본다던가, 밥 먹을 때나 잠자리에 들 때에 기도를 올린다던가, 그런 건 도시 할 염도 안 했고, 찬미책도 성경책도 사지 않았다. 학교가 기독학교니 옛말 듣는 조로 성경 말을 들었고, 창가배우는 여대로 찬미를 불렀던 것이다. 무당이 굿할 때 하는 사설이나, 조사[228]나 영수[229]가 올리는 기도나, 때때로 장난삼아 흉내를 내고 웃고 떠드는 장난감이 되기는 매일반이었다.

그러므로 기독학교가 폐지된 뒤에는 예배당엔 갈 염도 안 했고, 성탄일 같은 때에도 구경삼아 가면 가고 안 가면 말고 하는 그런 정도이었다.

그러던 것이 문교사가 부임해서 얼마 안 해, 이들은 다시 예수를 믿는다고 예배당에를 다니기 시작한 것이다.

문교사의 부임된 뒤부터라고 하여도, 그가 공부 시간마다, 줄창 예수교 선전을 했다던가 그런 때문은 아니었다. 본시 문교사는 강서 태생이라고 하는데, 인물이 깨끗하고 새 지식이 해박해서, 이 고장에 오자 곧 학도늘의 마음을 시로잡고 말았다. 동명학교 교사라야 한문 선생 같은 건 서당훈장과 다를 게 없었고, 신식 학문을 배워주는 이라야 어느 시골 학교를 한 해나 두 해, 대충대충 건너뛰며 배워갖고 온 나많은 분들뿐이었고, 그래도 정영근 교사 같은 이는 체육이나 조련을 가르치는 관계로 젊은이들의 마음을 끌었으나, 이 역시 너무 엄하고 세차서, 학도들이 가까이 하긴 힘든 사람이었다. 그러던 판에 대성학교 물도 먹었고, 간봄에 일신학교도 졸업했고, 그래서 신학문이나 개화사상엔 발이 활짝 넓은데다가, 또 하나 엎쳐서 예수를 믿는 덕에 양인[230]들과도 교제상이 넓어 이즈음은 양서를 이 책 저 책 뒤적여보는 판이니 학도들이 홀딱 반해버릴 건 정해놓은 이치였다.

이조사의 소개로 이 고장 학교에 부임이 되었는데, 그는 오는 대로 그의 윗방에 기숙하고 검소한 독신생활을 시작하였다.

처음 그는 처자도 안 거느리고 혼자만 달랑하니 찾아와서, 단정한 독신생활을 하는 것이 일반의 주목을 끌었다. 그가 강서에서도 명문의 자제라는 걸 안 뒤에는, 일반은 더욱 그의 생활을 괴이하게 생각하였다. 마누라와 의가 나쁘든가 그렇지 않으면야, 청청한 몸에 안타까이 외지에 와서 홀아비 살림을 한다느냐고, 부인네들까지 문선생의 이야기를 입심거리로 삼았다. 아마 상처를 한 뒤이거나, 그렇지 않으면 어디 첩이라도 두었다가 이 고장 형편을 보아 종차[231]로 데려 오려는 겐지 모른다거나, 이렇게들 소문을 놓다가, 이즈음은 예수 믿는 집 부인네들 입에서 나온 말로, 엄격한 양반집안의 자손이라, 아들은 개화사상에 떠서 교사질을 나다녀도, 자부(子婦)[232]는 타 고장에 내보낼 수 없다고, 저렇게 혼자 나와 다니는 게라는 소문이 퍼진 뒤에는, 아마 그 말이 비등[233]할 게라고, 다시 딴 소문을 퍼지지는 않았다.

그러나 학생들 간에는 그가 독실한 기독교 신자라는 것이 한 가지 이야깃거리가 되었다. 학도들 중에는 유학을 세우는 집안에서 자라나서 서학을 싫어하는 이도 있었으므로, 어떻게 되어 저런 점잖은 선생님이 예수를 믿는다더냐고, 수상히 생각하는 이도 있었지만, 고을서 자라나서 기독학교를 치른 학도들에게는 전과는 다른 태도로 예수교를 다시 한 번 돌아보는 힘 있는 동기가 되었던 것이다.

그러나 학도들이 문교사를 쫓아 예수교 회당엘 드나들게 된 직접 동기는 모두 저저금 딴 모습을 띠고 있었다.

우선 형걸이는 문교사와는 다른 학도들보다 유달리 가까워질 까닭이 있었다.

문교사가 고등과 일 년 교실에서 수학을 가르치기 몇 날째 만에, 학과를 마치고 하학할 무렵이 되어, 미취자를 조사해본 적이 있었다. 장가 아니 간 학도는 두서넛 되었으나, 선치도 안 싸고 통이 약혼조차 안한 학도는 스무 명 가까운 한 반 학도 중에 박형걸이 혼자뿐이었다.

생김새도 비범하고, 차림차림이나 몸 가지는 품이 결코 가난한 집 아이도 아닌데, 어인 까닭으로 아직 조혼사상의 희생이 되지 않았는가, 하여 퍽 이상하게 생각하였다. 물론 개화사상이 들어온 뒤에는, 열한두 살 나이에 장가를 보내지 않으려는 개화해가는 집안도 드문하였으나, 열아홉이 되도록 혼사도 정하지 않았다는 건, 그의 집안이 상당히 개명한 신식 집안이거나, 그렇지 않으면 필시 무슨 곡절이 숨어 있을 게라고 생각하였던 것이다. 문교사는 교실을 나오면서, 형걸이를 불러, 밤에 틈이 있거든, 내가 기숙하고 있는 집이, 바로 예배당 안에 있는 이조사네 집 윗방이니, 한 번 놀러오라고 말하였다.

자상한 형걸이의 설명과, 그 설명 속에 얼키고설킨, 형걸이와 형걸이 모친 윤씨의 고민을 낱낱이 듣고, 문교사는 신분의 차별이나, 적서(嫡庶)의 구별관념이나가, 모두 어떤 시대의 찌꺼기인가를 소상히 가르치고, 지금 문명하는 시대에는 그런 차별이 절대로 있어서는 안 될 것을 말하였다. 이어서 그는 비복을 해방할 것과, 미신을 타파할 것과, 조혼사상을 물리칠 것과, 생활 습속을 개량할 것을 말하고, 이것을 위하여

대하

183

몸을 바침이 청년남아의 할 것이라 가르치었다. 형걸이는 문교사의 이야기를 알아들은 대목도 있고, 터무니 무슨 곡절인지 영문인지를 모르고 넘기는 대목도 많았으나, 문교사의 하는 말은 모두 옳은 말이라고 생각하면서 잠잠히 듣고 있을 뿐이었다. 이런 일이 있은 다음부터는 형걸이와 문교사와의 사이는 유별난 교의[234]로써 맺어져서, 사제의 엄격한 관계는 잊지 않으면서도 어딘가 그것을 넘는 정의를, 피차간 느끼고 있었다. 바로 형걸이가 쌍네와 가까이 하기 비롯한 전후의 일이었다. 그러나 형걸이는 쌍네와의 관계에 대해선 절대로 입을 감물고[235] 아무 의논도 하지 않았다. 그리고 인제 다시 혼삿말 같은 덴 귀도 안 기울이리라고, 내심으로 굳이 작정한 것도, 문교사에게는 말하지 아니하였다. 그는 얼마 안 해 공일날이나 삼일 밤 예배 같은 때엔, 회당에 다니는 교인이 되어 있었다.

*

형선이가 예배당에 다니게 된 건, 또 다른 경로를 밟아서였다.

형선이는 그의 갓 데려온 아내, 보부가 예수는 믿지 않노라 하지만, 두지[236] 속에 시집 올 때 성경책과, 찬미책과, 예수가 승천할 때의 그림과, 십자가 앞에서 끓어 앉은 그림 등속을 넣어갖고 온 것을 알고 있었고, 정좌수도 회당[237]에 다니진 않으나, 기독교를 배척치 않는다는 건 잘 알고 있었다.

"예수 믿는다구 머랄가봐 그러나."

사실 보부는 귀신이나 마귀를 존신이라고 섬겨오는 집안에서 예수교 문세를 중얼대다가 시집살이도 못하고 쫓겨온 색시를 알고 있었고, 비록 새신랑 되는 형선이야 그러랴마는, 빈정대는 말에도 틈새기를 보이지 않

으려고,

"믿으면 믿는다고 밝히지오. 믿지 않으니까 않는다구 하는 게지오."

하고 새침을 뗀다.

"그럼 성경책은 웬 겐가. 그리구 목수 아들인가, 그 텁석부리 말이야, 그사람 하늘루 올라가는 그림인가, 그건 다 웬한 겐가."

"심심할 때 이야기책 대신에 보믄 어떤가요. 그림이야 머, 비단필이나 삼성에 붙은, 딱지를 모아두는 어대지요."

그러나 형선이가 바륵바륵 웃으면, 보부도 그 웃음이 무엇을 말하는지 알면서도 그대로 따라서 바륵바륵하고 웃었다.

그런데 문우성 교사가 온 뒤에, 그가 예수를 독실하게 믿는 걸 알고 얼마를 지나서, 형선이는 밤에 제 아내더러,

"새루 온 문교사가 예수를 믿는대. 아주 독실하다는데. 나두 회당에나 갈까."

하고 말해본 적이 있었다. 이때에도 남편이 제 마음을 중떠보는 줄 알고, 아무 대답이 없었다.

"그 찬미책하구, 성경책하구, 좀 꺼내주게."

그때에야 비로소, 남편의 말이 진정인가 농말인가를 판별해보려는 듯이, 바느질에서 눈을 떼고 남편의 얼굴을 쳐다본다. 별로 농의 말 같지가 않아서,

"건 뭘 할라구요."

하고 한 번 물어본다.

"두뭇골 형걸이두 믿구, 모두 가는데, 나두 가볼까 하구."

"머, 남이 믿으믄 믿으시나요."

"자네가 믿길래 믿어보려네."

농말인 줄은 알면서도 보부는 발신하니 웃으면서,

대
하

185

"망칙해라, 누가 머 믿는답디까."

한다. 그러나 그는 곧 옷가지 호든[238] 걸 반짓고리 속에 넣고 일어나서, 옷 두지를 열고 그 속에서 성경책과 찬미책을 꺼내었다. 어딘가 기뿌드름한 홍조를 띈 빛이 얼굴에 떠올랐다. 형선이가 그걸 한 손으로 받아 쥐니, 보부는 다시 아래께 문을 열고 뺄함[239]에서 성화를 꺼낸다.

"이 그림이 십자가에 못 박혀서 사흘 만에 예수 승천하는 그림, 이건 겟세마니 동산에서 예수가 기도 드리는 그림, 이건 예수 어렸을 때 그림, 이게 마리아라구 예수 오마닌데, 참 곱게 생겼지오."

보부가 하나하나 가르쳐주는 걸, 덤덤히 바라보고 있다가 형선이는, 얼굴을 비스듬히 쳐들어서 보부를 바라보며,

"한다 하는 조사 영수 찜쩌 먹겠군."

하고 히죽이 웃었다. 그는 아내의 지식이 넓은 데 만족한 것이다.

"나두 기독학교 댕겨서 성경줄이나 들었건만 원. 그래두 찬미는 몇 마디 하지. 어데 이번 주일에 가보까."

"가보시구려. 아무려나 개화하신 이들이야, 마귀 섬기는 것보담 월등 낫지요."

인제는 보부가 정면으로 권하는 판이다. 형선이도 속으로 '짜장 그러렷다.' 하고 생각했으나, 아무 말도 안 하고 성경책을 뿌르르 펼쳐들었다.

"자네 가구 싶어 어떡하겠나."

책장을 공연히 펄각펄각 뒤치면서 형선이가 물어본다.

"가구 싶으면 가나요. 내우 하는 아낙이 그렇지요. 머."

"내 용서 맡아줄게 자네도 같이 가세나."

그러나 남편의 이 말이 농말인 건 뻔했다. 그러므로 보부는 씩 웃으면서,

"남덜 다 갈 때 차차 가지오."

한다.

"지금두 머 남덜이야 안 댕기나. 많이덜 댕기는데."

"그래두 난 후댐에 갈래요. 어서 당신이나 열심히 믿우. 나야 애기나 낳거던 장옷 쓰구 댕기지요."

형선이는 아내의 갑자기 발그레해지는 얼굴을 홀린 듯이 한참이나 쳐다보다가,

"인제 밤두 깊었는데 자리 깔구 불 끄지."

하였다.

형선이는 그다음 공일날부터 예배당엘 갔다.

이밖에 손대봉이는 형걸이의 권유, 그리고 김길손이나 이태석이는 다시 이 손대봉이나, 형걸이의 인도로 예배당에 출입하게 된 것이다. 대봉이는 예수교란 건 어떤 건데, 그 진리는 뭐이고, 죽으면 천당에 가고, 머, 이러퉁한 말은, 하나도 쓰지 않았다.

"얘 길손아, 이담 공일에 회당에 가자."

한 마디 툭 던지면 저쪽에선,

"겐 멀하레."

하고 반문한다. 그러면 곧,

"너, 색시랑 체니 구경 안 할련? 함께 찬미하구, 기도 올리구, 오라바니, 누님 어쩌구 한다. 재미있다."

이렇게 꼬여대면 처음엔,

"망할자식."

하고 어깨를 툭 치며 웃고 돌아서지만, 공일날 아침엔, 일찌감치 조반을 먹고,

"대봉이 있나."

하고 찾아왔다. 대문 밖으로 나가면 기척하고, 경례 하고 입 나팔 분 뒤에

"문선생님두 믿는다지."

하고 엄숙하니 딴전을 울린다. 그러면 대봉이는,

"그럼, 문선생이 믿길래 가는 게지, 될 말인가."

하는 것이었다.

　─이렇게 해서 그들은 각각 예배당에 다니기 비롯한 것이었다.

＊

　예배가 끝나면 남자들이 먼저 다 나가버린 뒤에 한참을 더 기다렸다가 부인네들이 장옷을 쓰고 회당에서 나와, 자기 집으로 돌아가게 되어 있었다. 마침 남자반 예배석에서는 나많은 축들이 상논할 게 있다고 빈자리가 없으므로, 부득이 문교사는 청년들을 데리고 뒤꼍 살구나무 밑으로 온 것이다.

　"지금 조사님 말씀대로 마귀를 불살라버리는 예배가 두세 고장 있는데, 거기 참례할려거던 점심덜 잡숫고 다시 이리로 모여주시오. 그러나머, 장년반에서 참례할 테니까 우리 청년이 전부 몰려갈 필요는 없고, 역시 먼저 주일처럼 미신타파의 전도대를 두어서 친근한 집이나, 흠 없는 집에 가서 각각 성경책과 찬미책을 나누어주면서, 우리 하느님 말씀의 진리를 펼쳐놓는 데 노력하시는 게, 더욱 안식일을 지키는 본정신에 합당할까 합네다. 우리의 생활의 실제를 들어서, 귀신이나 마귀를 섬긴다고 굿과, 푸닥거리와, 토사와, 경과, 점과, 살풀이와, 치성 같은 데에 피땀을 흘려 모은 재산이, 얼마나 생똥하게 흘러버린다는 것을 실지상의 있는 일을 들어서 설명하고, 개화한 외국인들의 훌륭한 생활을 자세하게 비교해가면서 깨우치도록 말씀하고, 이 찬미책과 성경책과 그림 등속을 두고 보라고 나누어주시오. 한 번 그렇게 해놓은 집은 그 뒤 끊임없이 자주 놀러다니면서, 무슨 사소한 일을 들어서라도 늘상 하느님의 진리를 들어 말씀하십시오. 동시에 우리가 날마다 말하는 생활풍습의 개량 같은 거나, 비복의 해방 같은 거나, 이런 걸 널리 들어서, 어서 우리 어두운 생활에서 광명한 세계로 나아가자고 권유하십시오. 끝으로 가장 주의할 것은, 무례하게나, 또는 감정이 상하게 하시지 말 것. 무엇보다 먼저 친밀해지는 게 중요하니까. 그리고 가도가 엄격한 집에 무시로 안방을 엿본다던가, 이런 건 우리 청년들이 오해를 받기가 쉬우므로 절대로 주의하고 명심하여야 하겠습네다."

이 말을 들으며 형걸이는 모란꽃포기 옆에서 잠깐 딴 생각을 하고 있었다. '안방을 엿본다든가, 이런 건, 우리 청년들이 명심하여 삼가야겠다는 걸' 들으니 언뜻 두칠이 처 쌍네 생각이 났다. 형선이가 뻔히 형걸이를 쳐다본다.

'혹시 형선이도 형준이 입에서, 내가 두칠이 처 방에서 나오더란 말을 듣고, 그 일을 알고 있는 것은 아닌가. 그렇다면 형수 되는 정보부나, 온 집안이 알고 있을는지도 모를 일이다.'

이렇게 생각하니 낯이 후끈하면서 형준이에게 미움이 가고, 잠시 동안일지라도 제 얼굴을 뻔히 쳐다보던 형선이에게도 미움이 가는 것 같다.

퍼뜩 대봉이를 보았더니, 그는 지금 칠성이 처의 생각을 했던지 형걸이를 보고 벌쭉하니 웃는다.

"그럼 두 분씩 갈러서, 한 분이 성경과 찬송가를 각각 한 책씩 들고 그림은 큰 거 적은 거 합해서 다섯 장씩, 이렇게 나누어 들고 곧 떠나주십시오. 밤 예배에 다시 오실 때에, 전도한 결과를 자세하게 말씀하시도록 해주시오."

잠깐 부인네들의 예배서을 기우하여 바라보더니,

"부인네들도 다 갔으니 인제 각각 헤어지시오."

형걸이와 대봉이는 한패가 되었다. 그들은 임강정 앞으로 나와서 비류

강가 상으로 내려왔다. 방수성 위에 서서,

"뉘집 뉘집이 가볼가."

하고 형걸이가 물어본다.

"네 소견대로 한 집 가구, 내가 앞장서서 한 집 가구, 이번엔 이렇게 한 번 갈라서 해보자."

대봉이의 대답을 가만히 되새기더니,

"넌 어데 갈라구 생각한 곳이 있네? 난 한 고대 있다."

하고 형걸이는 말한다.

"뉘집이가? 너부텀 말해봐라."

"왜, 방선문께 나가노라믄, 국숫집이 있지, 박누구라던가, 그집 아니믄 그의 아우 마방하는 집으로 갈란다."

형걸이의 말이 채 끝나기가 무섭게 대봉이는 달려들었다.

"이놈 뭐 어드래?"

멱살을 받혀 쥐려고 하니, 형걸이는 고개를 뒤로 젖히면서,

"안 그러마, 안 그러마, 다신 안 그러마."

하고 껄껄 웃어댄다. 형걸이가 가자는 집은 박리균네와 그의 동생 박성균네 집인데, 대봉이가 인제 며칠 안 있다 박성균이 딸 금네한테 장가드는 걸 놀려대는 말이었기 때문이다.

대봉이는 성이 삭았어도, 좀 입맛이 밍밍한지 시푸드름해 있다.

"왜, 그 말에 노했나."

하고 물으니,

"망할 자식 노하긴 누가."

하고 씩 웃으며 시원스레 대답은 했으나, 그 싫디싫은 금네한테 장가들 걸 생각하니, 미상불 속이 상해 기분이 울적하지 않던 못했던 것이다.

한참 동안을 아래쪽으로 덤덤히 걸어가다가,

"내가 생각한 곳은 강선루 앞인데, 그리루부텀 댕겨갈까. 우리 일갓집 뒷채에, 새루 평양서 이사해온 집이 있다."

하고 대봉이가 말하는 것을, 형걸이는,

"그럼 그럭하지."

하고 그 말에 따라간다.

그들은 다시 길을 되짚어 임강정 골목으로 올라와서 행길로 나섰다. 대봉이는 앞장을 서서 바른쪽으로 올라가다가, 관가 우물께로 꺾어서 돌아간다. 한참을 가다가,

"이집 뒷채다."

하고 대봉이는 어떤 돌집 앞에 와 선다.

"이 뒤꼍으로 돌아 들어가면, 따루 떨어진 집이 있다."

잠깐 더 그대로 서서 설명을 하다가, 가만히 형걸이 귀밑에다 입을 대고,

"기생집인데 괜찮을까."

하고 나직이 물어본다.

"글쎄."

하고 형걸이도 그의 말이 뜻밖이고, 도시 생각조차 안 했던 곳이라, 잠깐 동안 머뭇거리며 새겨보다가,

"귀천의 차별이야 두겠나. 그러니 관계야 없겠지만서두, 글쎄 원 우리 학도 신분에."

하고 망설이는 기색을 보인다.

"그럼 괜찮다. 차별을 없애는 게 종교의 목표가 아닌가. 어쨌거나 뒷간당은 내 할게 따라만 오게. 나두 이사 왔다는 소리를 들었을 뿐이지 한 번 본 적은 없다. 뽕두 딸 겸 뒷두 볼 겸이지."

대봉이는 그의 팔을 끌 듯이 하며 앞장을 선다. 형걸이도 싫지는 싫디. 들어가는 걸 발뺌해줄 건덕지나, 발명할 수 있을 만한 트집만 있으면, 젊

은 사람의 마음이라 입맛이 당기지 않던 못했던 것이다. 모시 다듬은 두루마기를 살랑살랑 휘날리며 한손으론 책과 그림을 들고 각담을 돌아 뒤곁으로 갔다.

"아니 계시우."

하고 문 앞에서 대봉이가 불러본다. 대문 앞은 채마밭이다. 안에서는 대답이 없다.

"아니 계시우니까."

하고 또 한 번 부르고는 형걸이를 보면서 눈을 하나 찔끔한다.

"거, 누구요."

가느다란 젊은 여자의 목소리다.

"내웨다."

하고 제법 어른처럼 대답하곤 또 다시 형걸이를 바라본다.

"오만, 누구 찾어오신가분데, 좀 나가보시소 고레."

대문밖에 서서 두 총각은 아름다운 여자의 목소리를 홀리듯이 듣고 섰다. 이윽고 회청백이 낡은 걸 끌면서, 오십이 넘었을 부인이, 삼성치마를 두르고 뜰을 건너 나와서 대문빗장을 뽑는다.

"어데서 오신 이들인가요."

대문 앞에 와서 찾는 손이 시퍼런 학도청년인 것을 본 여인은 좀 의아해서 두 사람의 얼굴을 번갈아 본다.

"아랫거리서 온 사람인데, 주인 계신가요."

하고 이번에는 형걸이가 나섰다.

"예, 안주인만 있습네다. 그런데 무슨 일이신가요."

이렇게 더듬더듬 하고 있는데, 안에서 젊은 여자의 목소리가,

"누구시든지 들어들 오시라구레. 으레껏 찾아오신 이들을."

이 소리를 듣더니 여인네는 급작스레 벌신하니 웃으면서,

"자, 누추한 방이지만 좀 들어들 오시소 고레."

하고 대문 한 편에 비켜선다.

"예 좋수다, 여기두."

하고 대봉이는 한 번 사양해보는데, 형걸이는,

"그럼 잠간만."

하고 대문 안으로 으쓱하니 들어선다. 그래 대봉이도 따라 들어섰다.

주렴 발을 친 윗방에서 갓 단장한 듯한 기생이 쌩긋하니 웃으면서, 한 손으로 발을 들치고, 반들반들하게 물걸레질을 쳐놓은 마루로 나온다.

"수구레 누추한 집을 찾아주셔서 죄송합네다."

하고 고요히 한 짝 무릎을 꿇고 반절을 하듯 한다. 예사대로 하자면 떨어지게 반말을 할 것이지만, 형걸이는,

"느닷없이 찾아와서 되레 안 됐수다."

하고 어름어름한다.

"자 이리로들 올라오시지오. 방은 누추하지오만, 이리로 들어오시지오."

기생은 처음 마루를 권하였다가, 다시 방 안을 권한다. 대봉이는 형걸이를 슬쩍 보더니,

"그럼, 좀 들어가서 이야기하세그려."

하고 토방에 갓신을 벗고 마루로 올라선다. 기생의 안내로 그들은 방 안에 들어갔다. 기생어미는 부엌 건너 외간방으로 들어가버린다.

기생이 안내한 방은 늘레로 두 칸 방인데 기직²⁴⁰ 위에 돗자리를 깔고, 아랫목에는 보료에 사방침²⁴¹을 놓았다. 뒤꼍으로 두지, 자개 장농, 의걸이²⁴²를 쭈르니 늘어놓고, 아랫목 머리맡에는 문갑이 놓였다. 옷 곁에는 화초평풍을 나직하니 둘렀고, 그 앞에 놋으로 만든 유경(鍮檠)²⁴³이 놓여 있다. 문갑 앞에는 흰 옥 초합과, 놋재떨이 위에 긴 연죽이 하나 얹이어 있다. 평풍머리에 세운 가야금이, 천장 밑에 선반을 매고 모셔놓은 손각

시 들어 있는 챙지에까지 올라대이었다.

"인젠 벌써 여름이라고 낮이면 더우신걸요."

하고 태극선²⁴⁴을 꺼내 권하고, 이어,

"의관 파탈하시고 앉으시지오."

한다. 두 사람은 들고 온 책과 그림을 놓고 모자를 벗어 보료 뒤로 밀어 놓는다.

보료 위에 두 젊은 손님을 모셔 앉히고 기생은 방 가운데 앉아서, 옥초합을 끌어다 담배를 담는다.

"평양서 온 지 오래웨까."

하고 형걸이가 말을 걸어본다.

"한 달포 넘었어요. 일가 사람이 자파에서 사는데, 이 고장이 산수도 좋고 명미하다 하시기에 구경두 할 겸, 그리구 이곳서 옛날 부용(芙蓉)이란 명기가 나지 않았습니까. 제 이름을 바로 부용이라 여쭙길래, 이것저것 그리워서 한 번 찾어온 것이야요. 너무 생소한 고장이라, 여러 나리님 사랑만을 하늘처럼 믿고 온 셈이지오."

담배가 다 담기었다. 소털 같은 기새미가 노랗게 대통²⁴⁵에 들어 담겼다.

"심심하실 텐데 담배 붙이지오."

가느다란 옥가락지와 금지환 낀 손으로 긴 연죽을 내대이니, 대봉이가 사양 않고 끌어 받아서 입에다 물으려고 하다가, 문득 예수 믿는 사람은 술 담배를 금한다던 말을 생각하고,

"모처럼 붙인 걸 사양키는 어려우나 미처 담배를 못 배웠소."

하고 점잖게 재떨이 위에 도로 놓는다.

"이 서방님께서도, 그럼,"

하고 형걸이를 쳐다보니, 그는,

"나두 못 배웠습네다."

하고 대답한다. 그러나 속으론, 부용이가 저더러 서방님이란 게, 우스웠다. (이렇도록 장성해서 총각일 줄은, 누가 보아도 생각지 못할 것이다.)

"참, 얌전들 하시구려. 무엄한 말씀이지만."

하고 부용이는 그리 크지 않은 흰 이를 아래쪽만 내보이면서 웃어본다.

"얌전해 못 배온 게 아니라, 잘 피우던 걸 요지음 끊어서 못 먹는 게라우."

하고 형걸이도 웃는다.

"아니 담배를 끊으셨어요."

갑자기 웃음을 털고 낯색을 정색하면서, 부용이는 형걸이를 쳐다본다.

"그런 게 아니라요. 인제 제대루, 우리 화장수를 시작해야겠군, 우리들이 화장수를 떠난 게라오."

잠간 대봉이를 쳐다보고, 형걸이는 까치다리했던 걸 좀 풀었다가 도사리고 앉는다.

"우리가 댁을 찾아온 까닭이, 바루 우리들이 담배 술을 끊은 까닭과 같으외다. 직발 지름길을 해서 털어놓구 말해보면, 부용이한테 우리가 예수를 믿으라고 전도하러 온 게외다."

얼굴이 달걀같이 개름하고, 눈매가 정기 찬 부용이의 얼굴에, 잠시 복잡한 표정이 오락가락한다.

예수를 믿으라니, 지나가는 농의 말인지, 혹은 비천한 계집이라고 실없이 놀려대는 사설인지, 그렇지 않다면 무슨 깊은 딴 뜻을 두고 빗대어 하는 말인지, 도무지 알 수가 없다. 혹 자기가 잘못 들은 말일는지도 모르겠다고, ―이렇게 부용이는 생각하고 있는 것이다.

"손 농의 말씀을 하셔도."

이렇게 한 마디 나직이 종알거리다 말고, 그 아름다운 눈매로 약간 형걸이를 흘겨보듯 하다가 끝을 새름하니 웃어버린다. 형걸이는 그렇지 않

다는 발명의 말을 하려고 입을 날름거리다가, 부용이의 입술이 흩어지는
데 질려서, 얼굴을 바로 보지도 못한 채 한참동안을 더듬는다.

"그럴 리가 있나요."

하고 앞을 지르고 나선 건 옆에 앉았던 대봉이었다.

"이걸 보소구려. 이게 찬미책하구 성경책이 아니웨까. 또 이 그림하며."

수다스럽게 책을 내놓고 지정머릴²⁴⁶ 치려고 하는데, 부용이는,

"저 같은 사람을 그처럼 생각들 해주시니 고맙긴 하외다만, 가령 제가
예수를 믿는다면, 어데 회당에라두 제법 갈 수 있는 몸인가요."

하고 약간 나무람 섞인 한숨조로 나온다.

"웨요. 어데 예수교에서 사람 차별 두는 줄 알우."

대봉이가 대서기는 했으나, 형걸이는 역시 부용이의 하는 말이 근경에
가깝다고 속으로 생각하였다.

"제가 괜히 예배당에만 가보서요. 그날부터 점잖은 집 부인네는 하나
도 오들 않을 겝니다."

"그래두 할 수 없지요. 예수라는 이는 사람에게다 어데 귀천을 가리거
나 그렇진 않었으니까요."

대봉이는 어찌 되었든 건둥건둥 주어 섬기고 있기는 하나, 형걸이는
이런 데 와서 전도고 뭐이고 하는 게 역시 탈선처럼 생각되었다. 그러나
이왕 왔던 김이니 그대로 갈 수는 없다고, 가라앉는 제 기분을 속으로 느
끼면서, 이렇게 말해보았다.

"그렇게 생각하는 건, 부용이의 잘못인 줄 압네다. 예수를 믿으라는
건, 그저 덮어두고, 회당에나 오라는 말은 아니겠지요. 사람 따라서는 위
선 오는 게 장땅이라고, 회당에 부지런히 소일삼아 댕기는 가운데서, 차
츰 예수교의 진리나 본 정신을 깨달아가는 이도 있겠지만, 부용이 같은
분이야 그럴 필요도 없겠지요. 회당엘 간다든가 안 간다든가 그런 것보

담두, 위선 성경이든가 찬송가를 보구서 그 참정신을 깨닫고, 매일 하는 생활 가운데 그 정신을 배어들게 하면, 그게 더 중할 줄 압네다. 참 부용이 말마따나, 부용이가 회당엘 온다고 보면, 아직 낡은 습관에 젖은 완고한 분들이 눈살을 찌푸리고, 부인네들 중에는 회당에 안 오게 되는 경우가 생길는지두 모르겠습네다. 한 사람의 진정한 분을 얻기 위해서, 쓸데없는 가짜 신도를 백만을 잃는대도 가당할는지 모른다면, 그말두 일리는 있지만, 안즉 이 세상이 그렇게까지 되기야 쉽습니까. 그러니까, 우리들이 부용이 집에 찾아온 진정은 어데 있든 간, 전도 나왔던 김에 한 번 놀러 들린 걸로 셈을 치고, 어떻든 우리의 본뜻만 저버리지 말아주면 될게 아니웨까. 이 책일랑 놓구 갈테니까, 심심파적²⁴⁷으로 보아보소. 우리 생각은, 사람은 본대 귀하거나 천하거나 하는 구별이 있을 턱이 없다, 모두 한 가지 같은 사람이 팔자를 잘 타구나면 양반이요. 그렇지 못하믄 상놈이요, 이러니까, 이 뜻을 잊지 말구 마귀나 미신이나 이런 데 잡히지 말구서, 새 문명을 받아서 잘 살자는 겝니다. 이거 머, 화장수타령이 너무 길어졌으니, 이건 이젠 이만해둠세."

형걸이는 벌쭉하니 웃으면서 대봉이의 얼굴을 쳐다본다. 그러는 동안 부용이는 다소 흥분된 빛을 낯에 그리며,

"좋은 말씀을 들려주셔서 감사하와요."

하고 진정으로 감사한 생각을 가슴깊이 새겨넣은 듯이 가만히 머리를 수그려 인사를 한다.

"허, 머 이럴 것까지 없구. 자 그럼 우린 또 딴 곳에 들려볼 곳도 있으니까, 인제 가보아야겠수다."

모자와 나머지 책자를 들고 일어서니,

"아니, 원 이렇게 가시다니 될 말씀이웨까. 식혜나 감주²⁴⁸래두 한 진씩 올릴려구 지금 막,"

하고 따라 일어서서 문께를 막아서며,

"오만, 저 화채던가 식혜던가, 얼런 상 좀 차리서요."

하고 일변 또 건넌방을 향하여 소리를 지른다.

"아니올세다. 뒷날 또 놀러오지오. 많이 놀았으니께루. 인제 다른 델 또 가보아야지오."

대봉이는 어느 결에 모자를 쓰고 두루마기의 주름살을 털면서, 주렴을 들치고 마루로 빠져나간다. 차마 처음 보는 남의 서방님(사실은 총각이지만)의 손을 붙들 수는 없어, 발을 동동 굴러보고 싶게 안타까웠으나 어름거리다가는 또 한 분마저 놓칠까 저어하여, 부용은 형걸이 앞에 가로서서 피해나갈 길을 막아버린다. 형걸이는 모자를 집고 다시 그림 뭉텅이를 집어 들다가 문뜩 생각키이는 듯이,

"참 그림두 한 장 받아두시오. 이게 예수 어렸을 적에, 성모 마리아에게 안긴 그림이외다."

하고 그중에서 한 장을 뽑아서 문갑 위에 놓다가, 잠깐 마당 밖을 눈길해 보았다. 대봉이는 마당 가운데 서서 형걸이의 나오는 걸 기다리고 있다.

"온 이렇게 여럿을 함께 많이 주셔서 황송하온데. 그런데, 글쎄 저 서방님이 저렇게 나가셨으니 어떻게 합니까. 제가 나가 모시고 올 테니, 잠간만 이대로 기다려주서요."

그러나 형걸이는 모자를 쓰고 두루마기 고름만 고쳐 맨다.

"자 비키시오."

주렴에 손을 대려는 걸, 덥썩 두 팔로 잡고, 제가 지금 한 행동이 무언지도 채 생각지 못하면서, 동백기름 냄새가 풍기는 곱게 빗은 머리를 살래살래 내젓는다. 형걸이가 부용에게 잡힌 제 손을 내려다볼 제, 비로소 부용이는 물감처럼 낯을 붉혔다. 그러나 그는 손을 놓지 못하고, 한참 동안을 그럭하고 서 있었다. 발 친 방 안은 아무 데서도 보이지 않았다.

12

며칠 전에 나카니시 상점에서는 이 고장에선 보지 못하던 잡화상품을, 새로이 평양서 소달구지에 한차판이나 실어왔다. 여태껏 평양과 이 고을과의 일백육십 리 길에 짐을 나르는 데는 마바리꾼이나 돌림장수 모양으로 당나귀나 노새에 실고 다니던가, 도부꾼이나 납지개장수처럼 등에 지고 다니던가, 상싸에 겨울날 눈과 얼음을 이용하여 소발구²⁴⁹를 쓰던가 하는 외엔 별 도리가 없었다. 그러므로 웬만한 이삿짐이나 잡곡이나 소금이나 그밖에 해산물 같은 큰 짐은, 대동강을 치거슬러서 비류강까지 올라오는 뾰루대나 수상선을 이용해왔었다. 두서너 집 포목점에서 주단이나 포목을 실어오던가, 칠성이네가 자전거를 타고 평양 가서 물건을 해오는 것도, 이 배편을 이용하였고, 나카니시네가 부페짐이 되는 잡화를 상자로 해올 때나, 심지어는 김용구네가 그 알뜰한 과자를 몇 상자 해오는 데도 이 뾰루대와 수상선편을 이용해왔다.

그러던 것을 단오를 앞두고 날이 가물어서 물이 적어진 관계로, 배편은 날이 지체된다고 나카니시네는 단연코 새로 난 소달구지에 한차판을 실어서, 번뜻한 신작로로 밤낮 하루 해를 걸려, 평양서 이 고장까지 운반해왔던 것이다.

육중한 두 개의 커다란 바퀴가 붙은 달구지를, 황소가 헐떡이며 끌고서 돌차니고개를 넘어서 망지다리를 지나 방선문으로 들어설 때, 후루매²⁵⁰ 입고 게다²⁵¹신은 젊은 나카니시는 물론, 그밖에 많은 아이들과 일없는 한가한 친구들이 일부러 구경을 하려 마중을 나왔었다. 그들은 달구지를 따라 거리를 올라와서, 그 달구지 위에 실었던 짐짝을 내려놓고 하나하나 끄르는 것까지 바라보고 있었다. 짐을 내려놓은 뒤에 소는 박성균네 마방으로 끌고 가서 여물을 먹이고, 따라온 달구지꾼은 방 안에 들어가서, 국수 두 돈 오 푼짜리를 세 그릇이나 조져 대였다. (국수는 박리균네가 누르던 것을 이즈음 집을 떨어 고치노라고, 분채를 성균네 부엌으로 옮겨놓았던 것이다.)

어린아이들 중에는 달구지가 신통할 뿐 아니라, 달구지 부리는 험상궂은 작자가 국수 세 그릇을 먹어대는 것이 또한 신기해서, 인차 나카니시네 집 앞에 몰려 있는 저희 동무 아이들께로 뛰어가서, 좀 더 이야기를 보탬해가며 인제 달구지 끌고 온 장정이 연거푸 국수 다섯 그릇을 먹어대더라고 헛소리를 놓았다.

그러나 그까짓 국수를 먹는 것보담 아이들은, 지금 한창 짐을 끄르는 대로 그 상자나 볏집 수세미 속에서 보지 못하던 이상하고 괴상한 물건이 자꾸만 쏟아져나오는 것이 더 재미나고 신기하였다. 한 가지 물건이 나올 때마다 어른들 틈에 어깨를 걸고 서서, 그들은 그것이 무엇에 쓰는 것인지를 맞춰대노라고 새새덕거리고 재깔대었다. 나카니시도 우쭐했고, 그집 고츠카이252 '다로오'라고 하는 군청 하인의 아들도, 무슨 큰 벼슬이나 한 것처럼 의기양양하다.

달구지에 실어다 부리고, 지금 가게에 벌여놓고 쌓아놓고 하는 상품 가운데서는, 석유(石油) 열 상자가 제일 돈 먹은 물건이었다. 미국 뉴욕 솔표 석유라고 쓴 나무상자 속에 흰 상철로 만든 왜유초롱이 두 개씩 들어 있었다. 이놈을 아홉 상자는 그대로 져다가 뜰 안에 쌓아놓고 그 분주한 통에 천천히 해도 좋으련만, 여러 사람이 보는 중에서 그중 한 초롱을 쑥 뽑아놓더니 아깝지도 않게 장도리로 칼을 대고 구멍을 뚫는다. 그러더니 볏집 수세미 속에서 양철로 만든 펌프를 빼들고 와서 구멍에다 넣고, 연신 쇠줄을 한 손으로 낚았다 놓았다 한다. 수채처럼 된 구멍에서 석유가 쪼루루 갓난아기 오줌 싸듯 나와서는, 남포방등이 속으로 들어가는 것이 보인다.

뒤꼍에 쭈르니 매단 크고 작은 남포등 중에서 큰놈을 하나 내려서 갓을 씌우고, 알을 꽂고, 석유 든 방등 가운데 처억 늘어진 심지 위 끝에 성냥을 그어댄다. 해도 지기 전에 불을 켜놓는 것이다. 길 가운데 둘러서서 나카니시의 하는 품을 보고 있던 고을사람들은, 신기해서 혀를 빼문다. 연신 그 가격이 얼마냐고 물어대니, 장기(帳記)[253]를 보아야 알겠다고 상점사람은 장한 듯이 뻐겨댄다.

새 것을 갖고 이럴 지경이면, 지금 나카니시가 남포등에 불을 붙여댄 갑에 든 성냥도, 이 고을엔 처음 오는 물건이었다. 부싯돌이나, 이런 것보다는 편리하다고 많이 사용해오던 잎성냥 대신에, 끝에 노란 인이 붙은 놈, 아무데나 되는 대로 대고서 찍 그으면 켜지는, 들고 다니기 간편한 가치로 된 성냥이 지금 처음 이 고장에 들어온 것이다. 이쑤시개나, 댓자박이나, 살가시 같은 놈을 돌잔등이나, 기둥이나, 바람벽에 그으면 불이 나니 신기하지 않을 수가 없다. 담배 붙이는 데는 일등 십상이겠다고 누가 말하니, 어린아이 있는 집에서 밤에 불 켰다 죽였다 하기에 무한 좋겠다는 사람도 있고, 또 밤에 통숫간[254]에 가기에 알맞겠다고 말하는 이도 있었다.

구두버선은 벌써부터 알고 있기는 하였으나 타래채로 묶어놓은 놈은 처음이다. 갱고지 최관술이가 목다리까지, 올려 엮은 구두 속에, 꾸여진 놈을 삼성 자박지로 볼을 받아서 신고 다니는 것만 보았지, 무슨 생선 말린 것처럼 툭을 지어서, 맥기를 묶어놓은 놈은 보지 못하였던 것이다. 갱고지 최주사 나리, 인젠 볼 받은 구두버선은 안 신게 됐다고 누가 말해서, 둘러선 사람들은 모두 소리를 높여 웃었다.

쪽물을 들이 종이봉지에 불광을 그린 딱지를 붙인 건 양초요, 네모난 양철통에 색시가 서 있는 그림이 붙은 건, 오색이 각각 딴 봉지니 물감통이 분명하고, 단장 모양으로 강충하니 껍데기 구럭을 싸서 넣은 놈은 필

시 양산일 게다. 커다란 나무상자를 조심성 있이 뜯고서 많은 수세미, 대
팻밥을 집어내길래, 그것이 무엇일고 하고 바라보니, 말깃말깃한 사발
과, 물이던가 밥알이던가 김치쪽이던가가 빤하니 들여다보이는 유리그
릇과, 오줌을 누기엔 너무나 황송한 꽃 그린 찬란한 요강들이었다. 동창
(東唱)이나 직동(直洞) 있는 토점이나 사기점에서 왜글찌글한 커다란 놈을
시프르덩덩한 바탕에다 왜정빛으로 줄을 돌려 긋고, 생선 같은 걸 되는
대로 짓갈겨 그려서 구워낸 쌍사발만 보아오던 눈으로, 이 반들반들한
사기그릇과 유리그릇을 보니, 어디 김치나 된장국이나, 이런 걸 담아서
는 금시에 흠이 나고 터질 것만 같다.

　마지막으로 그리 크지 않은 상자가 둘이 남아 있다. 하나는 동아연초
주식회사(東亞煙草株式會社)라고 쓴 것으로 미루어 히로궐련[255]이 분명하
다. 그보다 좀 더 작은 또 한 상자 속에서는 작은 말뚱땅지로 만든 서너
너덧 상자 갑이 나왔다. 그중의 하나를 아깝지 않게 터뜨리니, 그 속에서
적은 종이 봉지를 하나 꺼내고, 다시 그 종이 봉지를 터뜨려서, 팥알처럼
발간 놈을 쪼루루 손을 쏟아 입에다 탁탁 털어넣는다. 버작버작 씹어 삼
키고는 하아 하고 고추 먹은 입을 불 듯 한다. 그의 앞에서 입을 헤에 하
니 벌리고 쳐다보던 김존우(金尊位)에게,

　"하나 먹었소까."

하면서, 나카니시가 너덧 알 집어서 치반치는 손에다 놓아주니, 많은 사
람들이 보는 가운데서 그는 텁석부리를 헤치고 입안에 한 알씩 집어넣고
정성들여 어금니로 잘근잘근 씹어본다.

　"맛이 있소까."

하고 물으니 존우는 후우 하니 숨을 내뿜으며,

　"맛이 있소. 맛이 있오."

하고 고개를 꺼뜩꺼뜩 한다.

형선이는 학교에서 점심을 먹으러 오다가, 나카니시네 집 앞에 사람들이 많이 모여선 게 수상해서, 대문간을 들어가다 말고, 그 집 앞에 가까이 와서 사람들의 등 뒤로 가게 있는 쪽을 넘겨다보았다. 불을 켜서 매달은 남포등을 바라보고 지금 막 상자와 궤짝 속에서 꺼내서 벌여놓은 여러 가지 상품을 한참 동안이나 바라보다가, 시간이 늦을까 하여 저희 집으로 뛰어 들어갔다.

사랑에 아버지가 있었으나, 그는 안방으로 들어가서, 어머니보고,

"등피[256]랑, 구두버선이랑, 양산이랑, 머 이런 거 많이 나카니시네 집이 왔습데다, 사랑에나 하구 두서너 방에 쓰게, 석유하구, 남포등 서너너덧 개 사옵세다."

하고 말해본다.

"하나나 사오믄 사왔지, 거 네 개씩 무슨 소용이간. 아지까리 기름 대레논 게 한 말이나 되는데, 건 언제 쓰간."

어머니는 실속을 차리려고 아들의 말엔 좀처럼 귀를 기울이지 않는다.

"글쎄 사다 한 번 켜만 보시구레, 당초에 낮처럼 밝구, 그놈만 켜놓았으면 넓은 방 안이 왼통 낮같이 밝겠습데다."

"아바지보구 말해보려므나. 내야 아니."

형선이는 서너 너덧 개라고 하지만, 두뭇골 집에서도 이곳에서 켜면 본따서, 네댓 개 쓸 것이니 적어도 열 개는 가져야 될 게라고 생각하는 것이다.

"온 참, 오마니도 부넌히 딱히시외다."

혀를 차며 제 방으로 돌아가는 형선이 뒤에서, 어머니 최씨는,

"무슨 돈으루 기름세력을 할라구. 등피 없이두 비단저고리에 버선코

만 잘 기웠다."

하고 혼잣말 하듯 뇌이고 있었다.

형선이는 제 방으로 와서 아내가 들여다주는 점심상을 받아놓고도 한참이나 남포등이며, 구두버선이며, 양산이며, 이런 걸 본 대로 아내에게 설명해주고 있었다.

이때에 맏형 형준이는 저희 방 윗목에서 낮잠을 자다 깨어났다. 그는 끙 하면서 벌써부터 몇 놈씩 밀려다니며 웅웅 거리는 파리떼를, 손으로 휘날린다. 그러더니 아랫목에 앉아서 아이에게 젖을 먹이는 아내에게,

"형선이는 뭐라구 저리 지껄인다나. 남 잠두 못 자게."

하고 잠투정을 한다.

"나카니시네 집에 남포등이라나, 등피라나가 왔다구, 오마니보구 사라구 그럽네다."

하고 아내는 제 말 같지 않다는 듯이 종알거려댄다.

"사올라믄 사오든지 하지, 떠들기는 왜 떠들어대는 거야."

"누가 머 얼마나 떠들었나요. 생퉁한 소리 하지 마루. 또 괜히 의만 덧나지 말구."

아내가 핀잔주듯 하니 형준이는 아무 말도 안 하고, 픽 돌아누워 다시 잠을 청해본다. 그는 아까부터 꿈을 꾸려고 안타까워하는 것이다. 뭣이든 꿈만 꾸면 곧 그놈을 풀어서 해몽을 한 다음, 통수로 있는 신도감(申都鑑)을 따라서, 삼십육계(三十六計)의 덕대가 앉아서 기다리는 박이방네 뒷방으로 갈 참이다. 그런데 대낮에 일부러 잠을 청하려니 그게 좀처럼 올리도 없거니와, 겨우 들었던 잠은 아이가 울던가, 파리가 콧잔등에 날아와서 간지럼을 피던가, 또 뜰 안에서 뭐라고 중얼거리던가 하면, 꿈도 채 맺기 전에 깨버리고 마는 것이다. 눈만 벌겋게 퀭해가지고 아무리 꿈 꾼 것을 생각하려고 했자, 무어 시시펑덩한 걸 꾼 것도 같은데, 도무지 생각

할 수가 없는 것이다.

지금도 겨우 으레껏 눈을 붙이고 잠을 이루었던 것을, 형선이가 안방 마루에서 어머니와 중얼대는 바람에 놀라 깨었는데, 그 다음은 다시 잠을 청하여도 눈만 새록새록해질 따름이었다. 꿈을 꾸었던 것 같기도 해서, 이리저리 머리를 가다듬어 갈피 갈피 더듬어보나, 어딘가, 풀숲을 자꾸만 뛰어가다가 무슨 구렁텅이를 보고, 이걸 넘을까 그렇지 않으면 돌아서 갈까, 하고 망설이다가 깬 것도 같고, 또 어떻게 생각하면 웬 한 처녀하고 나무를 베러 시퍼런 낫을 들고 산속으로 들어가다가 깨인 것도 같아서, 통히 어이된 판국인 걸 알 수 없어 화만 더럭더럭 나는 판이었다.

염병할 놈의 남포등이고 뭐고, 그놈 까탈에 넝쿨째 떨어지려던 호박이 하늘로 올라가버린 것 같아 금세 아무개고 손에 잡히는 대로 쥐어박기라도 하고 싶었다. 그러나 그러지 않아도 두지 속에 시집 올 때 갖고 온 돈을 뒤져가지고, 며칠째 밖으로 나가는 통에 어지간히 골치가 틀린 아내가, 이런 대목에 화를 터뜨려놓기만 하면 대낮에 그것도 적지 아니 두통거리겠다고, 그는 천둥같이 동하는 울화를 꿀꺽 들이 삼키고 휙 몸을 뒤채 벽을 향해 돌아눕고 말았던 것이다.

형준이가 삼십육계라고 손을 대인 것은 불과 얼마밖에 안 되는 최근의 일이다. 그가 남아돌아가는 정력을 처치할 길이 없어, 하룻밤 막서리 처방에를 들어가려다가 형걸이와 부딪치던 그때만 해도 형준이는 도박이나 잡기의 성질을 딴 것엔 손도 대지 않았었다. 어렸을 때부터 투전장을 갖고 노는 데는 더러 섞였으나, 투전판을 따라 다닌다던가, 돈을 대고 큰판을 벌여놓던가, 그런 적은 한 번도 없었다.

그러나 누칠이 처 쌍네에 대하여 품었던 정이 제대로 쏠려 흐르질 못하고, 깊은 웅덩이 속에서 부글부글 끓어오르고 있을 때, 그는 집 안에 처박혀 있을 수는 없었다. 이런 때엔 어디, 신선한 산속이나 해변 같은

데 여행을 하던가 했으면, 정신도 깨끗해지고 마음도 제법 후련해지련 만, 그런 데까지는 미처 생각이 미치지 못하고, 그는 곡우(穀雨)[257]가 훨씬 지난 어느 맑은 날 아침 소만(小滿)[258]이 가까우니 꺽지가리[259]가 한창이겠다고, 평양영감에게 자리그물을 한 떼 얻어들고 비류강으로 나갔다. 안집에 처박혀 있으면 마음만 더 초조하고 집안 식구가 눈에 바로 보이지 않아서, 고기사냥이나 하면서 소풍이나 할 참이던 것이다.

갈로 결은 삿갓을 머리 위에 올려놓고, 다리를 종아리까지 활짝 걷어 붙여서 맨발로 짚신을 신은 뒤에 으슥히 뒷대문을 나섰다. 방수성을 따라 조금만 내려가면 향교 골목과 직통하는 승선교 다리에 이른다. 그는 다리에 올라서 난간도 없이 밋밋하니 저편 쪽 회진대(會眞臺) 옆까지 뻗친 거머턱턱한 길을 건너간다. 다리 밑에는 맑은 강물이 급류가 져서 흘러간다.

천주봉(天柱峰) 앞에서부터 십이봉을 끼고 뚱그렇게 커다란 호수처럼 퍼졌던 강물은, 잔잔하니 강선루와 자복사의 탑을 거꾸로 비추면서 기름처럼 유유히 흐르다가 바로 다리 위 출운대(出雲臺) 앞에서부터 여울이 져서 다리 밑에 이르러선 제법 옥계를 이룬 곳조차 있다. 초여름 아침 강바람에 볼편을 쏘이면서, 여울물에 어울려서 그는 콧속으로 흥얼흥얼 강서메나리를 한 곡조 넘겨본다.

조개는 잡아서 구럭에 넣고,
내님은 잡아서 품안에 넣네.

이렇게 한 곡조 뽑아 넘기고는 '흥야라 뎅야라 양' 하면서 후렴을 정조 있이 가늘게 지어 뽑는다.

그는 다리를 다 건너고 산길에 올라섰다. 고개를 넘어서 넘은 강으로 가려는 것이다. 비류강은 반도처럼 된 긴 산을 돌아서 다시 위쪽으로 흘

러 오른 것이다. 앞강에서 산속으로 숨어들었던 물이 넘은 강에서 콸콸
콸 솟아오른다고 비류강이라고 이름 지었다고 한다.

　고개를 돌아서 강기슭으로 내려오면서 그는 또 한 곡조를, 이번엔 흥
에 겨워 소리를 빠짝 높여가지고 뽑아본다.

　　당항라 적삼에 소낙비 맞은 님,
　　오리알 같은 젖통 좀 보소.

　이놈을 걸쩍하게 한 번 섬겨놓고, 이제 다시 후렴으로 간드러지게 메
겨 넘기려는데 산등에 있는 사직정(社稷亭) 쪽에서 인기척이 난다. 이렇
게 이른 아침에 어인 소리일런가 해서 소나무 틈으로 소리 나는 쪽을 보
니, 사람들이 많이 모여서 웅성거리다가, 누가 이편을 가리켰는지 모두
형준이를 바라본다. 무얼 하는 사람들이 남의 눈을 피하여 저렇게 둘러
섰는지, 갑자기 겁이 덜컥 났다. 그래서 못 본 셈치고 강기슭으로 덤벙덤
벙 몸을 피하려고 하는데 등 뒤에서

　"형준네 재장 아닌가."
하고 아는 척하는 목소리가 따라온다. 돌아보니 신도감이었다. 호들기
바람에 감투만 쓰고 그는 헐레벌떡하며 신을 내려오는 것이다.

　"아니 어데루 가는 길이와."
하고, 거반 가까이 와선 발을 천천히 놀린다.

　"심심해서 꺽지래두 좀 잡아볼려구요."
　형준이가 대답하니, 도감은 그의 앞에 와 서면서,

　"오라 참 꺽지가리 할 때로구면."
하고 대꾸를 한다. 그리더니 사면을 한 번 돌려다 보고

　"임자 재미난 거 한번 안 해볼려나."
하고 나직이 물어본다. 그 말로 대강 짐작은 했으나 형준이는 짐짓,

대
하

207

"재미난 거라니요. 머 새박에 술추렴은 아닐 게구."

하고 반문하였다. 그랬더니 바른손으로 '그게 무슨 말이냐' 고 툭 공기를 휘젓듯 하면서,

"술추렴이 머 재미나는 겐가."

하고 다시 바싹 귀에다 입을 대더니,

"육계의 폭지 하나 안 써볼려나."

한다.

"아니오. 내가 무슨 그런 걸 할 줄 아능가요."

형준이는 낯색을 달리하며 사양한다.

"그것두 머, 할 줄 알구 모르구가 있답마. 꿈꾼 대루 해몽해서 치장 붙이믄 되는 게지. 임자는 일수가 좋을 테니까 해볼 만하웨니."

신도감은 형준이를 꼭 삼십육계판으로 끌고 가려고 한다. 순사의 눈이나 끄나풀의 눈을 피해서 날마다 자리를 옮겨가면서 하는데, 오늘은 사직정 뒤 수풀 속에서 육계판을 벌여놓았던 것이다. 인기척이 안 나게 조심해서 하던 차에, 마침 육계문을 열어보니 만금(萬金)에 대포다. 그래서 육계꾼이 신기한 바람에 그만 처소를 잊고 으아 하니 환성을 올렸으나, 문득 아래쪽을 보니 그물을 메고 강가로 내려가는 삿갓 쓴 사람이 이쪽을 올려다보고 있었다. 그래 막 대치장을 읽기도 전에 주(走) 자를 놓으려고[260] 하다가, 신도감이,

"그게 박참봉의 맏아들일세."

하는 바람에 모두 달아나기를 그만두었던 것이다. 말이 다른 데로 나가면 재미가 없으니, 형준이를 붙들어다 한몫 끼워놓자고 성론이 되어, 신도감이 그를 쫓아 이리로 내려왔던 것이다.

"인제 만금에 대포가 터졌는데, 육계꾼이 일수가 좋은가 불세. 치장돈이 백 냥인데 덕대[261]가 삼천 냥을 물으려니 똥을 싸는 판일세. 자 이런

판에 한 번 해보지 않구 언제 하겠나."

그래도 좀처럼 듣지 않으니,

"괜히 쓸데없는 고집은 그만두게. 임자가 너무 제기면 모두 끄나풀인 줄 알구, 또 무슨 일이 일어날지 알구 그러능가."

하고 은근히 위협하듯이 말이 나온다. 마음이 그리 꿋꿋치 못한 형준이는 하는 수 없이,

"내게 돈 가진 것두 없구."

하면서 어물어물 해본다.

"돈이야 내 얼마든지 꾸어주지. 머, 임자만 해가지구야 돈 안 대줄 사람이 있겠나. 꿈만 바로 꾸었다믄 대구 푼 대루 대게나."

하는 수없이 형준이는 그를 따라 산으로 올라갔다.

가보니 사람은 불과 여남은 사람밖에 없었다. 그중에 육계꾼은 다섯 여섯, 그밖에는 덕대와 치장²⁶²과 통수²⁶³들이다. 통수들이 점잖은 사람들한테서 모아온 폭지와 돈을 맡아갖고 그들 대신 육계문 열 때 셈을 보아주는 것이다. 난봉꾼이기는 하나 삼천 냥 돈을 물어내는 덕대는 그래도 상판이 새파랗게 질리었다. 그는 형준이도 잘 아는 이였다. 투전 잘하기로 유명하던 오만달(吳萬達)이란, 사십이나 되었을까, 말까한 건달 놈인데, 눈이 하나 해뜩한 알백이다. 지금 치장을 부르는 대로 커다란 전대에서 돈을 치러주는데, 정각 뒤 수풀 속 웅덩이가 진 속에서는, 서너 너덧 육계꾼이 처소도 잊어버리고 떠들어 대고 있다.

"자 내 꿈을 좀 보게, 어찌됐던 간에 흰 백설기를 한 시루 잔뜩 해놓구, 이놈을 떡집 작은 메누리하구 마주 앉아 서루 시시닥거리며 먹어냈는데, 양껏 먹구 그남엔 그 색시아 또 적잖게 의좋게 놀았단 말일세. 그러니 이놈이 꿈을 뭘루다 푼단 말인가. 처음은 떡을 실컷 먹은 것보다두, 색시와 논 게 더 생각이 내끼드라니, 사부인(四婦人) 가운데서 명주(明珠)던

가, 상초(上招)루 쓸려구 했다가, 저 알백이가 사부인을 달았을 것 같진 않단 말야. 그러구 이놈이 또 첫판이길래, 만금에다 썼네 그려. 그랬더니 아 이놈 보게, 대포루 맞어 떨어지데 그려, 대포루. 참 그놈 신통두 하데.”

이렇게 상투에 그냥 수건만 질끈 동인 젊은 녀석이 지점 벌여대니, 맞은편에 앉았던 곰보딱지가,

“내 평생에 꼬장떡을 또 배가 터지두룩 먹어본 적은 금시 처음일세.”

하고 꼬장떡 먹은 꿈꾸고 만금에 붙였다가, 대포로 맞힌 게 신기하다고 지저귀어댄다.

“여보게 말 말게. 난 어젯밤 물 떠놓구 아주 손이 발이 되두룩 빌었네.”

시시펑덩한 꿈타령을 주절대고 있으니, 돈을 다 나누어준 덕대는 눈살을 찌푸리고,

“인제 그만들 떠들게. 또 그리다가 감옥구덩이 속에서 꿈꾸지 말구.”

하면서 핀잔을 준다. 형준이는 정각 옆에 쭈그리고 앉아서, 덕대와 통수들과 육계꾼들이 떠들어대는 것을 멍하니 바라보고 있었다. 커다란 장지에 누렇게 들기름을 먹인 뒤에, 먹으로 사람의 몸뚱아리를 그리고, 서른여섯 고대에 각각 육계의 문을 적어놓은 것이 판판한 잔디 위에 놓여 있다. 신도감은 그놈을 집어 들고 형준이 앞으로 온다. 또한 손으론 황양목으로 새긴 각판을 들고서, 종이를 쭉 판판한 땅바닥에 펼쳐놓더니,

“자 이게 모두 삼십육문일세, 여기서부텀, 점괴(占魁), 판계(板桂), 영생(榮生), 봉춘(逢春).”

한 번 뚝 그치곤 각판을 찾어서 가르쳐주고, 다시 이어서,

“그 댐이 사부인으로 간옥(艮玉), 명주(明珠), 상초(上招), 합동(合同). 알지 이건. 부인네와 합동해본 꿈이거들랑 합동 ─이렇게 되는 게니께루. 그 댐은 삼괴(三槐), 합해(合海), 구관(九官), 태평(太平). 자 이력하군 목뎅이가 일산(日山), 의관이나 삽포나 이런 건 화관(火官), 정리(井利), 발뒤축이

천량(天良), 눈은 광명(光明), 유리(有利)는 옹(翁) 유리라고 영감이나 두상
망택이, 강사(江祠), 복손(複孫), 이렇게 쭉 내려가는 겔세. 아마 알겠지."

형준이도 대강 한 걸 알고 있기는 했으나 잠자코 들었다. 이렇게 신도
감이 한참동안을 설명하노라고 바쁜데,

"인제 앉은자리에 한문 더 달아매보자나."

하고 덕대가 물어본다. 그는 지금 삼천 냥이나 잃은 놈을 어떻게 반분이
라도 봉창²⁶⁴을 대고 싶었던 게다. 그랬더니, 웅덩이 속에 있던 곰보가,

"꿈은 어떻거나."

하고 앉은자리에서 되짚어 버려놓는 것을 못마땅하다는 듯이 말해서,

"아니 여보게 대포 맞히구 안 하는 법두 있능가. 꿈이야 눈 붙이면 꿀
게지. 인제 하자구 해."

하고 마주앉은 수건 쓴 녀석이 팔을 두르며 뛰어나온다. 그래 그 자리에
서 또 한 판을 벌여놓기로 했다. 신도감이 폭지라고 종잇조각을 갖고 형
준이한테로 온다.

"집에 가서 써놔두면 내 갖고 와두 되는데 한 판에 섞이기가 좀 무엇
하거들랑 그렇게 해보지."

그러나 형준이는 아무 대답도 안 하고 폭지를 받았다. 그는 지금 어젯
밤 꿈을 생각하고 있었던 것이라.

덕대는 종이와 붓을 갖고 외딴 쪽으로 간다. 그는 목을 매어달아 매일
육계문을 남이 모르게 쓰려고 숲 속으로 가는 것이다.

"산꼭대기루 오를 땐 아마 곤산(坤山)이나, 지고(志高)를 써넣을 모양이
네그려."

하고 웅넝이서 니온 곰보가 놀려대니,

"잘 알거들랑 생각대루 폭지에 써넣게나."

하고 싱글싱글 웃으며 나무 수풀 속으로 사라진다."

형준이는 부끄러운 일이긴 하지만, 어젯밤 쌍네의 방엘 들어갔다가, 순사에게 붙들린 꿈을 꾸었던 것이다. 어찌된 판국인지, 반항하는 쌍네를 끌어안고 한참동안을 뒤채고 엎치고, 하면서 돌아가는데, 덜컥 문을 열고 달려든 장정이 있었다. 이게 두칠인가, 형걸인가 하고 놀라 보니 뜻밖에 순사였다. 순사는 네가 지금 강도질을 하러 이 집에 들어온 게 분명하다고, 아무리 변명하여도 박승[265]을 지우며 잔말 말라고 정강이를 후려 찬다. 덜미를 짚어 내동댕이치는 바람에, 문으로 내쏠리다가 문턱에 발뒤꿈치가 걸려서 막, 앞으로 꺼꾸러지던 차에, 요행 눈을 뜨니 꿈이었던 것이다.

그러니 이 꿈을 갖고 사부인이나, 원길(元吉)이나, 원귀(元貴)나, 길품(吉品)을 써넣을 턱도 안 되고, 불가불 점괴(占魁)나 써넣어야 할 텐데, 같은 점괴라도, 제 스스로 순검이 되어봤다던가, 그들과 술추념을 하던가 했다면 모르겠는데, 남의 유부녀 방에 들어갔다가 강도혐의를 받고, 순사에게 결박을 당하여 문턱에 발뒤꿈치를 걸고 거꾸로 굴러 떨어진 꿈이 되고 보니, 어딘가 꺼림칙한 게 불쾌하였다. 그러나 쓰게 된다면, 점괴밖에 쓸 게 없다고 생각하면서, 남들이 모두 써넣기만 기다리고 있었다.

한참 만에 수풀 속에서 덕대가 보퉁이를 꾸려들고 나오면서,

"육계문 목매서 달아매네."

하고, 소나무 가장자리가 꾸부정하니 가지를 챈 끝에 그놈을 꾀꼬리둥지 모양으로 매달아놓는다.

치장은 흰 종이에 각판을 들고 폭지가 들어오길 기다린다. 통수들도 모여들고, 다른 육계꾼도 어슬렁어슬렁 쓸어들었다. 그들은 돈과 각판을 기록한 폭지를 치장에게 내밀었다. 형준이도 하는 수 없이 점괴를 쓰고 있는데, 신도감이 찾아와서,

"얼마나 대겠습마. 한 스무 냥 대겠나. 첨인데."

하고 물어본다.

"그러시구레."

형준이는 신도감에게 폭지를 주었다. 폭지를 조사해서 치장 붙이는 것은 형준이도 가까이 와보았다.

"자, 육계문 연다."

알백이 눈을 샐름샐름하면서 만달이는 나뭇가지에 손을 뻗쳐서 보자기를 따온다. 모두 그 보자기 푸는 것을 뚫어지게 들여다본다. 알백이는 재치 있게 풀어 젖히면서,

"이번에 아마 또 대포 맞는가 보다."

하고 싱글싱글 웃어댄다.

"흥, 이번엔 아마 모두 헛불인가 불세."

덕대의 웃는 품이 수상하다고 곰보가 건네보는 수작이다.

"대포라는데 왜 이러나, 자 대포다, 대포 보게."

그러나 보자기 속의 육계문은, 필득(必得)이었다.

"누가 맞혔나."

필득을 써넣은 자는 곰보 하나 밖에 없었다. 그러나 곰보는 제 꿈에 그리 자신이 없었던지 얼마 많은 돈을 대지는 못하였었다. 댄 돈에 사십 곱을 치러주고 나니, 나머지 붙였던 돈은 모두 덕대가 휩쓸어 갖는다.

한 시간 안짝에 돈 스무 냥을 날리고 보니, 도박이나 잡기에 경험이 없는 형준이는 좀 입맛이 밍밍했다.

"아니 무슨 꿈이길래 점괘를 썼습마."

하고 신도감이 묻는다. 그래, 쌍네 방에 들어갔다던가 이런 건 쪽 빼고, 그저 순사한테 박승을 지워시 내굴리는 통에, 문턱에 발뒤꿈치가 걸려 넘어진 꿈이라고만 말하니,

"그럼 해몽을 잘못했네그려. 발뒤꿈치가 걸렸으니까, 필득이야 되잖

나. 꿈은 참 잘된 꿈인데, 그걸 그만 점괘를 써서 틀렸네그려. 참 그 꿈용하이. 자네는 좌우간 복은 잔뜩 지구 다니는 사람일세."
하고 진정으로 탄복을 한다.

가만히 생각해보니 신도감의 말이 딴은 그럴 듯도 했다. 발뒤꿈치가 걸려서 꺼꾸러지다가 깨었으니 필득이라. ―그러고 보니 한 가지 꿈을 가지고도 여러모로 되새겨볼 필요가 있다고 그는 생각해보았다. 스무 냥을 잃기는 했을 값이, 그놈의 노름도 재미나지 않는 건 아니라고, 형준이는 신도감의 말마따나, 제가 짜장 일수가 좋거나 횡재할 운이 텄는지도 모를 게라고 생각해보는 것이다.

그날은 그걸로 돌아왔다. 집에 와서 돈 스무 냥을 가지고 신도감 집을 찾아갔더니 신도감은 돈을 받으며,

"인제 내 좋은 판엔 가끔 알기울 게니, 꿈만 좋은 놈을 꾸시게. 판에 섞이기 싫으면 폭지만 써서 보내게나. 그러면 다 맡아서 좋도록 하지 않으리. 임자는 모르니 말이지 점잖게 사랑에 앉아서 통수들을 거쳐서 여기다 맛을 붙인 이가, 이 고을 안에도 유만부득일세. 심심파적도 되거니와 가끔 잘 맞아떨어지면 횡재도 하잖나."

그때에 형준이는 별로 또다시 삼십육계에 손을 댈 생각은 먹지 아니하였다. 그러나 아침에 깨어서 지난밤 자면서 꾼 꿈이, 하도 신기하고 그럴듯할 때엔 조반상도 잘 받지 않고 이리저리 육계문이나 각판에 맞춰서 해몽을 하는 것이 여간 재미나는 게 아니었다. 해몽해놓은 게 잘 된 것 같으면 한 번 붙여보고픈 생각이 자연히 생겨났다. 그래서는 아침을 먹고 바람을 쏘이는 겸, 아내의 두지에서 돈을 한 오십 냥쯤 꺼내들고 신도감한테로 가보는 것이다.

만일 세 번이면 세 번, 그것이 전부 헛방을 놓았다면, 꿈이고 벼락이고, 무에 맞을 턱이 있는 노름이냐고 쉬이 집어쳐 버렸겠는데, 장님도 문

걸쇠 잡을 때 있다고, 그것이 꼭 한 번 맞아떨어진 적이 있었다. 그래 한 번 꿈이 들어맞은 데 입맛이 당겨서, 그다음도 틈틈이 이 육계에다 손을 대게 된 것이었다.

밥 먹으면 잠을 잔다고 야단이었고, 잠을 잔다고 누우면, 꿈이 꾸어지이다, 라고, 일부러 손을 숨통 있는 가슴에다 올려놓고 빌어 섬기며 지랄이고, 자다 깨어나선 미친놈 모양으로 눈이 멀개서 꿈을 풀어보노라고 정신이 빠져 앉아 있는 것이다.

그의 아내는 처음, 제 남편이 이즈음 어이된 일인 줄을 몰랐다. 가끔 바깥 출입이 잦고, 출입했다 돌아오면 노상 잠이다. 그래 미상불 어디 계집을 하나 두고 보아 다니는 겐 줄 알았다. 그러고 보니 남편의 태도도 어딘가 그전처럼 저에게 삽삽치가 못한 것 같다. 그래서 하룻날은 남편더러,

"요즈음, 머 볼일이 생겼소."

했더니 그는,

"볼일은 무슨. 누가 금점이 좋은 게 있다길래 좀 가보는 게지."

하고 대답한다.

'금점? 금점이라면 아버지도 알게 하지 않고 무슨 금점이랄까.'

그래서 다시 한 번,

"어데 머 금점을 시작했소."

하고 물어보니,

"금점을 시작했다니. 좋은 겐가 나쁜 겐가 알구야 시작하지. 여편네가 공연한 참견이야."

하고 성까지 내는 바람에 나시 그 이상은 캐어 묻지도 못했다.

오늘은 그런데 형준이는 낮잠을 자고 있다. 판이 좋고 육계꾼도 많을 텐데, 장근 산에서만 하는 것도 들킬 염려가 있다고, 이번엔 박이방네 집

뒷방에서 치장을 붙이고 육계문을 열기로 작정한 것이라고 신도감은 말한다. 그래서 아침부터 어젯밤 꿈은 신통치 않다고, 이렇게 새 꿈을 얻기 위하여 낮잠을 자고 있던 것이다. 겨우 눈을 붙여서 소원대로 꿈을 꾸었는지, 형준이는 인차 방을 차고 밖으로 나간다.

꿈은 커다란 배를 타고 비류강을 건너본 것이니, 판계(板桂)에 틀림없다고 생각한 것이다. 그래 제 손에 있는 대로 서른 냥을 댈 건가, 아내나 어머니에게 얼마를 더 타내서 한 쉬남은²⁶⁶ 냥 댈 건가, 하고 망설이다가 그대로 삼십 냥을 들고 신도감한테로 갔다. 신도감은 여태껏 기다리던 참이라고, 그래 꿈을 잘 꾸었는가 묻더니, 오늘은 방이 좁고 그래서, 여럿이 모이는 건 위태한데 그래도 가보겠는가고 묻는다. 그렇다면 구태여 갈 필요도 없을 게라고 폭지에 '판계'라고 써서 꽁꽁 말아주고 돈 삼십 냥을 곁붙여주었다. 육계문은 밤중 으슥해서 열게 될 테니 어디 만날 장소를 정하고 기다리라고 한다. 형준이는 잠시를 생각하다가, 그러면 우리 뒷대문 밖, 가시울타리 앞에서 만나자고 말하였다.

벌써 저녁때였다. 그는 집으로 오다가 아까 형선이의 말을 생각하고, 나카니시네 집엘 들려보았다. 거기서 이것저것 새로 들어온 물건 구경을 하다가 집으로 와서 저녁을 먹었다.

밤이 이슥해지도록 그는 방 안에 들어 있었다. 형선이가 저녁을 먹고 사랑으로 안방으로 나들더니, 종시 남포등하고 석유 한 초롱을 사왔다. 큰놈은 사랑에 매달고, 작은 걸 안방에 하나, 형준이 방에 하나, 형선이 방에 하나씩 매어달았다. 저녁을 먹고는 이 남포등이 신통해서 모두 이야깃거리가 그것뿐이었다. 안방에서는 보패가 등잔불하고 비교해본다고, 둘을 내놓고, 껐다 켰다 하면서 재잘대었다.

형준이 처도 맑은 불 밑에서 고운 옷을 해본다고 시집 올 때 해갖고 온 영초 저고리에 깃을 달고 앉았는데, 성기와 어린 딸아이가 무릎에 기어

올라서 성화를 부린다고,

"넌 좀 아버지한테루 가려무나."

하고 성기를 형준이에게로 떠민다. 형준이는 삼십육계 생각을 하느라고, 아이고 뭐고 그런 덴 도시 정신이 가질 않았다. 그런 걸 모르고 아이를 떠맡겼으니, 남편이 발끈하니 성을 내는 것도 까닭이 없지는 않았다. 그는 아이들 성화 받기 싫다고 벌떡 일어나더니 밖으로 나가버린다.

"아이 안 보랄게, 나가지 마시구레."

하고 나직이 불러보았으나, 그 말엔 귀도 안 기울이고 어디론가 상투바람으로 나가버렸다. 그는 남편이 이즈음 집안에 마음을 붙이지 못하는 게 제 불찰인 것 같아서 내심에 조심하고 오던 차였다. 그래서 그는 지금 제가 남편에게 한 거동에 대해서도 곧 뉘우침이 갔다. 그러나 그만 일에 성을 내던 남편은 아니었다. 이러다간 남편의 애정을 영영 잃어버리지나 않을까 하는 두려움도 들어간다. 쫓아 나가 남편의 팔이나 옷자락을 붙들고, 제발 안 그렇게 나가지 말라고, 어리광이라도 피워보고 싶었으나, 아직 시어머니와 시누이도 안방에 앉아 있고, 또 맞은 방에는 작은동서가 시아우와, 자지 않고 불을 켠 채 있으니, 무엄하게 아무렇게나 굴어댈 수도 없다. 하는 수 없이 화나는 것을 아이들께로 돌릴 수도 없어서, 옷가지를 반짇고리에 틀어박고 새침하니 입술을 감문 채 아이들을 끼고 누웠다. 그는 마음이 언짢아서 갑자기 울고 싶었다.

형준이는 사랑마당 가운데 서서 하늘을 쳐다보았다. 날이 찌뿌듯하다. 그믐이 가까우니 아직 달은 없고 별도 큰 것만이 이따금 반짝반짝한다. 저녁바람은 선선하다. 박참봉이 나가버린 사랑엔 오늘 새로 사온 대등피에도 불을 켜지 않았다. 마루에 와서 궁둥이를 걸치고 앉아보나 삼십육계 생각만이 또 머리에 떠올랐다.

대체 대낮에 꾼 꿈하고는 여간 뚜렷하고 신통한 게 아닌데, ─커다란 너벅선[267]을 뱃사공이 이편저편 장대로 짚으면서 건너던 것이며, 함께 배 위에 탔던 나뭇단을 옆에다 한 단씩 놓은 여편네들하며, 이런 게 모두 지금도 눈앞에 선하니 나타난다. 그런데 한 가지, 무엇하러 십이봉에로 갔다가 배를 타고 오던 길인지, 그게 똑똑칠 않았다. 그러나 그까짓 배를 타게 된 원인 같은 건 별로 소용이 없을 게다. 배를 타보았으니 '판계' 면 그만이다. ─이렇게 혼자 두루두루 생각해가며 생담배가 타는 줄도 모르고, 이번엔 영락없이 떼어낸 육계문이라고 좋아서 앉았는데, 두칠이가 뒷간 뒷길로 제 방에서 나오더니, 큰 대문으로 나가려고 마당을 건너다가 형준이를 보고 인사를 한다.

"어데 가나."

하고 물으니,

"일꾼두 두엇 얻구, 또 제삿집이두 좀 들렸다 올라구 합네."

하고 공순히 서서 대답한다.

"누가 제산가?"

해서,

"문길덱(文吉德)이 아버지 첫돌이 아니웨니까."

하고 대답한다. 그는 잠시를 더 발을 땅에다 붙이고 주춤주춤하다가, 다시 인사를 하고 대문으로 나가 버린다. 그러더니 몇 발자국도 안 나가서, 도로 돌아서 들어와 안으로 빗장을 찔러서 대문을 닫고 저는 온 길로 되짚어 돌아간다. 큰 대문을 잠가도 좋을 시각이라, 그는 제 손으로 큰 대문을 닫고, 물역 뒷대문으로 나가려는 것이다.

삼십육계의 '판계' 생각을, 마치 노루 때린 몽치,[268] 삼 년 동안 우려 먹듯 하고 있던 형준이는, 이때에 문득 두칠이 처 쌍네의 생각을 하였다.

'형걸이는 그 뒤에도 두칠이가 어디 간 줄만 알면 그대로 드나드는 모양이다. 대체 아버지는 형걸이보고 무슨 책망의 말이나 했는가. 책망을

했는데도 형걸이는 저렇게 다니는 것일까.'

형준이는 지금 이런 것을 생각하고 있다.

그러나 실인즉 형걸이는 이틀밖에는 드나들지 않았다. 형준이한테 들킨 건 별로 마음에 치부도 해두지 않는 양, 그 이튿날도 쌍네 방에 왔으나, 비를 맞으며 집으로 돌아가서 어머니에게 핀잔을 들곤 발을 끊듯이 여태껏 한 번도 발길을 안 했다. 하기는 그 이튿날 하루를 지나서 곧 두칠이가 돌아왔으니 오려야 올 수도 없었을 것이다.

'오늘밤도 두칠이가 좀 늦게야 돌아올테니, 형걸이가 이 기맥을 알았으면 또 올는지도 모르렸다. 이번엔 아주 단단히 타이르던가, 집안에 모두 알게 하던가, 그렇게라도 해야만 할게다.'

이렇게도 생각이 갔으나, 그의 마음 한쪽에서는,

'쌍네보고 형걸이와의 관계를 갖고 위협을 하면서, 신도감이 찾아오는 걸 기다리기도 할 겸, 한 번 장난이래도 쳐볼는가.'

이런 걸 열심히 생각하고 있었다.

삼십육계로 인해서 얼마간 잊었던 딴 정력이, 이때에 불쑥 치밀어오르는 걸 형준이도 의식한다.

'어데까지든지 형된 도리를 해야만 한다. 형의 책임이란 건 동생들의 행동을 감시하여 그릇됨이 없게 경계해주는 데 있다.'

겉으로는 이렇게 저 자신에게 타이르면서, 또 한편 깊숙한 속으론,

'두칠이가 없는 방으로 들어가서, 쌍네에게 한 손으론 사탕을 주면서, 또 한 손으론 칼로 위협도 하면서, 그러면 염려 없이 제 손아귀에 들게 되렸다. 그래서 한껏 속이 후련해져서 있노라면 신도감이 판계로 육계문이 딱 맞아 뚤어졌다고 산십 냥의 삼십 곱이나 되는 돈을 듬뿍이 날라다 줄 것이고, 그럭하면 얼마를 척억 집어서, 신도감 수고했다고 쥐어주고, 그 나머지에서 한 절반은 갈라서 쌍네에게다 주어버릴 것이다. 안 받으

려고 하면, 상전 서방님이 주는 돈은 받아야 한다고, 으젓하니 꾸짖으며 그에게 억지로라도 들려줄 것이다.'

이런 걸 생각하면서, 그는 마루에서 통숫간 뒤로 통한 길을 걸어 뒷대문께로 갔다.

두칠네 방은 캄캄하다. 벌써 자지는 않을 텐데, ―바로 얼마 전에 상전댁 부엌에서 짐승의 여물을 들고 외양간으로 나들다가 제 집으로 밥 광주리를 이고 나갔으니, 두칠이와 저녁을 먹고 지금쯤은 제 부엌을 겨우 치우고 난 뒤에, 방 안에서 종일 고되게 일한 몸에 다시 바느질 같은 걸 들고서 남편 돌아온 동안을 기다리고 있을 것인데, 이렇게 일찌감치 불을 껐다면, 이것이 혹 두칠이가 없다는 표적으로 형걸이를 끌어들이는 수단이나 아닌가. ―그러나 쫙 열린 뒷대문 밖에서 흰 것이 하나 어른거리는 게 보이였다.

쌍네는 저녁을 먹은 뒤 겹옷 두어 가지를 애벌빨래를 해다가 지금 뒷대문 밖 가시울타리 옆에 고잇다리를 걸쳐서 널어놓고 있던 참이었다.

대문 밖에 나서서 형준이는 쌍네가 빨래를 다 널기까지 그를 바라다보고 섰다가, 쌍네가 버주기[269]를 한옆에 끼고 들어오려고 할 때에, 그의 옆구리 괴춤을 꽉 잡았다. 버주기를 빼앗아 겨우 깨지지나 않을 정도로 토방 위에 내동댕이 쳐놓고, 덥썩 쌍네의 허리를 돌려 안았다.

쌍네는 형준이의 행동이 뜻밖이었다. 얼마 전에 두뭇골 도련님이 제 방에 들어왔다 나가는 걸 잡아갖고 책망을 하더니, 그 이튿날은 기어이 그걸 상전나리에게 일러바쳐서 말썽을 일으켰고, 그뿐 아니라 늙은 종의 귀에까지 가게 이야기를 퍼트려놓은 이가, 지금 스스로 내 몸에 손을 댄다는 건 도무지 알 수 없는 노릇이었다. 이런 것도 늙은 종이 쌍네를 불러갖고 부엌에서 들었노라고 가르쳐주지 않으면 알 턱이 없다. 사나이답지 않게 샐샐거리고 다니는 것이 아니꼽고 이튿날 다시 두뭇골 도련님이 왔다 간 뒤론 얼씬 발길도 안 하는 것이 필시 그 탓이라고 적잖이 얄밉게 생각하고 있는 터에, 이번엔 제 몸을 통째로 낚아보려고 팔을 걷고 대서는 것이 아무리 상전 서방님의 하는 행동일망정 괘씸하기 짝이 없었다. 그는 몸을 꽉 가다듬었다.

"노시라구요."

이렇게 말하면서 제 허리에 감긴 팔을 획 뿌리쳐버렸다. 그럴 줄은 몰랐던 터에 뜻밖에 쌍네의 하는 품이 왈패스러운 데 놀라, 뒷들뒷들 한 발자국을 물러섰다가,

"아니 네가 이럴 참이냐."

하고 적이 위협조로 다시 대선다.

"이러지 않으면 어떻게 해요."

그다음 말은 입 밖에 내진 않았으나,

'내가 남편에 대한 정조는 못 지킬 갑시. 인륜(人倫)을 깨트리진 못해요.' 하는 도고²⁷⁰한 심보가 드러나 보인다.

"아니 너 정말 이러기냐."

하고 재처 말하는 데는 쌍네는 아무 말도 대답지 않고, 딱 얼굴을 바로 세우고 쳐다보았을 뿐이다.

"오냐 그럴락커던 두칠이보구 말해서, 도무지 너들을 내 집안에 두질 않게 매련해줄 테다."

이렇게 말해놓곤 '이래도 좋으냐' 하듯이 또 한 번 쌍네의 얼굴을 바로 본다. 쌍네가 아무 말 못하는 걸 보고, 이건 필시 굴복임에 틀림없다고, 얼굴의 표정을 느긋하니 늦추고 바른손을 다시 내밀어본다.

"맘대루 하시구려, 죽기밖엔 더함라구요."

그러나 '맘대로 하라'는 것이 '내 몸을 서방님께 맡기니 마음대로 주무르며 놀아대슈' 하는 뜻이 아니고, '죽으면 죽었지 난 당신 소청 들을

대
하

221

순 없소.' 하는 의미라는 건 그의 어조로 넉넉히 짐작할 수 있었다. 그는 쌍네의 뺨을 하나 갈겨대곤 그대로 가시울 문을 지나 물역으로 나갔다. 강기슭 방수성 위에 서서 잠시를 기다리면서 마음을 진정시키고 있는데 신도감이 아래쪽에서 온다. 물어보니 육계문은 '판계'가 아니고 '청운(靑雲)'이었다고 한다. 그는 아무 말도 안 하고 횡 하니 문길덕이네 집으로 갔다.

싸리문 밖에서 웅성대는 안뜰을 향하여,

"두칠이 예 왔나."

하고 부르니 두칠이가 헐레벌떡하며 뛰어나온다.

"저를 부르셨습너니까."

형준이 앞에 서 있는 두칠이에게 그는,

"자네 아내가 행실머리가 없어 두뭇골 형걸이가 드나드는데, 그대루 두단 집안에 창피한 일 생길 테니 어데루 떠나가게."

느닷없이 하는 말이 무엇을 뜻함인지, 한참 동안 두칠이는 영문조차 몰랐었다.

13

바로 형준이가 쌍네한테서 마음을 이루지 못하고 삼십육계마저 헛방을 짚은 뒤에, 문길덕이네 집으로 쫓아와 두칠이를 불러내다, 형걸이와 쌍네의 행동을 꼬챙이질[271]하고 있을 때, 형걸이는 강선루 앞 관가 우물가를 호둘기 바람으로 거닐고 있었다.

형걸이는 어머니한테 두칠이 처를 보아 다닌다고 꾸중을 들은 이후, 어머니의 말대로 다시 쌍네의 방에 들어가지는 않았으나, 밤에는 일체로 밖에 나가지 말라는 훈계의 말은 들으려고 하지 않았다. 한 이틀 동안은 나가지 않았으나, 삼일 예배에 회당에 간다고 나간 뒤부터는, 안 나가는 날도 없진 않았으나, 무슨 일이 있으면 서슴지 않고 나다녔다. 박참봉이나 윤씨는 나가지 말라고 한 번 이르기는 했으나, 시퍼렇게 젊은 놈을 울속에 가두어둘 수도 없을 뿐더러, 이루 못 나간다고 잘게 굴기도, 나이찬 아들에게 미안스런 일이었다. 그래서 그 다음부터는, 저야 장가 안 가겠노라고 한 마디 뿌루퉁했던 김에 내뱉은 말이 있기는 하나, 하루바삐 맞차운 규수를 탐문해서, 형걸이의 혼사를 작정해놓는 게 부모의 할 도리라고 생각했었다.

형걸이는 오늘밤 저녁을 먹고 날은 흐릿하고, 공부라고 별로 책도 읽기 싫고, 그래서 문교사의 집에나 놀러 갈까 하고 집을 나섰다. 그러나 대문 밖에 나서 구룡교 쪽으로 걸어 나오며 생각하니, 문선생의 집에도 너무 자주 가면 외려 방해가 될 것 같다. 어젯밤에도 갔었는데, 오늘밤 또 찾아간다면, 언제 가나 싫은 낯 하지 않고 반갑게 맞아주긴 해도, 문선생 할 공부도 따로이 있을 텐데 역시 체면을 차려야 할 것도 같다. 그래 나왔던 김이라, 대봉이를 찾아갔더니, 그는 벌써 어디로 나가고 집에는 없었다. 이칠성이가 어디 간 눈치나 알고, 지금은 칠성이 처한테 가서 화투라도 치면서 놀고 있을 게 분명하다. 칠성이 처는 평양 사창마당에서 국수장수하는 집 딸인데 처녀 적부터 좀 난봉기가 있었으나, 그런 대로 어디 상원(祥原)으론가 시집을 갔던 것이, 남편이 어리고 정이 붙지 않는다고 제 편에서 남편을 소박하고 친정에 와 있었다. 칠성이는 본시 돌림장수[272] 할 때부터 평양엔 자주 다녔으나, 좌전에서 세매끼장수로 돌아설 무렵엔, 사창마당 국숫집엘 제 집 다니듯 드나들었다. 그러다가 새서방 싫어 친정살이하는 ㄱ 집 딸과 눈이 맞아서, 부담마[273]를 태워다가 살림을 차린 것이다. 살림은 차렸으나, 제 버릇 개 주지 못한다고, 칠성이가 장사로 다른 고장에 여행할 땐 심심해서 견딜 턱이 없다. 혼자서 투전목이나 화투장을 주물고 앉았는 것도 한두 번이다. 시골에 와서 쳐박혀 고적도 하고, 칠성이가 오면 원체 정 없이 붙은 남편은 아니므로 그런대로 재미가 날 만했으나, 그가 어디론가 다니러 가면 혼자서 죽을 지경으로 쓸쓸하였다. 자행거 구경왔던 대봉이는 그래서 곧 좋은 말동무가 되었고, 처음부터 대봉이를 딴 생각 있어 놀러오란 건 아니지만, 날이 거듭해 친근의 도수가 잦아지면, 나이 찬 총각이라 무슨 일이 지금쯤은 생겨났는지 아무도 알 이가 없다.

형걸이는 대봉이의 근경을 대체로 짐작은 한다. 그러므로 칠성이네 집으로 대봉이를 찾아갈 생각은 먹을 염도 안 했다. 대봉이가 혼자서 들어가 논다면커니와, 그렇지 않고 뜻밖에 칠성이라도 나오면 면구스런[274] 일이기 짝이 없다. 그때 형걸이는 쌍네 생각이 잠시 나긴 했으나 두칠이도 집에 있을 것이고, 또 그가 없다고 하여도 좀처럼 가고 싶진 않았다.

그래 그는 집으로 돌아와 잠이나 자버릴까 했다가, 문득 일전에 전도를 한답시고 찾아갔던 부용이 생각이 났다. 대봉이의 홀렁이로 들어가서 객쩍은 수작을 늘어놓고 나오긴 했으나 기생이 예절답고 몸가짐이 품위가 있고, 그리고 무엇보다도 주렴발 옆에서 제 손목을 잡았다가 낯이 발개져서 어쩔 줄을 모르던 생각이 간절해서, 그는 저도 채 의식치 못하면서 강성루 쪽으로 거리를 올라가다가, 이렇게 관가 우물께로 휘어 돌은 길을 거닐고 있던 것이다.

휘파람도 불지 않으면서 천천히, 그러나 속으론 부용이 생각을 이리저리 해보면서 형걸이는 걸음발을 옮겨놓는다.

부용이는 지금 무엇하고 있는가. 평양서 처음 온 기생이라 널리 알려지진 않았다고 해도, 그의 용모와 몸맵시와 사람 대하는 품으로 보아, 한번 본 사람이면 누구나 놀러갈 만한 인물이니, 이렇게 날이 어둡고 별조차 드문 밤엔 한량이나 난봉꾼이 아니래도, 그의 집을 찾아가서 주안을 베풀고 가야금이라도 들으면서, 운치 있게 밤을 새기를 아끼지 않으리라 생각되었다. 달 밝은 밤에는 달이 밝아 맑게 노는 게 좋을는지 모르나, 이렇게 날씨가 묵죽한 기분을 돋우는 날, 오히려 술잔을 들어 감격을 나누는 이가 더 운치를 아는 이일는지 모른다. 그렇다면 예수교 전도라고 한 번 들렸던 저 같은 약관[275]이, 학도의 신분으로 기생의 집을 엿본대야 차례가 올 리도 없고, 차례가 왔단들 어느 기생이 있어 반갑게 맞아줄 인들 있으랴 생각이 든다. 결국 그를 찾는다는 것도 공연한 허사라 생각이 되니 마음은 더한층 울적하다. 그러나 그대로 돌아가기는 싫다. 담장 밖을 배회하며 방 안에서 나는 가야금 소리라도 듣고 싶다. 간혹 새어나오는 맑고 고운 목소리라도 듣고 싶다.

그렇게 생각하면서 천천히 발을 옮기고 있는데 얼추 대봉이네 일갓집 된다는 그 집 대문 앞에 왔을 때, 입에 담을 수 없는 욕지거리를 하며, 얼근하니 취한 젊은이 둘이 부용이 집 담장을 돌아 행길로 나선다.

"촌놈들 버릇없이, 사람 잘못 봤다야 늘상 경이나 치기 알맞지."

이렇게 누구를 보고 하는 말인지 모르게 중얼거리며, 형걸이 쪽으로 가까이 오는 젊은이는 국자보시를 저마다 쓰고 지카다비를 신은 양 다리에는 감발을 치고 윗저고리는 꺼머룩한 양복을 걸쳤다. 목에 수건을 매고 절반도 안 탄 히로담배를 휙 던지며 나오는 게, 이 고장선 며칠 전부터 처음 볼 수 있는 측량사(側量師)이기 갈 데 없다. 그런데 뒤이어서 옷자락이 흩어진 채 몸을 가누지 못한 사십 줄 든 사나이가 하나, 누구에게 부축을 당하여 가느다랗게 아이구 소리를 뇌이며, 바로 그 담장을 나오더니 저편으로 내려가버린다.

측량사늘은 휙 형걸이 옆을 지나친다. 지금 사람을 치고 나온 힘이 아직도 어깻죽지에 남아서, 형걸이 같은 건 보는 둥 만 둥, 툭 부딪혀서 밀친 채 길 위에 침을 테 하고 내뱉는다. 저편에 선 또 한 자는,

"무에구 닥치는 대루 파김치를 만들어 버려."

하고, 마치 지금 어깻죽지로 부딪혀 밀친 어린아이 놈도 걸리는 대로 후려갈기라는 말조다. 형걸이는 가슴에 뭉클하는 것이 올라 솟구는 걸 느낀다. 그는 얼굴을 돌렸다.

"여보게, 자네딜 사람 그렇게 잘 치나."

깔보는 데 분이 난다기보다도, 지금 싸움이 필시 부용이 집에서 일이 났으리라는 데 더 격분이 동한다.

"그래 좀 겪어볼려나."

국자보시는 일시에 머리를 뒤로 돌리고 이제라도 덤벼들어올 자세를 취한다. 형걸이는 침착하니 서서 그들을 살펴본다.

"너이들 사주[276] 막 냈구나."

어린아인 줄 알았던 것이 돌이켜보니, 두 발로 꽉 땅을 디디고 태연하니 팔짱을 결었다. 건방진 자식이, ㅡ이렇게 생각하면서, 얼찐하니 취한 머릿속에 은근히 격정(激情)이 화염처럼 퍼져나갈 때, 어느 결엔가 형걸이의 두 팔이 하나씩 그들의 멱암치를 받쳐 들었다. 머리로 받으려는 걸 미리 앞질러놓는 태세다. 대가리를 둘러보았자 동발[277]처럼 터거리를 받친 형걸이의 팔 힘을 이길 수가 없다. 바른손에 붙들린 자가 날쌔게 발길질을 하려 대드는 걸, 인차 멱암치를 낚아채며 앞이마를 갖다대니, 떡 소리가 나면서 이어 파김치가 되어 쓰러진다. 인제는 한 사람 대 한 사람이다. 그러나 숨을 돌릴 겨를도 없이 형걸이의 왼편 팔에 돌처럼 굳은 두 개의 손이 달려 들어온다. 두 손은 대장간 집게처럼 형걸이의 주먹을 부여뜯더니, 만신의 힘을 갖고 팔뚝을 휘어서 제 배통 가까이로 끌어 낚는다. 인제 다리만 후려 차면 팔을 꺾이면서 형걸이는 저만큼 가서 나가떨어질 판이다. 형걸이는 머리로 상대편의 앙가슴을 황소처럼 받으며, 왼팔을 잡힌 채 바른손으로 다시 멱암치를 올려 잡는다. 손이 잘못하여 입술에 가 닿으니 수염이 지저분한 넓은 입이, 날쌘 앞니로 형걸이의 손잔등을 물어뜯는다. 갑자기 전 몸뚱이를 휩쓸고 스쳐가는 아픔은 그러나 오히려 마지막 힘을 다하게 하는 자극물이 되었다. 손이 찢어져도 좋다, 욱하고 밀어서 맞은 집 바람벽으로 몰아넣고, 죽으라고 배퉁이와 앙가슴을 받고 있는데, 저편도 기진하야 입도 팔도 맥을 잃고, 그대로 건들거리다가 바람을 등진 채 물러앉고 만다. 몸을 뽑고 갓신발로 대가리께를 한번 넘겨 차니, 국자보시가 머리에서 떨어져 구르고 사람은 맥없이 돌베개를 벤다. 피가 흐르는 손을 꽉 붙들고 다시 길 위에 나서니, 캄캄한 밤에 사람의 그림자가 웅성웅성한다.

"거 맞은 건 누군데, 때린 건 누군가."

형걸이는 행길 쪽으로 뒤를 사리고 뺑소니를 쳤다. 순사가 오던가 하면 이편에 잘못은 없지만, 시끄러울까 저어한[278] 까닭이다. 강역으로 빠져나가서 가만히 숨을 돌리려는데 등 뒤에 쫓아오는 이가 있다. 그는 그 그림자가 가까이 오기 전에 몸을 감추려고 방수성 밑으로 내려 뛸까 한다. 그러나 뒤쫓아 골목길을 더듬어 내려오는 발자국 소리가 거칠지 아니하여, 그는 잠시 동안을 엉거주춤한 자세대로 서 있어 본다. 제 어깨에 닿는 손이 저를 해하려 들면, 그대로 방수성 밑으로 끌고 떨어져 물속으로 굴러들면 그만이다. 그러나 거칠지 아니한 발자취마저 딱 멎어버리고 강가는 예전처럼 고요해진다. 승선교 밑 여울물 소리가 멀찌감치 들려온다. 그는 고개를 돌이켜보았다.

손을 내밀면 잡힐 만한 곳에 뜻하지 아니한 웬 한 젊은 여자가 서 있다.

"누구요."

히고 물어본다. 필시 싸움터에서 따라온 여자이기 분명한데, 이렇게 자기 등 뒤에 와서 아무 말 없이 서 있을 여자는, 이 윗동네에는 있을 성부르지 않다.

"저올세다."

하고 대답하는 목소리는 아직도 기억이 찬란한 부용이의 것이었다.

"부용이."

가느랗게 형걸이도 중얼거려본다. 그만큼 그는 뜻밖이고 또 반가웠던 것이다. 지금 제 손에 넘어진 두 측량사가, 부용이 집에서 행패를 하고 나오던 길인 줄은 짐작하였으나 싸움터에 구경꾼에 끼어서 부용이가 섞여 있던 것은 알 턱이 없었고, 뒷감당이 귀찮아서 주 자를 놓을 때에 뒤를 밟아 따라온 이가 부용이었을 줄은 꿈밖의 일이었던 때문이다.

형걸이는 길 위로 한 발자국 물러선다. 그곳에 부용이가 있다. 얼굴도 자세히 보이지 않는다. 가만히 걸어서 부용이 옆에 와 선다. 향긋한 기름 향기가 풍겨 돈다. 부용이는 아무 말도 못한다. 형걸이도 아무 말을 못한다. 가지런히 섰다가 형걸이가 한 발자국 위쪽으로 옮겨놓으니, 가벼운 마른 갓신 소리가 그의 옆을 따라온다.

그들은 덤덤히 이화정(梨花亭) 쪽을 향하여 비류강 안을 거슬러 올라간다.

강에서는 개구리 우는 소리가 나직이 들려온다. 개구리 알을 까노라고 별 없는 캄캄한 밤에 개구리는 이를 갈 듯이 안타까운 소리를 내는 것이다.

부용이는 나이 열여덟이 되도록 누구의 앞에서 이렇도록 말 움이 오무라들어 보긴 이번이 처음이었다. 어렸을 때부터 손님 앞에서 인사성 있고 이야기 잘 받는다고 귀염을 산 그였다. 인사 한 마디 변변히 못하고, 치하의 말 한 마디를 올리지 못한 채, 이렇게 덤덤히 사나이의 옆을 따라가보기란 난생 처음 겪어보는 일이었다. 가슴 안에 꽉 차 있는 사연을 말해보려고 애를 써본다. 그러나 입술을 열고 나오는 말이란 말이, 하나도 제 마음을 그대로 아뢰어주지는 못할 것 같다.

부용이는 오늘 저녁 어떤 선비처럼 차린 손님을 뫼시고, 술상을 배설한 뒤에 추수(秋水) 김부용(金芙蓉)[279]의 시담(詩談)[280]으로 기름 조는 줄을 모르고 있었다. 그런데 밤이 이슥할 무렵에, 본 데 없는 왼데 녀석 둘이 보쌈에 꺽지 격으로 뛰어들어 휘두를 때였다. 손님이 있다고 좋은 말로 얼러주는 것도 종시 듣지 않고, 생트집을 잡아서 드디어는 손님에게 무엄한 행패질까지 하고 말았다. 뫼시고 왔던 가신[281]이 겨우 손님을 부축해 갖고 나간 뒤에, 조금 있자 밖에서는 또다시 사람 싸우는 소리가 요란스럽다. 혹시 금박 옷고름도 가누지 못하고 돌아간 손님에게, 그 녀석들이 포악스런 행패질을 거듭하는 건 아닐까 하고 부리나케 쫓아 나와보니, 그 손님의 그림자는 간 곳 없는데, 행길 가까운 곳에서 트리[282] 싸움이 벌어졌다. 벌써 구경꾼은 네다섯 모였는데 캄캄하여 똑똑치는 않으나, 세 사람 중의 두 사람은 조금 전에 제 집을 나간 외방 사람인 게 분명하였다. 한 자는 길 위에 꺼꾸러져서 두꺼비처럼 우무럭거리며 신음소리를 올리고 있고, 또 한 자는 호들기 바람인 웬 한 청년과 어울려 붙어 돌아가고 있다. 부용이 집에서 나오다가 이 청년과 다시 싸움이 어우러진 게 분명하다고 생각하면서, 그때는 벌써 여남은 사람 모인 군중 틈에서, 두 사람을 상대로 싸우고 있는 이가 누군지를 알려고, 부용이는 안타까이 머리를 솟아본다. 그러나 바람벽으로 몰다가, 머리를 상대편의 배퉁이에 박고 쳐받아대는 청년의 얼굴을 찾아볼 길은 바이없었다. 두 사람은 서로 맞붙어서 한참 동안을 부비여대고, 윽박지르고, 헛발질을 하고, 후려갈기고 하면서 옴짝을 안 한다. 한참 만에 어디를 단단히 꼬집히던가 물리던가 했는지, 씩씩거리는 숨결에 섞여서 외마디 비명이 들릴 때, 부용이는 그 목청이 어디서 들은 법하였고, 그래서 더 안타까이 얼굴을 기까이 가져가는데, 휙 그의 앞을 얼굴이 하나 지나간다. 바람벽에 몰아 막고 맥을 못 추게 굴렁이를 지운 뒤에, 민첩하게 몸을 뽑아 달아나는 청년의 얼굴 —그것은 일전 공일날 예수를 믿으라고 부용이 집에 찾아왔던 그 학도 청년의 얼굴이기 갈 데 없었다.

그 학도, ―이름도 성도 모르지만 두 손목에서 울리는 억센 혈맥을, 그는 한참 동안이나 제 손목에 넣어본 일이 있다.

항우 같은 두 외방 사람을 꺼꾸러뜨리기는 했으나, 한참 어울려 싸울 땐 비명을 올리리만큼 그도 피곤하였을 것이다. 비호처럼 몸을 뽑아 행길을 건너 강기슭으로 달아나는 학도의 뒤를 쫓아, 부용이는 저도 모르는 흥분에 싸여 골목길을 뛰어내려왔던 것이다.

그러나 이렇게 그 청년 학도의 옆에서 덤덤히 위쪽을 향하여 고요한 강기슭을 걸어 올라가면서, 부용이는 심장에서 뭉쳐 돌던 솜방망이 같은 것이 사뿐히 풀어지는 것을 느낀다. 그것은 와사처럼 가슴에 찼다가 목구멍과 코를 통하여 얼굴로 퍼져 올라간다. 그것이 전 몸뚱이에 퍼질 때 비로소 부용이는, 제가 행복된 분위기 속에 싸여 있다는 것을 느낀다.

"여기 앉어봅시다."

이화정이 저 언덕에 우중충하니 서 있을 것이나, 칠흑 같은 밤엔 그것조차 보이지 않는다. 수양버들이 머리 위에서 간지럼을 피우는 걸로, 그들은 버들 포기 밑에 온 것을 아는 것이다.

늙은 버드나무 긁을 손으로 더듬어서 가지런히 두 자리를 찾아본다. 형걸이는 다치지 않은 한 손을 캄캄한 속에 내밀어 본다. 치마에 손끝이 스치는 듯하는데, 곧 따가운 섬섬옥수가 그의 손을 찾아든다. 먼저 제가 앉고, 그 옆에 부용이를 이끌어 앉혔다. 여자의 향기가 버드나무 밑에 엉켜 돈다. 천주봉만이 겨우 하늘 속에 희미하게 제 모습을 드러내고, 그 밑에 흐르는 강물도, 정각[283]도, 아무것도 보이지 않는다. 승선교 위에 어화가 하나 별처럼 간들간들 졸고 있다. 개구리 소리조차 멀어졌다.

"내가 누군지를 아시겠소."

형걸이는 가만히 물어본다.

"모르는 이를 따라서 별 없는 밤에 이렇게 무엄스리 굴 년이 있겠습니까."

형걸이는 한 손으로 부용이의 두 손을 꼭 잡아본다. 가락지가 따근한 손 속에서 산뜻하니 차다. 한 손 속에 두 손을 넣고, 부용이는 비로소 사나이의 바른손을 생각한다. 그리고 아까 싸움터에서 올리던 외마디 소리를 연상한다.

"오른손을 다치셨나요."

"대단친 않으나, 그녀석이 물어뜯은 모양입니다."

"본 데 없는 치사한 놈들."

부용이는 꾸짖으며, 사나이의 손 속에서 두 손을 가만히 뽑아 손수건을 찾아보나, 엉겁결에 뛰쳐나오느라 그것조차 잊고 나왔다. 그는 소리 안 나게 치마 고름의 한 끝을 끊는다.

"이걸로 동여맵시다."

"피는 멎은 모양이니 그대루 두어도 좋을텐데."

"아뇨. 이걸로 터맵시다²⁸⁴."

캄캄한 속에서 잔등이 부풀어 오른 손을 부용이는 터매준다. 그 손을 제 손속에 가만히 올려놓고 쓰다듬듯 해본다.

"쑤시지 않어요."

"술 취한 김에 물어뜯었을 테니까, 무슨 독을 깊이 먹었겠소. 두어두면 낫겠지요."

그들은 이 이상 더 싸움 이야기를 하고 싶지 않았다. 이렇게 아름답고 좋은 밤에, 그런 상스러운 생각을 갖고 싶지 않았던 때문이다.

"이 고장이 마음에 듭니까."

이 말엔 선뜻 대납시 이니하고 부용이는 가만히 웃어본다. 산도 좋고 물도 좋으나, 당신 탓에 더욱 마음에 든다고 대답하고 싶으나, 그 말이 차마 입 밖에 나오질 않던 때문이다. 그는 한참 만에 이렇게 대답하였다.

"뫼는 푸르고 물은 깊은데, 사람조차 외로우니, 여기가 도원이 아니 겠소."

형걸이는 부용이가 무산 십이봉과 비류강과 강선루를 읊은, 옛 시를 들어 말함인 줄 알고, 속으로 그 원시(原詩)를 외어 보았다. 장문보(張文輔)의 시에,

山碧水深人寂寂(산벽수심인적적)
不知何處問桃源(부지하처문도원)

이라는 게 바로 그것이었다. 이것을 입 속으로 외이고 나서, 형걸이는 부용이더러 물어본다.

"부용이, 강선루의 압축(壓軸)²⁸⁵을 들은 적이 있소."

"온 지 얼마 되지 않아서 아즉 들은 적이 없습니다. 어떤 선비다려 물으니 그 양반도 모르노라 말하시둔요."

"나두 들은데 얼마 되지 않는데, 가르쳐주는 이도 지은이의 이름은 모르면서,"

잠시 말문을 닫았다가,

"응상에 운유습이오,[凝想雲猶濕]

영정에 우불수라,[榮情雨不收]

서기 조모우하야,[庶幾朝暮遇]

십일에 구등루라.[十日九登樓]"

한 번을 다시 외이고 난 뒤,

"별루 잘된 것 같지 않은데, 신선 내리는 누각이란 이름을 따서 지은 글 같습니다."

부용이는 가만히 입 속으로 한 귀 한 귀 새겨보다가,

"마즈막이 어떻게 되던가요."

하고 물어본다. 형걸이가 한 번을 읽으니 뒤이어,

"거이 아침나죽 만날까 하야 열흘에 아홉 번 다락에 올으더라."

하고 글자를 따라 새겨본다. 바람이 우수수하니 인다. 버드나무 가지 흐
느적거리는 소리가 쏴 하니 들린다. 이어서 바람은 자는 듯 하면서 비가
푸뜩푸뜩 내린다.

"비가 오나."

하고 형걸이는 손을 내밀어본다. 빗방울이 하나 손 위에 떨어진다.

"비가 옵니다. 옷을 맞추기 전에 어서 갑시다."

형걸이는 일어서나, 부용이는 자리가 아까운 듯이 일어나지 않는다.

"비 좀 맞으면 어떤가요."

하고 한 번 졸라보았으나, 형걸이가 일어서서 움직이지 않으니, 하는 수
없이 그도 따라 일어선다.

"비 오시는데 제 집에 들렸다 가세요."

하고 형걸이 옆에 와 서면서, 부용이는 졸라본다.

"난 시하²⁸⁶에 달린 몸이라, 일찍 들어가야 합니다."

"그래두 비가 오시지 않어요."

"비가 오니까, 비 맞지 않게 얼른 가야 안 합니까."

그들은 올라왔던 길을 천천히 내려가면서 도란도란 이야기한다.

"집에 들려 우산 쓰고 가시면 되지 않어요."

형걸이는 아무 말도 안 한다.

"전날에 오셨다가두 총총히 가셨는데. 전 아직 성함도 모릅니다. 그게
나 알으켜 주시구 가서요."

"이름 같은 거야 아나 바니, 또 아실려면 여기서도 넉넉하지오."

그러나 그는 길 가운데서 제 이름자를 가르쳐주려곤 하지 않았고, 강
선루 앞 골목으로 올라서서 행길가에 나서면서도, 부용이가 이끄는 손을

뿌리치려곤 하지 않았다. 아까 싸움하던 자리엔 개새끼 한 마리 보이지 않는다. 예까지 오니 빗발만 제법 잦아졌다.

형걸이는 부용이 뒤를 따라 그가 안내하는 대로 대문을 들어섰다. 대문의 빗장을 들이고 제 방으로 들어서면서, 마루에 선 채 허성대는 형걸에게 수건을 내어준 부용이는,

"어서 들어오세요. 비가 풍길는지도 모르니까."

하면서 발을 들치고 내어다본다. 형걸이는 전날 대봉이와 대낮에 찾아왔던 이 방이, 어쩐지 처음 보는 딴 방 같은 느낌을 주었다. 그는 윗문으로 가만히 방 안에 들어선다.

"온, 자리를 깔아놨으니, 참 어머니두 무던히는 성급하시지."

혼자 동알동알 하며, 붉은 깃 달린 남빛 차렵이불을 접어서 발치 구석으로 몰아놓고, 보료를 내려 깔면서,

"비 맞으셔서 선선하실텐데 아랫목으로 내려오셔요."

하고 웃어본다.

"비야 무슨 비를 맞었을까만은, 이렇게 호들기 바람으로 파탈한 몸이라서 되려 미안하외다."

물기가 남아 있는 손으로, 얼굴을 내려 쓰다듬으면서 형걸이도 버륵하니 웃어본다.

"온 별 말씀도 다 하시네, 그러시지 마시구 어서 이리 좀 내려오셔요. 방이 누추하다구서 너무 흠 삼지 말으시구."

제 방 안에 들어와서 유경에 켜놓은 불이 벌젛게 밝은 가운데를, 치마폭도 가볍게 오락가락하면서 주고받는 부용이의 말은, 밖에서보다 퍽 가벼워진 것 같다. 어색버석한 느낌이 없고, 마음을 허락한 사나이란 듯이 거침없이 하는 말조다. 형걸이는 부용이가 그렇게 친밀스레 저를 대해주는 게 되레 고마워서, 권하는 대로 아랫목에 와서 펄석하니 까치다리로 앉는다.

사나이를 아랫목에 모셔다 앉히고, 부용이는 다시 가만히 그의 얼굴을 쳐다본다. 이마, 코, 눈, 입, 귀, —부용이는 만족한 듯이 낯을 수그려 가슴과 무릎을 본다. 그러나 무릎 위에 놓인 손을 보고 그는 깜짝 놀라 일어난다. 그 발로 장롱에서 눈덩이 같은 솜을 꺼내, 사온 지 얼마 안 된 석유를 묻혀오는 것이다.

"아이머니나."

손으로 헝겊을 끌러서 상처를 보고 부용이는 또 한 번 놀랜다. 부풀어오른 손잔등에 이빨 자국이 또렷하다. 석유를 바르고 입술을 가까이 대고 여러 번을 불어주다가,

"솜으로다 좀 지져볼가요."

하는 것을,

"내버려 두시오. 만지믄 되레 오래간다우."

하고 형걸이는 웃어버린다. 그러나 부용이는 솜으로 지지는 대신, 문갑 빼함에서 흰 오징어 뼈를 내어, 칼로 갈아서 상처에 뿌려준다.

형걸이는 이렇게 부용이의 쓰다듬을 받으면서, 이상한 감흥을 느낀다. 만일 이대로 집에 들어간다면 어머니가 눈이 동그래져서, 이게 어인 상처이냐고 법석을 대며 일변 솜으로 지진다, 약을 바른다 하고 서둘러 대고, 한편으론 상노아이[287] 삼남이던가 종을 시켜 의술을 불러들이며 야단이 날 만치 치료에 극진할 것이지만, 어머니의 애무와는 다른, 어떤 형언할 수 없는 감흥을, 그는 부용이에게서 느끼는 것이다. 어머니의 사랑을 받을 때는, 사랑을 받는 자기보다, 사랑을 주는 어머니가 더 행복되리라 생각이 갔는데, 지금 그는 비로소 사랑을 받는 자기의 행복감에 그윽이 취하여 있는 것이다. 상처를 쓰다듬어주는 부용이보다, 안심하여 가끔 사양하면서 상처를 내맡기고 앉았는 형걸이 자신이, 한없이 행복되어 보인다. 그는 일순간 이 상처가 길이길이 나을 날이 오지 않고, 이렇게

대
하

235

섬세하고, 따스한 체온이 흐르는 부용이의 두 손길이, 언제까지나 제 옆에서 떠나지 않을 것을 상상해본다. 아름답고, 행복되고, 윤택이 나는 생활일 것이라고 막연히 생각해본다.

"무얼 그리 생각하십니까."

묻는 말이 곱고 아름다워서 형걸이도 빙그레 웃어본다.

"엉뚱한 생각에 잠겼든 중이었소."

이 말을 채 끝마치지 못했는데, 형걸이의 왼팔은 가만히 부용이의 등을 기어 올라간다.

"몸은 문 위에 서 있으나, 마음은 그대 따라 길 위에 가도다."

이렇게 읊어본다. 이윽고 부용이의 머리를 만져보다 말고, 얼굴을 돌려 유경 있는 윗목을 바라본다. 병풍 앞에 놓인 등잔불이 너울너울 붉은 춤을 추고 있다.

身雖倚門立(신수의문립)
魂逐美人去(혼축미인거)

그러나 부용이는 옛날 추수 김부용처럼,

驢勞凝我重(여로응아중)
添載一人魂(첨재일인혼)

이라고 대놓을 수가 없었다.

나귀 힘들어하매
어인 줄을 몰랐더니,
그대 마음 더 얹쳐서
이토록 무거웁네.

이토록 뾰족하니 놀려댄 추수의 마음이, 사나이를 위하고 사랑하는 마음에서 나온 것이라곤, 부용으로써 상상할 수 없었다. 이백 년도 더 오래인 옛날의 일이며, 지금의 부용으로써는 상상키도 힘든 일이나, 옛날의 추수 김부용이가 어느 선비의 노래에 대하였다는, 그와 같은 구절 속에 품겨 도는 마음씨는, 결코 사랑하는 생각 속에선 나올 수 없는, 깜찍한 재주라고 오늘날의 부용에게는 생각키이는 것이다. 그러므로 형걸이의 읊는 노래에 그는 추수의 구를 갖고 대놓을 수는 없었던 것이다. 이렇듯 형걸이가 저에게 마음을 주는 것이 고마워, 지금은 아늑한 행복 속에서 밤이 깊는 줄을 모르고 있으나, 인제 한 번 환선(紈扇)[288]을 들어 갈라진 뒤엔, 언제라고 다시 만날 기약인들 있으랴 생각하니, 추수의 유명한 상사시(相思詩)가 머리에 떠오른다. 그래 그중의 한 구절을 들어,

"사건에 눈물은 젖었으되, 만날 기약이 막막하외다."

하고 어리광 피운 말에 섞어서 가만하니 외어보고, 얼굴을 들어 사나이를 본다. 바른팔을 뻗쳐 문갑 위에서 붓을 들어 둘둘 말은 장지 위에,

　　　紗巾有淚(사건유루)
　　　紈扇無期(환선무기)

라고 적어본다. 붓을 놓는 걸 기다려, 형걸이는 왼손으로 다시 부용의 허리를 휘감아본다.

"진정 그렇게 생각하오."

그러나 부용은 아무 말이 없다. 얼굴을 바짝 들고, 이렇게 젊은 여자의 마음을 다짐받는 청년의 열정이 어떤 것인가를 찾아보기나 하려는 듯이, 형걸이의 두 눈을 바로 들여다본다. 두 눈이 딱 마주쳤다. 그러나 눈보다 입이 먼저 쫑끗쫑끗 흩어진다 ······.

껴안았던 팔을 놓고 형걸이는 부용의 손을 장난질한다. 마디가 없이 날씬하니 쪽 빠진, 옥 같은 손이, 발그스름한 핏빛에 홍도색을 띠고 있다.

"추수비상에 각수명가,[秋水臂上刻誰名]

묵입설부 자자명이라.[墨入雪膚字字明]"

가만히 중얼거려보니, 부용이는 곧 길게 실을 꿰인 바늘과 벼루를 가져다놓고,

"차라리 비류강물이 다하여라,[寧有沸流江水盡]

어이 그대와의 이 기약을 잊으리오.[妾心終不負初盟]"

한참동안을 그렇게 쳐다보다가 먹을 진하게 갈고, 제 왼팔을 걷어붙인다. 형걸이는 동여매인 바른손에 먹칠한 바늘을 들었다.

"무어라 새길까요."

"성함을 새기서요."

그때서야 그는 부용이가, 아직 제 이름을 모르고 있는 것을 깨닫는다. 그러나 그는 제 이름을 기다랗게 부용의 팔뚝에 새기고 싶진 않았다.

"우리는 별이 됩시다. 해도 말고, 달도 말고, 캄캄한 밤에 혼자 빛을 내는 별이 됩시다."

형걸이는 부용이의 팔에 바늘 끝을 가져간다. 날카로운 바늘 끝이 하이얀 부용의 피부를 뚫는다. 까만 흑점이 또렷하니 새겨지도록 부용은 만족하니 웃고 있었다. 다시 형걸이의 바른팔뚝에 까만 수영을 꿰고 나서, 둘은 덤덤히 기름 조는 소리를 듣고 있었다. 첫닭이 울어도 형걸은 부용의 집을 나오지 않았다.

14

문길덕이네 제사를 끝까지 보지 않고, 두칠이는 비가 푸뜩푸뜩 듣을 때에 제 집으로 돌아왔다.

처음 상전댁 맏서방님 형준이의 말을 듣고, 그는 댓바람에 제 집으로

쫓아오고 싶었다. 아내에게 사연을 따져서 묻고, 대답이 애매하고 모호하면, 분나는 대로 한바탕 후려갈기기라도 해야만 속이 후련할 것 같았다. 그러나 그는 어이된 일인지를 좀 더 자기 혼자 되새겨보려고, 그대로 가만히 아무 일 없는 듯이, 같은 친구들이 모인 방 안으로 들어가 앉아서 덤덤히 한참 동안을 생각에 잠겨 있었다.

어디로 하루 바삐 떠나달라는 말은, 물론 대수롭게 여길 건덕지가 되지 못한다. 제 아무리 맏서방님이라 할 값이, 집안일을 도맡아 처리하는 날이 오던가, 박참봉이 세상을 떠나던가 하기 전에는, 그가 나가라 들어오너라 할 그런 계제는 되지 못하는 걸 두칠이는 잘 알고 있다. 형준이가 박참봉보고 말해서, 박참봉이 다시 이러니저러니 할 수는 있다 쳐도 형준이 그의 말만 갖고는 곧 집을 떠난다던가 그러지 않더라도, 과히 뒤탈이 없을 것쯤은 두칠이로서도 짐작이 된다. 박참봉까지도 친히 그렇게 생각하는 것이라면, 뒷날 다시 자기를 불러놓고 분부가 있을 것이다. 그러므로 형준이가 하루 바삐 이 집을 떠나달라는 말은, 그렇게 겁나는 말이 되지는 않는다.

그러나 사실을 따져놓고 보면, 집을 떠나달라는 말이 사실이라고 하여도, 그로서는 결코 그것만으로 인하여 뼈아픈 일이 생기던가 그렇진 않을 것이라 생각한다. 단 두 식구, 이즈음 농토를 떠나서 신작로 닦는 델 쫓아다니든가, 측량대를 둘러메고 싸다니든가, 남의 짐을 지고 다녀도, 입에 풀칠이나 하기엔 그리 힘들게 없다고 생각하는 것이다. 성한 몸이 하루 종일 뼈가 노곤하도록 일해주고, 어디 가선 못 살 것이냐 하는 생각이 가끔 들었으나, 저에게 쌍네를 아내로 주고, 다시 절게로부터 막서리로 한 등 높여주기까지 한 박참봉 나리 댁을, 아무 분부 없는데 제 편에서 뛰쳐나오는 것은, 배은망덕도 심한 일이라고 제 스스로 단념하고 미는 것이었다.

그러므로 박참봉이 친히, 이러저러한 까닭으로 인연해서, 너는 차후[289]로 내 집을 떠나서 살아라, 하고 말한다면커니와, 그러기 전에는 형준이 말쯤을 갖고, 보쌈을 싸서 지는 게 되레 안 될 일이라고 생각하는 것이다.

그러나 두칠이의 생각이 외곬으로 흘러 웅덩이 속으로 침전해버리는 것은, 그의 아내의 소위 '행실머리'와, 두뭇골 도련님과의 관계 여부에 있었다.

두칠이도 물론 아내가 그를 달가워하지 않는 것은 잘 알고 있다. 머리를 올려주기 퍽 전에 제가 아직 절게로 있을 때 일만 해도 그렇고, 그 뒤 두칠이가 분명히 쌍네의 남편이 된 뒤에도 아내가 그를 정성껏 모시던가 그러지 않는 것쯤은 두칠이도 잘 알고 있다. 그러나 어떻다고 반항을 하거나, 실없이 포달[290]거리거나, 구박을 하려 들거나, 그런 일은 없었으니, 날이 가고 아이가 생기고, 그러노라면 저절로 화합한 가정이 되리라고, 은근히 기다리고 있었다. 으레 잉태했던 아이가 유산을 해버려, 적지 아니 낙망이 갔으나, 그는 그것으로 결코 절망하지는 않았다. 아내는 그대로 아름다웠고, 비록 말은 없고, 보는 사람 따라서는 서먹서먹하다고도 할 것이나, 결코 그에게 슬픔을 주던가 그렇진 않았다. 부잣집 색시나, 첩들이 하는 것처럼, 간사하고 삽삽하고 살뜰스러운 맛은 없으나, 가난하고 비천한 집 아내답게, 건강하고 부지런하고 순박하다고 생각해온 것이다. 그는 아내를 믿어왔다. 아내를 사랑하는 마음은, 절게 시절보다 더하면 더했지, 조금도 변함이 없었다. 십 년이 하루 같은 고된 일을 하면서도, 아내를 생각하면 즐거움이 되었고, 하루 종일 일에 시달린 몸에서 감발[291]을 풀고, 저녁상을 받으면서 아름다운 아내의 얼굴을 보면, 이튿날 호미 들고 집을 나설 생각이, 괴로움이 되진 않았던 것이다. 쌍네만 옆에 있다면, 그는 무슨 일이라도 할 것 같았고, 그가 손을 잡고 쫓아만 온다면, 어디라도 무서울 것 없이 찾아갈 수 있을 것 같았다. 그렇던 쌍네였고 그렇던 아내이다.

지금 제 아내가 자기를 속이고 마음을 다른 사람과 나눈다는 말을 처음 들었을 때, 두칠이가 한참 동안 그게 어이된 수작인지 종잡을 바 없었던 것도 결코 무리는 아니었다. 그럴 리가 없다, 그래서는 안 된다고 속으로 몇백 번을 도리질을 하고 나서, 그러나 머리를 들어보니 역시 맏서방님이 움직이지 않는 표정으로 제 앞에 서 있다. 분함보다 슬픔이 앞을 섰다. 말할 것을 간단히 해치우고는 형준이는 노한 사람처럼 뚜벅뚜벅 걸어가 버린다.

제 아내와 통한다는 사나이가 다른 사람이 아니고 바로 두뭇골 도련님이라니, 그렇다면, 어이된 영문으로 그 말을 맏서방님, 친히 제가 와서 나에게 일러바치는 것일까, ―물어보고도 싶었으나, 이미 형준이는 그 자리에 없었다.

두칠이는 자리에서 일어나서 어데 뒷간에라도 잠깐 다녀올 사람처럼 길덕이네 집을 나왔다.

"주안 나오게 됐는데 어데 가나?"

하고 길덕이가 묻는 것을,

"요, 밖에 잠간 다녀오겠네."

하고 대답해버리었다. 대문 밖에 나서니 비가 푸뜩푸뜩 떨어진다.

걸음을 바삐 옮겨 놓으면서 얼굴과 머리에 찬 빗방울을 맞으니, 마음은 더한층 초조해진다. 강역으로 돌아서, 가시 울타리께로 와서 제 방을 바라보았을 때, 그는 난생 처음 무서운 격정이 화염처럼 가슴속에 꿈틀거리는 것을 느꼈다. 홱 문을 낚아채고 들어가면, 캄캄한 방 가운데서 뭣이든가 손에 잡히는 대로 휘둘러 칠 것 같다. 그는 제 자신이 두려웠다. 이대로 내버려두면 어디로 뛰어다닐지 모를, 성난 말처럼 생각이 갔다. 그는 손으로 울타리 문을 열고 꽉 쥐고, 아픔을 참는 사람처럼, 제 가슴속에 끓어오르는 격정이 가라앉기를 기다린다. 이윽고 그는 소리 나게 문을 열고 뒤뜰로 들어서, 제 방 문을 연다. 방 안은 캄캄하다. 문 여는 기척이 나면, 안에서 일어나는 인기척이 있어야 할 텐데 그것이 없다.

"어데, 갔나?"

대답이 없다, 문 옆에 세운 물푸레채로 방 안을 휘저어본다. 반짇고리가 걸리고는 아무것도 닿는 것이 없다. 방 안은 텅 빈 것이다.

'이것이 어데로 갔을까.'

'과연 형준이 서방님의 이르는 말은 사실일까.'

두칠이는 방 안에 들어갈 염도 하지 않고, 빗발이 제법 잦아진 뜰을 향하여 문턱에 허리를 걸치고 앉았다.

한참 앉았으려니 뽕밭 머리에서 발자취 소리가 잦게 들리고, 이윽고 가시 울타리 문을 밀더니, 쌍네가 비를 피하여 들어온다. 토방에 올라서서, 어디서 얻어 쓴 것인지, 낡은 자루를 한 귀퉁이를 넣어서 고깔처럼 둘러썼던 것을 벗어놓고, 덥벅 문설주로 대서다가, 무릎으로 남편의 정강이를 건드렸다.

"아이머니나."

하고 그는 약간 놀랜다.

아내의 살 냄새가 비에 젖어서 두칠이의 코숭이 앞에 풍겨 돌았다. 그는 가만히 앉은 채로 묻는다.

"어데 갔더랬어?"

아내는 주춤거리다가 엉겁결에,

"품 한 자루 빌릴까 해서 꼬맹이 집에."

그 다음은 마무리를 채 않고 남편의 몸을 피해서 방 안으로 들어간다. 눅눅하니 젖은 치마폭이 두칠이의 볼편을 스치고 방 안으로 넘어간다.

쌍네는 방 안으로 들어가더니 천연스럽게 자리를 깔아놓는다. 그는 지금 엉겁결에 한 마디 내붙인 거짓말에 용기를 얻은 것이다.

*

　형준이한테 그 일을 당할 뻔 하곤, 쌍네는 한참 동안을 생각다 못해 점잖 친다는 보살할미를 찾아갔었다. 조용히 늙은 노파를 마주 대하고 앉아서,

　"내가 지금 무슨 죽을 혼이 들었는지 큰일이 났소와요."

하고 이야기를 시작할 땐, 그는 부끄럼도 아무것도 생각지 못하였다.

　"임자 나이 몇이던가."

　"스물둘입지오."

　까맣게 때에 전 등잔에 콩알만 한 작은 불심이 기름을 빨아올리고 있다. 그 밑에 쭈그렁바가지처럼 오골쪼골한 보살할미가 개다리상에, 길게 꿴 엽전 타래²⁹²와 따로 몇 닢 꿰지 않은 엽전을 들고, 까치다리를 야무지게 한 채 당돌하니 앉아 있다.

　"임자 서방의 나이는 몇이와."

　"아마 서른하나입지오."

　"서른하나?"

　지렁이 같은 가느다란 눈을 비집듯이 흡떠본다.

　"그래 말해보시게."

　쌍네는 잠시 눈을 밑으로 깔고 가만히 생각해본다, 생각이 막혀서 찾아오긴 했으나, 털어놓고 제 몰골을 이야기하자니 부끄럽기 짝 없는 일이었다. 낯을 들어 한 번 삭은 방 안을 두리번두리번 하는데,

　"아무두 내 집엔 없으니 마음을 턱 놓으시게."

하고 보살할미는 재촉한다. 쌍네는 손을 오므락오므락 만지면서, 가끔

가다 주춤주춤하면서도, 쪼루루 단숨에 이야기를 털어놓는다.

"꽃 떨어질 때니께, 한 달반이나 된가 보외다. 우리 집에서 촌에 한 이틀 보항간 새, 늘상, 날보구 수상시레 구시던 셋째 도련님이, 밤에 내 방엘 들어왔으니 어떡할 도리가 있사와요. 그래 나두 젊은 마음에, 장난으루다 치부대일 생각치구서 그랬더니만, 그게 무슨 되집어쓴 병집인지, 두 번 뵈온 그이 생각이 도무지 머리빡을 떠나질 않소와요. 그러자 우리 집에서 돌아왔으니, 도련님을 뵈올 길은 없어졌는데, 또 일 숭하게 되려니 맏서방님 마저 내게다 마음을 치시고 찐덕거리시는구만요. 그이는 내가 셋째 도련님과 그런 걸 알구 있지요. 인젠 오늘밤 안으루 필시 우리 집에서두 알게 될테구, 이리되믄 한세상 구박 받구 사는 바엔, 아예 일을 터처버리는 게 외려 속 시원할 것두 같구, 아니 머 내 손으루 일을 저지르지 않는대두, 세상은 뒤죽박죽되구 말테니, 종차루 어찌야 좋을지 도무지 염이 나질 않는구려. 그러니 처음부텀 맘에 없는 서방 털어버리구 사는 게 팔자소관인지, 도련님이 그러시는 게 진정의 마음인지, 한 번 장난에 그치는 겐지, 모두를 신령님께 물으시어, 청청히 밝혀주시도록 한 괘 놓아주시우다."

보살할미는 반백이나 된 머리빡을 끄떡끄떡한다. 터거리로 쌍네의 손 있는 편을 한 번 눈질하여 쌍네는 바른손에 쥐고 있던 백통전을 가만히 상 위에 올려놓았다. 돈을 본 다음에야 보살할미는 엽전을 들고 중얼대기 시작한다. 한참을 중얼대다가 엽전 타래를 휙 상 위에 던져본다.

"본서방과는 팔자에 없는 연분이군."

이 말을 들으면서, 쌍네는 가슴이 덜럭 물러앉는 것 같은 착각을 맛본다.

"정령 그런지 또 한 번 던져보시우다."

이렇게 말하는 쌍네의 목소리는 약간 떨리는 듯 하였다.

역시 팔자에 없는 연분임에 틀림없는가보다. 처녀 적에 그렇게 싫던 두칠이다. 억지로 한자리에 누워서도, 아무 감흥이 내솟구지 않던 두칠이다. 내 속에 들었던 그의 씨가 세상 밖에 나오기 전에 흘러버린 것도, 인연을 뒷날까지 남기지 않으려 한 때문일 게다. 모든 것이 높으신 존신께서 점지하시는 일임에 틀림이 없다.

개다리상 위에 두 닢 맞붙은 엽전이 하나도 없는 것을 물끄러미 들여다보며 쌍네는, 두칠이와는 갈라져야 할 팔자소관인 걸 거듭 생각하고 앉았다.

그러나 그렇게 생각은 하고 있으면서도, 장차 그와 갈라지게 되기까지의 일이 한심하고 두려웠다. 한편 측은한 생각이 두칠이에게로 가는 것도, 속일 수 없는 진정이다. 두칠이가 그를 얼마나 미칠 듯이 사랑하고 있는지 쌍네도 잘 알기 때문이다. 그래서 그는 이 점괘에 틀림이 없는가를 다져보듯이, 또 한 번 엽전 타래를 던져보라고 졸라보는 것이다. 그러나 보살할미는 머리를 쌀레쌀레 내젓는다. 그는 염불 소리처럼 곡조를 붙여서,

"두 번 세 번 시끄럽게 굴면, 존신 대감께서 노염이 나신 답니다."

하고 쌍네의 요구를 거절해버린다.

쌍네는 하는 수 없이 박참봉댁 셋째 도련님, 두뭇골 도련님과의 연분이 팔자에 있는 것인가를 물어볼 밖에 없었다. 머리를 흔들흔들 놀리며 엽전타래를 바른손으로 들을 때에, 쌍네는 한없이 긴장하였다. 보살할미가 던지는 엽전타래에 나타난 대로, 그의 운명은 결정이 된다고 생각는 것이다.

'도련님, 두뭇골 도련님, 키 크고 미츳하고 사나이다운 훌륭한 도련님, 어이 이 비천한 몸이 작히 귀하신 몸을 섬길 수 있겠나이까. 발사에 없으소서, 지나가던 길에 한 번 걷어차본 돌멩이로 대해 주시소사.'

입 밖에 낼 듯이 쌍네는 속으로 빌어 섬긴다. 그러나 그의 내심이 이런 말과는 딴판이었던 것은, 보살할미가 휙 던지는 엽전 타래 맨 마지막에, 두 닢의 엽전 닢이 맞붙은 걸 보고, 눈물을 흘릴 만치 기꺼워한 걸로도 족히 알 수 있을 것이다. 두뭇골 도련님과 쌍네는 하늘이 정해준 배필이며, 존신이 점지해놓은 연분이라고, 상 위에 흩어진 엽전 타래는 말하고 있지 아니한가.

쌍네는 보살할미의 집을 나왔다. 비가 내린다. 마음 같아선 비가 줄기차게 오는 속을 흠뻑 물에 젖으면서 걸어보고 싶었다. 그러나 그는 꿰어진 자루 하나를 얻어서 고깔처럼 머리에 쓰고, 가만히 생각에 잠겨서 걷는다. 이미 그의 갈 길을 환하니 아는 바엔, 그것을 어떻게 실행에 옮길까가 문제가 되지 않을 수 없었다. 뭣이든가 부딪치고 싶은 대로 부딪쳐오라 이미 하늘이 정해놓은 배필이다. ─이렇게 생각하면 팔을 걷어붙이고, 칼로 두부모를 가르듯이, 썽둥썽둥 잘라서 댓바람에 두칠이와의 관계도 처리해버리고, 그리고 두뭇골 도련님과 어디 먼 곳으로 도망이라도 치고 마는 게 마땅할 것 같다. 그러나, 과일이 여물어 꼭지가 물러서 떨어지도록, 나무 아래 누워서 입을 벌리고 기다리라, 이미 존신이 점지한 인연이니, 저절로 두칠이는 물러가고, 도련님이 무르익은 과일처럼 내 품에 떨어질 것이다. ─하고 생각하면, 아무 말 않고 잠잠히 날이 오기를, 마음을 굳게 먹고 기다리는 것이 온당할 것도 같다.

두루두루 이런 생각 속으로 맴을 돌 듯하다가, 채 생각이 결론을 잡기 전에, 그는 제 집에 다달았던 것이다. 품 한 자루 내달라고 꼬맹이 집에 갔던 길이란 말은, 엉겁결에 지어 만든 생뚱한 거짓말이었다.

캄캄한 방 안에서 이불을 깔아놓고 아무런 일이 없었던 것처럼 쌍네는 치마를 벗고 자리 속에 누워버린다.

"냉수 한 그릇 떠와."

두칠이는 문턱에 앉은 채 심부름을 시킨다. 그러나 쌍네는 숨을 죽이고 가만히 누워 있다.

"귀가 메였나."

결코 이런 말을 재차 할 만한 사나이가 아니었다. 냉수를 떠다 달라는 것까지도, 두칠이 입에서 나옴직한 말이라곤 생각되지 않는다. 먹고 싶으면 아무 말 없이 제 발로 부엌까지 가서, 제 손으로 사발을 들어 퍼먹었다. 설사 냉수를 떠오라고 심부름 조로 말했을 값이, 아무 대답이 없으면 혼잣말로 '벌써 잠이 들었나.' 하고쯤 말해버리고 말았을 것이다. 그래야 할 두칠이가 오늘은 볼멘소리로 '귀가 메였나'고 호령이다. 필시 무슨 말이 두칠이 귀에 든 것이라고 생각한다.

"이래두 생게 냉큼 못 일어날까."

이 말이 채 떨어지기 전에, 쌍네는 푸시시 이불을 들치고 자리에서 일어났다. 그는 남편의 이 목소리를 들으면서, 등살에 오싹 소름이 칼처럼 끼치는 것을 느낀 때문이다. 그는 비로소 사나이의 힘을 눈앞에 의식한다. 어떤 공포가 무서운 폭발력을 감싸고 이 캄캄한 비 내리는 어둠 속에 장비되어 있어, 어느 한 귀퉁이를 잠시 건드리기만 하면, 벼락처럼 온 우주를 뒤엎어버릴 것 같은, 그런 힘이 쌍네의 눈앞에 어른거리는 것만 같다. 왕대 사발에 냉수를 떠 들고, 발끝을 조심히 더듬어서 남편이 앉은 곳으로 간다.

쌍네가 떠다주는 물사발을 받아들고, 두칠이는 일순간 아내의 얼굴에 물벼락을 들씌우고 싶은 충동을 느낀다. 그러나 그는 펄떡펄떡 뛰는 팔을 꾹 자제하면서, 사발의 물을 요란한 소리가 나게 덜컥덜컥 마셔버린다. 비는 아직노 내린다. 한 방웅이나 남았을까 한, 빈 사발을 뜰 안쪽으로 쏟아버리듯 하고, 그는 사발을 도로 아내에게 주었다.

"더 떠올까요?"

하고 묻는 말엔 두칠이는 아무 대답도 못 한다. 이렇게 물어본 쌍네의 가슴에도, 불현듯이 남편에 대하여 측은한 생각이 솟아 오르지 않든 못했던 것이다. 그러나 그것은 결코 남편, 두칠이에 대한 애정이 소생한 것은 아니었다. 그것이 결코 사랑이 아니라는 것을 의식하였을 때, 쌍네의 가슴엔 눈물이 어리었다.

두칠이는 가만히 문턱에서 일어난다. 방 안에 들어서더니, 아내의 옆에 아무 말없이 서 있다. 빗소리와 낙숫물 소리를 귀따갑게 들으며, 그는 아내의 잔등에 왼손을 감았다. 그는 무서운 힘을 갖고 아내를 부등켜 안았다. 두 눈으로 펑펑 쏟아지는 눈물을 덜컥덜컥 삼키면서,

"먼 데루 가 살자."

아내의 앙가슴에 낯을 부비며,

"단둘이 먼 데루 가 살자."

쌍네도 함께 솟아오르는 눈물을 참지 못하면서, 그러나 두칠이가 하는 말이 무엇을 뜻함인지 깨달았을 때, 소스라칠 듯이 온몸을 부르르 떨면서 놀라지 않을 수는 없었다.

이튿날 아침 두칠이는 일찌감치 조반은 먹고도, 해가 한 발이나 퍼지도록 밭으로 갈 염을 내지 않았다.

쌍네는 마음이 놓이지 않는 것을, 예전대로 상전댁 부엌에서 늘상 하는 맡은 일을 습관대로 해내치고 있었다. 그러나 여느 때와는 다른 남편의 수상한 태도가, 장차 무슨 일을 저지를 생각인지, 종잡을 길이 없어 일이 손에 붙질 않았다. 연자간으로 겨를 푸려 갔다오는 길에, 두칠이가 사랑마루에서 주춤거리고 있는 것을 보고, 그는 겨 담은 버주기를 마당에 놓고 그늘에 숨어서, 남편의 하는 양을 눈 붙여 보고 있었다. 흰 갓신이 놓인 것을 보니, 박참봉 나리가 두뭇골서 막 조반을 먹고 금방 나온

김인 듯싶다.

"나릿님, 저올세다."

손을 읍하고 두칠이는 서 있더니, 안에서 무슨 말소리가 들린 뒤에,

"긴하게 여쭈올 말씀이 있사와 왔습너니다."

하고 두어 번 헛기침을 해본다. 들어오라는 분부가 났는지, 신을 마루 밑에 벗어놓더니, 두칠이는 사랑방 문을 가만히 열고 안으로 들어간다. 그다음은 목소리가 연자간 앞까지는 들려오지 않는다.

쌍네는 가슴이 두근거렸다. 필시 적잖은 사태가 종차로 벌어질 것 같은 무서운 예감이 가슴속을 구렁이처럼 설레고 돌아간다. 그는 허둥지둥 중대문을 들어서서 사랑방 부엌으로 들어갔다. 여물을 끓이는 겸 사랑에 군불을 때는 부엌이다. 그러나 이곳에서도 방 안의 말소리는 들려오지 않았다. 부엌과 방과의 사이에는, 두꺼운 바람벽이 가로막혔을 뿐으로 한 짝의 문도 달리지 않았기 때문이다. 그는 미친 사람 모양으로 뿌르르 안부엌엘 들어갔다. 찬장에서 놋대접을 꺼내 바리에 숭늉을 떠서 받쳐들고, 다시 사랑으로 나갔다. 부엌 안에는 아무도 없고, 둘째 아씨가 혼자서 볏집물에 머리를 감고 있었다. 사랑에서 숭늉 떠오라는, 호령이 언제 났던가 싶어, 꺼먼 머리칼을 놋대야에 담근 채 둘째 아씨는, 쌍네의 나가는 양을 잠깐 동안 바라보다가 만다.

사랑문 밖에 서서 쌍네는 물그릇을 든 채 귀를 기울인다.

"글쎄 자네 생각이 그렇다니, 나루서는 뭐라 말할 수는 없어 호대, 누가 도로공부(道路工夫)루 나가본 친구래두 있능가. 공연히 남의 꾀임에 떠서, 인간은 많지 않다 해두, 솔가해 몰려갔다가, 낭패보는 수두 많으닝께루."

이렇게 천천히 밀하는 것은 바참봉이였다.

"따루이 또 이 고장을 떠나야만 할 긴요한 사정두 생겠삽구, 그래서 겸사겸사 한 번 가볼려구 결심한 것이올습너니다."

"응, 글쎄 그렇다믄 하는 수 없지. 지어오던 농사나 누구에게 맡기구, 또 이왕이니 단오나 내 집에서 새이구 가게 하시게. 지금 신작로가 어데꺼지 갔는지 모르나, 자네 내외가 내 집에 와서 해준 일이 적지 않어. 그러니, 게까지 가는 노비나 그러한 건, 내 결쿠 섭섭하겐 안할 테니깨, 단오나 지내서 떠나게 하게."

의젓하니 박참봉은 두칠이의 요구를 허락하고 앉았다. 이 고장을 떠나야 될 긴요한 사정이 무엇인지를 아는지 모르는지 그는 묻지도 않고, 두칠이가 이 집을 떠나서 원산 방면으로 도로공부가 되어 가겠다는 것을 허락하고 앉아 있는 것이다.

쌍네는 이 이상 더 방 안의 이야기를 들을 필요가 없었다. 들고 있던 숭늉 같은 건 방 안에 들여놓으나 마나, 그는 그것을 그대로 들고 다시 부엌으로 돌아왔다. 돌상 위에 물그릇을 놓고, 둘째 아씨의 눈마저 피하여 그는 혼자서 뒤꼍으로 나간다. 멍울이 밤알만큼씩 큰, 함박꽃 포기 앞에 와서 시름하지 쭈그리고 앉아, 그는 흐르는 눈물을 어이할지 모른다.

둘째 아씨 보부는 머리를 볏집물에서 빼서 다시 맑은 물에 헹구고 있었는데, 쌍네가 치마폭에서 바람이 날 지경으로 부엌을 앞뒤로 드나드는데, 보아하니 신색[293]과 거동도 수상하고, 금방 들고 나갔던 물그릇을 그대로 들고 들어온 것도 무슨 곡절이 있어 보인다. 얼마 전에 맏동서한테서 귀 넘겨들은 말로, 두뭇골 시아우가 쌍네 방엘 들어갔다는 걸 들은 법한데, 그런 걸로 인연해서 무슨 사연이 벌어진 것은 아닐까 생각이 간다. 수건으로 물을 적셔내고, 머리카락을 대충 틀어서 비녀로 꽂은 뒤에, 그는 넌지시 부엌 뒷문으로 쌍네의 모양을 살펴보았다. 복날가리가 있고, 창포가 줄기차게 무성하고, 빨랫줄이 건너간 뒤꼍에, 함박꽃 포기를 마주 대하고 앉아서, 쌍네는 어깨를 추며 있다. 울고 앉았는 것에 틀림없었다. 보부는 민망스런 생각이 가서, 잠시를 그대로 문설주에 손을 대고 내다보다가, 가만히 발을 옮겨놓아 쌍네의 곁으로 갔다. 뒤에 가서 섰는데도 쌍네는 돌려다도 안 본다. 아는지 모르는지, ─그래서 보부는 한 발자국 그의 옆으로 대서면서, 바른손을 쌍네의 어깨에 얹어보았다.

역시 손을 얹는 이가 누구인지를 알고 있는 양, 돌려다 보지도 않고 쌍네는 슬며시 일어난다.

"왜 울어, 무슨 일이 생겼는가."

부드럽게 말을 건네니, 쌍네는 한 번 더 덜컥 울음을 삼키고 발을 옮겨놓아 움등으로 들어간다. 밑은 땅 속으로 움이 되고, 그 위는 광이 된 컴컴한 두 칸 방이다. 떡시루, 모랭이, 다랭이, 체, 도투마리, 바가지짝, 쳇다리, 콩나물시루, ─이런 것이 지저분히 놓여 있을 뿐, 쾡하니 어둑시근한 시서늘한 방이다. 귀신을 모신 당지기가 벋장 밑에 선반으로 얹히어 있고 그 밑에 늘어뜨린 백짓장이 너울너울 창살로 숨어드는 바람에 나부낀다. 보부도 따라 들어갔다. 조용한 곳에서 호소라도 해보고 싶다는 쌍네의 심보가 엿보였고, 그것이 그대로 젊은 보부의 마음을 건드리는 곳이 있었기 때문이다.

쌍네는 낡은 노전을 아무렇게나 깔아놓은 데를 신발째 올라서서, 가만히 방 가운데 도사리고 앉는다. 무릎 위에 팔굽을 괴이고, 한곳을 눈 붙여 보고 있더니, 푸우 한숨을 내짚는다. 보부가 아직도 마르지 않은 머리카락에서 흐르는 물을 수건으로 묻혀내고, 쌍네의 옆에 엉거주춤히 섰으려니,

"아씨 제의 일을 어떡하면 좋사와요."

하고 다시 한숨을 내짚는다. 이 바람에 보부도 눈을 약간 찡그리면서 그의 옆에 따라 앉았다.

"무슨 일인지 얘기해서 될 일이면 들어래두 보자꾸나. 들어서 뵐 일두 아니겠지만."

하고 보부는 미간 새에 수심을 그려보인다.

"전 인제 아씨 옆에두 못 있구, 먼 데루 가게 된답니다."

이야기를 시작하면, 잠시 설움이나 탄식은 잦아드는 법이다. 제 이야기가 남의 이야기 같아야, 이야기 투가 풍겨내는 짭조름한 구슬픈 맛에, 저 자신도 취하여 버린다. 이야기를 듣는 보부도, 어느 결에 이 애처로운 조자에 휩쓸리듯, 마음속에 솟아나는 애끊는 애상을 맛보게 된다. 보부는 저보다 나이는 위이지만, 이렇게 어리광 조로 호소를 하는 쌍네의 감정이 어린애의 것처럼, 귀염성이 가고 애처로운 생각이 들었다.

"무슨 재미에 아무두 없는, 쌍트런 노동꾼만 사는 산속에 가서, 무서운 세상을 살아야 한답니까."

그러나 보부는 잠시, 그의 이야기하는 사연이, 어찌된 것인지를 알아듣지 못한다.

"아니, 난 듣는 배 처음인데, 그게 어찌된 일인가, 좀 자상히 말을 해봐야지."

나직하니 다정스레, 보부는 재촉한다.

"어데서 무슨 소문을 듣구—"

여기서 잠깐 말을 그치더니 무슨 커다란 비밀이나 건드리는 것처럼, 목소리를 한층 더 낮추어서,

"맏서방님이 제 욕심 못 채우시군, 공연한 꼬창질을 해서, 인제 우리는 이 고장을 떠나야 될 판국이야요. 평시에 마음에 드는 사람이라믄 산속에믄 어떻구 물속이믄 어떻겠소만은, 팔자에두 없구 한 걸 어떻게 서늘쩍하게 살아간답니까. 그런데 그 화상은 부득부득 찰거머리처럼 못살게만 구는구만요. 이렇게 아씨랑, 마나님이랑 계실 땐, 이런 거 저런 거 마음이래두 씨워서 그런 대루 살아가던 걸, 인제 단둘이 떠나서 허구헌 날 그 화상을 눈앞에 보구, 어떻게 살아간단 말이웨까."

"그러니 어떻거니, 팔자소관이 그래서, 연분으로다 작정된 남편인데, 바늘이 가는 데면, 실이란 건 따라가지 않을 순 없는 법이 아니냐. 마음을 돌려 잡아서 여태껏 살어왔으니, 인제라구 급작스리 못살 변 있겠니."

"아니와요. 그런 것만두 아니와요. 어찌 어찌해서 길을 잘못 잡은 게지, 팔자에두 없는 연분이랍니다. 생뚱한 딴 사람 될 그런 화상이랍니다."

"그럼 무슨 딴 인연이, 어데서 불쑥 솟아난다는 말이냐."

이 말에 쌍네는 아무 대답도 아니한다. 낯을 푹 수그리고 덤덤히 앉아 있는 것을 보면서, 이때에야 문득, 보부는 두뭇골 도련님의 생각을 하였다. 쌍네는 지금 제가 두뭇골 도련님과 하늘이 정해놓은 배필이라고 말하고 싶은 것은 아닐런가. 쌍네의 여태껏 해온 말과, 전날 동서에게서 들은 소문과, 그리고 거침없이 해오던 말이 지금에사 급작스레 주춤거리는 품이, 필시 두뭇골 도련님을 마음속에 그려놓고 하는 말임에 영락이 없다고 보부는 생각해본다.

그러나 보부도 생각이 여기에 미치매, 무어라고 입을 열어 말문을 터줄 수는 없었다. 오늘 아침 시어머니한테서 들은 말엔, 두뭇골 도련님의 혼사가 어젯밤으로 작정이 되었다는 것이다. 남전(南田) 강릉 최씨(江陵崔氏)의 규수인데 근본은 한다하는 양반이나 가세가 빈한해서, 측출(側出)[294]과 혼사를 지내게 되었다고 한다. 혼사가 작정되었으니, 인젠 부랴부랴 편지 붙이고 예장[295] 싸고 장가를 들여야 한다고 한다. 늦어진 장가이고, 또 그대로 두면 무슨 일이 생길는지도 모르니, 어서 급히 서두는 게 무방하다고, 시어머니는 며느리들 앞에서도 서슴지 않고 말하였다. 그러니, 쌍네에게 이렇게 된 사유를 털어서 들려주고, 공연한 딴 마음일랑 먹지도 말고, 마음을 집이서 여필종부의 부덕(婦德)을 지킴이 가당하다고 타이르고도 싶어지나, 그렇게 하는 것이 박정하다기보다는, 무슨 불순한 질투 비슷한 생각에서 나오는 언행 같아, 보부로서는 선뜻 입 밖에 내놓을 수가 없는 것이다.

사실 보부는, 지금은 아무렇지도 않은 것 같고, 또 저 혼자밖에는 그 일을 속속들이 아는 이조차 없다 쳐도, 기왕에 아무 일도 없었던 시아우 라고 그대로 넘겨버릴 수 없는, 한 가닥의 희미한 줄기가, 아직도 두뭇골 시아우에 대하여 뻗쳐져 있는 것이 진경에 가깝다. 남편 형선이와, 시동 생 형걸이를 바꾸어보고, 고이고이 닫아두었던 가슴을 열어 처음으로 잔 잔한 물결 속에 파문을 그린 이가, 실로 두뭇골 시동생이 아니었더냐. 지 난 늦은 겨울, 형선이가 저에게 장가를 드는 날까지, 보부는 형걸이에게 사모하는 마음을 보냈었고, 장가 온 새서방이 형걸이가 아니고 형선인 것을 알았을 때에도, 특별히 어떻다고 불만을 표시하던가, 불행을 예측 하던가 그렇지는 않았을 값이, 역시 서운하고 쓸쓸하고 죄스러웠던 것만 은 사실이라 아니할 수 없다. 그날 밤 마루에 큰 돌을 던진 키 큰 사나이 는 혹시 형걸이, 그 사람은 아니었던가 하는 생각도 없지 않다. 그 뒤에 자기가 이 집에 시집 온 뒤에도 형걸이는 친밀히 드나들지 않았고, 저에 게 대하여도 어떻다 할 행동이나 예절(禮節)의 표시가 없다. 형수면 형수, 그에 마땅한 예절의 표시가 있어야 안 하냐. 그러나 간혹 안뜰에까지 들 어오는 경우가 있다 하여도, 그는 보고 못 보는 태도다. 그럴 때마다 보 부는 형걸이에게 대하여 뼈간지러운 부끄럼을 느꼈다.

형걸이가 두칠이 처 쌍네의 방에 들어갔었다는 말을 맏동서의 입에서 들었을 때, 그는 처음엔 그 말을 믿지 않았다. 아무런 관계도 없는, 그러 한 시아우의 일이라면, 다른 사람에게는 몰라도 남편에게만은 잠자리 속 에서라도, '두뭇골 작은이에게 이런 말이 들리는데' 하고, 오늘 아침 부 엌에서 형님한테서 이러저러한 말을 들었노라고, 장난삼아라도 옮겼을 것인데 보부는 그대로 귓등에 흘려들어 두었을 뿐, 누구에게 그 말을 옮 기지도 않았다.

지금 이렇게 쌍네의 입에서 눈물 섞인 절절한 고백을 들으면서 컴컴한 광 안에 앉아 있으니 이상한 느낌이 가슴속에 떠오른다.

　두뭇골 시동생이 쌍네의 방에 들어간 것이 사실이라 하여도, 그리고 쌍네와 단둘이서는 어떠한 맹서를 하였는지 몰라도, 그가 쌍네와 더불어 한평생을 같이하리라고는 생각되지 않는다. 그저 발걸음 내키는 대로 한번 들려본 술막임에 틀림없을 것 같다. 그것이 공교롭게 퍼져나가서 일이 여기까지 되었는데, 아무리 비천한 쌍네의 몸이라고 할지라도, 형걸이의 한 행동엔 난폭하고 비겁한 데가 있다고 아니할 수 없을 것 같다. 그러나 수상하리만큼 보부는 시동생 형걸이의 저지른 행동에 대하여 잘못을 가릴 생각이 나질 않았다. 결코 행실머리를 아무렇게나 가질 그러한 온당치 못한 청년같이 생각할 수가 없는 것이다. 맏동서는, 첩 자식이니 행실머리를 가지는 게 아무래도 바르질 못하다고, 입을 삐죽거렸으나, 그 말을 들을 때에도, 보부로서는 한결로 그렇게 생각할 수는 없다고 생각하였다. 그러면 자기는 역시 두뭇골 시아우에 대하여, 아직 한 가닥의 애끓는 사모의 마음을 품고 있는 것일까. ―그러나 그것은 생각하는 것도 죄스럽고 불순한 온당치 못한 수작이었다. 그는 도리질을 한다. 역시 보부 자신이 형걸이와는 아무런 관계없는 사람이 되어버린 것처럼, 육체를 서로 나눈 쌍네도 차후에는 형걸이와 아무 관계없는 딴 사람이 되어버릴 것이다. 막연하니 이렇게 생각하면서

　"두뭇골 도련님두 장가는 안 간다구 삐기두만서두 어찌 할 수 없는가보데, 웃어른이 작정해주시는 걸 거역하는 법은 없으니께. 그러니 이왕 남편이라고 섬겨오든 바에야 지금 갑작스리 이러니저러니 할 수야 있나."

하고 말었다. 이러한 말을 해가면서 보부는 뜻밖에 어떠한 가벼운 쾌감을 맛보았다. 이러한 자기의 말에 안색이 어두워가는 쌍네의 표정을 말끔히 쳐다보고, 보부의 쾌감은 조장되는 것 같았다. 이 쾌감이 무엇인지

를 알지 못한다. 그러나 이것이 자기의 잔인스런 성미의 탓이 아니라, 형걸이에 대한 질투에서 나온 감정의 한 가닥이라고 생각이 갔을 때, 보부는 제 자신에 대하여 한없이 놀라며 낯이 화끈 붉어지는 것을 깨닫는다.

그는 이러한 야속스런 자기의 심정에 염증을 느끼며, 몸을 털듯이 불쑥 일어난다.

"자, 누가 보나다나해두 흉하겠다. 어서 밖으로 나가자. 생각한다구 별 수가 나는 게 아니다. 될 대로 밖에는 안 되는 세상이다. 자 어서 밖으로 나가자."

보부는 앞서서 쨍쨍하니 밝은 초여름의 태양 밑으로 나서면서, 속으론, '두뭇골 형걸이는 나의 시동생이다.' 하고 뇌어보았다.

15

단오가 왔다. 단오를 맞고, 단오를 이용하기 위하여, 이 고을은 새로운 활기를 띠었었다. 그것이 드디어, 제철 만난 함박꽃과 부득꽃과 싱싱한 창포와 더불어, 난만하니 피어 터진 것이다.

방선문 안 박리균네는 박참봉한테서 집문서를 잡히고, 육자변으로 사백 냥의 돈을 취해다가, 집을 활짝 떨어 고쳤다. 국수장수를 그만두고 방을 많이 갈라서 신식 여관을 차려놓았다. 동명여관(東明旅館)이라는 넉 자와, 주인에 박리균이란 다섯 자가 먹 냄새 상긋하니 나무 현관 위에 찬연하다. 백먹을 갈아 나무에 바르고 지게 같은 먹으로다 반초²⁹⁶로 흘려서 써 붙인 것이다. 그의 동생 박성균네 집도 대충 낡은 군데를 고쳐서, 리균이가 하던 국수집을 인계하여 크게 벌여놓고, 전에 하던 마방도 그대로 겸하였다. 단오에 이 고장에 모여들 씨름꾼과, 각 처에서 운동회로 인연해서 몰려들을 학도들이 이 집에 들게 될 것을 미리부터 예상했던 것이다. 운동회가 끝난 뒤에도 손님이 잇대어 끊을 날이 없을는지는, 아무도 단언할 수 없을 것이다. 그러나 우선 출발만은 화려하였다.

눈치 빠른 나카니시네가 단오 전에 달구지에 한 차판²⁹⁷을 실어온 잡화상품은, 단오도 되기 전에 대부분이 팔리어서, 그는 몇 가지 운동회 때 쓰일 상품을 더 첨가해서 다시 한 달구지 가까운 짐을 평양서 해왔다. 집집이 남포등 없는 집이 없고, 양말 신지 않은 젊은이가 드물었다. 대팻밥으로 만든 농립²⁹⁸도 순식간에 팔려버렸고, 몇 통씩 해온 히로 담배도 나래가 돋친 듯이 사람 사람의 호주머니 속에 날아가 들었다.

박참봉네 아랫집 김용구네는, 남처럼 밑천이 없어서 활짝 가게를 번화하게 늘리지는 못했으나, 어떻게 재치 있게 이익을 취해보자고, 커다란 납지게를 하나 장만해다가 이층으로 덕대를 매고, 나무 목판 두 개를 질 수 있도록 마련되었다. 이 지게에다, 호두엿이며, 쳇다리 과자며, 얼음과자며, 깨엿이며, 과즐이며, 혹은 둥글레나 각색 과일 같은 것까지라도 듬뿍이 실어가지고, 씨름터와 운동회장과 부인네들이 오르는 소재에를 번갈아 행상해볼 생각을 먹었다. 밑천이 밭으면 밭은 대로, 자분자분히 이익을 내어보자는 게 그의 심보다.

이 밖에 자행거를 처음 사온 것과, 평양서 하이칼라 색시를 얻어온 걸로 인기를 끌었던 세매끼장수 이칠성이는, 이번 기회에 포목점을 벌여보던가, 잡화상을 차려놓던가 할 생각으로 두루두루 생각던 끝에, 포목점이라야 이 고장엔 벌써 다섯 개도 더 넘는 큰 상점이 전부터 있어서, 그 틈에 끼어 이익을 취하기도 힘들었고, 잡화상은 어름거리는 통에 나카니시네한테 눌리어서 단념해버리고, 그 대신 자그마하니 두세 종목을 골라서 그들과 정껭해볼 채비를 차렸다. 그래서 자전거를 타고 날래게 평양과 기타 원산지(原産地)를 오락가락하면서 단오에 옷감으로 많이 쓰일 덩항라,²⁹⁹ 명주 항나, 갑사,³⁰⁰ 모시, 고사,³⁰¹ 이렇듯 한 건만 골라서 여러 필썩 사다가 싸게 팔았고, 한편 잡화로는 석유하고 농립하고, 양말하고, 성냥 같은 몇 가지만 밑지지 않을 정도로 헐값으로 팔아서 싸게 판다는 효과를 내어 인기를 끌었다. 그 덕에 쌀, 미역, 소금, 명태, 준치, 이런 것을 위주로 하던 세매끼장수가 제법 번화스레 잘 팔리었다.

떡장수, 국수장수, 지짐장수, 묵장수, 술장수 —이런 음식점들도 각각 양껏 지략을 짜내어서 판로를 열어보려고 애썼고, 이 밖에 서너너덧 집 되는 마방에서도, 비록 박리균네처럼 신식 여관은 못 차려놓았으나, 깨끗한 손님을 맞아서 재울 수 있도록 설비를 고쳐놓았다.

이리하여 이 고장에 근래에 없던 호화스런 단오가, 한참 가무는 쾌청한 천후[302]를 타서 유감없이 벌어졌다.

오월 초사흗날부터 놀이를 시작하여, 첫날은 부인네들로 하여금 금산(錦山)에 올라 그네를 뛰게 하였는데, 특히 이날, 사자춤과 학춤의 구경이 있었고, 이튿날 초나흗날은, 부인네들의 놀이는 저대로 맡겨놓고, 이와 어울려서 방선문 밖, 소우전 마당에서 씨름을 붙였다. 씨름꾼이 양덕(陽德)이나 강동(江東), 삼등(三登) 등지의 다른 고을에서도 많이 쓸려온 탓에, 이틀을 잡아서 일정을 변경한 것이다. 대운동회가 이 고을에 열리는 발연으로 씨름꾼이 이렇게 많이 모여들게 된 것이다. 상품은 처음 송아지로 했다가, 여러 고을서 쉽지 않게 모여들었는데 좀 더 남부끄럽지 않은 걸로 높여야 한다고, 송아지는 이등으로 돌리고 일등엔 살진 암소 한 마리를 내걸었다. 이렇게 이틀을 씨름으로 보내고 단오 이튿날, 마지막 날에 이 고장서 처음인 대운동회가, 향교 밭 삼일 경을 헝클어서 갓 닦아놓은 동명학교 넓은 운동장에서 열게 된 것이다.

소재에 오르는 부인네들의 놀이도, 첫날은 금산, 둘쨋날은 십이 봉, 셋쨋날은 향교 솔밭으로, 남정들의 씨름과는 관계없이 모이었으나, 대운동회가 열리는 날만은, 딴 모임은 일체 갖지 못하도록 명령이 내리었다. 씨름은 사나이들의 노름이라, 부인네들의 구경꾼은 하나도 없었으나, 운동회는 개화된 모임이어서 스스로 씨름 같은 것과는 다른 것이라고, 어린 색시나 처녀나, 새파란 집난이[303]들은 할 수 없다 치고, 삼십을 넘어 사십 줄을 접어드는 삭가지 쓰는 축들이나, 늙은이, 기생들만은 많이 관람할 수 있도록, 날짜도 요량해서 작정하고 널리 장려도 하였던 것이다. 특히 동명학교의 문우성 교사나 정영근 교사나가 열심히 주장하여, 체육사상과 건강 증진의 필요를 이런 기회에 부인네들 속에까지 널리 선전하여, 부인네들이 솔선하여 자녀들을 학교로 보내어 신학문을 공부하도록 장려하자는 취지를 대회의 주지로 삼는 것을 잊지 않았다. 그러므로 대회의 참모 본부가 있는 바로 옆자리, 가장 점잖은 자리를 택하여, 넓은 차일[304]을 치고 부인 관람석을 특설해서까지, 이네들의 참관에 편이를 돕고자 한 것이다. 대운동회의 회장은, 이 고을 군수요, 동명학교 교장인 강문필(姜文弼) 군수가 되었다. 그는 까만 연미복에 윗부리가 쫙 퍼진 윤나는 산고모(山高帽)[305]를 쓰고, 앞자락에 커다란 꽃을 달고 운동회장에 임석하였다.

　운동회에는, 평양서 대성학교와 일신학교 학도가, 각각 열 명씩 온 외에, 용강(龍岡)과 강서(江西)와 영유(永柔)의 앞대[306]에서 다섯 명 여섯 명씩 참가하였고, 가까운 고을에선 순천이 빠지고, 은산, 자산서 열 명씩, 그리고는 이 고장서 고을보다도 먼저 개화사상을 받아들인 대드리, 갱고지, 남전서, 학교 생도 전부가 거진 참례하여서, 동명학교 학도까지 합하니 이백오십 명이 훨씬 넘었다. 동명학교 학도 중에는 머리를 아직 깎지 않은 학생까지 있어서, 운동회에 참여하지 않는 작자까지 있었으니 제복도 일지하시 못했으나, 평양이나 앞대에서 온 학도들은, 무명에다 검정물을 들여서 양복을 일치하게 해 입고, 신발은 그대로 참신이나 미두리나 짚신이었으나, 흰 각반까지 한결로 깍듯하니 올려쳤고, 한두 명씩 나팔수까지 끼어 있어서, 그 복색하며, 조련하며, 거동이 제법 군대처럼 놀라웠다. 그들은 운동회를 앞두고, 혹은 초닷샛날, 초나흗날 가까운 곳에서는 당일 아침 새벽에, 각각 열을 정비하여 갖고, 한 패는 평원도로를 거쳐 방선문으로, 한 패는 서쪽으로부터 승선교 다리로 비류강을 건너서, 또 한 패는 윗길로부터 산비탈을 돌아서, 마중 나간 시민과 동명학교 학도들에게 영접되어 나팔소리 유량하게, 이 고을로 들어와서, 숙소를 따라 흩어졌던 것이다. 동명학교 운동장으로 들어가는 향교골목 입구에는 물론, 읍내의 처처(處處)에 커다란 솔문³⁰⁷을 세우고, 솔문에는 현판에 메밀이나 좁쌀로 크게 축하와 환영의 문자를 새겨 붙이고, 깃발과 색종이로 화려한 장식을 하였다. 운동회 전날 밤에는 집집이 초롱을 만들어서 문 앞이나 추녀 끝에 달아매어, 흥성흥성한 기분을 돋우어 놓았다. 운동장에는 새끼줄을 돌려 치고 만국기를 오색이 찬란하게 날려 띄우고, 한쪽으론 차일을 치고, 그밖에 일반 관람석에는 멍석과 노전을 깔아놓았다. 아침이 되자, 조반을 먹어치우고, 집집에는 운동장으로 행렬을 지어서 올라가는 학도들을 구경하노라고, 남녀와 노유가 모두 문밖에 나와 서 있고, 내외하는 아낙들도 대문 틈과 바자 틈으로, 설거지를 하다 말고, 이 광경에 눈을 쏟고 있었다. 학도들이 숙소 따라 한 패 한 패 향교 고삿으로 올라가니, 그 뒤에는 운동을 관람하려는 시민의 무리가, 흰 새의 떼처럼 몰리어 꼬리를 물고 줄을 만들어 뒤따라 섰다. 엄하게 내외하는 집 색시 처녀를 남겨놓고, 이날 고을 안의 집집은 빈 집처럼 텅 비었었다.

이 찬란하고, 화려하고, 흥분을 자아내는 날, 박성권, 박참봉은 다른 사람 따라 없이 무척 유쾌하였다. 그는 오늘이야 갓 마흔에 첫 버선이란 격으로 사십 평생 처음 하늘을 얻은 것처럼, 마음이 흡족하였다. 대운동회에 기부금을 오백 냥이나 하고, 씨름 대회에도 이백 냥을 한 탓인지 모르나, 대운동회 부회장의 직함이, 그의 가슴에 커다란 붉은 꽃송이를 달게 한 것이었다. 진사, 초시도 많고, 생원, 좌수, 참봉, 이 밖에 아전의 경력을 가진 이가 한둘이 아닌데, 차함 참봉 박성권에게 부회장의 명예직이 떨어지게 된 것은, 시세가 벌써 어이 된 것을 말하는 증거이기도 하나, 한편 돈의 힘을 무언중에 설명하는 좋은 재료로도 될 것이다. 그러나 저러나 박성권, 박참봉은, 이 고을 사람이 추대했고, 관청에서 인정한 운동회의 부회장 바로 강군수의 다음 가는 자리에 올라앉게 된 셈이다. 그가 오늘 아침 유난히 유쾌하고 반가운 새 날을 대하게 된 것도, 결코 이유 없음이 아닐 것이다.

이러니저러니 시끄럽던 형걸이의 혼사도 편지까지 부쳤으니, 인젠 다 된 혼사다. 마차운 곳이 없어서 이곳저곳 물색하던 중, 뜻밖에 좋은 혼처가 생겨났다. 세간이 기울어서 가난하다고는 하나, 문벌은 쩡쩡하는 남전 강릉 최씨다. 사돈집 가산이나 재물에 딴 맘을 갖지 않는 바에야, 가난 같은 게 무슨 상관일 것이냐. 궁합도 맞고, 형걸이 모친 윤씨가 친히 승교308를 타고 가서 간선을 한 것이니, 인물도 나무랄 데 없을 게라고 생각했다. 두칠이 처 쌍네의 문제 같은 건, 본시 문제라고 할 것도 없었는데, 그것마저 두칠이가 먼 데로 색시를 둘러지고 이 고장을 떠나가겠다니, 마침 십상으로 잘 된 일이라 생각하는 것이다. 사사모사로 일은 쫙 펴이는데, 운동회의 부회장의 직함이 호박처럼 떨어져 굴러왔으니, 인제야 운이 뻗칠 대로 뻗쳤다고 은근히 만족하는 것이다. 형걸이가 제 모친더러, 자기는 누구에게나 장가를 안 든다고 푸념질을 했다고는 하나, 덧나갔던 어린 마음에 한 번 중얼거려보는 말임에 불과할 것이다. 일은 잘 된다 질된다고 그는 혼자서 속으로 중얼거려보았다.

지금, 대운동회 회장 강군수는 학도 일동을 모아 놓고 개회 연설을 한 뒤에 아침 한때만 회장석에 앉아서 시상(施賞)을 하다가 오정 가까워 관가로 돌아가 버리고, 부회장 박참봉이 점심을 치른 뒤에 점잖게 앉아서 회장의 대리를 보고 있다. 그의 옆에는 벼슬 있는 사람과 이 고을 유지가 나란히 해 앉았는데, 넓은 운동장 안에서 지금 한창 경기 중에 있는 줄다리기를, 흥미 있이 바라보고 있다. 학도 전부를 두 번에다 나누어서, 그것을 다시 두 패로 갈라갖고 굵고 기다란 줄을 양쪽에서 당기는 것이다. 한편에서 발을 벗디디고 힘을 다하여 '영차' 하면 또 한편에서도 이를 악물었다가 '영차' 하고 맞당기어, 굵은 닻줄은 활찍처럼 곧게 움직일 염을 안 한다. '영차' 소리만 세차게 들려오다가, 한편 쪽의 땅을 빗디딘 발이 앞으로 더듬더듬하는 듯하다간, 그만 쏴르르 무너져서, 줄은 순식간에 한편으로 끌리어가고, 이어서 '와─' 하는 함성과, 군중의 우레 같은 박수 소리가 하늘을 뒤흔들 듯이 요란스럽게 일어난다. 자리를 바꾸고 다시 경기가 시작되려고 할 때에, 비로소 관람석에서는 재재하니 이야기 소리가 떠오르는 것이다.

박참봉은 커다란 갓을 단정하니 올려놓고, 기골이 장대하고 관골이 찬 얼굴로 운동장 쪽을 향해서, 버륵하니 의젓한 미소를 입가상에 띠운다. 다듬은 모시 두루마기에 항라겹바지를 옹구뿔로 척 늘어뜨렸는데, 두 짝의 흰 갓신이 삼성버선을 뺑뺑하니 둘러싸고, 책상의 밑다리 위에 올려 놓여 있다. 이윽고 그는 커다란 부채를 들어 두어 번 쓰적쓰적 앞자락께를 부쳐본 뒤에, 옆에 앉힌 사돈 정좌수더러,

"이런 습속이 앞대에는 아직두 남아 있는 모양입지오."

하고 물어서, 정좌수도,

"아직 남쪽에서는 쥐불이라던가 이런 것과 함께 퍽 치성한 모양입니다, 마는, 그것을, 개화된 운동으로 고쳐놓고 보니, 상당히 자미스런 경기같으오."

하고 대답한다. 그러나 그들은 다시 운동장에서 일어나는 함성에 휩쓸리

어 이야기하던 것을 중지하고 앞을 바라본다.

　줄다리기가 끝나니, 이긴 편이 쭈르니 나란히 하여 대표가 받아간 상품, 연필 두 자루씩을 나누어 받고 있는데, 이편 준비를 맡아보는 쪽에서는, 나팔을 한 번 띠따띠따 불어서 일반의 주의를 환기한 뒤에, 다음은 기마전(騎馬戰)이라고 경기자들의 출동을 외치고 있다.

　"기마전이라면 말을 타고 싸우는 것인가요."
하고 누가 물어서,

　"말이야 있겠소마는, 어떤 자는 말이 되고 어떤 자는 기수가 되겠지오."
하고 대답하는 이가 있다.

　'추립' 소리가 나고 '기척' '우로 나란히' '번호' 소리가 연달아 난 뒤에, 두 패로 갈라선 학도들은, 각각 인솔자의 뒤를 따라 운동장 가운데로 들어온다.

　박참봉은 얼굴에 점잖은 미소를 띠우고 누가 누군지 분별키 힘든 학도들의 행렬을 바라보다가, 붉은 끈을 머리에 동인 형걸이를 오른편쪽 패 첫머리에서 발견하고, 잠시 그의 거동을 눈 붙여 보았다. 윗저고리는 벗어 붙여서 흰 속적삼만 입은 형걸이가, 세 사람으로 된 말안장을 툭툭 두드려보면서, 기고만장하여 싱글벙글하고 있는 것이 보이었다.

　'그렇게 내세우고 보니 그놈만 한 인물이 없겠군.'
하고 박참봉은 속으로 만족하니 그를 바라보고 있다. 무어라고 삑 호령을 치니 양쪽이 모두, 어슬렁거리며 말안장 위에 기어 올라간다. 튼튼한 자가 앞에 서고, 그 뒤에 두 사람이 나란히 서서 어깨와 손을 잡아 안장을 만든 것이다. 형걸이는 저희 집 흰 말을 타던 본새로 대번에 휙 하고 올라앉는다. 바른손으로 잠시 말이 된 앞사람의 머리를 어루만지듯 하다가, 이윽고 높직이 하늘가로 팔을 들어본다. 한편에 기마가 열 필씩이다. 도합 스무 필의 기마가, 홍백으로 갈라서서 백병접전을 할 판이다. 정영근 교사가 마당 가운데서 두 편을 바라보며 기합과 호흡을 맞추다가, 장안이 숨을 죽이고 조용해졌을 때, 호각을 불고, '시작, 접전.' 하고 하늘이라도 울릴 듯이 호령을 부르니, 기수들은 번쩍 손을 들고 쌍방에서, '아-' 하는 함성을 지르며 어슬렁어슬렁 뛰어 나온다.

박참봉은 이러한 으아 하는 젊은이들의 함성에 가슴이 뿌엿하니 끓어오르려는 것을 느꼈다. 그는 울렁거리려는 제 가슴의 고동을 가만히 향락하면서, 형걸이를 찾아보았다. 홍군 쪽의 선두를 서서 말잔등에서 익숙한 몸짓으로, 연신 허리를 일으켜 세우고, 바른손을 높직이 들고서 적의 진지로 달려들고 있다. 마침 저편에서 선두를 선 기마와 처음으로 접전을 하려고 달려 붙는다. 왼손으로 말 된 사람의 어깨를 툭 쳐서 무어라고 신호를 건네니, 말은 비스듬히 커브를 돌아서 적수의 옆으로부터 습격해 들어간다. 백군의 기수가 양손을 뻗쳐서 형걸이의 가슴 있는 쪽을 잡을 듯 하는 것을, 몸을 휙 비틀어서 피하고 난 뒤, 이제 바른손을 밑으로 솟구어 적군의 팔때기를 잡아 휘둘러 친다. 안 떨어지려고 말 위에서 허우적대는 것을, 멱암치를 잡아서 또 한 번을 밀어버려서, 적수는 몸의 균형을 잃어버리고 드디어, 헝클어지는 안장에서 미끄러 떨어진다. 말에서 떨어지던가, 머리에 동인 끈을 빼앗기면 전사자로 된다. 하나를 꺼꾸러트린 형걸이는, 헝클어진 자세를 정비하여 갖고, 지금 한창 벌떼처럼 맞붙어서 닝닝거리고 돌아가는, 백병전이 벌어진 가운데로 들이덤빌 차비를 차렸다. 말머리를 쓰다듬듯, 앞장 선 친구의 어깨를 뚜덕뚜덕 두드려주면서 막 앞머리를 돌리려고 하는데, 뒤로부터 제비처럼 날쌔게 적기 하나가 달려든다. 서로 맞붙어 싸우자는 것이 아니라, 그저 옆을 한 번 뽐내면서 스쳐가고 말듯이, 적기는 비스듬히 곡선을 그으면서 활살처럼 몸을 뽑아나가더니 형걸이의 뒷잔등께서 꿩 채려는 매 마냥으로 그의 머리에 동인 붉은 끈을 낚으려 한다. 하마터면 앗기고 말 것을, 용하게 몸을 돌려 손을 맞잡아서, 그대로 접전이 되고 말았다. 처음은 허리를 돌리고 맞잡고 싸우다가, 형걸의 탄 말머리가 돌아서서 겨우 본 격식대로 싸움이 벌어졌다.

박참봉은 눈덩어리 굴듯이 돌아가는 마당 가운데와는 좀 떠나서, 변두리 가까운 귀퉁이에서 벌어진 두 격수의 접전을, 흥미 있게 바라보고 있었다. 형걸이가 먼저 하나를 무난히 넘어트리는 데는 별로 아무렇지도 않은 듯하더니, 지금 간간한 위기를 벗어나서 겨우 몸을 제 자세대로 가지려고 할 때엔, 이상하게도, 두 주먹이 꽉 쥐어졌다.

몸을 내솟구기는 했으나, 형걸이는 힘에 꿀리는지 덮치는 손을 피하면서, 말 한편 잔등으로 자꾸만 밀려가는 것 같다. 말안장이 된 두 학도가 연신 팔에다 힘을 주어, 형걸이를 말께서 떨구지 않으려고 젖 먹은 힘까지를 다하여 뻗대는데, 앞장 선 학도는 자꾸만 몸이 흔들리어 사시나무처럼 상반신을 후들후들 떨고 있다. 이것이 한참을 계속하니, 박참봉은 가슴 졸이던 것을 좀 풀어놓고, 주먹 쥐었던 것을 가만히 펼쳐본다.

'내 자식이라서 이토록 마음이 조이는가.'

생각해보니 우스웠다. 제 편벽된 생각이, 아이들처럼 채신머리없이 보여서 눈을 딴 데로 팔려고 하나, 시선은 다시 형걸이에게로 옮아간다.

형걸이는 월등히 말에 능하다. 말잔등에서 떨어져서 배퉁 옆구리에 달리어서도 좀처럼 굴러 떨어지질 안했다. 왼손으로 저희 편 앞장선 학도의 어깨를 북 끌어서 누르는 듯 하더니 형걸이의 몸은 금시에 불길처럼 솟아오른다. 밑에서 허우적대던 것이 절굿공이처럼 불쑥 치솟는 바람에, 상대편 기수는 형걸이의 바른손에 머리를 눌리었다. 어느 새에 낚아채는 손길에 머리에 동인 끈을 앗겼을 뿐 아니라, 남은 힘에 밀려서, 뒷곁으로 허공에 두 손을 허우적대다가 발디딤보를 잃어서, 마당에 떨어진다.

몇 초 동안에 번개처럼 해 내치는 형걸이의 표범 같은 거동을 바라보고 있다가, 박참봉은 하마터면 무릎을 딱 칠 뻔했다. 들었던 손은 아무도 모르게 가만히 무릎 위로 내려놓았는데, 갑자기 옆자리의 부인석에서 높은 함성이 들리어서, 그 소리는 마치, 제 손으로 무릎을 때린 소리처럼 박참봉의 귀에는 들리었다. 어떤 부인이 안타깝게 마음을 졸이다가, 저렇게 감탄하는 함성을 부끄럼 없이 내쏟고 있는 것일까, 필시 형걸이의 눈부시는 경기를 보다가, 엉겁결에 지르는 소리임에 틀림없는데, 자기는 아비라서 그렇다 한들, 차일 속에 앉은 부인 중에 누가 있어서 그렇도록 유심이 형걸이를 보고 있던 것인가, 아닌 게 아니라 괴이쩍은 생각도 안 나는 것이 아니었다.

적기 둘을 넘어뜨리고, 형걸이는 의기가 양양해서 진(陳) 가운데로 들어온다. 벌써 말잔등에서 내려서 마당에 앉아 전사자가 된 이가 수두룩하다. 남은 것은 오륙 기, 그러나 이 남은 오륙 기가 어우러져 붙기 전에 정전(停戰)³⁰⁹의 호각이 울었다. 한 개의 차로써 백군이 이겼다. 만세를 부르며 패군의 장수 형걸이는 제 진지로 말을 탄 채 들어온다. 박참봉은 만족하였다. 그리고 스무 살 전후의 자기의 생활이 눈앞에 번히 떠오르는 것 같았다.

만장의 박수소리를 넓은 벌판을 휘몰아치는 비바람 소리처럼 들으면서, 박참봉은 저의 가슴속에 젊은 혈기가 떠오르는 것을 느꼈다. 몸을 도는 혈액이 갑자기 열도와 속도를 가한 것 같은 착각을 느끼었다. 청춘, —생각하니 마흔에 그는 이미 청춘이 갖는 모든 즐거움을 잃어버린 것 같다.

좌석을 돌려다보니, 점잖은 유지 신사가 두런두런 이야기를 주고받고 하면서, 조용히 경기를 구경하고 있어, 자기처럼 흥분한 혈조를 몸이나 낯에 나타낸 이는 하나도 없는 것 같다. 박참봉은 일시에 제 가슴속을 찬 가을바람이 스쳐가는 듯한 쓸쓸함을 맛보았다.

재산을 모으기에 이십 년 동안, 그는 모든 젊음과 열락을 버렸던 자기를 지금 새삼스럽게 발견하였다.

　경기는 그러는 동안에 이인삼각을 지나 장내일주경주(場內一周競走)의 결승전이 시작되었다. 각 곳에서 온 학도들과 동명학교 대표 선수와의 전부의 예선에서 선발된 여덟 사람의 경주였다. 그중에 형걸이가 있었다. 형선이도 경주는 잘했으나 결승에까지는 못 오고 떨어졌다. 대봉이도 떨어지고, 이 고장 출신으론 형걸이와 또 한 학도의 두 명이 겨우 뽑히고 그 외에는 전부 딴 고장 학도였다. 힘이나 기운으론 이 고장 학도들이 개시개시 꿀릴 리 만무였으나, 워낙 바르게 훈련을 받은 평양이나 앞대의 학도들에게 뜀질에 견딜 턱이 없다. 그래도 그 틈에 두어 사람 뽑힌 것만 다행이라고 모두 이들이 이기기만 바랬다.

　"자제분께서는 개시 명창이군요."

하고 뒷자리에서 누가 말을 건네서,

　"몸은 성해서 다행이올세다."

하고 박참봉도 대답하였다.

　여덟 사람의 경주자는, 횟가루로 줄을 그은 마당에, 왼발을 하나씩 내짚고, 호각 소리가 나기를 기다리고 있다. 주먹을 쥐고, 다리엔 아킬레스건을 긴장시키고, 두 눈은 땅 위를 뚫어져라고 내려다보고 있다. 미상불 귀는 초롱불처럼 밝게 뚫려 있을 것이다.

　"하나,"

하고 정영근 교사가 쨍쨍 울리는 목소리로 손을 들며 외치니, 일반 관중은 모두 그쪽으로 눈을 쏟는다.

　"눌."

　그 다음은 삑 하고 호각을 분다. 다듬이질 소리 같은 궁그르는 소리가 일어났다. 여덟 명의 경주자는 마당을 달아난다. 둥그렇게 양쪽으로 새

대하

267

끼줄을 친 가운데를 쏜살처럼, 달음박질 치는 것이다. 윙하니 커브를 도
는 것을 보니, 형걸이가 앞장을 섰다. 이것을 본 군중은 와 하고 소리친
다. 박참봉도 남이 지르는 소리를 좇아서 와 하고 소리를 한 번 질렀으
나, 이제 본정신이 들어서 그만두었다. 그런데 형걸이의 바로 뒤에서, 부
리나케 쫓아가는 선수 하나가 있었다. 그는 그다지 악도 안 쓰면서 한 발
자국이나 떨어져서 유유히 따라간다. 그곳에서 서너 자 가량 떨어져서
야, 나머지 여섯 명은 각각 삼등을 다투면서 따라가고 있었다.

이윽고 두 사람은 결승점으로 달려 들어온다. 그러나 박참봉이 앉은
방향에선 똑똑히 보이질 않는다. 둘이 똑같이 줄을 넘는 것만 같다. 관중
은 와 하니 고함을 지르며, 손뼉을 두드리며, 야단들이다. 부인석에서도
고함 소리가 들린다.

"누가 일등입니까."

하고 묻는 소리가, 이곳저곳서 들렸으나,

"나두 잘 모르겠쇠다."

하는 소리뿐, 아무도 똑똑히는 모른다. 그러나 상을 타러 오는 것을 보
니, 일등은 평양서 온 학도였다. 결승점 바로 앞에서 형걸이는 이등으로
떨어졌던 것이다. 형걸이는 둘째로 서서 뻘건 깃발을 메고 싱글싱글 웃
으면서 이쪽으로 걸어온다. 박참봉이 일등에게 상을 주면서,

"참 장하오."

하고 말하다가, 흘끗 뒤곁에선 형걸이를 보니, 그는 부인석으로 딴 눈을
팔고 있다.

상을 다 받아가지고 박수 소리에 싸여 선수들은 제자리에 물러갔다.
박참봉은 가만히 얼굴을 돌려 부인석을 보았다. 엇비스듬하니 앞이 휘어
서 차일 속은 안 보였으나 앞쪽은 엿볼 수가 있었다. 중늙은이들 틈에 예
쁜 젊은이가 하나 유난히 눈에 뜨인다. 장옷도 안 쓰고, 머리를 기름 발

라 빗은 품으로 기생이 분명하다.

　박참봉은 이내 눈을 돌렸으나, 운동장 저편을 멀리 바라보는 양 하고, 또 한 번 부인석을 엿보았다. 기생은 마침 이쪽을 바라본다. 눈이 마주치니, 기생은 얼굴에 부끄럼을 그리고 곧 낯을 돌린다. 일찍이 본 기억 없는 기생이다.

　박참봉은 다시 운동장을 보았다. 장애물(障碍物)경주의 준비로, 경주장 군데군데에, 그물, 사다리, 밧줄, 이런 걸 배설해놓고 있는 것이 보인다. 그러나 박참봉의 눈앞에는 금시 옆자리에서 본 기생의 얼굴이 떠나질 않았다. 남에게 눈치 채이지 않도록 또 한 번을 슬며시 바라보니, 아름다운 젊은 여자의 그림자는 그때엔 벌써 보이지 않았다. 어디로 갔을까. 그는 나의 눈길을 의식하고 어디로 몸을 감추어버린 것일까. 그렇다면 대체 나의 눈에 어떤 수상한 기색이 나타났었다는 말일까. 먹을 것을 노리는 이리 같은 눈살이었단 말인가, 그렇지 않으면, 젖을 달래는 어린 아기의 눈동자였단 말인가. 그는 자기가 누구인지를 알고 있는 것일까, 그러고 대체 그는 어디서 온 기생일는가. ─박참봉은 자기가 속으로 이런 것을 몸 달게 안타까이 천착하고 있는 것이, 괴이쩍고도 부끄러웠다. 나이 찬 자식이 수북하고, 손자까지를 두고, 첩 큰댁을 두고, 방금 형걸이가 헛눈을 팔고 있던 부인석을 흘낏흘낏 엿보고서 마음이 들떴다면, 그리고 이런 걸 누가 안다면 얼마나 부끄러운 일이냐 싶었다.

　'나는 어느 새에 이렇게 늙었는가.'

　그러나 운동장에서 일어나는 호각 소리에 정신을 차리면서 그는,

　'그러나 나는 아직 사십이 아니냐.'

하고 혼자 속으로 뇌어 보았다.

16

대운동회마저 지나고 나니, 웅성대던 고을 거리는 장마 걷힌 뒤인 것처럼, 갑자기 쓸쓸해졌다. 각 처에서 모여 들었던 씨름꾼과 학도들이 제 고장을 따라 뿔뿔이 흩어지고, 운동 구경 한다고 가까운 농촌에서 쓸려 들었던 늙은이 젊은이가 하루 사이에 없어지고 난 뒤엔, 지저분한 종이 조각, 대패밥, 쓰레기가 디굴디굴 굴러다니는 어수선하고 허청한 거리로 변하였다. 색이 낡아서 누르스름한 솔문이, 떨어져가는 현판을 매어달은 채 이곳저곳 우중충하니 서 있고, 씨름터와 운동장과 소재와 산에는, 짓밟힌 풀과 흩어진 쓰레기만이 지저분하다. 번화가 한 번 지나가고, 숙조한 기색이 초여름이 찾아드는 이 고을의 거리를, 애수를 담뿍이 지니고 흘러간다.

오늘은 오월도 초여드레, 운동회가 지나서 벌써 사흘째 되는 날이다. 쌍네는 저녁도 아니 먹고 실낱 같은 야윈 달이 모우봉 위에 잠깐 솟았다가 그대로 넘어가 버리는 것을, 실심하니 바라보면서 뒤꼍 토방 위에 앉아 있다.

두칠이는 얼마 되지도 않는 짐을 대충 꾸려놓더니, 친구들끼리 헤어지는 마지막 술추렴을 한다고 조금 전에 집을 나갔다.

쌍네는 인제 마지막 순간이 찾아온 것을 느끼면서, 제 몸을 어떻게 조처를 대어야 할지를 차근차근히 되새겨보려고, 이렇게 캄캄한 토방에 혼자 앉아 있는 것이다. 두칠이는 박참봉의 허락을 맡아가지고, 제가 부치던 밭과 논을 남에게 떠넘긴 뒤에 내일 아침 새벽 원산 방면으로 길을 떠날 차비를 차린 것이다.

두칠이를 따라 원산 방면으로 가야 할 것이냐, 그렇지 않으면 그의 손아귀에서 벗어나서, 새로운 생활을 개척하여야 할 것이냐. 그는 보살할미의 점괘를 지금도 잊어버리지 않고 생각하고 있다. 그곳에 믿음을 걸고 있는 만큼, 이렇게 궁경에 빠져 있는 이 찰나에라도 어떤 기적이 생겨날 것만 같아서 그것을 한편으론 무한히 갈망하고 있는 것이다.

절망에 빠져서 어이할 바를 모르고, 이렇게 이 궁리 저 궁리를 되풀이하다가, 아무러한 줄거지도 붙잡지 못한 채, 드디어, 마지막 길을 택하여 허둥지둥 캄캄한 밤길을 깊숙한 심연(深淵)을 향하여 걷고 있을 때, 난데없는 빛이 나타나던가, 옛날 이야기책 모양으로, 비몽사몽간에 허이연 영감이 나타나서 갈 바를 지시해주던가, ─그런 것이 다 허황하다면, 내가 내일 남편과 함께 먼 곳으로 떠나는 것을 알고, 두뭇골 도련님이 나를 구하려 무슨 계책을 세워갖고, 지금 저기 저 강가로 뽕밭 머리를 지나, 가시울타리께로 성큼성큼 뛰어오는 그런 기적 아닌 이변이라도 일어나 줄 것을 안타까이 바라보기도 하는 것이다. 꼭 있을 것만 같다. 꼭 있어야 할 것만 같다. 그렇게 생각하면 지금 그런 이변이 꼭 일어나고 있는 것만 같다. 그는 귀를 기울인다. 벌떡 일어나본다. 캄캄한 뽕밭 머리에서 거친 사나이의 발소리가 들리지는 아니하는가. 캄캄하여 보이지는 않으나, 저기 저 가시울타리께 도련님이 살며시 찾아와서 기색을 살피고 있는 것은 아닐까. 퍽 전부터 그리고 서서 뜰 안쪽이 고요하여 생각을 단념하고, 그대로 돌아갈 생각을 먹고 있는 것이나 아닐까. 이렇게 안타까이 되새겨보면, 꼭 그럴 것 같고, 그럴 것임에 틀림없을 것 같다.

쌍네는 뿌르르 맨발채로 토방을 뛰어내린다. 가시울타리 문께로 뛰어와 본다. 문은 열렸다. 두 손으로 허공과 앞뒤를 저어보나, 아무것도 손에 걸리지 않는다.

"어보세요."

하고 불러보아도 아무 대답이 없다. 제 숨소리가 제 귀에 높다.

"거 누구요."

불러보나 숨을 쉬고 있는 동물은 쌍네 저 혼자뿐이었다. 아무도 없다. 아무것도 없다. 모든 것이 거짓이었던가.

푸 한숨을 짚고, 울타리 문에 손을 얹은 채, 암담한 절망에 흠박 젖어본다.

역시 모든 것이 꿈이고, 거짓이었다. 보살할미가 형걸이와 내가 연분이라고 한 것도 거짓 점괘였다. 하늘이 정했고, 존신이 점지한 나의 남편은, 저 못생기고, 징글징글하고, 염치없고, 소처럼 둔하고, 송진처럼 추군추군한, 저 두칠이가 아닌가. 두뭇골 도련님에겐 새로운 배필이 어엿하니 작정되었다. 예쁘고, 나이 젊고, 살매가 곱고, 몸맵시가 날씬하고, 귀태가 나고, 학문이 있고, 그런 색시가 양반 집에서 도련님의 품안에 찾아들기로 이미 작정이 된 뒤이다. 도련님이 지나치던 길에 한 번 들려본 술막을, 지금까지 생각에 묻어두었을 턱이 있을 거냐.

다시 쌍네는 토방으로 돌아와 앉는다. ─ 결국 나는 두칠이를 따라가야만 한다. ─ 이런 생각을 제 마음에 타이르고, 그것이 가장 온당한 처사라고 생각해본다. 저 같은 것이 어디다 머리를 솟고, 도련님에게 염을 낸다는 말일까. 하루나즉 꿈이었다. 일생에 단 한 번 위태위태하나, 찬란한 무지개를 타본 데 지나지 않는다. 이미 무지개는 없어졌고, 저는 저대로 두칠이의 옆에 앉아 있다. 어이 무지개가 다시 그려지길 기다릴 것이며, 무지개가 뻗혀진다 한들, 어이 저 같은 몸이 두 번 다시 그 위에 올라앉을 수 있을 것이냐.

'두칠이는 어찌할 수 없는 나의 남편이다. 거역할 수 없고, 또 거역하면 안 될, 내게 가장 합당한 배필이다.'

애써 그렇게 생각해보고, 애정이 솟아오르기를 솔곳하니 기다려본다. 가슴속이 포근히 더워오고, 손길과 젖가슴께가 따스해오고, 그리고 입술가가 안온한 온기에 싸이도록 애써본다. 그러나 그 다음, 이렇게 충분히 준비된 애정이 담긴 품으로, 덥석 징글징글하고 낡은 물수건 냄새가 코를 찌르는 두칠이를 안을 것을 생각하니, 입이 메스껍고, 눈에 현기증이 일어나고, 가슴속에서 구역이 치밀어서 어떻게 할 도리가 없다.

'헐 수 없다. 그것만은 내 힘으로도 어찌 할 수 없다.'

그는 머리를 감싸들고, 등골을 떨면서 토방에서 일어났다. 여태껏 어떻게 그의 옆에서 잠을 이루었는지, 이상하다. 여태껏 어떻게 그와 함께 잠자리를 같이 할 수 있었는지, 수상하다. 여태까지 어떻게 제의 몸을 그의 주무르는 대로 내맡겼었는지, 괴이쩍다.

그는 발걸음이 내치는 대로, 울타리 문을 벗어나서, 허둥지둥 캄캄한 가운데를 줄달음질쳤다. 눈물이 자꾸만 볼편을 뜨겁게 서 있으면서 흘러내렸다.

한참을 미친 사람 모양으로 뛰다 멎으니 두뭇골 앞이다. 개울물의 징검다리를 건너뛰고, 느티나무가 선 가까이로 가면 두뭇골 댁이다. 그는 발을 멈칫하고 사방을 두루 살핀다. 넓은 들 위엔 캄캄한 암흑이 가득 차 있을 뿐, 아직 밤이 마악 찾아드는 초아지내, 드문드문 창문에 비추는 불광이 눈에 든다.

그러나 쌍네는 그리 오랫동안 그곳에 머물러 있지 않는다. 그는 그대로 낯익은 작은 길을 더듬어서 개울께로 내려가, 성큼 징검다리를 넘어 뛴다. 자갈을 밟는 소리가 우쩍한다. 이 소리에 개가 컹컹 짖는다. 그러나 쌍네는 개 짖는 소리를 개의치 않고, 느티나무께로 걸어간다. 그는 박참봉 댁 사랑 마당과 통하는 대문 앞에 서서야, 걷던 다리를 멈추었다.

사랑방은 캄캄하다. 벌써 박참봉은 잠자리에 든 것일까. 저녁을 먹은 시 일미 안 되는 초아지내이니, 그가 벌써 잠자리에 들었을 리는 없을 텐데…… 그리고 생각하는데 퍼뜩, 박참봉이 저녁녘에 강군수의 초청으로, 강선루에 대연[310]이 있어서, 저녁도 안 먹고 그리로 행차하던 것을 생각하였다. 그는 강선루에서 아직 돌아오지 않은 것이 분명하다. 그렇다면 지금 이 집에는 종과, 상노 아이와 윤씨와, 도련님만이 있을 것이다. 도련님은 제 방에 혼자 누워 있는가, 앉아서 책을 읽고 있는가. ─두루 이런 것을 생각해보다가 그는 대문턱 위에 올라섰다.

인제는 마지막. 이야기라도 들어보고, 아니 그것이 안 되면 얼굴이라도 한 번 바라보고, 나의 갈 길을 떠나리라. 무엇이 무서우며, 무에 겁날 것이냐. ─쌍네는 마음을 도고하게 먹고 대문을 들어섰다. 그러나 문을 들어서서 그는 다시 걷던 다리를 멈추었다. 개라도 컹컹 짖으면 하는 수 없이, 개를 꾸짖으며 안으로 성큼성큼 들어가야 할 것을, 개마저 어디로 숨었는지, 안방엔 불이 밝고, 도련님이 있는 방에도 불이 환한데, 발길이 차마 앞으로 나가질 않는다. 어느 문 앞에 가서 누구를 찾을 것이냐. 안방 앞으로 가서 마나님을 부르고, 내일 떠난다는 인사나 여쭙자면 못할 것도 없을 것이다. 그러나 그의 목적은, 어떻게 도련님을 만나보는 데 있었다. 될 수 있으면 그와 단 한 마디라도 말을 건네보는 데 있었다. 그리고 욕심대로 한다면, 대체 나를 어떻게 해주겠느냐고, 단 한 마디 도련님의 대답을 듣고 싶은데, 여기까지 달려온 목적은 있었다. 그러나 마나님을 불러놓고야 어떻게 다시 도련님을 뵈올 길이 있을 것이냐. 역시 성큼 뜰 안으로 내려서서, 안방 앞으로 갈 수는 없을 것 같다. 그렇다고 도련님 방으로 곧바로 찾아갈 수는 더욱 힘 드는 일이 아니냐. ─이렇게 잠시 동안을 서서 망설이고 있는데, 도련님 방에서 불빛이 확 뜰 안으로 빗자루처럼 뻗치더니, 이어 방문 여는 소리가 난다. 엉겁결에 쌍네는 문턱을 도로 넘어서 대문 밖으로 나왔다. 대문 옆에 숨어서 귀를 기울여본다. 신발 소리가 나고, 그 다음엔 분명한 도련님의 목소리.

"어머니, 문선생댁에 잠깐 다녀오겠습니다."

안방 문이 열리는 소리. 이어서 윤씨의 대답.

"아버지두 안 오섰는데, 그럼 속히 다녀오너라."

다시 문 닫는 소리. 그리고 대문께로 점점 가까이 오는 갓신 끄는 소리. 발자취 소리는 이쪽으로 가까워온다. 그것은 대문으로 들어선다. 문턱을 넘는다. 드디어 보이지 않는 검은 그림자가, 공기의 파동을 지으며 힝 허니 쌍네의 앞을 지나갔다. 쌍네는 문판장에 붙이고 섰던 몸을 떼었다.

단오를 지난 뒤 동명학교는 한 주일 동안 임시 방학을 하였다. 형걸이는 운동회가 지난 뒤 외지에서 왔던 단체가 출발할 때마다, 잠시잠시 전송을 나갔을 뿐, 사뭇 집안에 처박혀서 이미 결정이 된 제 혼사에 대하여 생각하여 보았다. 남전 사는 강릉 최씨의 딸이라고 하나, 어떻게 생겼는지, 성품이 어떤 이인지는 알 턱이 없다. 어머니와 큰댁 어머니가 친히 승교를 타고 가서 간선을 하여, 아주 마음에 딱 맞는 색시라 하였으나, 그이들의 보는 눈, 보는 생각이 젊은 형걸이의 생각과 일치할 리도 만무할 터이오, 설사 그것이 장님 문 걸쇠 잡는 격으로, 용하게 일치했다고 할 값이, 형걸이로서는 부모의 작정대로 호락호락 따라갈 수 없을 몇 개의 곡절이 있다.

두칠이 처 쌍네의 생각은 그렇게 깊게 생각지도 않는다. 그 역시 자기를 아무렇게도 생각지 않으리라고 쓸어버리는 것이다. 맏형 형준이가 가운데 나서서 이러니저러니 하고, 쏘다니는 것도 귀찮았고, 실상인즉 이무 부용이와 같은 세련된 아름다움을 경험한 형걸이에게는, 쌍네의 갖는 강렬한 애욕은 잠시 동안 그의 가슴에서 한 보를 물러나지 않을 수 없었던 것이다. 그러나 결혼에 대하여 곡절이 있다는 것은, 결코 부용이와의 약속을 염두에 둔 것만은 아니었다. 무어라 무어라 하여도 부용이는 기생이다. 아무렇게나 꺾을 수 있는 노류장화다. 그리고 서로 나눈 정을 영원히 잊지 말자고, 살에 수영을 끼어 서로 맹서는 하였으나, 그것은 결코 형걸이의 결혼과는 별 문제라고 부용이도 생각하고 있을 것이다. 처음 부용이가 형걸이를 알아 사귀고, 비로소 애정을 서로 팔뚝에 새겨서 맹서할 때에도, 형걸이는 이무 처자가 있는 남의 새서방인 줄 알고 한 일이었다. 그러므로 형식상으로 보자면 형걸이는 결혼을 하든, 장가를 가든, 부용이의 애정에 변함은 없을 것이라고, 생각할 수 있을 것이다. 그러나 막상 당하고 보니, 형걸이로써 부용의 애정은 적지 아니 그의 행동을 견제하였다. 부용이는 어떻게 생각하는지 모르나, 형걸이 자신만은 부용이를 잊을 수는 없을 것 같다. 그렇다고 그와 어엿하니 결혼생활을 이루어보자면, 어떻게, 무엇부터 차비를 차려야 옳을는지 도무지 염이 나질 않았다.

이러한 생각 외에 그는 문우성 교사에게 말로 서약은 안 했으나, 그의 앞에서 조혼사상에 대한 자상한 설명을 들을 때에, 아직도 미혼인 것을 좋은 기회로 뜻을 세우기까지는 완고한 풍습에 희생이 되지 않으리라, 내심에 결심한 바가 있었다. 그는 문교사에게도 이야기하지 않고, 저 혼자 제 자신과 굳게 약속한 이 결심을, 그대로 흐르는 물 가운데 쉽사리 씻어버리고 싶지는 않았다.

그러나, 이러한 그의 생각을 세우자니, 종차로 벌어질 일이 결코 단순치가 않을 것 같다. 싫어서 죽겠다고 야단이던 손대봉이도 오는 보름날, 박성균네 집 금네한테 종시 장가를 들게로 되었다고 한다. 그런 이야기를 들을수록 그는 제 앞에 다가오는 문제를, 점점 초조하게 생각지 않을 수 없었던 것이다.

문우성 교사에게나, 혹시는 부용이게나, 이런 걸, 털어놓고 상의하는 건, 결코 잘못된 일이 아닐 것 같다. 될수록은 말썽을 일으키지 않고, 해결을 지울 수 있는 방책을 찾아보든가, 그렇지 않으면 그들의 조력이라도 구하여, 어떻게든지 이 난관은 벗어나야, 첫 번 당하는, 희생에서 자기 자신을 구원할 수 있을 것처럼 생각키었다. 어찌 되면 문교사에게 부용이의 이야기까지 털어들려도 괜찮으리라 생각되기도 한다.

그래서 오늘은 저녁을 먹고, 군수가 운동회의 관계자를 초청하여 강성루에서 베푼 대연에서, 아버지가 돌아오기를 기다리다 못해, 지금 제 방을 나와 대문 밖으로 나서던 참이다. 그는 어머니에게 허락을 맡아갖고 마당을 지나 대문으로 올라섰다. 대문턱을 나서서 버드나무와 우물이 있는 옆으로 느티나무 그늘을 선선하게 느끼면서, 징검다리를 건너지 않고 개울을 낀 채 실금실금 걸어가는데, 뒤에서 발자취 소리가 나는 것 같다. 그는 제 귀를 의심하면서, 그 자리에 멈칫하고 서보았다.

"도련님, 저올세다."

나직한 떨리는 목소리는 틀림없는 쌍네의 것이었다. 형걸이는 뜨거운 불길이 등골을 스치고 지나가는 듯하였다. 진정 뜻밖이었다. 그러나,

"도련님, 저와요."

하고 또 한 번을 등 뒤에서 들었을 때, 형걸이는 낯을 돌리었다. 짜장 뜻밖이기는 했으나, 돌이켜 생각하면 쌍네가 저를 찾아온 데 까닭이 없다 할 수는 없었다. 그는 내일 두칠이와 함께 먼 곳, 원산 방향으로 일터를 찾아서 길을 떠난다고 아니하는가. 길을 떠난다는 소리를 듣고 형걸이는, 그것으로 쌍네와의 관계는 짧은 한 토막의 삽화(揷話)처럼, 영구히 그의 청춘의 한 모퉁이에 잠겨 버리고 말 것이오, 쌍네 역시 기구한 일생에 한 점 색채를 점찍은 채, 그대로 평범한 생애의 가운데로 다시 흘러 들어가는 기회가 되고 말 것처럼 생각하고 있었다. 그것은 커다란 비류강의 강물 같을는지도 모를 것이라고 생각했었다. 물은 웅덩이에서 오랫동안 감돌다가, 때로는 급한 여울물을 흐를 때도 있다. 작은 바위가 있으면, 그와 부딪쳐서, 구슬을 뿌리며 물결은 찢어지고 흩어지나, 곧 그것을 님으면, 다시 제 결대로 넘쳐서 대동강으로 황해바다로 흘러간다. 형걸이

나 쌍네나, 감격에 넘치고 정열에 쌓였던 이틀 밤은 결국, 물결이 적은 바위를 만났던 거나 같은 것일 게라고 생각해본 것이었다. 커다란 강물이 바다를 향하여 흐르면서, 도중에서 만났던 바위와 돌맹이를 생각치 않는 것처럼, 쌍네도 형걸이도, 그 짧은 기억을 오랫동안 담아두진 않을 것이라고 생각해보았던 것이다. 그러나, 지금 그렇게 생각했던 쌍네가, 중대한 시일을 앞두고 밤을 타서 형걸이를 만나러 왔다. 형걸이의 가슴에는, 뭉게뭉게 회오[311]와 자책에 섞인 뉘우침이 떠오르지 않을 수는 없었다. 그러나 그런 걸 되새겨볼 필요나 경황조차 없이, 캄캄하여 보이지는 않으나, 형걸이의 얼굴에는 당황해하는 기색이 붉은 혈조를 그리면서 지나쳤다.

형걸이가 몸을 돌이키는 것을 보더니 희끄무레하게 희미한 쌍네의 몸은, 자분자분 몇 발자국을 앞으로 걸어온다. 형걸이는 그러나 화석이 된 것처럼 암찍을 못하고, 그 자리에 덤덤히 서 있을 뿐이다. 쌍네는 형걸이의 한 발자국 앞에서 겨우 발을 멈추었다. 그는 억한 생각에, 형걸이의 손길이 치마폭에나 옷자락에 스치기만 하여도, 그대로 푹 몸을 실리던가, 뜨거운 열정에 내맡겨서, 형걸이의 몸을 부여 뜯고야 견딜 것 같은 무서운 욕망을 겨우 억제하고 서 있는 것이다. 형걸이의 대답, 그것이 입술에서 떨어지기만 하면, 쌍네는 아무것도 돌보지 않고, 사나이에게 온몸을 맡겨서 처분대로 내버려둘 것 같다. 가슴속이 뜨거운 질식할 듯한, 마른 증기로, 꽉 차 있는 것 같다. 그러나 형걸이는 아무 말이 없다. 그는 쌍네의 욕망과 애욕을 의식치 못하는 것일까. 얼굴도 몸도 보이지는 않는다. 그러나 가슴에 떠오르는 화염같이 강렬한 정열을 누르노라고, 몸을 떨고 서 있는 난만한 육체의 파동이 끼치는 첫여름의 캄캄한 공기를, 형걸이의 젊은 피부는 감촉하지 못하는 것일까.

"도련님, 저와요."

또 한 마디를 가만히 뇌인 뒤에, 그러나 그 이상, 쌍네는 저의 가슴을 억제할 길이 없었던지, 덥석 형걸이의 가슴을 향하여 조약돌처럼 날려 들더니, 그 다음은 어깨를 추며 흙흙 느껴 운다. 두 팔은 형걸이의 몸뚱이를 끌어안고, 눈물이 뜨겁게 흐르는, 불덩이처럼 달뜬 쌍네의 얼굴은, 황소처럼 사나이의 가슴에서 몸부림쳤다.

형걸이는 적잖이 쩔쩔 맨다. 그러나 그는 두 팔을 들어 미친 물결처럼 덤비는 쌍네의 몸을 가만히 안아주었다. 그리고는 두 손으로 쌍네의 얼굴을 찾아서, 눈물을 흘리는 두 눈을 입술로 찾았다. 다시 얼굴을 가슴에 묻어주었으나,

"길에서 누가 보믄 어쩌는가, 자 저리로 비켜, 응."

하고 쌍네를 달랠 만큼, 그는 냉정한 기색을 잃지 않았다. 쌍네는 어리광처럼 또 한 번을, 온 몸뚱아리로 사나이의 살을 부벼보았으나, 이윽고 가만히 그곳서 물러났다. 그들은 길가에서 두어 발자국 밭두둑께로 물러섰다. 둘은 잠시 덤덤한 채 서 있었다. 상긋한 풀냄새를 풍기며 초여름 바람이 길을 건너, 벌판으로 뻗어나간다. 바람은 두 사람을 어루만지며 캄캄한 밤에 개울을 건너 버드나무와 느티나무를 우수수 울린다.

쌍네는 달떴던 얼굴에 바람이 스쳐서 한결 두 눈이 버석버석해졌다. 다소곳하니 식어내리는 격정을 맛보면서, 그는 잠시 무엇하러 제가 도련님을 찾아왔는가를 생각해보았다. 마지막으로 그를 만나보려, 그리고 그의 마지막 말을 들어보려고 찾아온 것에 틀림은 없을 것이다. 그러나 만나본 뒤엔 어떻게 하려던 것일까. 그와 같이 도망이라도 쳐달라고, 어떻게 하든지 두칠이의 손아귀에서 자기를 뽑아내달라고, 요구하러 온 것이었던가. 치움 생각은 뚜렷하니 그렇던 것 같지도 않다. 그러나 이렇게 그의 옆에 와서, 바로 칠흑 같은 장막 속에 싸여서, 그의 체온을 제 근육으로 느끼고 마음속으로 향락하고 있으려니, 슬며시 그러한 욕망이 생겨나

지 않는 것도 아니다. 보살할미의 점괘가 그의 머리를 스쳐간다. 그러나 한편 제 마음대로 사나이의 몸뚱아리를 주무르고 나서도, 역시 저와는 어떠한 상거[312]가 있는 사람 같은 느낌을 금할 수는 없는 것 같다. 두 몸이 한 몸이 된다던가, 두 마음이 그대로 한 마음이 된다던가, ―높고 강렬한 감격 속에서도 이러한 통일된 생각을 맛볼 수가 없고, 어딘가 자기는 이 사나이를 남편으로 섬기든가 그럴 수는 없는 사람같이 느껴지는 것이다. 그와 나는 피가 서로 다른 사람일런가 ―쌍네는 다시 쓸쓸해졌다. 두칠이의 얼굴이 눈앞에 선하니 떠오른다.

"어째 이 밤에 이런 델 왔어."

쌍네에게 던지는 첫 마디 말이다. 그러나 무척 서먹서먹한 말이다. 어째 이 밤에 이런 델 왔는가고, 형걸이는 묻는 것이다. 대체 그는 그 까닭을 모르고 묻는 것일까. 쌍네는 대답지 아니하였다. 대답할 말이 없기 때문이다. 대답할 필요가 없기 때문이다. 쌍네는 순간에 번뜩 본정신이 든 듯이 낯을 들었다. 머릿속을 찬바람이 씽하고 지나가는 듯하다.

"도련님은 까닭을 모르십니까."

난생 처음 말해보는 날카로운 말이었다. 쌍네는 이 말을 가까스로 뱉어놓곤, 온몸을 부르르 떨었다. 그 자리에 이렇게 더 섰을 수가 없도록 몸과, 마음이 사시나무처럼 떨렸다. 그는 힝 하니 그곳서 몸을 떨쳤다. 길로 내려서서 캄캄한 가운데를 덤성덤성 걸어갔다. 형걸이, 그이에게 걸었던 가느다란 희망의 닻줄은 끊어져버린 것이다. 단 한 마디의 그 말, 아무 그것은 사랑하는 사람의 말이 아니었다.

나는 어째서 그를 찾아, 염치도 무서움도 돌보지 않고, 이렇게 밤을 타서 그를 만나러 왔던 것일까.

"여보,"

"여보,"

하고 부르는 형걸이의 목소리가 들려온다. 그러나 들을 필요가 없었다.

"내 말을 듣고 가요."

"이럴 게 아닌데 그래."

뒤쫓아오다가 길 가운데 서서, 형걸이는 안타까이 쌍네의 등 뒤로부터 중얼거린다. 그러나 쌍네는 두 손으로 귀를 틀어막고, 구룡교로 통한 길을 눈물에 어리어서 덤성덤성 달음질치듯 하였다. 그는 제 집 가는 길로 올라서지 않고 비류강 방수성 있는 쪽으로 나갔다.

자정이 훨씬 넘도록, 두칠이가 기다리는 방 안에는, 쌍네의 몸은 나타나지 않았다.

＊

캄캄한 장막 속으로 덤성덤성 뛰어가는 쌍네를 불러보다가, 멍하니 길 위에 서서, 형걸이는 금방 저와 만났던 여자가 쌍네가 아닌 딴 사람처럼 생각키었다. 그러나 그는 역시 틀림없는 쌍네였다.

무엇으로 얻어맞은 듯이 머리빡이 뎅하다. 여태껏 대수롭지 않게, 문제 밖으로 밀어놓았던 사건이 불쑥, 아닌 밤중에 솟아나서 홍두깨처럼 그의 머리를 후려갈기고 달아났다. 그는 비로소 제가 저지른 행동에 대하여, 뼈아프게 책임을 느꼈다. 그것은 난생 처음으로 겪어보는 경험이었다. 지금 그는 쌍네에 대하여 생각지 않을 수가 없어졌다. 그러나 그까짓 생각 같은 것이 쌍네에게 무슨 일을 치를 것이냐. 그는 나의 단 한 마디 말에서, 모든 것을 예단하고 그대로 줄달음질치고 말았다. 그는 내일 아침이면 너외 모든 사람과 이 고을을 아주 하직하고, 좋건 글렀건 새 생활의 개척을 위하여 길을 떠날 것이다. 이 지경에 이르러 저는 어떠한 행복을 쌍네에게 덧붙여줄 수 있을 것이냐. 그러나 어쩐지 마음 한 귀퉁이에, 묵직한 납덩어리 같은 것이 엉켜 돌아서 마음이 가볍지를 않다.

누구에게 모든 것을 말하고, 제 행동의 그릇됨을 사죄하고 싶은 마음이 생긴다.

그는 다리를 옮겨놓았다. 역시 문교사를 만날 밖에 없다. 결혼 문제, 쌍네에 대한 문제, 그리고 끊을 수 없는 애정의 뿌리가 박혀버린 부용에 대한 문제, -이런 걸 털어놓고 상논해볼 수 있는 사람, 그는 문우성 선생밖엔 없었다. 그러나 교회당으로 가는 길 도중에서 부용이의 집 앞을 지나치려니, 역시 부용이를 먼저 만나보고 싶은 생각이 난다. 쌍네에게 얻어맞은 머리를 깨끗이 씻어줄 이는, 그리고 그에게 상처당한 가슴을 고스란히 풀어줄 이는, 우선 부용일 것같이 그의 젊은 마음에는 생각키어지는 것이다. 그는 골목 어귀에서 한참 동안을 서서 망설이다가, 종시 발길을 부용이의 집으로 돌려놓았다. 그를 만난 지도 퍽 오래된다. 운동회 때문에 못 만나고, 그 뒤에도 운동회 날 운동장에서 먼 발로 그의 웃는 낯을 눈 넘겨 바라보았을 뿐, 한 번도 만나지 못하였다. 눈앞에 가로누운 이 집 안에서, 부용이가 달람하니 앉아서 추수의 상사시를 읊으면서, 생각에 잠겼을 걸 그려보니, 발꿈치를 윗길로 떼어놓을 수가 없었던 것이다.

그는 골목을 지나 대문께로 갔다. 지금 누가 나왔는지, 혹은 금방 누가 안으로 들어갔는지, 대문이 걸리지 않고, 방싯하니 열려 있다. 그래서 주인을 부르지 않고, 잠시 문 앞에 서서 귀를 기울이려니, 부용이 방에서 이야기 소리가 난다. 누가 손님이 온 것인가, 그렇다면 하는 수 없이 문 선생 댁을 먼저 다녀올 밖에 없다고, 두루 생각하면서, 불이 빤히 밝은 방을 다시 한 번 들여다 보았다.

그러나 그 순간 형걸이는 얼굴을 대문에서 떼고, 귀를 의심하였다. 방에서 들려오는 목소리가 몹시 귀에 익다. 아니 귀에 익다 뿐 아니라, 그 목소리는 바로 그의 아버지 박참봉의 목소리가 아니냐. 그는 저도 모르는 짧은 시간에, 몸을 그늘에 숨기고 막혔던 숨을 겨우 쉬었다. 아버지, 그가 어째서 이 집에를 오게 된 것인가. 그는 형걸이와 부용이의 관계를 누구한테 듣고, 차후를 조심해달라고 부탁의 말을 하러 온 것일까. 그러나 아무리 생각해도 그런 상스런 수단을 취할 아버지가 아니었다. 역시 강선루에서 오는 길에, 좌석에 불리웠던 부용이와 함께 돌아오다, 지나는 걸음에 잠시를 들린 것에 틀림없을 것이다. 그렇게 생각하면서 겨우 형걸이는 숨을 돌렸다. 그리고는 약간 미소까지 입가 상에 그려보았다. 그는 호기심에 끌리어 다시 가만히 귀를 기울여본다.

"그래 그렇도록 너는 내가 싫으냐."

아버지답지 않은 목소리에, 형걸이는 낯이 화끈 달아올랐다. 아버지는 적잖이 취하였다. 부용의 말은 잘 들리지 않았다. 뭐라고 도란, 도란 대답하는 말이 끝나기도 전에 다시 탁하고 늘어진 아버지의 목소리가 덮치듯이,

"그럼 어째, 내 말은 안 들으려니 응."

하고 추근스레 들려온다. 또 아무런 대답이 부용에게서는 들리지 않는다. 형걸이의 눈앞에는, 지금 방 안에서 벌어지고 있을 광경이 자꾸만 선하게 나타나서 견딜 수가 없었다.

부용이는 어떡하고 앉았는가. 몸을 도사리고 아버지 입에서 나오는 요구를 좋은 말로 흘려 넘기면서, 그리고 아버지는 어떡하고 앉았는가. 갓은 쓴 채, 술이 잠뿍이 취하여, 눈과 얼굴에는 이글이글한 정이 차서, 두 손으론…… 형걸이는 얼굴을 문에서 떼고 등살을 폈다. 그는 가슴속에 이상한 격정이 끓어오르는 것을 참을 수가 없는 것이다.

"아— 아버지는 취하셨다. 정신을 잃어 계시다."

속으로 그렇게 중얼거려보나, 가슴은 가라앉지 않는다. 그러나 어떻

게 할 도리가 있단 말인가. 가도 오도 못하고 대문에 서성대고 있는데, 갑자기 부용이의 깔깔대는, 교태가 담뿍하니 담긴 웃음이 흘러 나왔다. 그 웃음에, 부용이답지 않은 교태가 섞인 것이 형걸이에게는 적잖게 불쾌하였다.

"나리가 참 미치셨나. 그러시지 마시구 어서 약주나 드세요."

"허허, 난 인제 술은 싫다. 그래 무엄하게, 너 나더러 미쳤다니. 그래 내가 미쳤다. 아닌 게 아니라 너한테 내가 미쳤다."

말이 끊어졌다. 형걸이는 이 이상 말을 더 들으려고도 아니한다. 그러나 이 대화가 끊어진 동안, 방 안에선 무슨 일이 일어나 있는 거냐, 그것을 깨우쳐 생각하는 건 더욱 무서운 일이었다. 귀를 기울이니, 역시 목소리를 낮추어 이야기는 계속되고 있었다.

"그래 그 뜻을 말해봐라."

아버지의 말소리가 높아져서 나직하나 똑똑하게 들려온다.

"그래 어서 그 뜻을 말해봐. 아무렴 내가 노혈 턱이 있겠나 원."

한참 동안을 묵직한 침묵이 흐르더니, 이윽고 적잖게 당황해하는 어조로,

"아니 말은 않고 어째 우느냐."

이 소리를 들으며 형걸이는 긴장하였다. 몸을 바위처럼 굳게 땅 위에 붙이고, 저도 의식치 않으면서 귀를 기울이는데, 그 다음엔 울음에 섞여서 무어라고 두어 마디 부용의 말이 들리고,

"아니 뭐,"

하는 돌연스레 높직한 놀라는 아버지의 목소리가 문풍지를 울린다.

"천륜(天倫)을 깨트려?"

훤한 문풍지 위에 육중한 박참봉의 그림자가 우뚝 솟았다. 그 그림자가 갑자기 커졌다가 이어서 문 여는 소리.

"나리 잠깐만 참으셔요."

하면서 쪼루루 뒤따르는 긴 치마의 그림자. 그러나 박참봉은 벌써 뜰 안에 내려서서 갓신을 발 뿌리에 꿰고 있었다.

형걸이는 엉겁결에 캄캄한 그늘에 몸을 숨겼다. 대문을 잡아 젖히더니, 성난 짐승처럼 씨근거리며 박참봉이 대문을 넘어선다. 갓이 후들후들 떨리면서, 그는 격분한 감정을 누르지 못한 채 골목을 지나서 없어진다. 아버지의 뒷모양을 배웅하고 나서도 형걸이는 그림자 속에서 훤한 데로 나설 용기가 나질 않았다. 그는 그대로 한참 동안을 숨을 죽이고 그늘 속에 파묻혀 있었다. 부용이가 뜰을 건너 대문께로 온다. 그는 박참봉이 간 방향을 잠깐 바라보고는 문설주에 손을 얹고 푸 한숨을 짚는다.

형걸이는 부용이의 얼굴을 살피였다. 피로가 가득 찬 얼굴에 눈물줄기가 먼 불광에 한 번 번뜩하고 빛난다. 형걸이는 가만히 가서 등 뒤로부터 부용이를 껴안고 그의 등을 어루만져주고 싶었다. 그는 그의 얼굴에서 어떤 성스러운 표정을 발견하는 것 같았다. 그러나 그의 발은 땅에서 떨어지질 않았다.

이윽고 부용이는 문을 잠그고 뜰을 건너 제 방으로 들어가 버린다. 방문이 닫히는 것을 기다려, 형걸이도 비로소 대문 앞까지 나섰다. 대문 판장 틈으로 부용이 방의 불광이 은은히 보인다. 그는 잠시 종교적인 정신적 분위기를 그 불광에서 느껴본다. 그는 한참 동안을 그럭하고 서 있을 뿐이었다.

만나고 싶고, 만나면 아무 말도 않고 그의 아름다운 얼굴을 마주 쳐다만 보고 싶었으나, 그는 찾지도, 그의 방에 들어 잘 수도 없는 자기를 마음속 깊이 깨달아본다

그는 애끓는 생각에 서리어서, 다시 눈 익혀 부용이의 방을 바라보다가, 이윽고 용기를 내어 발을 옮겨놓았다.

길 가운데 나서서, 사방이 괴괴해진 걸 느꼈다. 아직도 선선한 바람이 행길을 횡하니 지나간다. 어디로 갈 것인가. 그러나 다시 생각해볼 필요도 없이 빤한 일처럼 생각키었다. 그는 제가 아까 문우성 선생의 집을 찾아서 교회당으로 가던 것을 다시 한 번 뇌어보듯 생각해보았다. 머리가 갑자기 거뿐해지는 것 같다.

문선생한테로 가자! 그러나 문선생을 찾아가는 목적은 아까와는 판판 달랐다. 어떻게 할 바를 몰라 해결의 방도를 상논하고 위안을 받으러 가는 것이 아니고, 새로운 결심을 실행하는 첫 계제로 그를 찾는 것이다. 문선생은 벌써 선도자의 지위에서, 수단을 조력해주는 원조자의 지위에 내려선 것이다.

형걸이의 마음속에 이루어진 결심, 그것은 막연하기는 하나, 오늘 밤 안으로 이 고장을 떠나서 평양으로든가, 더 먼 곳으로든가, 새로운 행방을 잡아보자는 것이었다. 그는 몇 시간 뒤에 평원 도로를 향하여, 방선문 밖 신작로를 걸어나갈 것을 상상하며, 문우성 선생이 기숙하고 있는 예배당으로 병대처럼 뚜벅뚜벅 걸어갔다.

| 용어풀이 |

1   향약전 : 예전에, 우리나라에서 나는 약재가게를 중국 약제가게와 상대하여 이르던 말.
2   마방(馬房) : 마구간을 갖춘 주막집.
3   제기다 : '뻐기다' 의 방언.
4   자액(自縊) : 스스로 목을 매어 죽음.
5   시년(時年) : 그때의 나이.
6   비각 : 비를 세우고 비바람 따위를 막기 위하여 그 위를 덮어 지은 집.
7   기왓골 : 기와지붕에서 빗물 등이 잘 흘러내리도록 수키와와 수키와 사이에 골이 진 부분.
8   숭하다 : '흉하다' 의 방언.
9   운명(殞命) : 사람의 목숨이 다함.
10 건덕지 : '건더기' 의 방언.
11 창미(倉米) : 창고에 쌓아 비축해둔 쌀.
12 녹미(祿米) : 벼슬아치에게 일 년 또는 계절 단위로 나누어주던 금품 중 쌀.
13 갑오년 난 : 동학농민운동(東學農民運動). 조선 고종 31년(1894)에 전라도 고부의 동학
    접주(接主) 전봉준 등을 지도자로 동학도와 농민들이 합세하여 일으킨 농민운동.
14 푸네기 : 가까운 제 살붙이를 낮잡아 이르는 말.
15 모다 : '모두' 의 옛말.
16 등류 : 같은 종류나 부류.
17 장돌림 : 여러 장으로 돌아다니면서 물건을 파는 장수.
18 연자매(研子--) : 매의 하나. 일반 맷돌보다 수십 배나 크고, 사람 대신 소나 말이 돌리
    게 되어 능률도 그만큼 높다.
19 도붓장수(到付--) : 이리저리 돌아다니며 물건을 파는 사람.
20 바자 : 대, 갈대, 수수깡, 싸리 따위로 발처럼 엮거나 결어서 울타리를 만드는 물건.
21 영초 : 중국산 비단의 하나. 모초(毛綃)와 비슷하지만 품질이 좀 낮음.
22 절게 : '머슴' 의 방언.
23 막서리 : 남의 막일을 해주며 사는 사람.
24 대구리 : '머리' 의 방언.
25 삭가지 : 삿갓의 방언.
26 고샅 : 마을의 좁은 골목길을 이르는 말
27 가락꼬치 : 물레로 실을 자을 때 실이 감기는 쇠꼬챙이.
28 퍼치다 : '퍼뜨리다' 의 방언.
29 허설(虛說) : 빈말. 거짓말.

30	후간 : 세간이나 그 밖의 물건을 넣어두는 곳. '광' 의 방언.
31	일화 : 일본 화폐.
32	그득그득 : 분량이나 수효 등이 빈 곳 없이 몹시 꽉 찬 모양.
33	조박 : '조각' 의 북한어.
34	당지기 : 당집이나 서당을 맡아 지키는 사람.
35	차함(借銜) : 실제로 근무한 것이 아니라 벼슬의 이름만 가지던 일. 또는 그런 벼슬.
36	실토리 : 실톳. 방추형으로 감아놓은 실타래. 옷감을 짤 때 북에 넣어 씀.
37	인차 : '이내' 의 방언.
38	무종아리 : 발뒤꿈치와 장딴지 사이를 가리키는 말.
39	과시(果是) : '과연' 의 다른 말.
40	계관(係關) : '관계' 의 다른 말.
41	작첩(作妾) : 첩을 둠.
42	포육(脯肉) : 얇게 저미어서 양념을 하여 말린 고기.
43	건조 : 말린고기.
44	새앙 : 생강.
45	궤배 : 무릎을 꿇고 절함.
46	선채(先綵) : 혼례 전에 신랑 집에서 신부 집으로 보내는 청색·홍색의 두 가지 비단.
47	복수(福手) : 복을 부르는 일손.
48	역참 : 자식이 부모보다 먼저 죽음.
49	사라능단 : 얇은 사(紗)와 두꺼운 단(緞) 따위의 비단을 통틀어 이르는 말.
50	비복(婢僕) : 계집종과 사내종을 아울러 이르는 말.
51	자개수염 : 양쪽으로 빳빳하게 갈라진 콧수염을 비유적으로 이르는 말.
52	살쩍 : 관자놀이와 귀 사이에 난 머리털.
53	자리끼 : 잠을 자다가 깨었을 때 마시기 위해 잠자리 머리맡에 두는 물.
54	히로 : 일제 강점기에 팔던 담배 이름의 하나.
55	사모관대(紗帽冠帶) : 사모와 관대를 아울러 이르는 말. 본디 벼슬아치의 복장이었으나, 전통 혼례에서 착용한다.
56	얼깃 : '얼레빗' 의 방언. 빗살이 굵고 성긴 큰 빗을 가리키는 말.
57	마바리꾼 : 마바리(짐을 실은 말)를 몰고 다니는 것을 직업으로 삼는 사람.
58	농이 : '노끈' 의 방언.
59	체니 : '처녀' 의 방언.
60	끄실리다 : '그을리다' 의 방언.
61	개름하다 : 귀여우면서도 조금 긴 듯하다.
62	이무 : '이미' 의 방언.
63	자대 : '몸매' 의 방언. 몸의 맵시나 모양새.
64	삼십육계(三十六計) : 물주가 맞힌 사람에게 건 돈의 서른여섯 배를 주는 노름.
65	도리(桃李) : 복숭아와 자두, 또는 그 꽃.

66 불수(佛手) : 부처님 손바닥 모양을 닮은 노리개.

67 느직하다 : '느즉하다'의 옛말. 줄 따위가 좀 느슨하다.

68 설뚱하다 : 마음이나 분위기가 들뜨고 어색하다.

69 사선 : 예전에, 벼슬아치가 외출할 때 바람과 먼지를 막기 위해 얼굴을 가리던 제구.

70 진위대(鎭衛隊) : 대한제국 때 지방의 각 진(鎭)에 둔 군대. 고종 32년(1895)에 지방대를 고친 것으로, 융희 원년(1907) 군대 해산 때에 없어졌다.

71 안부(雁夫) : 기럭아비. 전통 혼례에서 신랑이 기러기를 가지고 신부 집에 가서 상 위에 놓고 절하는 의식을 할 때 기러기를 들고 신랑 앞에 서서 가는 사람.

72 개화장(開化杖) : 짧은 지팡이를 개화기에 일컫던 말.

73 소래기 : '소리'를 속되게 이르는 말.

74 청간(廳間) : 대청(臺廳).

75 과방간(果房間) : 과방(果房). 큰일을 치를 때 음식을 차려놓고 내가는 곳.

76 과줄 : 꿀과 기름을 섞은 밀가루 반죽을 판에 박아서 모양을 낸 후 기름에 지진 과자. 속까지 검은빛이 난다. 강정, 다식(茶食), 약과(藥果), 정과(正果) 따위를 통틀어 이르는 말.

77 실족 : 발을 잘못 디딤.

78 원반 : 소고기나 돼지고기를 삶은 물에 당면을 끓여서 편육을 얹고 양념간장으로 간을 맞추어 먹는 평안도·함경도식 음식.

79 증편 : 여름에 먹는 떡의 하나. 멥쌀가루를 막걸리를 조금 탄 뜨거운 물로 묽게 반죽하여 더운 방에서 부풀려 밤, 대추, 잣 따위의 고명을 얹고 틀에 넣어 찐다.

80 이차떡 : '인절미'의 방언.

81 단자(單子) : 혼인할 사람의 사주를 적은 문서.

82 백차일(白遮日) : 햇볕을 가리려고 치는 하얀 빛깔의 포장.

83 해족 : 흐뭇한 태도로 귀엽게 살짝 한 번 웃는 모양.

84 감물다 : '입술을 감아 들여서 꼭 물다'는 의미의 북한어.

85 주안(酒案) : 술상.

86 이무 : '이미'의 방언.

87 비닭이 : '비둘기'의 방언.

88 조자(調子) : 가락.

89 분지 : 분과 연지.

90 녹의홍상(綠衣紅裳) : 연두저고리에 다홍치마. 젊은 여자의 고운 옷차림을 이르는 말.

91 어금버금하다 : 서로 엇비슷하여 정도나 수준에 큰 차이가 없다.

92 당지기 : 서당이나 당집을 맡아 보살피는 사람.

93 빗접고비 : 빗접을 꽂아 걸어두는 도구. 가는 나무오리로 네모지게 짜고 앞뒤를 종이로 바른 뒤에 나시 앞쪽에 두꺼운 종이를 틈이 뜨게 붙였는데, 그 틈에 빗접을 꽂는다.

94 누선(淚線) : 눈물샘.

95 설뚱하다 : 마음이나 분위기가 들뜨고 어수선하다.

96 공단(貢緞) : 두껍고, 무늬는 없지만 윤기가 도는 비단. 고급 비단에 속한다.

97 타니 : 장식을 위해 귓불에 다는 작은 고리.

98 시울 : 약간 굽거나 휜 부분의 가장자리. 흔히 눈이나 입의 언저리를 이를 때에 쓴다.

99 파탈(擺脫) : 어떤 구속이나 예절로부터 벗어남.

100 뚝절(-節) : 비녀의 마디. 대나무의 마디를 가리키는 '죽절(竹節)' 에서 유래됨.

101 상귀(床-) : 상 바닥의 귀퉁이.

102 장근 : 늘

103 좀되다 : 사람의 언행이나 됨됨이가 치사스럽고 작다.

104 등골 : 등 한가운데로 길게 고랑이 생긴 곳.

105 주의 : 명주옷.

106 미츳하다 : 모양이 미끈하고 밋밋하다.

107 사포 : '전립' 을 속되게 이르는 말. 조선시대 무관이 쓰던 모자의 한 종류.

108 문묘(文廟) : 공자를 모신 사당. 원래 선사묘(先師廟)라고 하였다가 중국 명나라 성조 때 문묘(文廟) 또는 성묘(聖廟)라고 하였으며, 청나라 이후 공자묘(孔子廟)라 하였다. 중국 산둥 성(山東 省) 취푸(曲阜)에 있는 것이 가장 크고 유명하다. 우리나라에는 성균관과 향교에 있는데 곳에 따라 사성(四聖), 공자의 제자, 역대의 거유(巨儒) 및 신라 이후의 우리나라의 큰 선비들을 함께 모신 곳도 있다.

109 서원(書院) : 조선 시대에, 선비가 모여서 학문을 강론하고, 선학이나 충절로 죽은 사람을 제사 지내던 곳. 중종 38년(1543)에 풍기군수 주세붕이 안향을 배향하기 위하여 만든 백운동 서원이 처음이다.

110 온정(溫井) : 온천.

111 혜늉 : '시늉' 의 방언.

112 창가(唱歌) : 갑오개혁 이후에 발생한 근대 음악 형식의 하나. 서양 악곡의 형식을 빌려 지은 간단한 노래이다.

113 상학(上學) : 학교에서 그 날 공부를 시작함.

114 메기다 : 두 편이 노래를 부를 때 한 편이 먼저 부르다.

115 각담 : 논밭의 돌이나 풀 따위를 추려 한쪽에 나지막이 쌓아 놓은 무더기.

116 어깨를 걸다 : '어깨동무를 하다' 의 북한어.

117 소제(掃除) : 청소.

118 만문하다 : '만만하다' 의 북한어.

119 머릿발 : 길게 늘어뜨린 머리카락.

120 장달음 : '줄달음질' 의 북한어.

121 들메 : 신이 벗어지지 않도록 신을 발에 동여매는 끈. 또는 그렇게 동여매는 일.

122 엄 : '움' 의 옛말. 나무나 풀에서 새로 돋아 나오는 싹.

123 관례 : 예전에, 남자가 성년에 이르면 어른이 된다는 의미로 상투를 틀고 갓을 쓰게 하던 의례(儀禮). 유교에서는 원래 스무 살에 관례를 하고 그 후에 혼례를 하였으나 조혼이 성행하자 관례와 혼례를 겸하여 하였다.

124 와사(瓦斯) : 가스(gas).

125 건둥 : 흐트러짐 없이 정돈되어 시원스럽게 훤함.

126 난만하다 : 광채가 강하고 선명하다.

127 네굽질 : 팔다리를 내저으며 몸부림치는 짓을 속되게 이르는 말.

128 숙보다 : '업신여기다'의 북한어.

129 우정 : '일부러'의 방언.

130 물차관 : 물이나 찻물을 담는 그릇.

131 항용 : 흔히, 늘.

132 거반 : 거지반. 거의 절반.

133 호둘기바람 : 가벼운 차림.

134 우렷하다 : 눈앞에 떠오르거나 보이는 모양이 좀 희미한 가운데 은근하면서도 뚜렷하다.

135 삼신 : 생삼으로 거칠게 삼은 신발.

136 넌떡 : 냉큼 떡.

137 닐급 : 일급.

138 패일날 : 사월 초파일(初八日). 우리나라 명절의 하나. 음력 4월 8일로 석가모니의 탄생일이다. 이날에는 파일등을 단다. 8일 및 9일의 이틀 밤에는 집집마다 여러 가지 모양의 등에 불을 켜 달고 그 아래서 물장구를 치거나 풍악을 하고, 딱총과 불놀이를 하며 느티나무 잎을 넣어 만든 시루떡과 검정콩을 쪄서 먹는다.

139 덩치 : 덩어리.

140 살거리 : 몸에 붙은 살의 정도와 모양.

141 면바로 : 바로 정면으로.

142 개굴 : '개울'의 방언.

143 역병(疫病) : 대체로 급성이며 전신(全身) 증상을 나타내어 집단적으로 생기는 전염병.

144 자박 : '자배기'의 방언. 둥글넓적하고 주둥이가 넓게 벌어진 질그릇.

145 마방 : '마굿간'의 방언.

146 노비(路費) : 노자. 먼 길을 오가는 데 드는 비용.

147 상론(相論/商論) : 서로 의논함. 또는 옳고 그름을 따져 가며 서로 주장을 폄.

148 도고하다 : 스스로 높은 체하며 교만하다.

149 베둥지개 : 베로 만든 등거리. 등거리는 등만 덮을 만하게 겹쳐 입는 홑옷으로 베나 무명으로 깃이 없고 소매가 없거나 짧게 만듦.

150 궁량 : 궁리.

151 모피하다 : 피하려고 꾀를 내다. 꾀를 내어 피하다.

152 쩍지 : 부스러기.

153 기슴 : '김'의 방언. '김'은 논이나 밭에 난 잡초.

154 뱅페치미 : 무명으로 만든 치마

155 사사모사(事事某事) : 여러 가지로 부딪히는 일마다.

156 재통 : '변소'의 방언.

157 지벌(地閥) : 지체와 문벌을 아울러 이르는 말.

158 도투마리 : 베를 짜기 위해 날실을 감아 놓은 틀. 베틀 앞다리 너머의 채머리 위에 얹어 두고 날실을 풀어가면서 베를 짬.

159 고팽이 : 비탈진 길의 가장 높은 곳 또는 굽은 길의 모퉁이.

160 쟁고 : 자전거를 이르는 말.

161 잰내비 : '원숭이'의 방언.

162 도붓도리 : 물건을 가지고 이곳저곳 돌아다니며 파는 장사.

163 부처(夫妻) : 부부.

164 아삼륙(二三六) : 마작에서 쓰는 골패의 쌍진아 · 쌍잠삼 · 쌍준륙의 세 쌍. 쌍비연이라고 하여 끗수를 세 곱으로 친다. 서로 꼭 맞는 짝을 비유적으로 이르는 말.

165 폐백 : 혼인 전에 신랑이 신부집에 보내는 예물.

166 질쿠냉이 : '길쌈'의 방언.

167 차랍 : '찰밥'의 방언.

168 미욱 : 하는 짓이나 됨됨이가 매우 어리석고 미련하다.

169 행금하다 : 병목 같은 것이 희고 시원하게 쭉 빠지다.

170 학질을 떼다 : 간신히 괴롭거나 귀찮은 일을 벗어나다.

171 지정머리 : 무엇을 하는 짓이나 행동을 낮잡아 이르는 말.

172 치부책(置簿冊) : 돈이나 물건이 들고나고 하는 것을 기록하는 책.

173 농막(農幕) : 농사짓는 데 편리하도록 논밭 근처에 간단하게 지은 집.

174 대금(貸金) : 돈을 꾸어 줌. 또는 꾸어 준 돈.

175 돈변(-邊) : 돈변리(-邊利). 빌린 돈에 대한 이자.

176 보행전 : 길품삯.

177 긁 : '그루터기'의 방언.

178 멩이 : '모이'의 방언.

179 돌쩌기 : 문짝을 문설주에 달고 여닫기 위한 쇠붙이로, 암수 두 개의 물건으로 됨.

180 강엮 : 강역. 논밭의 경계.

181 갱엿 : 푹 고아 여러 번 켜지 않고 그대로 굳혀 만든 검붉은 빛깔의 엿.

182 궁 : 가난한 기색.

183 밀수 : '미수'의 방언. '미수'는 설탕물이나 꿀물에 미숫가루를 탄 여름철 음료를 말함.

184 매상이 : 마상이. 노를 젓게 된 작은 배.

185 연자간(研子間) : 연자맷간(研子-間). 연자매로 곡식을 찧는 방앗간.

186 히물거리다 : 근육이나 뼈가 조금 실그러지면서 떨리다.

187 터거리 : '턱'을 속되게 이르는 말.

188 메사하다 : 하는 행동이나 모양이 어울리지 않게 싱겁고 쑥스럽다.

189 열적다 : '겸연쩍고 부끄럽다'는 의미의 북한어.

190 다랭이 : '다래끼'의 방언. 대나 싸리, 칡넝쿨로 만든 주둥이가 좁고 바닥이 넓은 바구니.

191 물쿠다 : 날씨가 찌는 듯이 더워지다.

192 실색하다 : 놀라서 얼굴빛이 변하다.

193 솔가(率家) : 온 집안 식구를 거느리고 가거나 옴.

194 어금버금하다 : 서로 엇비슷하여 정도나 수준에 큰 차이가 없다.

195 엎반두 : 그물의 한 가지. 두 끝에 막대기를 대어 두 사람이 맞잡고 고기를 몰아 잡도록 된 그물.

196 새 : 사이. 서로 맺은 관계. 또는 사귀는 정분.

197 왕신(王神) : 무당이 모시는 신의 하나. '수로왕'을 신격화하여 이르는 말이다.

198 비양청 : 빈정거리는 투.

199 연전(年前) : 몇 해 전.

200 상한(傷寒) : 밖으로부터 오는 한(寒), 열(熱), 습(濕), 조(燥) 따위의 사기(邪氣)로 인하여 생기는 병을 통틀어 이르는 말.

201 보교(步轎) : 사람이 메는 가마의 하나. 네 기둥을 세우고 사방으로 장막을 둘렀으며, 뚜껑은 가운데가 솟고 네 귀가 내밀어서 정자(亭子)의 지붕 모양을 하고 있으며, 바닥과 기둥·뚜껑은 각각 뜯게 되어 있다.

202 항우(項羽) : 중국 진(秦)나라 말기의 무장(B.C.232~B.C.202). 이름은 자(子)이다. 숙부 항량(項梁)과 함께 군사를 일으켜 유방(劉邦)과 협력하여 진나라를 멸망시키고 스스로 서초(西楚)의 패왕이 되었다. 그 후 유방과 패권을 다투다가 해하(垓下)에서 포위되어 자살하였다.

203 채권(債權) : 재산권의 하나. 특정인이 다른 특정인에게 어떤 행위를 청구할 수 있는 권리이다.

204 성화(成火) : 몹시 귀찮게 구는 일. 일 따위가 뜻대로 되지 아니하여 답답하고 애가 탐. 또는 그런 증세.

205 근경(近境) : 어떤 사실과 비슷한 경우.

206 방갓 : 예전에 상제가 밖에 나갈 때 쓰던 갓.

207 궤연 : 죽은 사람의 영궤와 그에 딸린 모든 것을 차려 놓는 곳. 영궤는 상가(喪家)에서 모시는 혼백이나 가주(假主)의 신위를 모시어 놓은 자리.

208 존장(尊丈) : 자기 아버지와 벗으로 사귀는 사람을 높여 이르는 말. 지위가 자기보다 높은 사람을 높여 이르는 말. 자기의 나이보다 16세 이상 많은 사람을 높여 이르는 말. 스승과 제자, 친척, 주인과 하인 사이 따위의 특별한 경우는 제외한다.

209 중흥 : 쇠퇴하던 것이 중간에 다시 일어남. 또는 다시 일어나게 함.

210 생도(生道) : 생로(生路). 살아가는 방도.

211 상배(喪配) : '상처(喪妻)'를 높여 이르는 말. 아내의 죽음을 당함.

212 고패 : '고팽이'의 북한어. 어떤 일의 가장 어려운 상황.

213 여각(旅閣) : 조선 후기에, 연안 포구에서 상인들의 숙박, 화물의 보관, 위탁 판매, 운송 따위를 맡아보던 상업 시설.

214 수문장(守門將) : 대문을 지키는 신장(神將). 귀신 장수를 그려 붙이거나 만들어 세운다.

215 상기둥 : 안방과 마루 사이에 있는 가장 중요한 기둥.

216 성주 : 가정에서 모시는 신의 하나. 집의 건물을 수호하며, 가신(家神) 가운데 맨 윗자리를 차지한다.

217 사방(四方) : 동, 서, 남, 북 네 방위를 통틀어 이르는 말.

218 지운(地運) : 땅의 운수.

219 청간(廳間) : 대청(臺廳).

220 제석(帝釋) : 제석신(帝釋神). 무당이 모시는 신의 하나. 집안사람들의 수명, 곡물, 의류 및 화복에 관한 일을 맡아본다고 한다.

221 손각시 : 손말명. 혼기가 찬 처녀가 죽어서 된 귀신.

222 푸닥거리 : 무당이 하는 굿의 하나. 간단하게 음식을 차려 놓고 부정이나 살따위를 푼다.

223 살푸리 : 타고난 살(煞)을 풀기 위하여 하는 굿.

224 치성(致誠) : 있는 정성을 다함. 또는 그 정성. 신이나 부처에게 지성으로 빎. 또는 그런 일.

225 어화 : 고기잡이하는 배에 켜는 등불이나 횃불.

226 요진통(要津通) : 아주 요긴한 데나 가장 중요한 대목.

227 강도상(講道床) : 교리를 알기 쉽게 설명할 때 책이나 원고를 놓고 보기 위하여 앞에 놓는 상.

228 조사(助事) : 장로교(長老敎)에서 목사를 도와 전도하는 교직. 또는 그 교직에 있는 사람.

229 영수(領袖) : 장로교에서 조직이 아직 갖추어지지 아니한 교회를 인도하는 임시직분. 또는 그런 사람.

230 양인(洋人) : 서양 사람.

231 종차(從次) : 이 다음에.

232 자부 : 며느리.

233 비등(沸騰) : 물이 끓듯 떠들썩하게 일어남. 열정, 정열, 기세 따위가 끓어 넘침.

234 교의(交誼) : 사귀어 친해진 정.

235 감물다 : 입술을 감아 들여 꼭 물다.

236 두지 : '뒤주'의 잘못. 뒤주의 한자를 빌려 쓴 말.

237 회당(會堂) : 교회(敎會).

238 호다 : 헝겊을 겹치어 바늘땀을 성기게 꿰매다.

239 뻴함 : '서랍'의 방언.

240 기직 : 왕골 껍질이나 부들잎을 짚에 싸서 엮은 돗자리.

241 사방침(四方枕) : 팔꿈치를 괴고 비스듬히 기대어 앉을 수 있게 만든, 네모난 베개. 길이가 한 자쯤 되는 널조각으로 여섯 면이 되게 짜고 겉에는 모양 있게 꾸민 헝겊을 씌운다.

242 의걸이 : 위는 옷을 걸 수 있고, 아래는 반닫이로 된 장.

243 유경 : 놋쇠로 만든 등잔 받침.

244 태극선(太極扇) : 태극 모양을 그린 둥근 부채.

245 대통(-桶) : 담배통. 담배설대 아래에 맞추어 담배를 담는 통. 살담배를 넣어 두는 통.

246 지정머리 : 무엇을 하는 짓이나 행동을 낮잡아 이르는 말.

247 심심파적 : 심심풀이.

248 감주 : 단술.

249 소발구 : 쇠발구. 소에 메어 물건을 실어나르는 썰매.

250 후루매 : '두루마기'의 제주도 사투리.

251 게다(げた) : '나막신'의 일본어.

252 고츠카이(こづかい) : '사환'의 일본어.

253 장기(帳記) : 물건이나 논밭 등을 사고파는 데 관한 품명이나 값 등을 적어놓은 기록.

254 통숫간 : '뒷간'의 방언.

255 궐련 : 얇은 종이로 말아놓은 담배.

256 등피(燈皮) : 등불이 꺼지지 않도록 바람을 막고 불빛을 밝게 하기 위하여 남포동에 씌우는 유리로 만든 물건.

257 곡우 : 24절기의 하나. 청명(淸明)과 입하(立夏) 사이에 들며, 봄비가 내려서 온갖 곡식이 윤택하여진다는 뜻이다. 4월 20일 경이다.

258 소만 : 24절기의 하나. 입하(立夏)와 망종(芒種) 사이에 들며, 5월 21일 경이다.

259 꺽지가리 : 민물고기의 한 종류인 꺽지를 잡아들이는 일.

260 주(走) 자를 놓다 : 도망가다.

261 덕대 : 광산의 주인과 계약을 맺고 그 광산의 일부를 맡아 채광하는 사람.

262 치장(齒長) : 나이 든 사람.

263 통수(統首) : 조선 시대에 둔, 민가조직인 통의 우두머리. 통주(統主)를 고친 것이다.

264 봉창하다 : 손해 본 것을 벌충하다.

265 박승(縛繩) : 죄인을 잡아 묶는 노끈. 포승.

266 쉬남은 : 쉰이 조금 넘는 수.

267 너벅선 : 너비가 넓은 배.

268 몽치 : 짤막하고 단단한 몽둥이. 주로 사람이나 동물을 때리는 데에 쓰며, 예전에는 무기로도 썼다.

269 버주기 : 자배기보다 좀 더 깊고 주둥이가 벌어진 큰 그릇.

270 도고하다 : 도덕적 수양이 높다.

271 꼬챙이질 : '고자질'의 방언.

272 돌림장수 : '도붓장수'의 잘못. 이리저리 돌아다니며 물건을 파는 사람.

273 부담마 : 부담롱(옷이나 책 따위의 물건을 담아서 말에 실어 운반하는 작은 농짝)을 싣고, 사람도 함께 타도록 꾸민 말.

274 면구스럽다 : 낯을 들고 대하기에 부끄러운 데가 있다.

275 약관(弱冠) : 남자가 스무 살에 관례를 한다는 뜻으로, 남자 나이 스무 살 된 때를 이르는 말.

276 사주 : 술김에 기세를 부림.

277 동발 : '동바리'의 준말. 툇마루나 좌판 밑에 바치는 짧은 기둥.

278 저어하다 : 염려하거나 두려워하다.

279 김부용(金芙蓉) : 조선시대의 여류 문인. 정조 때 평남 성천에서 이름 높은 기생으로 가무와 시문에 뛰어났다. 유고집 『운초집』이 있다.

280 시담(詩談) : 시화(詩話). 시나 시인에 관한 이야기.

281 가신(家臣) : 높은 벼슬아치의 집에 딸려 있으면서 그 벼슬아치를 받드는 사람.

282 트리 : '공모'의 방언.

283 정각 : 정자.

284 터매다 : '처매다'의 방언.

285 압축 : 하나의 시(詩) 두루마리에 실린 시들 가운데에서 가장 잘 지은 시.

286 시하(侍下) : 부모나 조부모를 모시고 있는 처지. 또는 그런 처지의 사람.

287 상노아이 : 예전에 밥상 나르던 일과 잔심부름 하던 아이.

288 환선 : 얇은 깁으로 만든 부채.

289 차후(此後) : 지금부터 이후.

290 포달 : 암상(남을 시기하고 샘을 잘 내는 마음)이 나서 악을 쓰고 함부로 욕을 하며 대드는 일.

291 감발 : 발감개.

292 타래 : 뭉쳐놓은 실이나 노끈 따위의 뭉치.

293 신색(神色) : 상대편의 안색을 높여 이르는 말.

294 측출 : 서출. 서자.

295 예장(禮狀) : 혼인 때 신랑 집에서 예단에 붙여 신부 집으로 보내는 편지. 혼서(婚書).

296 반초(半草) : 반초서(半草書). 반쯤 흘려 쓴 글.

297 차판 : 화물차의 적재함이나 화물 열차의 짐을 싣는 칸.

298 농립(農笠) : 농립모(農笠帽). 여름에 농사일을 할 때 쓰는 모자. 밀짚이나 보릿짚 또는 얇고 긴 대팻밥 따위로 만드는데, 전을 넓게 한다.

299 당항라(唐亢羅) : 원문에는 '당항나'라고 되어 있음. 예전에, 중국에서 만든 항라를 이르던 말. 항라는 명주, 모시, 무명실 따위로 짠 피륙이 하나.

300 갑사(甲紗) : 품질이 좋은 비단. 얇고 성거서 여름 옷감으로 많이 쓴다.

301 고사 : 감이 두껍고 깔깔하며 윤이 나는 좋은 비단의 하나.

302 천후(天候) : 기후(氣候).

303 집난이 : 시집간 딸을 이르는 북한어.

304 차일(遮日) : 햇볕을 가리려고 치는 포장.

305 산고모(山高帽) : 꼭대기가 둥글고 높은 서양식 모자.

306 앞대 : 아랫녘. 어떤 지방에서 그 남쪽 지방을 일컫는 말.

307 솔문 : 경축하거나 환영하는 뜻으로 나무나 대로 기둥을 세우고 푸른 솔잎으로 싸서 만든 문.

308 승교(乘轎) : 가마. 예전에, 한 사람이 안에 타고 둘이나 넷이 들거나 메던, 조그만 집 모양의 탈것. 연(輦), 덩, 초헌, 남여(藍輿), 사인교(四人轎) 따위가 있다.

309 정전 : 교전 중에 있는 쌍방이 합의에 따라 일시적으로 전투를 중단하는 일.

310 대연(大宴) : 큰 규모로 벌인 잔치.

311 회오(悔悟) : 잘못을 뉘우치고 깨달음.

312 상거(相距) : 서로 떨어져 있음. 또는 떨어져 있는 두 곳의 거리.

김남천의 『대하』에 나타난 개화풍경과 그 의미

1. 1930년대 후반의 소설개조론

1939년 1월 발간된 『대하』는 김남천의 첫 번째 장편소설이자, 1930년대 말 한국 소설사를 대표하는 작품 중의 하나이다. 이 작품은 인문사가 기획한 전작장편소설 중에서 처음으로 발간된 작품이었기 때문에 문단에서 큰 관심을 끌었다.[1] 그럼에도 불구하고 『대하』는 제1부가 간행된 후 제2부의 일부분이 「개화풍경」이라는 이름으로, 또 다른 일부는 「동맥」이라는 이름으로 발표되었을 뿐 끝내 완성되지 못한다.[2]

---

1 채만식, 「신간평—'대하'를 읽고서」, 『조선일보』, 1939. 1. 29.

현민, 「문학의 영원성과 역사성—대하가 보여준 우리 문학의 신세기」, 『동아일보』, 1939. 2. 2.

백철, 「김남천 저 '대하'를 독함」, 『동아일보』, 1939. 2. 8.

동수생, 「'대하'를 읽고」, 『비판』, 1939. 3.

유진오, 「문예시평—'대하'의 역사성」, 『비판』, 1939. 3.

안함광, 「김남천론—문학의 주장과 실험의 세계」, 『비판』, 1939. 7.

2 『내하』에 뒤이어 작기는 잡지 『조광』(1941. 5)에 "작자 왈, 이것은 『대하』 제2부 「동맥」 중의 일절이다"라고 명시한 채 「개화풍경」을 전재한다. 그런데, 「동맥」은 해방이 된 후 『신문예』 2호(1946. 7)와 3호(1946. 10), 그리고 『신조선』(『신문예』 개제) 1호(1947. 2), 2호(1947. 3), 4호(1947. 5), 5호(1947. 6)에 연재된다. 이때 연재된 「동맥」 중 제4회와 제5회는 『조광』

1930년대 후반 김남천은 자기고발론·모랄론·풍속론·로만개조론·관찰문학론으로 이어지는 끊임없는 모색의 과정에 있었다. 이 무렵, 「장편소설에 대한 나의 이상」을 통해서 "리얼리즘을 실제에 있어서 생각해보고 타방 손수 단편에 손을 대어온 나로서는 지금까지 연구된 범위에 있어서 리얼리즘이 가장 훌륭하게 구현될 수 있는 문학 형태는 오직 장편소설이라는 지론"[3]에 도달하였다고 밝히고 있거니와, 이러한 태도는 임화·이원조의 장편소설 개조론과 맥을 같이 한다.

> 오랫동안 계속되어 오던 장편소설 논의 속에서 전형화의 방향으로써 더듬어 보인 하나의 방향은 가족사연대기 소설로의 길이었다. 필자 같은 사람이 나 자신의 타개책이 무엇보다 급해서 이러한 방향으로 길을 잡아 보았는데, 그 뒤 최재서 씨 같은 분이 주로 구라파 소설의 실례를 소개해서 이 방향에 뜻을 가진 작가에게 적지 않은 참고가 되었다.[4]

그런데, 장편소설 개조론의 와중에서 김남천은 '전형적 성격'을 강조하는 임화와 달리 가족사연대기 형식을 바탕으로 '전형적 상황'을 강조한다. 「대하」는 이러한 김남천의 열정과 논리가 그대로 드러난다. "연대기를 가족사의 가운데 현현시킨다"[5]라는 뚜렷한 목적의식 아래 한 가족의 연대기를 통해서 근대사회의 발흥기를 형상화하고자 했던 것이다. 「대하」의 문학사적 성과를 언급하면서 초창기 연구자들이 가족사연대기 소설로서의 가능성을 언급하는 것은 이 때문이다. 이재선은 밀양 박씨 박성권 일가를 서사적 초점으로 삼아 시대적 변천에 의해 재화의 획득과정과

에 발표된 「개화풍경」의 내용과 동일하다.(여기에 대해서는 김재남, 「김남천문학론」, 태학사, 1991, 144쪽 참조)

3 김남천, 「장편소설에 대한 나의 이상」(「청색지」, 1938. 8), 「김남천전집」 1(정호웅·손정수 편), 박이정, 2000, 387~388쪽.

4 김남천, 「창작계 동태와 업적」(「조광」, 1940. 12), 「김남천전집」 1, 672쪽.

5 김남천, 「작품의 제작과정」(「조광」, 1939. 6), 「김남천전집」 1, 498쪽.

세대의 추이, 그리고 기타 사회적 관습의 변화를 포착하려 했던 가족사소설[6]이라고 규정한 바 있지만, 다른 연구자들은 부자간의 세대 갈등으로 한정되고 있다는 점에서 진정한 가족사연대기 소설에 미달한다고 평가하기도 한다.[7]

이에 따라 작가의 창작 의도를 존중하던 초기의 관점은 당대의 비평적 논의와 결합하면서 『대하』가 세태소설 혹은 풍속소설에 불과하다는 관점으로 변화한다. 조동일[8]이 세태 변화를 충실하게 묘사하고 있다고 지적한 이래, 김경수[9]도 초기 자본가의 형성과정과 박형걸 세대의 성장과정을 다룬 세태소설로 규정한 바 있다. 김윤식[10] 역시 『대하』를 '준풍속소설'이라고 지적하였고, 이를 바탕으로 김미란[11]은 풍속소설을 향한 작가의 구상이 창작방법론 자체의 모순, 성격과 환경이 조화에 대한 단순한 이해로 말미암아 실패했다고 비판하기에 이른다.

이러한 관점은 소설개조론을 둘러싸고 세태=사실=생활을 강조했던 김남천과는 달리 주인공=성격=사상을 강조했던 임화의 논리에 근거한 것이라고 할 수 있다. 자신의 주관을 철저히 객관에 종속시켜서 리얼리즘의 사이비 객관을 실현하려는 경향이라고 비판하는 윤여탁[12]이나, 사건들의 위계질서가 없이 일상생활과 잡다한 세태 풍속을 관조적으로 묘사하고 있는 "자연주의 문학"으로 규정한 문영진[13]의 관점은 그것을 잘 보여주고 있다.

---

6 이재선, 『한국현대소설사』, 홍성사, 1979, 386쪽.

7 이주형, 「1930년대 한국 장편소설 연구」, 서울대 박사논문, 1983.
   신상성, 「1930년대 한국 가족사소설 연구」, 동국대 박사논문, 1986.

8 조동일, 『한국문학통사』 5, 지식산업사, 1988.

9 김경수, 「세태소설 연구 · 장르 설정과 작품 분석」, 서강대 석사논문, 1989.

10 김윤식, 『임화 연구』, 문학사상사, 1989, 349쪽.

11 김미란, 「긴효시 문학 연구」, 고려대 석사논문, 1987.

12 윤여탁, 「풍속의 묘사와 역사의 서술」, 『한국 현대 장편소설 연구』(구인환 외), 삼지원, 1990, 135쪽.

13 문영진, 「김남천의 해방 전 소설 연구」, 서울대 석사논문, 1989, 45쪽.

그럼에도 불구하고 김재남[14]은 『대하』를 「개화풍경」, 「동맥」과의 연관 속에서 검토하면서 주체 · 객체의 통일을 위한 풍속과 리얼리즘으로의 통로를 확보하기 위한 소설개조론이 결합된 작품으로 규정하였으며, 정호웅[15]은 『대하』를 현재의 전사로서 진정한 역사소설의 가능성을 지니고 있는 작품으로 높이 평가하기도 한다.

이 글은 『대하』가 배경으로 삼고 있는 1900년대 평안남도 성천의 시대적 · 지리적 특성을 염두에 두고, 작품 속에 구현된 작가의 의식을 살펴보고자 한다. 김남천은 표면적으로 작가의식의 주관성을 최대한 배제하려는 창작방법을 지향하고 있음에도 불구하고, 이러한 서사적 배경 속에는 작가의 세계인식이 은밀하게 반영되어 있다고 여겨진다. 작품의 시간적 · 공간적 배경은 사건 진행과정에서 서사적 개연성을 높일 뿐만 아니라, 작가의 세계에 대한 인식을 반영하기 때문이다.

2. '성천'의 공간적 재현

『대하』의 의미를 이해하기 위해서는 먼저 평안남도 성천[16]이라는 공간적 배경을 살펴볼 필요가 있다. 이곳은 평안남도 중부 비류강 유역에 자리잡고 있는데, 예로부터 교통이 발전한 지역 가운데 하나이다. 그래서 평양의 관문 역할을 담당하던 객사(동명관)가 유명했다. 객사 입구에 있는 방선문과 구룡교를 지나면 외문, 중문과 객사의 본관인 동명관 등이 일직선상에 놓여 있고, 그 주변에 강선루 · 봉래각 · 집선관 · 십이루 등의 배치되어

---

14 김재남, 『김남천 문학론』, 태학사, 1991.

15 정호웅, 「새로운 세계에 대한 열망 : 김남천의 '대하'론」, 『우리 소설이 걸어온 길』, 솔, 1994.

16 성천은 본래 고구려 건국 초기 다섯 부족의 하나인 소노부(消奴部)의 근거지였던 비류국(沸流國)의 수도였다. 조선 태종 15년에 성천이라는 이름으로 개칭되었고, 도호부(都護府)가 설치되었다가 고종 32년 군(郡)이 되었다.(『신증 동국여지승람』 제54권, 579쪽 참조)

있었다. 그중에서 외국 사신을 위한 연회장으로 사용되던 강선루는 아래에 비류강이 흐르고 강 건너에 흘골산 12봉의 절경이 펼쳐져 있어 '관서팔경'의 하나로 널리 알려졌다.

주지하듯이 성천은 작가 김남천의 고향이다. 김남천은 1911년 3월 6일 평안남도 성천군 성천면 하부리에서 군청 공무원이었던 아버지 김영전의 2남 4녀 중 장남으로 태어나, 성천보통학교를 졸업한 후 열다섯의 나이에 평양고보에 진학하기 전까지 이곳에서 성장했다. 그래서 작가 김남천은 성천의 역사와 지리에 대해서 잘 알고 있었을 뿐만 아니라, 소설을 본격적으로 구상하면서 이곳에서 한 달 남짓 머물며 자료를 수집하기도 했다.

> 작년(1938년-인용자) 5월 중순 시골로 가서, 특히 내가 『대하』를 위하여 준비하고 자료 수집 등을 한 기간은 약 1개월로써, 6월 13일 집필을 개시하기까지 서적과 구전을 따라다님으로써 날을 보내었다.
> 소득이 있었든 없었든, 이 시일 안에 내가 『대하』를 위하여 읽어본 책자는 다음과 같은데 시골인 관계상 필요하다고 생각되는 서적을 구할 길이 없어 그 수량은 지극히 빈약하였다.
>
> 인정식 씨 저 『조선 농촌기구의 분석』
> 이청원 씨 저 『조선 역사 독본』
> 동 씨 저 『조선 독본』의 일부분
> 백남운 씨 저 『조선 사회경제사』의 일부분
> 성천읍지 두 권
>
> 이 외에 풍속, 세태, 생활 감정, 당시의 교육상황, 상품, 종교 등 일체는 연로한 분들을 왕방(往訪)하여 주석(酒席) 혹은 좌담 등을 통해 얻어들은 말에 의하였다. 특히 당시 성행하던 삼십육계를 조사하려고 일주일 동안 당시의 건달패들을 쫓아다닌 것은 잊히지 않는다.[17]

---

17 김남천, 「작품의 제작과정」, 『김남천전집』 1, 498~499쪽.

작가가 소설을 구상하면서 참조했던 여러 책들 가운데 주목되는 것은
『성천읍지』두 권이다. 현재 서울대학교 규장각에는 필사본으로 전하는
『성천지』와『속 성천지』가 소장되어 있다. 박처락(朴處珞)이 쓴『속 성천지』
의 서문에 따르면, 선조 36년(1603년) 성천부사로 부임한 이상의(李尙毅)가
처음으로 읍지를 만들고, 이어 효종 7년(1656년)에 이동로(李東老)가 부임하
여 속지를 만들었으나, 미간(未刊) 상태로 있다가 1842년 서재순(徐載淳)이
부임하여 중간(重刊)하게 된다.[18] 여기에는 성천의 모습을 담은 〈성천관부
도〉가 수록되어 있는데, 여기에 등장하는 구룡교, 방선문, 강선루 등은 소
설의 주요한 배경으로 등장한다. 작가는 성천의 지리를 세심하게 복원함으
로써 소설의 사실감을 높이고 있는 것이다.

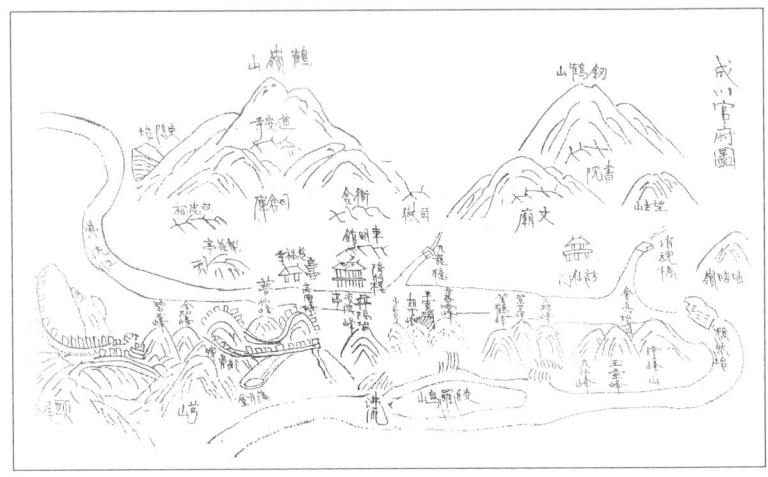

[참고자료] 성천관부도

작품 속에서 성천은 구룡교와 방선문이라는 공간적 지표를 통해서 분할
된다. 소설의 중심무대를 이루는 것은 구룡교 부근이다. 박성권은 "강선루
(降仙樓)에서 방선문까지 가는 중턱, 바로 구룡교(九龍橋)가 있는 데서 여남

---

18 『조선시대 사찬읍지(私撰邑誌) 52-성천지』, 한국인문과학원, 1990, 6쪽.

은 집 아래로 내려온, 제일 지대가 높은 곳에 큰 집을 잡고 살"(10쪽)[19]고 있다. 성천에 들어온 지 20여 년 만에 경제적으로 가장 유력한 인물이 되었다는 점을 웅장한 저택이 증명하고 있는 것이다. 박성권과 함께 구룡교 부근에 살고 있는 나카니시, 이칠성도 마찬가지이다. 나카니시(中西)는 체부(遞夫)를 다니면서 성천에 왔다가, "그 뒤에 진위대(鎭衛隊)가 없어지면서 수비대가 얼마간 주둔해 있을 때에, 용달을 맡아서 일년 안짝에 적잖은 이를 보아 지금은 제법 큼직한 잡화상이 되었다."(31~32쪽) 그는 성천사람들에 낯설고 진기한 개화물품을 팔아 자본을 축적했던 것이다. "어렸을 때는 상자나 멧산자 보따리를 지고 다니면서, 그 뒤 좀 돈푼이나 모아서는 당나귀로, 이 부근 몇 고장 장날을 빙빙 돌던"(116쪽) '도붓돌이'였던 이칠성도 "자행거를 처음 사온 것과, 평양서 하이칼라 색시를 얻어온"(256쪽) 것에서 알 수 있듯이 시류에 발 빠르게 적응하는 능력을 발휘하며, 반찬, 미역, 쌀가마니 등을 파는 '세매끼장사'로 좌전을 거쳐 잡화상 주인으로 변신한다. 이렇듯 구룡교 부근에 살고 있는 인물들은 물질적인 부를 축적하여 상업자본가로 변신한 인물들인 것이다.

이에 비해 방선문 부근은 몰락해가는 인물들이 차지하고 있는 공간이다. "방선문(訪仙門) 안 향약전 옆, 바로 길서방네 대장간 웃집에서 국수장수를 해서 그날 그날을 살아가는 집이, 이 고을서 벌써 오 대째나 산다는 박리균(朴利均)네 집이다. 그의 동생 성균(成均)이네는 그곳서 다섯 집 위로 올라와서 마방을 한다."(9쪽) 그들은 아전으로 있던 조상이 죽자 그의 아내가 따라죽어 열녀비가 세워진 것을 유일한 자랑거리로 삼으면서 박성권을 멸시한다. 하지만, 박리균 형제 역시 결국 박성권에게 집문서를 맡기고 돈을 빌려 여관장사로 변신할 수밖에 없었던 것이다.

---

19 텍스트로는 김남천, 『대하』(푸른사상사, 2013)를 사용하였다. 이후 작품을 인용할 경우에는 인용 말미에 쪽수를 밝힌다.

문서와 표를 훑어본 뒤에, 박참봉은 사백 냥의 돈을 박리균이 앞에 내
놓았다.

"그럼 집을 곧 떨어 고쳐야 단오에 쓰게 되겠군요. 그러구 이왕이니게
루 방선문 비각두 떨어 고치기루 하지오."

이 마지막 말은 적잖이 박리균이의 귀를 간지럽게 할 줄 알고 하는 말
인데, 오히려 그는,

"첨엔 그렇게두 생각해봤넌데, 내 집을 떨어 고치구, 또 내 아우의집두
대강 고칠 곳이 많아서 돈이 자랄 것 같지가 않구만요. 그래 비각 같은 건
차차루 하구, 우선 두 집에 달린 열 넘는 식구가 살구야 볼 일이 아니웽가."
하고 자기를 완전히 죽여버리듯이 박참봉의 말에 빌붙고 만다.(143~144쪽)

이렇듯 박리균 형제는 자신들이 그토록 멸시하던 박성권의 도움을 얻어
국수장사·여관장사로 변신을 꾀한다. 하지만, 새롭게 밀려들어오는 근대
적인 삶의 방식을 뒤늦게 추종하여도 그들의 삶에서 희망을 발견하는 것은
쉽지 않다. 방선문 근처에서 초라하게 무너져 내리고 있는 열녀문처럼, 그
들의 삶은 조금씩 퇴락해가고 있는 것이다.

구룡교와 방선문으로 구획되는 성천의 지리적 분할은 전래의 봉건 질서
와 새로운 근대 질서의 대립을 표상한다. 구룡교 부근에 사는 인물들은 대
체로 시대의 변화에 능동적으로 적응함으로써 경제적인 성공을 이룩한 반
면, 방선문 부근에 사는 인물들은 전통적인 사고방식을 벗어던지지 못함으
로써 몰락해가고 있는 것이다. 뿐만 아니라 이러한 지리적 분할은 박리균
형제와 같은 토착민들과 박성권·나카니시와 같은 이주민들의 대립과 중
첩되어 있다는 점도 눈여겨볼 만하다.

『대하』에 나타난 일상들은 이러한 두 개의 의미 공간이 접합되고 착종되
는 양상으로 그려진다. 작가는 이 작품에서 두 달 남짓한 시간 동안의 일상
을 그려내면서 소설의 발단에 결혼식 장면을, 대단원에 대운동회를 배치하
고 있다. 먼저, 작품의 첫머리에서 소설적 갈등을 예견하는 형선의 결혼식
장면을 살펴보자. 작가는 제2장과 제3장을 할애해서 상투 틀기, 신랑·신부

단장하기, 잔칫상 차리기, 그리고 신혼 첫날밤의 아들 기원 풍속, 신방 훔쳐보기 등과 전통적인 혼례를 세밀하게 복원하고 있다. 그런데, 형선의 결혼식 장면에서 단연 눈에 띠는 것은 박성권의 처남인 최관술의 모습이다. 결혼식 행렬의 맨 앞에서 기러기를 안고 가는 안부 역할을 맡은 구훈장이 점잖게 갓을 쓰고 있음에 비해, 신랑의 뒤에서 손우수 역할을 맡은 최관술은 개화인 복장을 하고 있다. 단발머리에 국자보시를 쓰고 눈에는 개화경을 걸치고 있으며, 구두를 신고 개화장을 든 모습으로 결혼식에 참가한 것이다.

이렇듯 전통과 근대가 접합된 결혼식 풍경은 마을 사람들의 웃음거리가 된다. "이 고장서는 볼 수 없는 가죽구두를 신고 머리 위에도 뭔가 별스러운 걸 썼다. 미상불 이들에게는 생각도 못했던 일이므로, 놀랍고도 우습지 않을 수 없었다."(36쪽) 이에 따라 화려한 결혼식을 통해서 가문적 존엄을 과시하려던 박성권의 의도 역시 마을 사람들의 웃음 속에서 실패로 돌아간다.[20] 감투와 갓이 여전히 '점잖음'으로 다가왔다면, 개화장이란 "개백정들이나 들고 다닐"(33쪽) '천박함'으로 다가왔던 것이다.

그런데, 작품의 결말에 해당하는 단옷날 대운동회 장면에서는 사뭇 다르다. 단옷날 행사는 그네뛰기, 사자춤, 학춤, 씨름, 줄다리기 등과 같은 민속놀이와 함께 근대적인 운동회가 펼쳐진다. 그런데, 민속놀이에서는 남성과 여성이 함께 어울리지 못한다는 전통적인 윤리 규범이 엄격하게 지켜지고 있음에 비해, 신식 대운동회에서는 이러한 윤리 규범이 더 이상 힘을 발휘하지 못한다. "운동회는 개화된 모임이어서 스스로 씨름 같은 것과는 다른 것이라고, 어린 색시나 처녀나, 새파란 집난이들은 할 수 없다 치고, 삼십을 넘어 사십 줄을 접어드는 삭가지 쓰는 축들이나, 늙은이, 기생들만은

---

20 개화인에 대한 성천 주민들의 거리감은 다음 대목에서도 확인해볼 수 있다. "갱고지 최관술이가 목다리까지, 올려 엮은 구두 속에, 꾸여진 놈을 삼성 자박지로 볼을 받아서 신고 다니는 것만 보았지, 무슨 생선 말린 것처럼 톡을 지어서, 맥기를 밝혀놓은 놈은 모시 뭇하였던 것이다. 갱고지 최주사 나리, 인젠 볼 받은 구두버선은 안 신게 됐다고 누가 말해서, 둘러선 사람들은 모두 소리를 높여 웃었다."(201쪽)

많이 관람할 수 있도록, 날짜도 요량해서 작정하고 널리 장려도 하였던 것이다."(258쪽)

이에 따라 단오 대운동회에서 근대적인 것들은 전통적인 것과의 대결에서 승리하게 된다. 동명학교 교사였던 문우성은 성천 주민들에게 자신의 계몽이념을 설파하게 되며, 나카니시, 이칠성과 같은 구룡교 주민들은 많은 이익을 얻을 수 있는 기회를 잡게 된다. 박성권 역시 운동회에 거액을 기부함으로써 군수 다음 가는 대운동회의 부회장직을 맡게 되어 위세를 떨치게 된다. 형선의 결혼식에서 가문적 존엄을 과시하려던 시도가 실패했던 것과는 달리, 단오 대운동회를 통해서 사회적 지위를 더욱 공고히 했던 것이다.

이처럼 작가는 결혼식이나 운동회와 같은 축제적 상황을 통해 개화와 전통 사이에서 갈등하고 있는 당대의 일상적인 삶을 보여줄 뿐만 아니라, 두 사건 사이에 나타난 변화를 통해서 근대적인 세력이 승리하고 있음을 보여준다. 뿐만 아니라 형걸이 결혼식이 끝난 직후 최관술의 모습을 본떠 머리를 단발한 것이라든가 단오 대운동회가 끝난 뒤에 평원도로를 향해 신작로를 걸어나가는 것을 통해서도 이러한 작가적 지향은 더욱 분명히 드러나고 있는 것이다.

3. 세대적 시간성의 전면화

언뜻 생각하기에 『대하』의 시대적 배경을 확정하는 것은 그리 어렵지 않다. 앞서 살핀 것처럼 전통적인 것과 근대적인 것이 접합되었던 근대 초창기의 성천 풍경이 작품을 가득 채우고 있기 때문이다. 더구나 작가 김남천은 이 작품의 시대적 배경이 서기 1906년(병오년, 광무 10년, 메이지 39년)이며, 주인공 박성권은 서기 1867년 정묘생이고 나이 40세라고 밝히고 있다.[21] 그런데, 작가의 말대로 1906년이 시대적 배경이라면, 다음과 같은 서술은 작

---

21 김남천, 「직업과 연령」(『조광』, 1940. 11), 『김남천전집』 1, 643~648쪽.

품내적으로 모순을 일으킨다.

> 아버지의 삼년상을 치르고 나서 얼마 안 지나 곧 갑오년 난을 맞았다. 그 때에 박성권은 스물을 넘어서 서너 살, 혈기가 넘쳐흐르는 한포락이었다. 모두가 산골로 강원도로 피란들을 갈 때에, 이때야말로 대장부가 한 번 활약할 시기라고, 박성권은 처자를 피란 가는 친척에게 부탁하고 자기 혼자 집에 남았다. 자산, 순천, 평양, 중화, 황해도에까지 내왕하며 병대를 상대로 장사를 하였다. 농토에서 떠난 대담한 많은 농군들이 이때에 군수품 운반에 종사하였는데, 대부분 그 보수를 은전으로 받았다. 이 은전을 성권은 살 수 있는 턱까지 엽전으로 사서는 남몰래 땅속에 묻어두었다.(11쪽)

여기에서 갑오년 난이란 1894년에 있었던 일본과 청 사이의 전쟁을 가리킬 것이다. 평안도 지역은 갑오농민전쟁의 큰 영향을 받지 않았고, 오히려 청일전쟁의 영향이 더욱 컸기 때문이다. 따라서 전쟁 무렵 스물 서너 살이었던 박성권이 마흔이 되기 위해서는 작품의 시대적 배경은 1910년을 전후한 시기이어야 한다.

『대하』의 시간적 배경을 1906년으로 보기 어려운 또 다른 이유는 평양-남포 간 신작로와 관련되어 있다. 원래 평양과 남포 간에는 러일전쟁 당시 일본군이 평양으로 진격하기 위해 건설한 군용도로가 있었다. 강서, 삼화 등을 통과하는 이 도로는 조선시대부터 이용되던 노선을 거의 그대로 따라 건설한 것으로 약 64㎞에 달했다. 그런데, 1907년 착공하여 1910년 완성한 평양-남포 간 신작로는 과거의 군용도로를 무시하고 직선으로 연결하는 경로로 건설되었기 때문에 그 길이가 51.4㎞로 크게 단축된다. 이런 사정을 고려한다면, 1906년에는 평양-원산 간 신작로[22]뿐만 아니라, 평양-남

---

22 평양-원산 간 신작로는 성천 읍내를 관통하지 않고, 방수교 부근에서 빙신문 부근에 있는 열녀각 앞의 소우전마당에서 나온 길과 연결된다. 그래서 돌차니고개[?嵯嶺]를 넘어 평양으로 연결되고 망지고개[望柱嶺]을 넘어 원산으로 이어진다.

포 간 신작로도 착공되지 않았기 때문에 칠성과 나카니시가 신작로를 통해서 평양을 왕래한 것은 역사적 사실에 부합하지 않는다.[23]

진위대 문제도 짚고 넘어가야 할 부분이다. 조선 정부는 1895년 9월 「육군편제강령」을 반포하면서 훈련대를 해산하고, 육군을 중앙의 친위대(親衛隊)와 시위대(侍衛隊), 지방의 진위대(鎭衛隊)로 개편하였다. 평양에는 전주와 함께 맨 처음 진위대 1개 대대가 설치되었다가 1900년 제4연대로 재편된 바 있다. 그런데, 러일전쟁 뒤 일제에 의해 18개 대대에서 8개 대대로 감축되었다가, 1907년 8월 강제로 해산되기에 이른다. 따라서 "정영근은 진위대에 장교로 다니다가, 그것이 없어진 뒤엔 학교에 체육교사로 있다."(39쪽)라든가, "나카니시는, 그 뒤에 진위대(鎭衛隊)가 없어지면서 수비대가 얼마간 주둔해 있을 때에, 용달을 맡아서 일년 안짝에 적잖은 이를 보아 지금은 제법 큼직한 잡화상이 되었다."(31~32쪽)라는 진술을 고려해볼 때, 1906년을 시대적 배경으로 삼기에는 여러 난점이 있는 것이다.

이처럼, 『대하』의 시대적 배경을 작가의 진술에 따라 1906년으로 확정하기에는 소설 내적 사실과 부합하지 않는 경우가 적지 않다.[24] 오히려 작품 내적 시간만을 염두에 둔다면, 1910년을 전후한 시기로 보는 것이 더욱 적절할 듯하다. 그런데 작가가 소설 속에 구현하고자 했던 시간과 소설 속에

---

23 도도로키 히로시, 「구한말 '신작로'의 건설 과정과 도로교통 체계」, 『대한지리학회지』 제39권 제4호, 2004, 585~601쪽. 형준의 고자질을 듣고 두칠이가 성천을 떠나기로 결심할 때 박성권이 "지금 신작로가 어데꺼지 갔는지 모르나"(249쪽)라고 언급한 것으로 미루어 본다면, 평양-원산 간 신작로가 착공된 1907년부터 완공된 1910년 사이를 정확한 시대적 배경으로 볼 수도 있을 것이다

24 물론 『대하』의 시대적 배경을 1906년으로 볼 수 있는 근거도 발견된다. 형준을 서술하는 과정에서 "동생들이 대번에 심상과 삼년생이 되고, 이듬해에는 고등과 일년이 될 판인데, 지금 겨우 일학년 학생이 되는 것이 부끄러워서 안 가겠다고 했다는 말도 지어낸 말만은 아닐 것이다."(21쪽)라는 대목에는 심상과와 고등과라는 언급이 등장한다. 1906년 대한제국 정부는 1899년에 설립한 중학교를 고등학교로 개명하면서, 수업연한도 종전의 심상과 4년, 고등과 3년이던 것을 본과 4년, 예과 및 보습과 1년 이내로 제한한 바 있다. 따라서 이 진술에 따르면 시대적 배경은 1906년 이전으로 올라가야 할 것이다.

구현된 시간 사이에 모순과 괴리가 나타나게 된 연유는 분명하지 않다. 작가가 창작을 준비하면서 "일체는 연로한 분들을 왕방(往訪)하여 주석(酒席) 혹은 좌담 등을 통해 얻어"[25] 듣다가 생겨난 의도하지 않은 실수일 것이다. 그렇지만, 이러한 아나크로니즘은 작가가 『대하』에서 객관적·공적인 시간성을 상대적으로 소홀하게 다루었음을 의미한다. 『대하』는 연대기적인 시간성 대신에 세대적인 시간성을 전면에 부각시키고 있는 것이다.

작품의 첫머리에서 시대적 변화에 능동적으로 대응했던 박씨 가문의 역사가 제시된 것도 이러한 맥락과 관련된다. 본디 박성권의 할아버지는 은산 고을에서 아전을 다니면서 창미를 농간하여 부를 축적한 것으로 알려져 있다. "녹미를 저당 잡고 돈을 꾸어주던가, 녹미를 싸게 샀다가 봄이나 여름에 쌀값이 오를 때 팔아서 돈을 잡았"(11쪽)던 것이다. 이렇듯 조선 후기의 부패한 시대 상황을 배경으로 부정하게 축적된 가산은 아버지 박순일의 도박과 아편, 그리고 주색잡기 때문에 탕진된다.

박성권이 다시 재산을 모으게 된 것은 갑오란 무렵이다. 스무 살의 나이에 아버지의 파산과 죽음을 경험한 박성권은 갑오란이 터지자, 가족들만 피난을 보내고 홀로 고향에 남아 군대를 상대로 장사를 하기도 하고 군수품을 운반하기도 하였다. 이렇듯 전란 중에 목숨을 걸고 모은 은전을 바탕으로 박성권은 돈이 궁한 이들의 토지를 헐값에 사들이거나, "돈놀이를 무섭게 하"(15쪽)여 재산을 불려나간다. 일제강점기에 중인계층이 보여주었던 이러한 현실 감각은 염상섭의 『삼대』, 이기영의 『고향』, 채만식의 『태평천하』 등에서 깊이 있게 탐구되었거니와, 박성권 역시 "문벌이나 가문이 행세를 하는 세상인 줄 알건만, 이런 것이 자기의 돈 앞에 궤배(跪拜)할 날이 머지않아 올 것을 확신"(21쪽)하는 "선견의 명"(21쪽)을 지니고 있었다.

그런데, 지방 관아의 구실아치 출신이었던 박성권의 치부과정이 전반부를 이끌어갔다면, 중반부를 넘어가면서 가문 내에서의 세대 갈등이 전면화

<hr />

25 김남천, 「작품의 제작과정」(『조광』, 1939. 6), 『김남천전집』 1, 499쪽.

되면서 박성권의 셋째 아들 형걸이 서사적 주도권을 장악하게 된다. 형걸은 박성권의 음모에 휘말려 첩이 된 윤씨 부인의 소생이다. 이렇듯 서출이라는 한계 때문에 가족 질서로부터 소외된 위치에 서 있었던 형걸은 세 차례의 연애 사건을 통해서 다른 가족들과 갈등을 겪게 된다.[26]

형걸에게 있어서 첫 번째 욕망의 대상이었던 보부는 동명학교 체육교사 정영근의 사촌동생으로, 어머니 윤씨가 아들의 혼사를 위해서 은밀히 수소문했던 처자였다. 그런데, 박성권은 "필시 형걸이를 서자라고 나무랄 것을 생각"(74쪽)하고 의붓형 형선과 혼담이 있다고 거짓말을 한 후, 서둘러 결혼식을 올린다. 이렇듯 결혼상대로 맘에 두고 있던 보부가 동갑나기 형인 형선과 결혼하자, 형걸은 단발을 하고 신방에 커다란 돌을 던지면서 "마치 누구에게 오래 묵은 원수를 갚는 것 같은 통쾌한 생각"(66쪽)을 품는다.

형선의 결혼 이후 형걸의 욕망은 집안의 종이었던 두칠의 아내 쌍네에게 옮겨진다. 그런데, 이것 역시 맏형 형준에 의해서 좌절된다. 형준은 쌍네에게 음욕을 품고 찾아갔다가 때마침 쌍네의 방에서 나오는 형걸을 보고 아버지에게 일러바친 것이다. 또한 삼십육계라는 도박에 손을 댔다가 손해를 본 후에 다시 쌍네에게 접근했다가 거절당하자 그 앙갚음으로 쌍네의 남편 두칠에게 쌍네와 형걸의 관계를 고자질한다. 결국 두칠은 쌍네와 함께 성천을 떠나 원산으로 향하게 된다.

이처럼 보부와 쌍네를 향한 형걸의 욕망은 의붓형들에 의해 좌절된다. 그리하여 형걸의 욕망은 다시 기생 부용에게 옮겨간다. 동명학교를 다니면서 문우성 교사에게 깊이 영향을 받고 기독교 사상에 심취한 형걸은 전도

---

26 "가족사의 초석으로 근본 없는 신흥 부호로 하되 그 후 30년을 존명할 장년, 지주 겸 고리대금업자로 할 것이라 하여 당년 40세의 박성권이가 가장으로 선택되었다. 시대정신의 구현된 성격으로 발달하야 전통의 파괴자, 가족 계보의 이단자로 청소년에서 구하되, 서자 학도로 할 것, 이리하여 박성권의 3남, 서자, 19세의 박형걸이가 선발되었다. (…중략…) 연애사건을 주요사건으로 하되, 그 상대자를 비복과 기류(妓流)에서 잡을 것."(김남천, 「작품의 제작과정」, 『조광』, 1939. 6, 『김남천전집』 1, 499쪽)

과정에서 기생 부용을 만나 사랑에 빠지게 된 것이다. 기독교가 내세우고 있는 평등이라는 이념은 신분질서 때문에 천대받고 있다고 느끼던 형걸과 부용에게 정신적인 일체감을 느꼈던 것이다. 그런데, 부용과의 사랑 역시 아버지 박성권에 의해 방해를 받는다. 부용을 찾아갔다가 방에서 수작을 걸고 있는 아버지를 발견했던 것이다.

이처럼 형걸의 욕망은 의붓형들과 아버지에 의해 차례차례 좌절된다. 그의 욕망은 전통적 사회질서에 대한 불만에서 비롯된 것이기에 하나의 대상에 고착되지 않고 계속 전이된다. 자신의 가슴속에 맺혀 있는 불만을 또 다른 사회적 약자인 쌍네에게 전가하거나, 혹은 자신과 유사한 위치에 있는 부용과의 사랑으로 투영시키는 것이다. 하지만 서자로서의 태생적 한계 때문에 작은형, 큰형, 아버지와의 대결이 늘 패배로 귀결되자, 형걸은 가출이라는 막다른 선택을 하게 된다.[27] 이처럼 『대하』에서는 가족 내에서의 갈등이 전면에 부각되어 있다. 그것은 작가의 의도 자체가 가족사연대기소설을 지향했던 것과 무관하지 않을 것이다. 작가는 공적인 삶과 연관된 역사적인 시간질서 대신에 아버지 박성권과 그의 아들들로 구성되는 한 가족의 세대적인 시간질서를 형상화했던 것이다.

그런데, 『대하』의 시대적 배경을 이루는 20세기 초는 한국 근대사에서 큰 변화의 시기라고 할 수 있다. 1905년 을사보호조약으로 국제법상 독립국으로서의 지위를 상실하면서 조선이 식민지로 전락해가는 시기였다. 그런데, 『대하』의 어느 곳에서도 이러한 역사적 상황을 찾아보기 어렵다. 이와 관련하여 간과해서는 안될 부분이 있다. 김남천은 성천의 중심부에 자리 잡고 있던 객사[동명관]에 대해서 거의 언급하지 않는다. 일반적으로 객사는 2가지 중요한 기능이 있다. 하나는 왕을 상징하는 전패(殿牌)와 궁궐을 상징하는 궐패(闕牌)를 안치하여 도성으로부터 멀리 떨어진 지방에서 왕의

---

27 형걸의 '가출'이 지니는 의미에 대해서는 채호석, 「김남천의 '대하'를 빌미로 한 몇 가지 생각」, 『한국 근대문학과 계몽의 서사』, 소명출판, 1999, 368~375쪽.

시책이 충실이 실행되고 있다는 것을 상징하는 것이며, 다른 하나는 외국의 사신과 중앙으로부터 파견된 관리를 맞이하는 숙소의 역할이다.[28] 그런데, 다른 부속건물들이 여러 차례 소설 속에서 등장하고 있음에 비해 동명관은 한 차례도 등장하지 않는다. 그것은 바로 조선이 하나의 주권국가로서의 역할을 상실되어가고 있는 상황을 반영한 것이라고 할 수 있다. 1905년 을사조약으로 외교권을 상실한 대한제국에서 객사는 아무 의미도 지닐 수 없었던 것이다.

이처럼 성천의 중심부에 자리 잡고 있던 동명관은 하나의 지리적 장소만을 상징하는 것은 아니다. 그것은 공간적인 토착성과 함께 시간적인 전통성을 의미한다. 따라서 동명관이 소설의 세계에서 사라짐으로써 토착성과 외래성, 전통성과 근대성 사이의 역동적인 길항관계는 사라진다. 그 대신 토착적이고 전통적인 것이 외래적이고 근대적인 것에 의해 소멸되는 평면적인 이행 과정으로 의미화될 뿐이다. 작가는 당대를 봉건사회의 해체기로 인식하고 있었지만, 그것의 또 다른 반면, 곧 제국주의의 침략이라는 상황을 간과하고 있는 것이다.

4. 역사의 평면화와 전망의 소멸

『대하』를 이끌어가는 서사적 갈등은 이처럼 낡은 것과 새로운 것 사이의 대립이라고 할 수 있다. 공간적 배경을 이루고 있는 성천 역시 시간적인 범주에 의해 엄격하게 위계화된다. 봉건시대를 상징하는 성천 객사(동명관)가 텅 빈 공간으로 남아 있다면, 구룡교 근처는 성천이라는 조그만 소읍에서 성장하고 있는 신흥세력을 대변하는 공간이다. 나카니시 상점을 중심으로 몇몇 잡화점들이 새롭게 생겨나고, 단오 대목을 맞이하여 평양으로부터 물건을 실어오는 장면들은 토지와 고리대금업을 통해 성장한 신흥세력, 그

28 주남철, 『한국 건축사』, 고려대 출판부, 2000.

리고 이제 막 태동하고 있는 상업자본의 역동성을 상징하고 있는 것이다. 그리고 객사 입구에 자리 잡고 있는 방선문은 시대의 변화에 뒤쳐진 채 몰락의 길을 걷고 있는 공간이라고 할 수 있다.

그런데 『대하』에서 낡은 것과 새로운 것의 공간적 분할은 역사적인 총체성을 획득하지 못한 채 가족 내의 세대 갈등으로 환원된다. 갑오년의 혼란을 틈타 경제적인 성공을 이룩했음에도 불구하고 전통적인 가문의식에서 벗어나지 못하는 박성권과 기독교 사상의 세례를 통해서 근대적인 인물로 성장해 가는 박형걸의 갈등이 전면화되어 있을 뿐이다. 이 과정에서 작가는 결혼식과 운동회와 같은 축제적인 상황을 통해서 전통과 근대 사이의 복합적인 관계를 보여주고자 노력함에도 불구하고 궁극적으로는 전통의 소멸과 근대의 승리라는 평면적인 이행만이 부각된다. 그 결과 『대하』에서 작가는 근대적인 것이 가져온 식민지화라는 민족적 비극에 대해서 침묵하고 있다. 결국 현대의 전사(前史)를 그림으로써 현실의 발전방향을 제시하고, 그렇게 함으로써 새로운 시대에의 전망을 획득하려던 기획은 실패로 돌아가고 만 것이다.

이처럼 『대하』에서 재현되고 있는 평안도의 조그만 소읍 성천은 단순한 공간적 배경이 아니라 신구 세력 간의 갈등이 펼쳐지는 역사적이고 지리적인 공간이다. 신작로는 그러한 시대적 변화를 상징하면서 방선문과 구룡교를 가로지르고 있다. 그 신작로의 양 끝에 있는 평양과 원산은 시대적 변화가 가져올 서로 다른 방향을 암시하고 있는지도 모른다. 평양이 신학문을 지향하는 형걸이 가는 길이었다면, 원산은 하층계급의 비애를 간직한 쌍네가 가는 길이었던 것이다. 그것은 어쩌면 근대적인 것에 매혹되어 외국 유학의 길을 떠났던 개화파 지식인이 끝내 민중들의 삶을 외면했던 한계를 암시하는 것인지도 모른다.

김종욱 (서울대 국어국문학과 교수)

1911 본명 김효식(金孝植). 평안남도 성천군에서 중농이며 공무원이었던 김영전의 장남으로 태어남.

1926 평양고등보통학교 재학 중, 한재덕 등과 『월역(月域)』을 내면서 신흥문학에 이끌림. 「단오」, 「명절」, 「늦은 봄」, 「약자행」, 「어머니의 아해」 등 10편이 넘는 작품을 씀. 후에 발표된 소설 「단오」, 「어머니」 등과 같은 작품의 원형으로 보는 관점이 있음.

1929 평양고보를 졸업하고 도쿄로 건너가 호세이(法政)대학 예과에 입학. 안막, 임화 등을 만나고 카프 도쿄 지부 기관지 《무산자》에 참가. 소설 「산업 예비군」을 썼으나 합평회에서 한재덕, 김두용, 안막, 임화 등으로부터 부르주아적인 구투를 벗어나지 못했다는 혹평을 받고 원고를 불살라 버림(「자작 안내」).

1930 임화, 안막 등과 귀국하여 국내 카프 개혁과 신간회 해소를 주장. 9월에 성천 청년동맹을 조직하고 집행위원이 되었으며 한재덕과 함께 평양고무공장 노동자 총파업에 관여해 격문을 작성하는 등 선전 선동 활동을 수행. 평양고무공장 총파업의 경험을 바탕으로 소설 「공제생산조합」과 희곡 〈파업 조정안〉을 씀. 첫 평론 「영화 운동의 출발점 재음미」를 김효식이라는 본명으로 〈중외일보〉에 발표.

1931 '김남천'이라는 필명을 만듦. 호세이 대학에서의 좌익 단체인 '독서회 및 적색 스포츠단'과 좌익 신문 · 좌익 배포망인 《무산자신문》 법정반', 《무산청년》 법정반' 및 《전기》 법정반' 가입을 이유로 제적당함. 이후 귀국하여 좌익 극단인 청복극장에서 연극운동을 펼침. 소설 「공장신문」, 「공우회」 발표. 10월 카프 제1차 검거에서 소위 조선공산주의자협의회 사건에 연루되어 공산당원 고경흠과 함께 기소, 2년의 실형을 선고받음.

1933 병보석으로 출옥 후 낙향하여 옥중 체험기인 단편 「물」을 발표하고 임화와

논쟁을 벌임. 12월 상처(喪妻).

1934 카프 제2차 검거 당시 전주까지 이송되었으나 1931년 1차 검거 때 투옥되
었다는 등의 이유로 제외되어 기자로서 조사 과정을 취재·보도함.

1935 임화, 김기진과 협의하여 5월에 카프 해산계를 경기도 경찰국에 제출. 〈조
선중앙일보〉에 기자로 입사하여 1936년 정간 때까지 근무.

1937 「남매」로 소설 창작을 재개함. 고발문학론, 모럴론 등 평론 활동을 펼치는
한편「처를 때리고」, 「춤추는 남편」, 「요지경」 등 자기고발소설을 창작.

1939 《인문평론》편집장. 관찰문학론을 주장하는 한편 『사랑의 수족관』을 연재
하고, 전작 장편 『대하』를 출간함. 창작집 『소년행』 출간.

1940 일기체 소설인 「노고지리 우지진다」, 「경영」, 「낭비」, 「맥」 등 단편소설을
발표하는 동시에 장편소설 『사랑의 수족관』 출간.

1942 단편소설 「등불」과 중편소설 「구름이 말하기를」을 연재. 창작의 양이 격감함.

1943 일본어 소설 「어떤 아침」을 친일 잡지《국민문학》에 발표.

1945 해방과 더불어 임화와 함께 조선문학건설본부 설립을 주도. 장편소설
『1945년 8·15』 연재 시작.

1946 희곡 〈3·1운동〉을 발표하는 한편 시사적인 평론을 다수 발표. 조선문학건
설본부와 조선프롤레타리아문학동맹이 박헌영의 지시로 발전적으로 통합
된 조선문학가동맹의 중앙집행위원회 서기국 서기장이 됨.

1947 공산주의자에 대한 탄압이 심해지자 이태준, 임화, 안회남 등 남로당계 문
인들과 함께 월북하여 최고인민회의 대의원, 문화예술총동맹 서기장 등을
역임. 작품집 『맥』, 『3·1운동』 간행.

1948 8월 25일 해주에서 열린 남조선인민대표자회의에서 최고인민회의 대의원
으로 피선됨.

1950 한국전쟁 당시 서울에 내려와 머물면서 낙동강 전선을 종군 취재.

1951 조선문학예술총동맹 서기장이 됨. 숙청의 빌미가 된 소설 「꿀」 발표.

1953 남로당계 작가인 임화, 박헌영, 이원조 등과 함께 숙청됨. 1953년 혹은
1955년에 사형되었다고도 하고, 1977년까지 생존하였다고도 함.

■ 단편소설

「공장 신문」	〈조선일보〉	1931.7.5~7.15
「공우회」	《조선지광》	1932.2
「나란구(羅蘭搆)」	〈조설일보〉	1933.3(미완)
「남편 그의 동지(긴 수기의 일절)」	《신여성》	1933.4
「물」	《대중》	1933.6
「생의 고민」	〈조선중앙일보〉	1933.11.1(미완)
「문예 구락부」	〈조선중앙일보〉	1934.1.25~2.2
「남매」	《조선문학》	1937.3
「처를 때리고」	《조선문학》	1937.6
「소년행(少年行)」	《조광》	1937.7
「춤추는 남편」	《여성》	1937.10
「제퇴선(祭退膳)」	《조광》	1937.10
「요지경(瑤池鏡)」	《조광》	1938.2
「세기(世紀)의 화문(花紋)」	《여성》	1938.3~10
「가애자(可愛者)」	《광업조선》	1938.3
「생일 전날」	《삼천리문학》	1938.4
「미담(美談)」	《비판》	1938.6
「누나의 사건」	《청색지》	1938.6
「무자리」	《조광》	1938.9
「철령(鐵嶺) 까지」	《조광》	1938.10
「포화(泡花)」	《광업조선》	1938.11
「녹성당」	《문장》	1939.3
「주말 여행」	《야담》	1939.3

「이런 안해(혹은 이런 남편)」	《농업조선》	1939.4
「5월」	《광업조선》	1939.5
「바다로 간다」	〈조선일보〉	1939.5.2~6.15
「항민(港民)」	《조선문학》	1939.6(「5월」의 2부)
「이리」	《조광》	1939.6
「장날」	《문장》	1939.6
「길 위에서」	《문장》	1939.6
「어머니」	《농업조선》	1939.9
「단오」	《광업조선》	1939.10
「T일보사」	《인문평론》	1939.11
「속요(俗謠)」	《광업조선》	1940.1.5
「낭비」	《인문평론》	1940.2~1941.2(미완)
「노고지리 우지진다」	《문장》	1940.6~7
「경영」	《문장》	1940.10
「어머니 삼제(三題)」	《조광》	1940.11
「기행(紀行)」	(미확인)	1941.11
「맥(麥)」	《춘추》	1941.2
「그림」	《문장》	1941.2
「오디(桑實)」	《문장》	1941.4
「개화 풍경」	《조광》	1941.5
「등불」	《국민문학》	1942.3
「구름이 말하기를」	《조광》	1942.6~11
「感る朝」	《국민문학》	1943.1
「신의에 대하여」	《조광》	1943.9
「목화」	〈한성시보〉	1945.10
「동맥」	《신문예》	1946.7~10
	《신조선》	1946.10~1947.5
「원뢰(遠雷)」	《인민평론》	1946.7
「꿀」	《문학예술》	1951.4

■ 장편소설

『대하』	《인문사》	1939
『사랑의 수족관』	〈조선일보〉	1939.8.1~1940.3.3
『1945년 8 · 15』	〈자유신문〉	1945.10.15~1946.5

■ 희곡

〈3 · 1 운동〉	《신천지》	1946.3~5

■ 평론

「영화 운동의 출발점 재음미」	〈중외일보〉	1930.6
「반 '카프' 음모 사건의 계급적 의의」	《시대공론》	1931.9
「경제적 파업에 관한 멘세비키적 견해」	《시대공론》	1931.9
「문학 시평:문화적 공작에 관한 약간의 시감(時感)」	《신계단》	1933.5
「잡지 문제를 위한 각서」	《신계단》	1933.6
「임화(林和)에 관하여」	〈조선일보〉	1933.7.22~7.25
「임화적 창작평과 자기비판」	〈조선일보〉	1933.7.29~8.4
「문학적 치기를 웃노라: 방승극의 잡문을 반박함」	〈조선일보〉	1933.10.10~10.12
「당면 과제의 인식:창작 태도와 실제」	〈조선일보〉	1934.1.9
「창작 방법에 있어서의 전환의 문제: 추백의 제의를 중심으로」	《형상》	1934.3
「창작 과정에 관한 감상」	〈조선일보〉	1935.5.16~5.20
「지식 계급의 전형 창조와 『고향』 주인공에 대한 감상: 이기영 『고향』의 일면적 비평」	〈조선중앙일보〉	1935.6.28~7.4
「미네르바의 소총(小銃)」	〈조선중앙일보〉	1935.7.2

「최근의 창작」	〈조선중앙일보〉	1935.7.21~7.24
「「문예시감」 문예가협회에 대하여: 왜곡된 보고와 치기에 찬 제창설」	〈조선중앙일보〉	1935.8.21~9.4
「「문예시감」 이광수 전집 간행의 사회적 의의」	〈조선중앙일보〉	1935.9.5~9.7
「「문예시감」 바르뷔스를 추도」	〈조선중앙일보〉	1935.9.5~9.7
「공식과 문화사」	〈조선중앙일보〉	1935.10.4
「조선을 과연 누가 천대하는가: 안재홍 씨에 답함」	〈조선중앙일보〉	1935.10.18~10.27
「건전한 사실주의의 길: 작가여 나파륜의 칼을 들라」	《조선문단》	1936.1
「고리키에 대한 단상」	〈조선중앙일보〉	1936.3.13~3.17
「춘원 이광수 씨를 말함: 주로 정치와 문학과의 관계에 기(基)하여」	〈조선중앙일보〉	1936.5.6~5.8
「고리키를 곡(哭)함」	〈조선중앙일보〉	1936.6.22~6.24
「비판하는 것과 합리화하는 것과: 박영희의 「문장」을 독함」	〈조선중앙일보〉	1936.7.26~7.28
「문학의 본질」	〈조선중앙일보〉	1936.9.1~9.4
「「취향」 독후감:타락된 창작 풍조에 반성」	《조선문학》	1937.4
「단상:「문장」·허구·기타」	《조선문학》	1937.4
「4월 창작평」	〈조선일보〉	1937.4.7~4.11
「사상·작품·「문장」: 이기영 검토」	《풍림》	1937.5
「「인간수업」 독후감」	〈조선일보〉	1937.5.25
「고리키의 사후 1주년」	《조광》	1937.6
「고발의 정신과 작가: 신창작 이론의 구체화를 위하여」	〈조선일보〉	1937.6.1~6.5
「창작 방법의 신국면: 고발의 문학에 대한 재론」	〈조선일보〉	1937.7.10~7.15
「비평의 기준」	〈조선일보〉	1937.7.23

「5월 창작 일인 일평: 소재와 주제와 작가 정신」	〈조선일보〉	1938.5.4
「조선 문학의 성격:모럴의 확립」	〈동아일보〉	1938.6.1
「자작 안내」	《사해공론》	1938.7
「비평 정신은 건재:최재서 평론집 독후감」	〈조선일보〉	1938.7.12
「장편 소설에 대한 나의 이상」	《청색지》	1938.8
「논단 시감」	〈동아일보〉	1938.9.10~9.18
「현대 조선 소설의 이념: 로만 개조에 대한 일 작가의 각서」	〈조선일보〉	1938.9.10~9.18
「세태와 풍속: 장편 소설 개조론에 기(奇)함」	〈동아일보〉	1938.10.14~10.25
「11월 창작평」	〈조선일보〉	1938.11.9~11.13
「희귀한 흥분:「신인 단편집」 독후감」	〈조선일보〉	1938.11.17
「작금의 신문 소설: 통속 소설론을 위한 감상」	《비판》	1938.12
「작가의 생활:직업적 조직을 가져야 한다」	《청색지》	1938.12
「이 해에 마지막 쓰는 결산 논문」	〈동아일보〉	1938.12.27~12.28
「문학 정신의 건립:문예 발전책」	《조광》	1939.1
「작가의 정조:비평가의 생리를 살펴보자」	《조선문학》	1939.1
「1월 창작평」	〈조선일보〉	1939.1.26~1.31
「창작 여묵(創作餘墨)」	〈동아일보〉	1939.2.2
「청년 솔로호프:내가 영향받은 외국작가」	《조광》	1939.3
「장편 소설계」	《문예연감》	1939.3
「절계 · 막서리 · 기타」	《조선문학》	1939.3
「문학과 모럴」	〈조선일보〉	1939.4.27
「시대와 문학의 정신: 발자크적인 것에의 정열」	〈동아일보〉	1939.4.29~5.7

「소설의 당면 과제」	〈조선일보〉	1939.4.29~5.7
「「비판」과 나의 십 년」	《비판》	1939.5
「사실의 재구성」	〈동아일보〉	1939.5.17
「민속의 문학적 개념」	〈동아일보〉	1939.5.19
「작품의 제작 과정: 나의 창작 노트」	《조광》	1939.6
「여류 문학 저조의 문제」	《여성》	1939.6
「소설의 당면 과제」	〈조선일보〉	1939.6.23~6.25
「권위에의 아첨」	〈동아일보〉	1939.6.24
「자부심 유감」	〈동아일보〉	1939.6.25
「양도류(兩刀類)의 도량(道量): 내 작품을 해부함」	《조광》	1939.7
「동시대인의 거리감: 9월 창작평」	《문장》	1939.10
「「고리오 옹」과 부성애・기타: 발자크 연구 노트 1」	《인문평론》	1939.10
「유진오 단편집」	《문장》	1939.10
「이효석 저 『화분』의 성 모럴」	〈동아일보〉	1939.11.30
「박태원 저 『천변풍경』」	〈동아일보〉	1939.11.30
「산문 문학의 일 년 간」	《인문평론》	1939.12
「성격과 편집광의 문제: 발자크 연구 노트 2」	《인문평론》	1939.12
「토픽 중심으로 본 기묘년의 산문 문학」	〈동아일보〉	1939.12.12~12.22
「송년호 작품의 인상: 12월 창작평」	《인문평론》	1940.1
「연재 소설의 새 경지: 채만식 저 『탁류』의 매력」	〈조선일보〉	1940.1.15
「신진 소설가의 작품 세계」	《인문평론》	1940.2
「소화(昭和) 10년도 개관:창작계」	《문예예감》	1940.3
「문예 시평」	〈조선일보〉	1940.3.20~3.23

대
하

「공위 성공을 위한 투쟁: 문학 운동의 당면 임무」	《문학》	1947.7
「문화 정책 답신안 해설」	《인민평론》	1947.7
「제1차 문화 공작단 지방 파견 의의」	〈노력인민〉	1947.7.2

■ 수필

「어린 두 딸에게」	《우리들》	1934
「얼마나 자랐을까 내 고향의 라일락」	〈조선일보〉	1935.6.17
「버스」	〈조선중앙일보〉	1935.7.10
「귀로(歸路):내 마음의 가을」	〈조선중앙일보〉	1935.9.23
「그 뒤의 어린 두 딸」	《중앙》	1936.6
「봄과 나」	《조선문학》	1937.4
「부덕이」	《조선문학독본》	1938
「교육, 아이」	《여성》	1938.2
「몽상의 순결성」	《조광》	1938.4
「가로(街路)」	〈조선일보〉	1938.5.10
「뒷골목:평양 잡기첩」	〈조선일보〉	1938.5.28~6.4
「일반 문화」	《비판》	1938.6
「여행 가자는 편지」	《여성》	1938.7
「산이 깨뜨린 로맨스」	《조광》	1938.7
「양덕쇄기(梁德瑣記):성천서 온천까지」	〈조선일보〉	1938.7.23~7.28
「당대 조선여성의 기질」	《사해공론》	1938.8
「나는 파리입니다」	《조광》	1938.8
「독서(讀書)」	《박문》	1938.9
「어느 해 가을의 회상:낙엽일기」	《사해공론》	1938.10
「안(雁)」	《조광》	1938.11
「내가 정보부(鄭寶富)다: 자작 여주인공 몽중 회담기」	〈동아일보〉	1939.1.10~1.11

「활빙당(滑氷黨:신춘송)」	〈조선일보〉	1939.1.12
「사랑방 없는 고을」	《청색지》	1939.2
「가정 봉사(家庭奉仕)」	《비판》	1934.4
「풍속 시평(風俗時評)」	〈조선일보〉	1939.7.6~7.11
「도피행」	《조광》	1939.8
「조선 문학과 연애 문제」	《신세기》	1939.8
「살인 작가」	《박문》	1939.8
「스승 무용기(無用記)」	《조광》	1939.10
「십 년 전」	《박문》	1939.10
「양덕(陽德) 온천의 회상」	《조광》	1939.12
「현대 여성미」	《인문평론》	1940.1
「무전여행」	《박문》	1940.2
「황률(黃栗)·연초·잠견(蠶繭): 망향 수필」	《농업조선》	1940.2
「연애 시집 한 권쯤」	《인문평론》	1940.3
「풍속수감(風俗隨感)」	〈조선일보〉	1940.5.28~5.30
「영화인에게 보내는 글」	《문장》	1940.6
「순직(殉職):일지사변(一支事變) 3주년 기념」	《인문평론》	1940.7
「귀성」	《농업조선》	1940.7
「가배(嘉俳)」	《박문》	1940.7
「도회(都會)의 아해(兒孩)」	《농업조선》	1940.11.12
「여성의 직업 문제:여성 시평」	《여성》	1940.12
「대리석」	《문장》	1941.4
「한화수제(閑話數題)」	〈매일신보〉	1941.4.17~4.23
「강원도 동해안의 바다와 산과 들」	《平調の 光》	1941.8
「효석(孝石)과 나」	《춘추》	1942.6
「회남공!:산업 전사에게 부치는 말」	《조광》	1944.11
「여성 해방의 관견」	〈조선일보〉	1945.11.24~11.25

| 「여운형」 | 《신천지》 | 1946.1 |
| 「하와이 사투리:풍속시감」 | 《합동》 | 1946.8 |

■ 좌담회 · 기타

「『소년행(少年行)』 서언(序言)」	《학예사》	1935.3
「조선문단의 수확」	《신동아》	1935.12
「『작품』 창간호 앙케이트」	《작품》	1936.6
「편집자에게 주는 글」	《조선문학》	1937.4.5
「명일의 조선 문학」	〈동아일보〉	1938.1.1
「신인송」	〈동아일보〉	1938.11.3
「신협(新協) 「춘향전」 좌담회」	《비판》	1938.12
「명사만문만답(名士漫問漫答)」	《조광》	1938.12
「문학 건설 좌담회」	〈조선일보〉	1939.1.1
「신건할 조선 문학의 성격」	〈동아일보〉	1939.1.1~1.3
「앙케이트」	『무대』 제1집	1939.10
「모던 문예사전」	《인문평론》	1939.10
「영화 예술학 완성에 따라」	《영화연극》	1939.11
「신극은 어디로 가나? 영화 조선의 새출발」	〈조선일보〉	1940.1.4
「신인특집 유항림 「부호」 추천사」	《인문평론》	1940.10
「선후감」	《인문평론》	1941.1
「벽호 홍명희 선생을 둘러싼 문학 담의(談義)」	《대조》	1946.1
「조선 문학의 지향」	《예술》	1946.1
「문학자의 자기비판」	《인민문학》	1946.2
「창작 합평회」	《신문학》	1946.6
「강용흘 씨를 맞이한 좌담회」	〈민성〉	1946.9
「『삼일운동(三一運動)』 발(跋)」	《아문간》	1947
「당의 조직과 당의 문학」	《문학》	1947.4
「해방 후의 조선 문학」	〈민성〉	1947.4.23